エレーナ・ムーヒナ

レーナの日記

レニングラード包囲戦を生きた少女

佐々木 寛・吉原深和子訳

みすず書房

«...СОХРАНИ МОЮ ПЕЧАЛЪНУЮ ИСТОРИЮ...» :
БЛОКАДНЫЙ ДНЕВНИК ЛЕНЫ МУХИНОЙ

by

Елена Мухина

レーナの日記

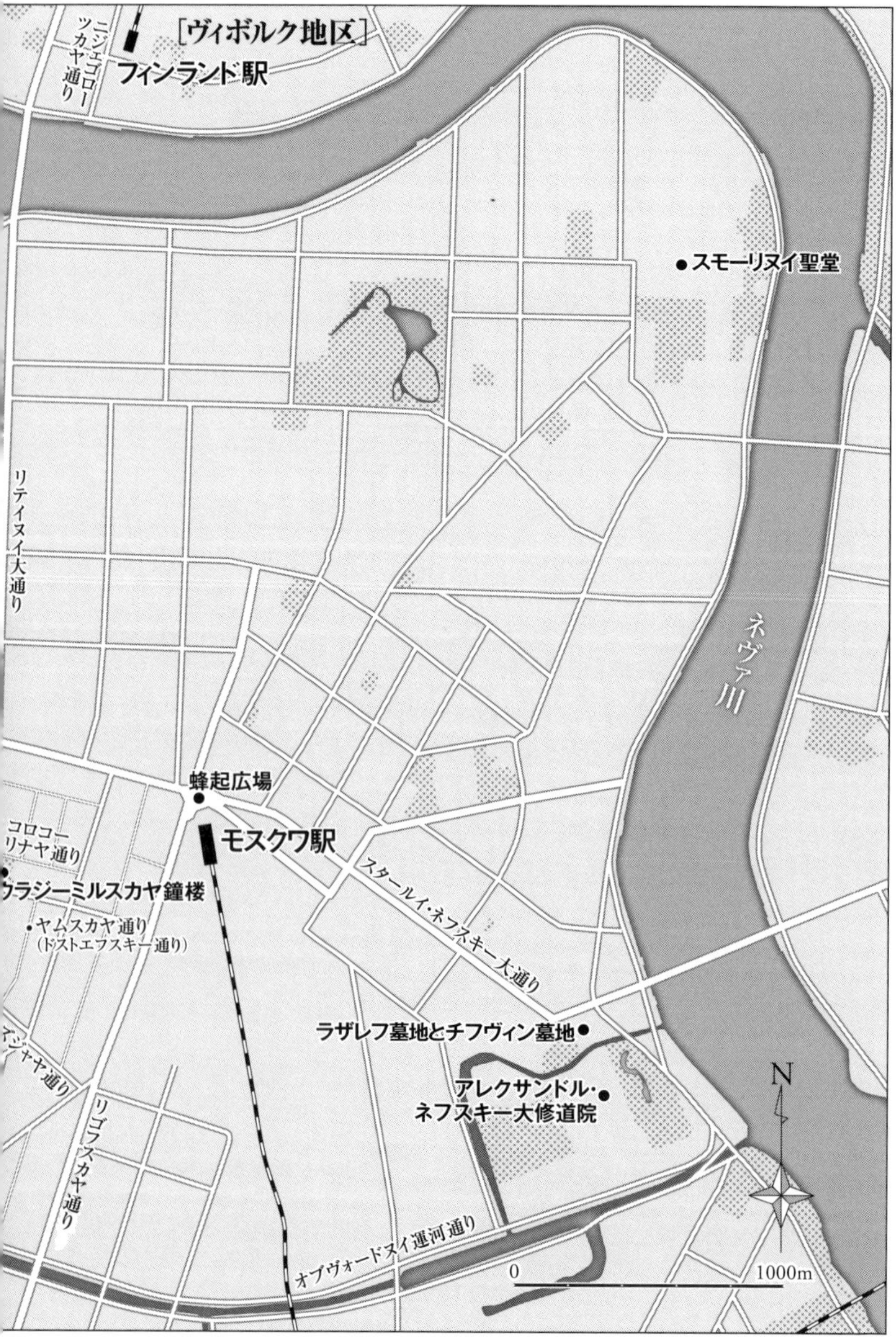

[ヴィボルク地区]
ニジェゴローツカヤ通り
フィンランド駅
スモーリヌイ聖堂
リテイヌイ大通り
ネヴァ川
蜂起広場
モスクワ駅
コロコーリナヤ通り
ラジーミルスカヤ鐘楼
ヤムスカヤ通り
(ドストエフスキー通り)
スタールイ・ネフスキー大通り
ラザレフ墓地とチフヴィン墓地
アレクサンドル・
ネフスキー大修道院
リゴフスカヤ通り
オブヴォードヌイ運河通り
N
0
1000m

レニングラード中心部

巡洋艦オーロラ
アレクサンドロフスキー公園
ペトロパヴロフスク
要塞
ネヴァ川
マーラヤ・ネヴァ川
マルスの広場
クンストカメラ
エルミタージュ美術館
血の上の救世主教
ロシア美術館
マールイ・オペラ劇場
（ミハイロフスキー劇場）
ボリシャヤ・ネヴァ川
ネフスキー大通り
イサク聖堂
エカテリーニンスキー辻公園
オストロフスキー広場
アレクサンドリンスキー劇場
ロッシ通り
チェルヌイショフ通り
チェルヌイショフ橋
ボリショイ・ドラマ劇場
ピャチ・ウグロ
交差
レーナの住むアパート
マリインスキー劇場
ボロジンスカヤ通り
ゴロホヴァヤ通り
ザーゴロドヌイ大通り
レシトゥミ
交差点
プラウダ
ズヴェニーゴロツカヤ通り
ピオネール宮殿公園
サドーヴァヤ通り
フォンタンカ川
ヴィテプスク駅
青年劇場
マラー通り
イヴァーノフスカヤ通り
（ソツィアリスチーチェスカヤ通り）

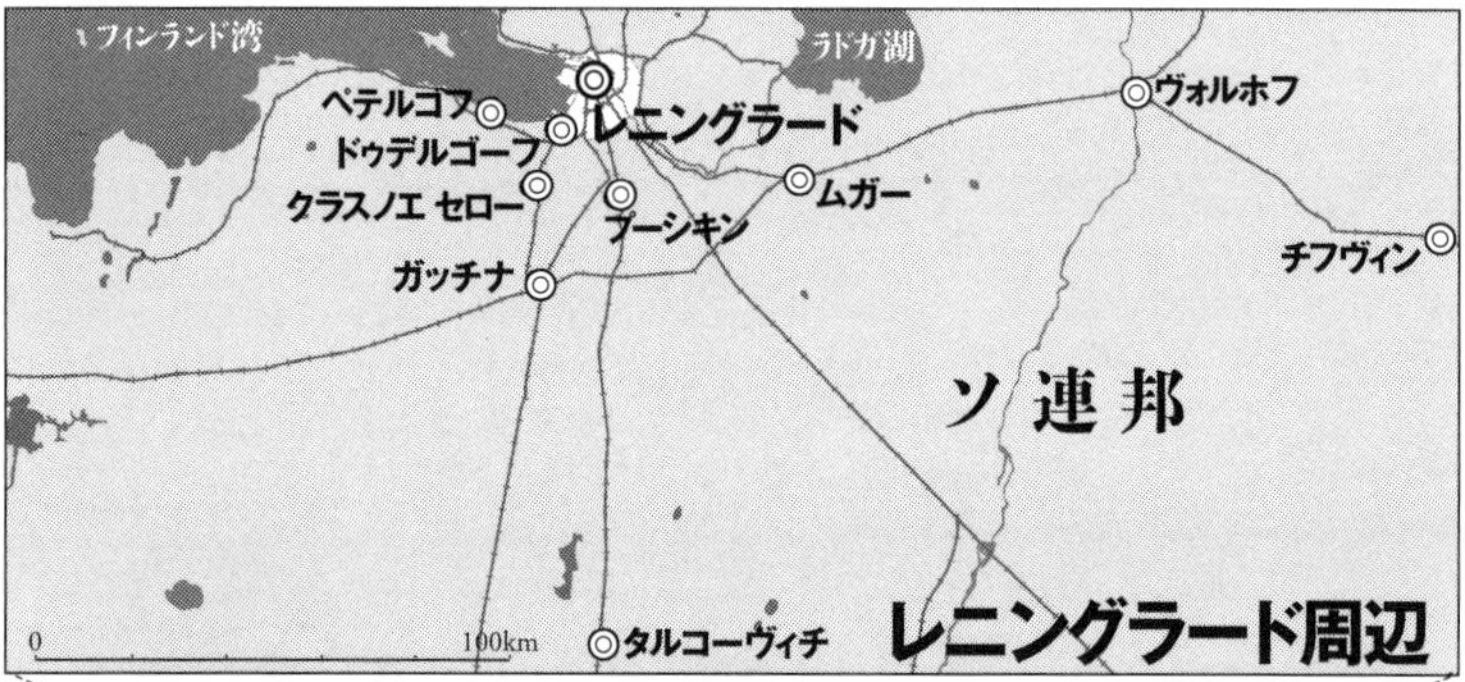

フィンランド湾
ラドガ湖
ペテルゴフ
レニングラード
ドゥデルゴーフ
クラスノエ セロー
プーシキン
ムガー
ヴォルホフ
チフヴィン
ガッチナ
ソ 連 邦
0
100km
タルコーヴィチ
レニングラード周辺

フィンランド
ラドガ湖
0
500km
レニングラード
ヴォルホフ
チフヴィン
ヴォログダ
エストニア
クリン
バルト海
ルイビンスク
(シチェルバコフ)
ヤロスラーヴリ
ラトヴィア
カリーニン
リトアニア
カウナス
モスクワ
ゴーリキー
ドイツ
ヴィリニュス
ヴャジマ
ナロ・フォミンスク
スモレンスク
マロヤロスラヴェツ
ミンスク
モギリョーフ
トゥーラ
ベラルーシ
ポーランド
ドニエプル河
ベリョーフ
ブリャンスク
ソ 連 邦
リヴォフ
ジトミール
キエフ
ウクライナ
ハリコフ
ヴォルガ河
スターリングラード
ドネプロペトロフスク
ドン河
タガンログ
オデッサ
マリウポリ
ルーマニア
黒海
アゾフ海
ソ連邦西部

目次

凡例

＊巻頭に編集部作成の関連地図を付した。
＊［　］は原書編者による注記である。
＊訳注は文中に（　）で入れたものと、（1）（2）（3）…の番号を振り、日記の付された日の末尾に記したものがある。作成にあたってはロシア語原本、および英訳である *The Diary of Lena Mukhina: A Girl's Life in the Siege of Leningrad*, trans. Amanda Love Darragh, Macmillan, 2015 の注もそれぞれ適宜参照した。

読者のみなさまへ

封鎖！　レニングラード（現在のサンクトペテルブルク）の歴史でこれ以上に恐ろしい時期は存在しなかった。市の住民の誰も、ファシストのドイツがソビエト連邦に襲いかかった一九四一年六月二十二日というあの夏の日には誰も予想できなかった、死の王国の到来まで、あと半年も残っていないことを。

レニングラードの十六歳の女子生徒レーナ・ムーヒナの日記、奇跡的にあの恐ろしい時期から保存され、いまこうして読者に提供される彼女の日記は、平和な生活の最後の日々と戦時下の最初の日々のこと、あっという間に戦争が転がり込んできた都市《まち》のこと、平和で無防備なその住民、長いあいだ戦争の坩堝《るつぼ》のなかにあったかれらのことを語っている。感動的な率直さと、子供じみたナイーヴさと、大人の知性が同時に存在する日記。疑いもなく才能ある人間の手で書かれたこの日記は、読者を不断の緊張のうちに留めおく。この日記は、むさぼるようにして「ひと息に」読むことが可能で、われわれは著者と体験を共にするかのように引き込まれ、ごく普通のありきたりの「庶民」（国家は庶民によって支えられている、そしてかれらが「現世の実力者たち」と対等に自国の歴史を書くのだ）の悲劇と英雄的行為を著者とともに感じとるのである。

はじめに、封鎖の最も恐ろしい「致命的」な期間である一九四一―四二年の冬をもふくむ戦争の最初の一年の、レニングラードとその住民のことを手短に語っておこう。この歴史的背景を知ることで、レーナ・ムーヒナ、彼女の同級生たち、親族や友人たちの身に起こった多くのできごとが、より理解しやすくなるはずである。

都市《まち》の相貌は、戦争の最初の日々からすでに変わりはじめた。わずか数週間でレニングラードには、爆撃の際に退避するための塹壕や防空壕が網の目のように張りめぐらされた。毒ガス避けのバッグが、軍人の家でも一般市民の家でもすぐに眼についた。店舗のショーウインドーや数多くの記念碑が、木造の楯や砂袋の山で覆い隠された。有名な「クロートの馬たち」(1)は台座から外されて、ピオネール宮殿の庭に避難させられた。住居や公共施設の窓ガラスには白や青の紙テープが十文字に貼られた。都市は当初、襲撃されて騒然となった蟻塚のような様相を呈した。店頭や貯金局にできた行列、軍事委員部にできた動員軍人や義勇兵の行列、始発の各駅にひしめく疎開者の群れ……。

レニングラードのはるか手前の進入路で戦闘が続いていたあいだ、およそ五〇万人のレニングラード市民(そのなかにレーナ・ムーヒナもいた。〔七月十七日の日記を参照〕)が、防御施設構築のために一度ならず〔レニングラード〕州の西部地域に向かった。しかし一九四一年九月初め、ヴィルヘルム・フォン・レープ元帥指揮下のドイツ陸軍部隊「北」が、ソビエト軍部隊の激烈な抵抗にもかかわらず、ネヴァ河畔の都市〔レニングラード〕に南西方向から突入することに成功した。ドイツ軍は北から侵攻したフィンランド軍部隊とともに、九月八日に封鎖の環を閉じ、二五〇万以上の人々を、生命がゆっくりと失われてゆく運命に陥らせたのである。包囲された都市を祖国の大地とむすぶ糸として唯一残されていたのは、わが国の歴史に名をきざむことになったラドガ湖の「氷上の道」で、それは包囲されたレニングラードにとっての「命の道」と呼ばれることになる。

九月五日にヒトラーは宣言した、「今後、レニングラード地域は軍事行動の副次的な戦場となる」。その意味するところは、都市を占領するための過度の軍事的努力は考えていない、陥落することは予め決まっているのだから、ということだった。ドイツ海軍司令部は九月二十九日に方針「ペテルブルク市の将来」を採択。「市を確固として封鎖、あらゆる口径砲の砲撃と不断の空爆でもって廃墟にし、地上より消滅させることを命ずる。市中につくり出された状況の結果として、降伏の申し入れがなされたとしても、それは拒絶される。なぜならば、住民の保全ならびに食糧供給の問題はわれわれには解決できないし、すべきでないからである。われわれとしては、この戦争で（中略）この大都市の住民の一部にせよ無事に残すことに利益はないのだ」とされた。

市当局はドイツ軍のレニングラード突入を阻止するためにいわゆる「D」計画を作成。直接に占拠される恐れがある場合には、五万八五一〇件の対象物を破壊することを考えていた。これとは別に、ドイツ軍部隊による市の占領にそなえて、ボリシェヴィキ党の市委員会は占領者への抵抗を組織するための非合法の党組織をつくった。

レニングラード市民は、都市《まち》が封鎖されたことをすぐには理解できなかった。ドイツ軍部隊が市の南部郊外に陣取っていたことは公然の秘密で、鋭い視覚などなくとも、それは知られていた。だが市の北側境界から三、四〇キロのところに陣取ったフィンランド軍部隊は遠距離砲の砲列を敷いておらず、話は別だった。砲撃の際にはレニングラード市北部の各地区は南部や中心部の各地区にくらべてはるかに安全であり、そのこともあって、住民のあいだには市が包囲されていることへの確信が欠けていた。十一月初めに食糧備蓄が底をつき始めた時に、市当局はようやくレニングラード市民に真相を告げたのだった。

誰も知らなかったのだ、封鎖の環がこの先、八七二昼夜にわたってこの都市を締めつけることになるのを。しかし近づいてきた戦争の気配なら、レニングラード市民は九月にはもうはっきりと感じとっていた。平穏な街区が連日の空襲と遠距離からの砲撃をうけることで、市民は長時間、しかも日に何回も、防空壕でじっとしていることを強いられた。最初に破壊された地点にたいして、初めは好奇心が示されたが、爆撃や砲撃をまのあたりにすることで、急速に恐怖心、次いで——恐ろしい飢餓と寒さの中で——無感動《アパシー》にとって代わられた。真っ暗でなにも見えない天候だと喜び、晴れた日や月明かりの夜は好まれなかった——ドイツ軍が都市《まち》を爆撃する可能性が高まるからだ。だが、悪天候が砲撃から護ってくれるわけではなかった。封鎖から最初の六か月余りのうち、砲弾が市中で炸裂しなかった日は三十二日間しかなかった。

飢餓状態が急速に迫ってきた。一九四一年九月から十一月のあいだに、七月に導入された配給券によるパン配給の基準が五回も引き下げられて、十一月二十日には、悲劇的にも有名な一二五「封鎖グラム」（子供、被扶養者、事務職員）と二五〇グラム（労働者、工業技術者）になった。肉、バター、砂糖ほかの食料品の配給基準が激減した。商店や食堂が営業し、普通の店舗の棚には配給券無しで買える食料品がまだ残っていた夏の数か月と秋の初め頃のことが、遠い追憶になってしまった。

そのグラム分ですらも、誰もがつねに容易に受けとれたわけではなかった。店頭の行列に真夜中に並ぶのだが、運ばれて来たパンはどうかすると、立ち続けた数百人のうち、最初の幸運な二、三十人にしか行き渡らなかった。しかもそのパンときたら！　それには糠《ぬか》、油粕《かす》、壁紙の粉末、パルプが混ぜられていた……。材料の粉への不純物の混入率が四〇パーセントに達するばあいもあった。レニングラード市民の食卓に新たな料理が登場した——フリャーパ（キャベツ玉の外側の固い葉）、大豆粕（搾り粕の粉）。どちらも戦前には家畜の餌にされていたものだ。カラス、鳩、猫、犬を食べた。膠《にかわ》を煮て煮こごりをつくり、松の種で揚げ物《レピョーシカ》をつくった。ある工場では、工業用の糊に使われる、澱粉でできたデキストリン〔接着剤〕を材料に白パンを焼いてみた。けれどもそのパンや小麦粉の揚げ菓子は、歯を〔上下に〕貼り合わせてしまうものだった。それでも解決策は見つかった。挽割り麦のようなデキストリン一匙《さじ》を口に入れて、水を飲むのだ。悪い

砲撃のあと、ネフスキー大通りで弾痕に湧いた水を汲む封鎖下の市民

結果は起きなかった……。

飢餓は一部の市民を、屍体食や人肉食へと突き動かした。屍体からやわらかい部分を切りとって、食べるかあるいは闇市で売るかした。食人者たちが殺害したのは見ず知らずの他人だけではなかった。犠牲となったのは親戚や自分の子供たちも同様だった。人肉嗜食者をギャングの類いと見做し、かれらとの戦いが強硬かつ苛烈に行われた。一九四一年秋から四二年末までのあいだにこの犯罪のかどで、市内や州内でほぼ二千人が逮捕された。その後、住民への食料品供給が著しく改善されるにおよんで、人肉食や屍体食はなくなった。

衰弱とそれがひき起こす栄養失調の結果は恐ろしいものだった。「相貌、顔が変わって、人間がまるで動く死体のようだった。ご存知のように、死体を眼にするのは重苦しいものですが」と、ある封鎖体験者は回想した。「その黄色い顔はとても恐ろしく、しかも眼差しがあきらかに動かなくなっていた。人が腕や脚が痛くてひどく難儀しているのとはちがう。そこでは身体組織全体が狂っていて、しばしば心的プロセスの壊乱が見られた。黄色い顔、動かなくなった眼差し、あきらかに弱まった声——男なのか女なのかを声では判断できなかった。とぎれとぎれのひび割れたような声、性別も年齢も失った生き物……」

死がいたるところで人々を大鎌で刈りとっていた。一九四一年十二月六日から十三日までの一週間に、戸外だけでも八四一人が亡くなった。一九四二年一月に市内で亡くなったレニングラード市民は一〇万一五八三人、二月—一〇万七四七七人、三月—九万八九六六人、四月—七万九七六九人。この四か月のあいだに、平均して一時間に一一〇人から一六〇人の市民が死んでいた。埋葬がもっとも厄介な問題になっていた。(2) 一九四二年二月には連日、ピスカリョーフ墓地だけで、二万—二万五千体の遺体が埋葬されない状態で置かれていた。遺体は道に沿って積み上げられ、その長さは一八〇—二〇〇メートル、高さは二メートルに達していた。この状況をなんとかすべく、当局はこれらの遺体の一部をイジョルスク煉瓦工場と第一煉瓦工場の竈《かまど》で火葬するように命じた。

一九四一年十二月二十五日は多くのレニングラード市民の記憶にとどめられることになった。「なんという幸せ、なんて幸せなんだろう！」この言葉でレーナ・ムーヒナの日記の記述は始まっている。この日から住民に七五—一〇〇グラムのパンが配給券に加えられたのだ。だが配給食糧だけで生きることは不可能だった。市民は手段をえらばずに追加の食料をさがし求めた。食料を買うか、あるいは貴重品その他の物と交換して手に入れた。供血することで食料品を受けとった。祖国の大地に暮らす親戚、あるいは前線の親戚から受けとった。当局の命令で組織された常設施設で力をつけていた。ある者はいつもの不正行為で生計を立て、ある者は偽の配給券を使おうとした……。「より多く食べた者は生き延び、より少なく食べた者は死んだ」。

この簡単な、だが正しい公式は、封鎖体験者の一人が導きだしたものだ。

別の同時代人の告白によれば「飢えと寒さ、これが封鎖の心理的な印象である」。その年の冬は早くて厳しかった。初雪がレニングラードの街路に積もったのは早くも十月半ば。都市《まち》が環状に占領されているとの情報が、建物の暖房がなくなるという恐怖を生んだ。なにしろレニングラードは常時、薪と石炭を外部からの供給に依存してきたからだ。いまやこれを当てにすることがまったくできなくなったのだ。当局の命令で、木造家屋や塀、屋台やスタジアムの観客席が暖房用の燃料にあてられたが、しかし冬の初めにはもう集中暖房が機能しなくなった。それらの住居の住人は室内に手製の代用ストーブを置くようになった。焚口には、燃えるものならなんでも投じられた——家具、本、床板、そして空になった住居のドアが。

暖房に続いて損壊したのが上下水道で、まず風呂屋と床屋が仕事をやめた。市民は往時の清楚さを捨てていった。市民には個人の衛生面への気づかいも、できることもますます少なくなり、洗濯は大変な努力を要する苦行に変わっていった。トイレと化したのが、空いた部屋や建物、そして裏階段だった。実際、いくつかの建物の中庭には汚水溜めや、汚物を入れるための巨大な舟形の桶が設けられた。けれどもすべての居住者に、そこにたどりつくだけの力、あるいは意欲があったわけではなかった。

十一月半ばから都市《まち》は闇の中に沈んだ。電灯をつけられるのはいまや公共機関の建物だけとなり、当直室にはごく弱い明かりをつけることが許された。寒さのために窓のカーテンが引かれたままの部屋、厳寒で壁が霜で覆われた部屋で、〔聖像画《イコン》の〕燈明の灯、火屋《ほや》なし灯油ランプの灯、燭台の灯が弱々しくぼんやりと明滅していた。

この静寂を破るものは、昼夜を問わず拡声器から流れてくるメトロノームの一定テンポの音（前線からの戦況報告とレニングラードのラジオ放送がこれを遮る）、空襲警報、砲弾の炸裂、そして遠くに聞こえる砲撃音だった。

一九四一年から四二年にかけての冬の数か月間に、都市《まち》は再び変貌をとげた。真っ白な、例年になく汚れていない雪（何百もの工場が、疎開するか操業を止めていた）に覆われた街路では、電気を切られて路線上で止まったままの路面電車やトロリーバスが何十両も凍りついていた。通りや河川や運河の上には幾筋もの曲がりくねった小径ができあがり、そこを打ちひしがれた姿のレニングラード市民が緩慢に動いていた。

出口がみえないという痛切な感覚が多くの人々を、生き延びるための闘いは無意味だという思いに導いていった。人々を無気力《アパシー》が支配し、近親者の死ですらも大いなる悲しみとしては受け止められなくなった。しかしそれでも、生き延びたい人が大半だった。そしてこの思いが驚くべき刺激となって、ある者には、機転とは別に、最も高い道徳的資質を目覚めさせ、ある者には、自分のために他人を犠牲にする、どうかすると自分の親族すらも犠牲にする心構えを目覚めさせた。そしてそれでもなお、大部分のレニングラード市民は「人間性を失わなかった」。

考え難いことだが、このような真底非人間的な状況下でも、労働者は兵器を修理しつづけ、一部の学校生徒や学生は学び、病院は機能していた。レーナ・ムーヒナは同級生たちと一緒に新年の観劇に出かけた。ツリーの周りでの踊り、スペクタクル、そして肝心の食事をともなったこの祭りは、封鎖された都市の全生徒がおそらくは記憶にとどめたであろう。一九四二年一月初めにおいてすらも、レニングラードの映画館では文芸作品やドキュメンタリー・フィルムが上映され、劇場の舞台では公演が行われていたのだ……。

レーナ・ムーヒナがレニングラードを去る準備にとりかかったのは〔一九四二年の〕春遅くで、住民の手で遺体や汚物が片づけられ、かれらの手で都市《まち》が避けがたい疫病から救われて、あたかも第二の誕生を体験しつつあったその時だった。飢餓はもはやその締めつけをゆるめていた。再び路面電車が走り出し、辻公園や花壇は菜園に変わっていた。冬を耐えて生き延びた男子たちは思い切ってサッカーをやった。人によっては、よく晴れた日に肌を焼く者もいた。女性たちがいまやできるかぎり優雅に着飾ろうとしていることに、人々は気づいていた。そして誰もレニングラードから去ることを望まなかった。最も恐ろしいものはもう過ぎた、と人々は思ったのだ。そのために、何人かは〔当人の希望に反して〕ほとんど強制的に疎開させなくてはならないほどだった。だが戦争はこれまでどおり、すぐ近くにあった。都市《まち》は強襲にそなえてあちこちに要塞がつくられ、封鎖下の最初の冬の悲劇を忘れることなく、燃料を貯蔵していった。砲撃は続き、爆撃が再開されて、何百もの平穏無事な生活が奪い去られていった。

封鎖が破られるまでにはさらに八か月の月日が、そしてレニングラードが封鎖から完全に解放されたことを祝って礼砲が撃たれるまでには一年八か月の月日が必要だった。

どれほど多くの生命が封鎖によって奪われたのか？　正確に数えることは誰にもできない。大多数の歴史家は、非業の死を遂げた人々の数が少なくとも八〇万は超えるということで一致している。

レーナ・ムーヒナは二重に運がよかった。彼女は封鎖されたレニングラードから救い出された。そして彼女は、多くの疎開者のように途中で死ぬことはなかった。だがのちにわかるように、体験したことが彼女の人生をやはり損なったのだ。彼女は幸せになることを夢見ていた。全体として見れば、その夢は実現をみることなく終わったのかもしれない。

ヴァレンチン・コヴァリチュク(3)
アレクサンドル・ルパーソフ(4)
アレクサンドル・チスチコフ(5)

(1) ネフスキー大通りの、アニチコフ橋（フォンタンカ川）のたもとに据えられた四頭の馬のブロンズ像。ロシアの彫刻家ピョートル・クロート（一八〇五―六七）の一八四九―五〇年の作で、「馬使い」の像として有名。
(2) ロシアでは土葬なので、地面が固く凍る冬季には、墓穴を掘るのがたいへんな作業になる。田舎では、冬の間に亡くなった人の遺体は、村落内の小屋に凍ったままの状態でおいて置かれ、春の訪れを待って埋葬されていた。
(3) ヴァレンチン・ミハーイロヴィチ・コヴァリチュク（一九一六―二〇一三）。歴史学博士。ペトログラード生まれ。レニングラード哲学・文学・史学大学（のちレニングラード国立大学に統合）に学んだのち、海軍大学校助手。独ソ戦時は海軍参謀本部戦史室に勤務。戦後レニングラードに戻り、海軍大学校教員を経て、一九六〇年よりソビエト科学アカデミー歴史学研究所レニングラード支部の研究員。のちにロシア科学アカデミー・サンクトペテルブルク歴史学研究所ロシア現代史部門の主任研究員。レニングラード防衛と封鎖研究の第一人者だった。
(4) アレクサンドル・イヴァーノヴィチ・ルパーソフ（一九六〇―　）。歴史学博士。レニングラード生まれ。レニングラード国立教育大学史学部卒業。ロシア科学アカデミー・サンクトペテルブルク歴史学研究所ロシア現代史部門の主任研究員。
(5) アレクサンドル・ニコラーエヴィチ・チスチコフ（一九五六―　）。歴史学博士。アルハンゲリスク州生まれ。レニングラード国立大学史学部卒業。ロシア科学アカデミー・サンクトペテルブルク歴史学研究所副所長。

新しい発見や、役立つ知識を得られなかった日は、自分にとって無駄な一日だったと考えること！

だれもが優秀で、勇敢で、強い人になれる。そのために必要なことは、ただひとつ——意志の力！

意志はすべてに打ち勝つ。

意志の強い人——それはねばり強く、あきらめない人。

生まれたときから勇敢で、強くて、頭のいい人はいない。

そうなるために、読み書きを覚えるように、ねばり強くあきらめずに学びつづけるのだ。

今日は五月二十二日

ベッドに入ったのは朝の五時、一晩中文学の勉強をしていた。今朝は十時に起きて、午後一時になる十五分前まで、またあのいまいましい文学の丸暗記をしていた。一時十五分前に学校に向かった。

玄関の昇降口の前に同じクラスの子――エンマ、タマーラ、ローザ、それにミーシャ・イリヤシェフが立っているのが見えた。もう合格した子たちで、とても幸せそう。わたしたちの幸運を祈ってくれた。リューシャ・カールポヴァとヴォーヴァにあいさつした。授業のベルがまだ鳴らなかったので、みんなホールで待っていた。わたしたちのグループはヴォーフカ〔ヴォーヴァとヴォーフカはウラジーミルなどの愛称〕・クリャチコをのぞく男子全員がそろっていた。ヴォーヴァに、試験範囲はぜんぶ復習できたかと聞いてみた。全部ではないという答え。もっと話したかったのに、男子のほうに行ってしまった。

ベルが鳴ったので、階段をのぼって教室に入った。みんなとても緊張していたが、わたしは落ち着いていた。どうせ落第すると思っていたから――伝記はどれもこんがらがっていたし、日付のほうも同じ。しかも範囲のいくつかは、目を通すこともできなかった。正直な話、自分よりも友達のことを心配していたのだ。

リューシャと一緒にうしろから二番目の列に座った。前の列にはレーニャとヤーニャ、そしてまんなかにヴォーフカ。一人ずつ名前が呼ばれはじめた(1)。でもわたしは試験よりもヴォーフカのことを考えていた。だからといって、彼を心配していたわけじゃない。ちがう、落第したらいいと思っていたくらいだ。いや、そうじゃない、彼とつきあいたいし、おしゃべりしたい、彼のまなざしを感じたい、とにかくできるだけ彼と親しくなりたい。もしも彼が落第したら、みじめに落ち込むだろうけど、そんな彼を見たくてたまらない。彼が悲しそうにしていると、とても身近に感じる、肩に手を置いて慰めたくなる。すると彼はわたしの目を見つめて、感謝して、やさしくほほえむのだ。いまもすぐ近くにいる、ほんのちょっと手を伸ばせば、わたしたちの机に彼がのせている肘《ひじ》に触れられるくらいに。でもだめ、そんなことできない、彼との距離はとても遠い。うしろの席には女子がいて、すぐに感づかれるだろうし、彼の横にも友達がいるのだから。彼らが気づいて、つまらないことを考えたら。そうしたら、だめだ、だいなしだ。何がだめなのか？　自分でもわからない。わたしは両肘をついて座り、だれにも気づかれないようにして、ヴォーヴァから目を離さなかった。ちがう、目を離さなかったのではなくて、ただ彼のことを見ていたのだ。彼の背中、髪、耳、鼻、顔の表情を見るだけでうれしい、とても満たされた気持ちになる。ヴォーヴァは横向きに座って、答えているジーマを見ながら、ときどきヤーニャやレーニャ〔いずれも男子の愛称〕と話している。一度だけでもこっちを向いてくれたら。どうしてヤーニャやレーニャとは言葉や視線を交わしているのに、わたしとは、まるでわたしがいないみたいに振舞うんだろう。でもちがう、彼らにかなうはずがない、ヴォーヴァは女子ではないし、わたしは男子じゃないんだから。それにほんとうにわたしだけが除け者なんだろうか、だって他の女子とも、やっぱり彼は目を合わせないのだから。わたしは机に頭を突っ伏して、一瞬眠ってしまった。けれどふたたび彼のことを見たら、だめだ、自分を抑えられない、わたしは何を怖がっていたのだろう、いとしいヴォーフカ、劇場にいたあの時の彼のままだった、服も、ほほえみも、あの時のまま。臆病な気持ちは吹き飛んでしまって、彼のことがだれよりも好き、そう思って、そう思っても少しもうろたえなかった。リューシャの文学のノートを手元に引き寄せて、表紙に「優が取れますように」と書いた。ヴォーヴァの肘をついて、差しだした。すぐに振り向いて、そしてたぶんうれしかったのだろう、ぱっと顔を輝かせて、わたしにも同じように言ってくれた。わたしは口の中でモゴモゴ言って、頭を横に振るようなしぐさをした。そうやって、自分は落第するに違いないと思っていると伝えたかったのだ。

それからわたしの名前が呼ばれて、前から二列目の席に着いたが、一度も振り向かなかったから、ヴォーフカのことも見なかったし、彼がわたしの運命に興味を持ってくれていたかどうかもわからない。席に座って、自分のうしろにまだ名前を呼ばれていない子たち、そしてヴォーフカがいることを知っていた。この時こそヴォーヴァにはわたしのことを考えて、心配していてほしかった。たぶん、そうしてくれていたと思う。確かではないけれど。すぐに彼の名前も呼ばれて、わたしの前に座った。

わたしが選んだ試験問題のカードはひどい問題で、一問目も二問目もわからなかった。もう少し待って、カードを変えてもらうことにした。そうするしかなかったのだ。ヴォーフカは前屈みになって座り、たぶんいらいらしていたのだろう、たった今書いたばかりの紙を破って、くしゃくしゃに丸めていた。それから髪をかき乱して、また考え込むと、ふたたび書き出した。二、三度振り返って、そのうち一度は目があった。なんだか心細そうなので、目で問いかけてみた。わかる？　彼はあいまいに首を振った。それからまた何か書きはじめた……。

わたしは別の問題カードをもらって、一目見てすぐに、まだ絶体絶命というわけではない、と思った。

㈠　プーシキンの叙情詩のモチーフ[2]。
㈡　センチメンタリズム[3]。
㈢　『現代の英雄』の構成[4]。

二問目はよく知っていたし、三問目も同じ。でも一問目は思いださなければならなかった。でも文学は合格できると確信した。ヴォーヴァはもう答える準備を終えて、一番端の席に座って、しきりとあたりを見まわしていた。わたしは彼のほうを見なかった。なんとかしてプーシキンの叙情詩を思いだそうと焦っていたのだ。でもヴォーヴァが心配してくれていることには気づいていた。きっとわたしが問題カードを取り替えたのを見て、放っておけなかったのだろう、しかもわたしはひどく落ち込んだ様子をしていたから。でも、それが耐えられないのだ。わたしの願いがかないそうになって、だれかがわたしに関心を抱きはじめると、まわりが何か感づくのではないかと心配になって、全力で目立たないようにしてしまうのだ。なんて馬鹿なことを！　そうじゃないか？　でも、そうしてしまう。ヴォーヴァはわたしの目を見て（彼はいつもまっすぐに目を見て話す、わたしにはなかなかできないことだけれど）、わたしにわかるのかどうか、目で問いかけてきた。わたしがうなずいたので、彼は安心した。

それからグリーシカの次に、彼が答えた。彼ははっきりした口調で、早口に話した。話し終わる前にさえぎられて、追加の質問もされずに解放された。わたしの番が来た。ヴォーヴァは教室から出て行った。そこで彼のことは忘れてしまったのでわからないが、もしかしたら彼は関心を持ってくれて、答えているわたしをドア越しに見ていたのかもしれない。でもうれしさのあまりに、わたしのことなんか忘れてしまったのかも。友達を探しに行ったのだ。彼だって、いつもわたしのことを考えているわけじゃないんだから。

こんなわけで、二つの試験については肩の荷がおりた。

今日。一日中、何もしないでぶらぶらしていた。心が安らいだ。まだ三日ある、大丈夫だ。いつもこうだ、思い切って少し休む必要がある、自分を取り戻すのは大変なのだから。いつの間にか一日が過ぎていく。ラジオで『ドイツのバラード』を聴いた、バラード（物語詩）は大好きだ。放送が終わると、プーシキンの本

第八学年末のクラス写真　1941 年 6 月
レーナ・ムーヒナは最後列の左から三番目
ヴォロージャ（ヴォーヴァ）・イトキンソンは前から三列目の右から二番目

を取って、バラードを続けざまに全部読んだ。それでもやはりこの世に悪霊なんていなくてよかった。もしもいたら、しずかに暮らすこともできないだろうから。

いまは十時くらい。でもママには九時に寝ると約束したのだ。いますぐ帰ってくるかもしれない。そうしたら、わたしが約束を守らなかったことになる。でも、それではわたしのプライドに傷がつく。それに単純に、良心がとがめる。でもどうしてもやめられない。書くことに夢中になってしまう。

これからはもっときちんと日記をつけることにする。あとで読み返したときに、面白いだろうし。ああ、アーカ(5)が部屋に来た、でもまだベッドに入っていない。「約束したじゃないの、寝なきゃダメよ」。「はい、はい、はい」とわたし、「いま寝るところ」。そう言いながらも、書いている(アーカは部屋を出て行った)。日記に体験したことのすべてを、一つ残らず全部書きたい、〔レールモントフ『現代の英雄』の主人公〕ペチョーリンがそうしたように。彼の日記は、あんなに面白いのだから。でもわたしはたいへんな罪を犯してしまった。書いているのはママの手帳なのだ、ママは怒るかもしれない。まあいいか、なんとか説得しよう。でもともかく元の場所にしまっておこう。

(1) 試験は口頭試問の形式。問題のカードが数枚伏せてあり、そこから取って答える。
(2) プーシキンの叙情詩の主要なモチーフは、「恋愛」「友情」「祖国への奉仕」「自由のための闘い」そして「詩人の使命」である。
(3) 十八世紀後半のヨーロッパにおける文芸上の傾向で、古典主義が拠って立つ理性や意志よりも、感覚の諸現象に人間性の真実をさぐろうとする態度。ものごとに感じやすい心を大切にする。イギリスの作家スターンの紀行文『センチメンタル・ジャーニー』(一七六八)が「洗練された感受性」の問題を提起してヨーロッパ諸国の文学に多大な影響をおよぼした。ロシアでは『ペテルブルクからモスクワへの旅』（一七九〇）を著したラジーシチェフと『哀れなリーザ』（一七九二）のカラムジンがセンチメンタリズム文学の代表的な作家。

（4）レールモントフの小説『現代の英雄』（一八四〇）の主人公は、志願してコーカサスの最前線にやって来たペテルブルク育ちの青年士官ペチョーリン。小説全体は任地での出来事を題材にした五篇の物語「ベーラ」「マクシム・マクシームィチ」「タマーニ」「公爵令嬢メリー」「運命論者」を組み合わせてつくられている。

（5）ロザリヤ・カルロヴナ（アザーリヤ・コンスタンチーノヴナ）・クルムス＝シュトラウス（一八六六―一九四二）。おそらくイギリス人で、帝政時代の十九世紀後半にロシアに移住し、地主の屋敷で家庭教師として働いていたと思われる。一九三〇年代からはレーナ・ムーヒナとその養母（伯母）と同居していた。

五月二十三日

ああ、なんてこと、だれも起こしてくれなかった。十時に目が覚めた。また体操をやりそこねた。子供向けのラジオ番組「アムンゼンの青春」を聴いた。なんて強い人なんだろう。やりたいと思ったら、やるのだ。もしもわたしが男の子だったら、そしたら、きっとロアルド〔・アムンゼン[1]〕のまねをしたに違いない。でも女の子があんなふうに自分を磨く話なんて、一度も読んだことがない。自分が先駆者になるのも怖いし。ヴォーヴァの夢が、極地探検隊員や探検家や登山家になることだったらいいのに。でも彼はこういうことに興味はないみたい、氷河の割れ目で頭を「かち割る」のは嫌なのだ。でもそうは言っても、聞いてみなければ。だけど、いつ聞けばいいのかな。そうだ、彼の別荘《ダーチャ》[2]に遊びに行ったら、そのときに話ができるかも。

九学年のことや、彼の将来のこと、それにわたしの将来についても。もちろん彼がわたしとおしゃべりをする気になれば、だけれど。でも、もしかしたら、わたしは誤解しているのかもしれない。もしかしたら、彼はわたしのことなんて全然好きじゃないのかも。ちがう、そんなことあるはずない。たとえ少しだろうと、ほんのちょっとでも、彼はわたしが好きなのだ。

ああ、もう勉強する時間。ドイツ語を丸暗記しなければ。

もう夜の十時。つづきを書こう。リューシャ・カールポヴァの家に行った。試験の結果を聞いた。ヴォーヴァ、グリーシャ、ミーシャ・イリヤシェフ、リョーヴァ、レーニャ、ヤーニャ、エンマ、タマーラ、リューシャ、ベーバ、ゾーヤ、ローザは、優[3]。ジームカ、ミーシャ・ツィプキンとその他何人かは、良。残りの子たちは、可。つまりキーラ、わたし、リューシャ、リダ・クレメンチエヴァ、リダ・ソロヴィヨーヴァ、ヤーシャ・バルカン……。

今日はほんのちょっとしかやらなかった。晩になってようやくちゃんと勉強を始めた。第四項を暗記した。今日はリューシャと公園に行った。子供たちが山ほどいた。まるでアリ塚の中みたい。ヴィーカはいなかった。

やっぱりなにか物足りない。むなしさを感じてしまう。リューシャと遊びに出かけても、彼女の家に行っても、やっぱりしっくりこない。だめだ、リューシャといても満たされない。でも、他にはだれもいないのだ。今みたいな試験期間中には、とくにそう感じてしまう。わたしは二人で勉強した方がいいのに。とくにドイツ語は。リューシャは一人で勉強したがる。そう、そもそもリューシャはわたしの相棒じゃない、それは前からわかっている。クラスの子たちがすごく羨ましい。エンマはタマーラと一緒に勉強している、ローザとベーバも、リューシャもだれかと。その他の女子も、やっぱりそんなふうにしている。クラスの男子ときたら、年中つるんでいる。ヴォーフカは一人で勉強している、自分でそうしたいと思うから、でも一人でいることに飽きると、すぐに仲間のみんなに囲まれている。ヴォーフカだけじゃない、他の子たちもみんなそうだ。それなのにわたしは一人ぼっち、親友の女の子も、仲間もいない。

ママはときどきキスしてもらいたがって、わたしに甘えてくるけど、わたしは悲しい気持ちのまま。なぜなら憂鬱な想いを抱えているから。大声で泣きたい、泣きわめきたい。でも顔には出さないようにしている、だけど心はどうしても抑えきれない。いつだってなにか物足りなさを感じている。ママが家にいない時には、帰ってきてほしいと思う、でもママが家にいる時には姿も見たくないし、声も聞きたくない。二人とも、うんざりだ。ママも、アーカも。

新しい人が、新しい出会いが、新しいものが欲しい。何か新しいものが。でもそんなものはないし、手に入れることもできない。今すぐどこか遠くへ、だれにも会わずに、だれの声も聞かずにすむような遠く彼方へ逃げてしまいたい。だれもいない所へ。ちがう。わたしは自分のことを愛してくれる親友の所へ行って、この悲しみを打ち明けたい。一つ残らず彼女に打ち明けてしまいたい。そうしたら楽になるだろう。

でもだれもいない、わたしは孤独だ。それにだれにも、こんなこと言えやしない。ママに話せば、キスして、髪を撫でて、こう言うだろう、「しょうがないわね」。わたしには友達がいない、なぜならわたしは優秀で、どの子もわたしと釣り合わないから、とママは思っているのだ。ばかみたい、全然わかっていない。わかっていないことが多すぎる。わたしはごくごく普通の生徒で、他の子より優れているところなんて一つもないのに。ほんとうにわたしは他の子より思慮深いのだろうか。そうだとしても、それは長所ではなくて、欠点だ。年中考えてばかりいて、困ったことに、一歩進むたびに反省して、事細かに検討するなんて――これが欠点でないと言えるだろうか？　せめてもう少し考えないですんだら、気楽でいられるのに、もっと楽に暮らせるのに。
ああ、もう寝なくては。

(1) ノルウェーの探検家ロアルド・アムンゼン(一八七二―一九二八)は一九一一年、世界で初めて南極点に到達した。
(2) 自給自足のための菜園付きセカンドハウスのこと。
(3) 五点評価で、優(5)良(4)可(3)不可(2、1)。

五月二十八日

ドイツ語の試験が終わった。すべてうまく行った。優をもらった子は、十三人。ヴォーヴァは良。どうしてだかわからない。なんとか可がもらえるくらいの答え方だったのに。でも、とても簡単な問題を引いたのだ。あしたは代数学の試験。もうすぐ、もうすぐ自由になる。たくさん計画があるのだ。

今年は別荘《ダーチャ》には行かない。お金がないから。まあ、行く必要もない、そのほうがずっといいくらいだ、ずいぶん前から町で夏を過ごしていなかったから。ぜったいに働くつもり。そして何か洋服を買う。そうしないと、もう十六なのに、上品な「流行《モード》」の服を一着も持っていないなんて。それから六月七日からは、毎日ドイツ語の勉強をする。九学年の優秀な生徒になるために、「出来の悪い」なんて言葉を聞かなくてすむように。それに化学が可だなんて恥ずかしい。あんなによく[日記の文字不明]アンナ・ニキーフォロヴナに会って、彼女のアージカが……［不明］だめだ、九学年の化学では優を取らなければ。来年は化学の試験がある。だから一年間化学の勉強をがんばって、試験で優をもらわなければ。でもそのためには［未完］

五月三十日

いい天気。心が痛い。今日はママの誕生日なのに、何もないのだ。ママはお金を稼ぐために仕事に行った。たしかに飢えてはいないけれど、それだけではどうにもならない。わたしたちは最近ずっと他人のお金で暮らしている。ママはお金を借りまくっている。アパートの人たちにも、恥ずかしくて合わせる顔がない。みんなに借金しているから。こんな暮らしをしたことは今まで一度もなかった。

きのうは代数学の試験があった。ヴォーヴァは良、わたしは優、リューシャは可。ほかの子たちのことは知らない。二十八日は、夕方からずっとヴォーフカの家にいた。ヴォーヴァとわたしとジーマの三人で代数学の問題を解いていたけれど、それよりもおしゃべりをしていた。ヴォーフカはとても気の利いたおしゃべりをする。彼とは、冬よりも仲がよくなった。いまでは彼はいつも仲のいい友達としてあいさつしてくれる。それがとてもうれしい。それにとにかく彼と一緒にいれば、つまり彼の家に行く機会が多ければ多いほど、好きだという気持ちを考えずにすむ。でもしばらく会えないと、すぐにまた彼のことが恋しくなってしまう。今年の夏はなんとかしてみんなで集まって、彼の所に遊びに行きたいと思っていた。でもいまは考え直した、そんなのは余計なことだ、そんなことしなくていい、夏のあいだはずっと彼に会わないほうがいい。秋に再会したときに、昔からの知り合いとしてあいさつしたほうが、もっとずっと彼と親しくなれるだろうから。夏のあいだ離ればなれになる前に、大判の写真を撮っておいてねと必ず彼に頼まなくちゃ。秋に彼に会ったら、写真を撮ってねとまた頼むのだ、きっとわたしにとっても彼にとっても面白いはず。だってひと夏で彼がどれだけ変わるのか、興味あるもの。ほかに、ジームカからも写真をもらいたい。彼は約束してくれたんだもの。それにミーシャ・イリヤシェフも、それからエンマと、リューシャ・イヴァノーヴァ、タマーラ・アルテーミエヴァそれにベーバの写真も。だけど彼らの写真を手に入れるのは、もっとむずかしいだろう。

あしたは幾何学の試験がある。それが終わったら、試験はあと二つだけ。解剖学と物理学。解剖学は心配ないけれど、物理学はとても心配。物理の試験まで、あと二日しかない。少なすぎる。しかも悪いことに、物理の試験を受けるのに、わたしたちのグループは午前九時までに行っていなければならないのだ。物理の先生はその時間帯はとにかく元気で、すごく手厳しい。第二グループのほうがよかった。先生もその頃にはもう疲れて、うとうとしているだろうから。そうなれば答えるのは簡単だ。

ヴォーフカは素敵な子、ほんとに素敵。もしも彼が九学年の学年長になってくれたら。でもだめ、そんなの夢でしかない。彼はきっと今はこんなこと考えたくもないのだろう。まあ、彼が決めることだ。

ほんとうにあそこにいると、水を得た魚のような気分。ヴォーフカの家族に囲まれているとそう感じる。彼の家に遊びに行った後はいつもすごく元気になるし、楽しくなって、人生という川も小川みたいに思えてしまう。

代数学の復習の授業が終わると、みんなヴェーラ・ニキーチチナのまわりに群がった。ヴォーヴァと他の男子は、窓辺に立っていた。黒板に行って寄りかかって、ヴォーヴァに声を掛けると、さっと振り返って、こちらに近づいてきた、レーニャ〔男子の名〕も一緒だ。

「代数学の問題はやった？」

「ううん、やってない、やる気がしなくて」

「ねえ、少し解いてみようよ」

「えー、レーナ、ほんとにやりたくないんだよ」

「あのね、ヴォーヴァ」とチョークで黒板に落書きしながら言った、「いくつか解き方をすっかり忘れちゃったの。これじゃあ、あした落第しちゃうかも」。

「何言ってるのさ、あした出るのは簡単な問題だろ」

「まあ、そうだけど。これからあんたのとこに行くわ。いいでしょ?」

彼はうなずいて、言った。

「レーニカ〔レーニャのこと〕、僕の家に行こう。このややこしい解き方がわからないんだよ。一緒に問題をやらないか?」

「だめなんだ、ヴォーフカ、今はどうしても行けないなあ……」

男子は、全員一緒に学校を出た。わたしはヴォーヴァとならんで歩き、それからヤーニャとならんで歩いた。わたしは言った、「ヴォーフカ、どうしてドイツ語でもっとうまく答えなかったの」。ヴォーヴァは何も答えなかった。ヤーニャがかわりに言った、「ほんとうにうまくなかったかなあ。だって、良をもらったんだぜ」。

「問題は成績じゃなくて、うまく答えなかったってことよ」

「じゃあ、君はうまく答えたのかい?」

「それは別の問題でしょ。今はわたしじゃなくて、ヴォーフカの話をしてるんだから」

「レーノチカ〔レーナの愛称〕、もしも試験前の彼を見てたら、そんなふうには言わないだろうなあ。あの時のヴォーフカはまるで瀕死のハムレットだったよ」

いま公園に行ってきたところ。道でゲーニャ・ニコラエフに会った。あいさつした。少し話をした。でもわたしときたら、いつもみたいに馬鹿で、また馬鹿をやらかしてしまった。彼にいろいろ聞くこともできたのに。わたしったらほんとに馬鹿だから、二言三言話したらもう、さようなら。でも彼はあふれんばかりの笑顔でたずねた。

「まあ、ともかく調子はどう？　成績はどうだった？」

わたしったらほんとに馬鹿だから、ベラベラ早口で答えて。さよならの握手もせずに、走って逃げて、振り返りもしなかった。でも彼はきっと振り返って、こう思っただろう、「なんておかしな子」。なんてわたしは馬鹿なんだろう、ただのまぬけだ。ゲーニャに会ったのに、うまくしゃべれなかった。だめだ、またどこかで彼に会ったら、きまりの悪い思いをさせたことをあやまって、いろいろ彼に聞いてみよう、調子はどうか、夏はどう過ごすのか。たくさん聞きたいことがあるんだから。そしてさいごに、写真をちょうだいねって頼もう。

五月三十一日

今日は五月の最後の日。明日はもう六月——夏だ。幾何学は良。たしかに運がよかった、あんなにやさしい問題ばかり引くなんて。これであと残っているのは、解剖学と物理だけ。

正直に言うと、幾何学は三時間しか勉強しなかった。二時間は昨日、今朝は一時間。でも幾何学を落第することはありえなかった。リダ・ソロヴィヨーヴァは何もわからなくて、一問目も二問目もさっぱりだったのに、それでも可をもらったのだ。もしもわたしが彼女の立場だったら、機転をきかせたのに。でも彼女は何も考えてなんかいなかった。

これからは、もうヴォーフカの家に行けない――口実がないから。きまりが悪い。彼にこんなふうに言ってみたら――「ねえ、ヴォーヴァ、わたしが男子じゃなくて残念。男子だったら、もっとたくさん遊びに来るのに。あんたの家にいると、とても気持ちがいいの。これまで来ていたときには代数学や幾何学の勉強をするっていう口実があった。でも口実がなくなったら、気まずいわ」。ただ心配なのは、彼が怒りだして、こう言うのではないかということ――「なんて君は「おりこうさん」なんだい。でもぼくには、男子だろうと女子だろうと別に関係ないね」。あるいは何か、こんなようなことを。

まあいいや、解剖学の勉強をしよう。

六月二日

解剖学は優。ほとんど全員が優だった。

今日はひどい天気。雹《ひょう》が降っていて、そのあとぼたん雪になった。身を切るような冷たい風。ときどきお日様が顔を出すけれど、また消えてしまう。

あと残っているのは、物理だけ。またたく間に時が過ぎていく。もうすぐ夏が来る。この先たくさんのことがわたしを待っている。この夏は、去年とはまったく違うものになるはずだ。去年の夏――それは、時間の浪費そのもの。今年の夏はあんなふうにはならない、ソビエトの学校の生徒として誓う。それに、それはぜんぜん難しいことじゃない。自分をけっして甘やかさなければいいだけだ。問題なのは、試験期間中は大きな精神の高揚を感じて、勉強をして応えなければいけないと自覚しているけれど、最後の試験が終わったとたんに、なにか空しさを覚え、すべてが終わってしまった、この先にあるのは空しさだけだと感じてしまうことなのだ。そうすると、こういう子たちが出てくる——何もかもあきらめてしまって……あとは坂を転げ落ちるようなもの。街をぶらつく、映画を見る、読書は月に一度だけ、朝は十時に起きて、寝るのは十二時。そうしてひと夏が過ぎていく。同じような日々が続いて、突然思いがけなく登校日がやって来るのだ。

しかしあきらめずに怠惰に打ち勝てば、まったくちがう夏になるだろう。怠惰、怠惰とは何か？　怠惰——それはソビエトの生徒には、ふさわしくない性質だ。つまり怠惰は克服しなければならないのだ。

わたしはそのように生活するつもり。

七時に起きる。ラジオ体操をする。

まずママとプーシキノ(1)に行って、むこうで仕事をする。休憩時間は散歩に行く。五時にはプーシキノを出る。七時にはかならず家に着いていること。七時半から八時半までドイツ語の勉強。それからお茶を飲んで、ラジオを聴いたり読書したり。十時半にシャワーをあびて、体操をして、ラジオの一番面白いところでスイッチを切って、十一時に就寝。

やがてプーシキノでのママの仕事が終わって、二人で製図の作業をするようになったら、わたしが予定を決める——七時に起床。ラジオ体操をする。九時に仕事を始める。四時に終える。散歩に行く。帰って来たら、お茶を飲む。一時間、アーカとドイツ語の勉強。そのあと読書してラジオを聴くのだ。

（1）　おそらくプーシキン市の間違い。レニングラードの中心から南に二四キロメートル、帝政時代には皇帝の離宮などのあったツァールスコエ・セローは、一九三七年に詩人アレクサンドル・プーシキンの没後百年を記念し、プーシキンと改名された。

六月四日

あしたは物理学の試験。わたしが受けるのは、午前の部の試験。だから朝は、何もできやしない。わたしはわがままばかり言って、小心者の自分をさらけ出してしまう。言うのも恥ずかしいけれど、自分をコントロールできないのだ。とにかく最後の試験なんだから。あともう一度、最後にがんばれば、自由になれる。きっとわたしは最後には降参してしまうだろう。あきらめてしまうのだ。いや、ちがう、そんなことにはならない。いますぐ勉強に取りかかって、午前一時までぶっ続けに勉強する、それでもあしたは試験を受ける。だってあした試験を受けなければ、それこそお笑い種だもの、むだに最後の力を振りしぼったことになるのだから。

　これでほんとうに最後の試験。最後に残った力をふりしぼるのよ、レーナ、そうすればあした、あしたは自由になれる。自由、そうよ、自由になるのよ。

ちがう、わたしは小心者じゃない。あしたは物理の試験を受ける！……

六月五日

さあ、もう自由だ。物理は良で合格。徹夜で勉強したのも、無駄じゃなかった。さて、これから先は、ご褒美のお休み。長期休暇が始まった。こんにちは、自由よ。

六月六日

十時に目が覚めた。かわいそうに思って、起こしてくれなかったのだ。アーカがベッドまでお茶を運んでくれた。飲もうとしたちょうどそのとき突然ベルが二度鳴った。ママがドアを開けに行った。声が聞こえる。ママの声と、だれか男の声。きっとママに舞台模型か何かが届いたのだろうと思った。大急ぎで明かりを消して眼鏡を外して、毛布にくるまった。ママがそのだれかに言う、「少々お待ちください」。そのあと部屋に入ってきて、わたしに言う、「ヴォーヴァが本を取りに来たの。入ってもらっていい？」

「ヴォーヴァが。もちろん入ってもらって」

「こんな早くにすみません。ぼく、本が要るので」

「ママ、本を渡して。この棚の上にあるわ。ちょうどあんたのところに行って、本を届けようと思っていたのよ」

「いやあ、ぼくが先を越しちゃったね」と控えめに笑いながら彼が言った。

ママが棚を引っかきまわしはじめた。

「ヴォーヴァ、ほら、これはもうこの子は読み終わったから」と、『レヴィーネ』(1)の本を見せる。

「いや、こういう本じゃなくて、教科書です」

そこでようやく思い出した。ヴォーヴァは、学校に教科書を返却する係だったのだ。(2)

ママが本を集めはじめた。「ヴォーヴァ、座ってね」とママは一分ごとに声を掛けた。

「いえ、大丈夫です、立ったままで。むこうでみんな待っているので」

さらにママはどこに旅行へ行くのかとたずねた。彼は、まだわかりませんと言った。

「ヴォーヴァ、一緒にヴォルガに行きましょうよ。お金を貯めなさい」

「いったいどこでそんなにたくさんお金が稼げるんですか」

そこでわたしが言う、「ねえ、ヴォーヴァ、二、三日中にまた来て。第九学年のこととか、話しましょうよ」。

彼はすぐには答えなかった、「わかった、そのうち寄るよ」。

彼の帰り際に、もう一度言った、「ヴォーヴァ、お願い、来てね」。彼は黙りこんだ。

「あんたどうしたの、ヴォーヴァ、一軒ずつ回って本を集めることにしたの？」

「うん」

「で、だれのところに行ったの？」

「だれのところにも。君のところから始めたのさ」

「どうしてわたしからなのよ、ローザ、リューシャじゃなくて」

彼はリューシャの電話番号をたずね、ローザのところに行くから、と言った。

彼がローザのところに行き、リューシャには電話をしたことを、あとから知った。

ヴォーヴァに言われたとおりに、一時に学校にお金を受け取りに行った。本の引き渡しが行われていた教室では、床から天井まで本の束が積み上げられていた。ここにはクラスのみんながいた。ヴォーヴァ、ヤーニャ、ミーシャ・イリヤシェフ、アーシャ、タマーラ、ローザ、リューシャ・イヴァノーヴァ。

みんな一緒に学校を出た。まず女子——ローザはタマーラとあちらへ、そのあとにわたし、そして後れて男子。女子はわたしに別れのあいさつをしなかった、まるで他人みたいに。わたしはもう何歩か学校から出ていたけれど、振り向かずにはいられなかった。ちょうどそのとき男子が出てきて、ヴォーヴァがわたしにお辞儀をして、正確に言うとお辞儀ではなくて、そんなような別れの身振りをした。いや、きっと、彼は来ないだろう。わたしも、彼のところへは行かない。九日の学年集会で会う時に、どうして来なかったのか聞いて、来てくれるように頼もう。でも、もしかしたらその必要はないのかも。様子を見ることにしよう。

(1) オイゲン・レヴィーネ（一八八三―一九一九）はロシア帝国の首都サンクトペテルブルク出身の革命家、ドイツ共産党員。一九一九年四月、第一次世界大戦後に樹立されたバイエルン・レーテ共和国第二期政権の指導者になったが、翌月逮捕されて死刑に処せられた。ここで言及されているのは、彼の裁判での弁論、回顧録などを収めたドイツ語の本のロシア語訳（一九二七年刊）。

(2) 一九四〇年十月二十六日の人民委員会の決議によって、レニングラードの八・九・十年生は、一人あたり一年に二〇〇ルーブルの授業料の支払い義務があった。これは多くの家庭にとってかなりの負担であり、学年末に古い教科書を集めて返却することで、支払いの一部に当てた。

六月七日

今日、本格的に第一日を開始した。七時十五分に起きて、ラジオ体操、顔を洗って、髪をとかして、ベッドを直してから、公園に出かけた。まだだれもいなかった。怒りっぽい管理人が掃除を終えるところだった。公園の中はとても素敵。鳥たちがさえずり、茂みから茂みへと飛びうつっている。

公園を出て家に戻って、潜水艦の乗組員についてのラジオ放送を聴く。わが国の潜水艦の乗組員の訓練と生活は、なんて複雑で真剣なんだろう。たとえば、艦艇を暗闇のなかで手探りで操縦することを学ぶ。艦全体の生命が、一人ひとりの訓練生にかかっているのだ。任務分担がしっかりと決められているので、調理人ですら食事をつくるだけでなく、戦闘警報が出た時には、持ち場につくために砲手のところに飛んで行く。兵士は日々、指揮官とともに猛特訓しているので、敵が攻撃してくる時には——その可能性は無視できない、遅かれ早かれ戦争はやって来る——われわれは勝利を確信するだろう。われわれには守るべきもの、守るための手段、そして守らねばならない人たちがいるのだ。

ある日、兵士たち——飛行士と潜水艦乗組員が懇親会を開いた。そして自分たちの特殊な任務について語り合った。飛行士が言うには、海底深くまでもぐるなんて、いや、これは怖い。空を飛ぶほうがずっといい。それにたいして潜水艦の乗組員が答える、陸地や海の上を飛ぶなんて、いや、これは怖すぎる、水中のほうがずっといい——魚みたいに泳ぐのだから。

きのう九学年用の文学書を二冊買った。すると授業の内容があまりに広範囲だったので、すぐに読みはじめることにした。ちょうど本を持っていたので、ツルゲーネフから始めた。

いま『ルージン』〔ツルゲーネフの長篇小説。一八五六年刊〕を読んでいる。

そこからの抜書き——

「愚かなことをしたと悟るほど、やり切れないことはない」

「これもある意味、打算でしてね。無関心や怠け者の仮面をかぶっていると、もしかしたらだれかが、ああ、あの人はあれほどの才能を台無しにしてもったいないことだ、なんて思ってくれるかもしれない。でもよく見ると、才能のかけらもなかったりして」

「とにかくなんでもかんでも駄目出ししていれば、すぐにあの人はすごい人だと評判になる」

六月八日

今日は急に思いついて、タマーラに電話して彼女のところに遊びに行った。歩きながら、なんの話をしたらいいか考えた。でもすべてうまくいった。タマーラはわたしによく似ているのだ。くわしく書いている時間がない、もう十一時を回ってしまった。

でも、彼女にヴォーヴァのことをたくさん話して、「あした一緒にヴォーヴァのところに行こうよ」と提案したことだけは言っておこう。タマーラ以外にはだれにも、ヴォーヴァのところに行こうなんて提案しなかっただろう。ヴォーヴァはわたしたち女子のことがとくに好きというわけではないから。でもタマーラは別で、彼女にたいしてはとても態度がいいのだ。タマーラにこう提案したとき、彼女が行く気でいるのが、わたしはすぐにわかった。彼女の家に向かっているときには、こんなこと思いつきもしなかったのだけれど。

最初のうちタマーラは、なんの口実もなしに彼のところに行くのはとてもばつが悪いと言っていた。でもわたしは一生懸命に説得しはじめた、ヴォーヴァはとてもいい子で、家での彼はまったくの別人なのだ……とか。すると賛成してくれた。

わたしたちは男子と女子がお互いにとてもよそよそしくて、ほんとうの仲間のようにお互いの家に遊びに行かないという間違った状態は、放っておけないという結論になった。二人でヴォーヴァの家に行くことにした。で、口実を考えた。タマーラが彼に何か本を貸してくれるように頼んで、わたしが彼の本二冊を届ける。そうだ、これはとても面白い、一体どんなことになるだろう。もしかしたらわたしたちの前に、何か今までとは違うことが開けるかもしれない。もしかしたらわたしたち三人は仲良くなって、お互いに親しくなるかもしれない。まだ何もわからないけれど。でも胸が高鳴る。ふたたび新たな意欲が、新たな希望が、新たな夢がわいてくる。もしかしたら三人は親しくならないかもしれない、でもわかるものか、これでタマーラとの距離は縮まるはずだ。タマーラこそ、わたしがほんとうに求めていた人。彼女なら、ほんとうの親友になれるかも。

そう、この先にはまだわからないことがたくさん待っているのだ。

六月九日

今日、とても見過ごすわけにはいかないことが起きた。すべてをごく手短に書こうと思う。

職員室で開かれた学年集会で成績表を受け取って、みんな帰ろうとしていた。クラスの男子は、女子よりも先に下校した。女子がぐずぐずしていたので、わたしは彼女たちと離れて一人で家に帰ることにした。クロークルームでクラスの男子に会った。彼らはもう上着を着ていて、わたしと、同じく家に帰るつもりでいたタマーラにさよならを言って、間もなく帰っていった。わたしと彼女は上着を着てから、上の階に上がって、そこでダンスが始まっているのかどうか、クラスの女子はどうするつもりなのか見に行くことにした。階段で彼女たちに会った。学校を出ると、玄関の昇降口で立ち止まった。エンマが言う、「あーあ、みんな、家になんか帰りたくない。踊りたいわ」。じきに女子は全員、タマーラ、ベーバ、エンマ、ローザ、ゾーヤ、ナージャ、ドゥイシャ、かなりの人数だったけれど、ひどく踊りたい気分になった。それも学校ではなくて、また女子だけではなくて、だれかの家で、男子と一緒に。悪口が始まった――いまいましい人でなし、ろくでなし、生意気なやつら――これは全部男子のことだ、彼らは姿を消してしまって、わたしたちはここで苦しまなければならないのだから。だれかがこんなことを考えた、もしもいま男子にわたしたちが踊りたいと言ったら、つべこべ言わずに賛成するはずだと。するとだれかが提案した、「ねえみんな、彼らをたっぷり懲らしめてやろうよ」。そこですぐに作戦がまとまった。わたしたちのだれかがジームカか、ミーシカか、グリーシカに電話して、わたしたちに素晴らしい考えがあるから、五分後に学校まで来るように言うのだ。でもわたしたちは学校の向かいの建物の玄関口に隠れて、たっぷり彼らをあざ笑ってやるのだ。わたしたちは一も二もなく作戦を実行することにした。

電話するために郵便局に向かった。郵便局には大勢の人がいた。ナージャとゾーヤが電話をかけに行って、わたしたちは建築現場の足場の下で二人が戻ってくるのを待った。二人は間もなく戻ってきた。グリーシカとミーシカは留守、ジームカは話をしようともせずに電話を切った。というわけで、わたしたちの目論見は失敗に終わった。

わたしたちは長いこと立ったままで、これからどうしたらいいか考えた。まさにそのときわたしたちには、砂漠で旅人に水が必要なように、クラスの男子が必要だったのだ。わたしたちはわけもなく若い男の人を一人一人見つめ、わけもなくあたりを見まわしていた。わたしたちはいまいましさ、恨み、悔しさのあまりにほとんど死にそうなのに、クラスの男子は来ようとしない。自分たちはこの世で一番不幸な存在だと思った。そしてわたしたちの苦しみが長引くほど、男子に会いたいという思いは募っていった。

そこで彼らに出会うまで、気の向くままに歩いていくことにした。どこかで遊んでいるに違いないと思ったのだ。ひと言で言えば、たとえ死んでも、まさしく今日中に、クラスの男子を見つけてやると決めたのだ。歩きだすと、ふいに女子のだれかが叫んだ、「ほら、男子よ」。みんながナージャの指すほうに振り向いて、待ち焦がれていたクラスの男子を見つけた。彼らもやはりわたしたちを見つけて立ち止まり、手を打って、いっせいに道を横切ってやって来た。わたしたちはおしゃべりを始めた、そしてわたしは、男子に会いたがっていた子たちが、たちまち冷淡で無関心になったことにすぐに気づいた。女子は威儀を正そうとしているように見えた。おしゃべりはすぐに止んだ。間もなくわたしたちは別々の方角に分かれた。でも男子がきれいに去ってしまうと、わたしたちは馬鹿なことをしてしまったと悟った。

「みんな、何をやっているのよ。どうしてわたしたち、分かれてしまったの。だって踊りたいのに……あの子たちと」

「行こう！」

「どこへ？」

「あの子たちを追うのよ」

「行こう」

みんなくるりと向きを変えて、男子のあとを追った。ますます速足になって、そのあとはもう駆け出した。自分たちが何をしているのか、男子に何を期待しているのか、もう自覚していなかった。ただ彼らに追いついて、二度と見失いたくなかったのだ。

わたしたちと彼らの距離はあっという間にちぢまっていった。みんなこらえきれずに笑っていた。距離がとても近づいて、十歩ほどになったので、男子がわたしたちの声に気づかないわけはなく、彼らはふり返りながら足を速めた。郵便局だ。突然、クラスの男子は方向を変えて、郵便局の車寄せに入り、息がつまるほど笑いながら隠れる。わたしたちはそのそばを急いで通りすぎ、ラズイェズジャヤ通りに曲がって、どんどん歩きつづける。ミーシカの住居の建物までやって来て、とうとうひきかえすことにした。「みんな、あの子たちに会っても、気づかないふりをするのよ」。わたしたちはくるりと向きを変えて、歩きだした。ヴェーラ・プロコーフィエヴァの住居の建物まで来ると、クラスの男子が向こう側を歩いて来るのが見える。彼らはわたしたちを見つけて挨拶をし、ミーシャ・イリヤシェフなどは片脚で摺り足の礼をした。わたしたちはさらに少し通り過ぎてから、立ち止まって、彼らを見つめる。彼らは立ったまま、互いに言葉を交わし、こそこそ笑いあって、わたしたちのほうを見つめている。それからキーラ・クルチコーフのところへ行ってしまった。そこで初めて女子は我に返った。なんてことをしてしまったのだろう、もう恥ずかしさのあまり死んでしまいそうだ、彼らはわたしたちを生かしてはおかないだろう（でもクラスの男子はとても育ちがよくて、翌日は何事もなかったかのように、このことをおくびにも出さなかった）。

わたしと女子たちのあいだで激しい言い争いが始まった。わたしは男子を擁護し、彼女たちは彼らの悪事を暴きたてた。わたしはじりじりと後退していった。勝ったのは、彼女たちだった。わたしは負けを認めたけれど、ただ一点だけは譲らなかった。男子全員を合わせたなかでもヴォーヴァが一番悪い、というのには同意しなかった。この言い争いで、みんなはだれよりもわたしを攻撃したけれど、とくにローザがひどかった。ヴォーヴァについてあることないこと言い立てて、返す言葉もなかったくらいだ。「プライドが高くて、うぬぼれ屋で、自分以外はみんなクズだと思ってるのよ！　みんなを思いどおりにあやつって、みんなのことを見下している。男子全員を焚きつける張本人。最初にからんできたのはだれ？　ヴォーフカ！　だれが好きか、好みの子はだれかを聞くなんていう馬鹿げた遊びを始めたのはだれ？　ヴォーフカ！　コートを女子に渡すなんてマナーを始めたのはだれ？　ヴォーフカよ。なのにあんたは、レーナ、彼はいい子だなんて言う。でもわたしはね」とローザは続けた、「ミーシカ・イリヤシェフが、男子みんなの前であんたを馬鹿にした時に、ヴォーフカも似たようなもんだったと思ってるわ」。

「あんたは」とわたしは聞いた、「彼も、わたしを馬鹿にしたと思っているの？」

「もちろん。そうじゃないの？」と自信たっぷりにローザが答えた。

わたしは黙りこんだ、なんて言い返したらいいのか。彼女ときたら、自分が正しいと思い込んでいるのだ。でもわたしにしてみれば、そんなことを言われても馬鹿馬鹿しいだけだ、なぜならはっきりとヴォーヴァの姿を思い描くことができるから、家での彼も、学校での彼も、パーティでの彼も……。――しかも全然ちがうふうに。

それにヴォーヴァは、自分が男子に人気があることにすら気づいていない。そんなことはまったく意識していないのだ。あれが当然のことだと思っている。ちがう、違う、全然違う。ローザは嘘をついている。彼のことを全然わかっていない。あるいは彼を、わたしから取り返したいと思っているのだ。きっと彼がわたしを好きになって、彼女のことを忘れてしまったと思っているんだろう。そんなのはぜんぶ嘘っぱちだ。

一九四一年六月二十二日

十二時十五分、モロトフ同志の声明を全国民が聞いた[1]。声明によれば、本日午前四時、ドイツ軍が宣戦布告もせずに西部国境の全域で侵攻を開始した。ドイツ軍機はキエフ、ジトミール、オデッサ、カウナスほかの都市を爆撃した。二百名が亡くなった。

五時、ドイツ領事が自国政府の名において戦争開始を通告[2]、つまりドイツがわが国に対して戦争を始めたということだ。つまり予想できたなかでも、もっとも恐ろしいことが起きたのだ。

われわれは必ず勝利する、しかしその勝利は簡単ではないだろう、〔弱小国の〕フィンランドとはわけが違うのだ。(3) この戦争は、苛酷な激戦となるだろう。

たとえ現段階ではまだ化学物質が使用されていないにしても、攻撃してくることは間違いない。

もう夜の十一時半だが、いまだに戦況報告は出されていない。ラジオでは、ほとんど絶えることなく軍歌や詩、そして戒厳令と動員の布告が流れている。その一方で、飛行機が街の上空を旋回していて、操縦桿を握っているのは、わがソビエト軍の飛行士だとわかってはいるが、それでもやはり落ち着かない。

敵の爆撃機だって、まったく同じエンジン音を立てるのだから。これは恐ろしい。ほんとうに戦況報告は発表されないのだろうか。もしもわが軍がたとえ小さくても勝利を収めたのなら、そのことは知らせるはずだ。でも、きっと、勝利はまだなのだ。そう、前線では戦闘がつづいているのだ。

外から戻って来た人たちの話では、召集兵たちが歌いながら通りを進んでいくという。(4) それを妻や子供たち、そして恋人たちが見送っている。

勝利はわれわれの側にある、同志諸君よ！

夜中の二時に、サイレンの沈んだ音で起こされた。ママと一緒に大急ぎで服を着て、台所に行った。とても静かで、飛行機の音は聞こえなかった。それから遠くのほうで、鈍い射撃音がした。ママとぴったり抱き合って思った、「爆弾だ！」でも飛行機の音は聞こえなくて、射撃音が少し近づいてきたが、それ以上は近づかなかった。これは、わが軍の高射砲列だったのだ。耳をすませると、高射砲が撃っていた、猛烈に撃ちまくっていた。中庭でサイレンが鳴り出して、高射砲の砲撃は止むことなくつづき、それなのに雲は無関心なようすで〔白夜の〕青白い空を流れていき、その雲の合間に星がいくつも輝いていた。とても怖かった。

三十分後に、警報解除の合図があった。ママとわたしは服を着たままベッドに入って、眠りに落ちた。

（1）ソ連邦外務人民委員のV・M・モロトフはドイツが独ソ不可侵条約（一九三九年）を破棄してソ連に侵攻し、独ソ戦（大祖国戦争）が始まったことを宣言した。
（2）六月二十二日の午前五時三十分、駐ソ連ドイツ大使ヴァルター・フリードリヒ・シェレンベルクは、ドイツとソ連は戦争状態にあると宣言した。
（3）一九三九—四〇年のソビエト・フィンランド戦争を指す。
（4）これはレーナの勘違いである。一九四一年六月二十二日に軍事委員部を訪れたのは、召集兵ではなく志願兵。六月二十二日付のソビエト連邦最高会議幹部会令によって、六月二十三日より召集を開始する旨が布告された。一九〇五年から一八年生まれの男子全員が陸軍・海軍の兵役についた。

一九四一年六月二十三日

朝、待ちに待った戦況報告があった。

一九四一年六月二十二日午前四時、ヒトラーの正規軍が国境を越えて、わが国の領土へ侵入を開始した。ドイツ軍爆撃機の大群が、わが国の平和な都市や村に爆弾を投下したが、すでに六時には赤軍の正規部隊と衝突した。六月二十二日は、一日中血まみれの激戦が行われた結果、ドイツ軍はすべての前線において重大な損害を受けて退却した。いくつかの拠点においてのみヒトラーの軍隊が侵攻して、国境から三〇—四〇キロの地点にある小都市や村を占領した。

ドイツの爆撃機がわが国の都市や村を襲撃したが、どこでもわが軍の戦闘機や高射砲によって迎撃された。前線全体で、ドイツの爆撃機六十五機が撃墜された。

イギリス軍司令部とチャーチルは、ロシア人を助けるために可能なことはすべてやる、さらにアメリカ合衆国も援助するだろうと表明した。ヒトラーは誤算をしたのだ。冬になる前にソビエト連邦をやっつけてしまい、そのうえで西ヨーロッパをすっかり片づけてしまおう、と彼は考えている。西半球の敵たちは弱っていて、自分の計画を今後実現してゆくのを妨げることはできないだろう、とヒトラーは考えているのだ。しかし彼は誤算をした。われわれは昼となく夜となく、さらに強大な力で敵を撃破してゆく。ロシアの国を助けるべく、われわれはあらゆる手を尽くす。暴虐非道行為から人類を救うべく、われわれはあらゆる手を尽くす。早朝から、中庭と屋根裏で作業が始められた。中庭では、毒ガスの待避所が大急ぎで建てられている。待避所は、地下室の全体を占めることになるだろう。屋根裏では、仕切壁や仕切格子をすべて壊している。どれも木製なので、もしも屋根裏が爆撃で火事になったら、まっさきに燃えてしまうからだ。

イヴァン・イヴァーノヴィチはつい最近、到着したばかりだ。彼は徹夜で七十名の部下と〔当時はレニングラード北西部にあった〕皇帝領地《ウジエーリヌイ》で塹壕を掘っていた。彼は敵機の姿を見なかった。これは、高射砲列の爆撃が届かないように、超高空を飛んでいたためだ。しかし彼はその遠い響きを聞きつけて、高射砲の爆音を耳にし、また目撃していた。爆弾については、彼は何も知らない。建物の管理人が言うには、別の敵機群が突っ込んできて、爆弾を《ボリシェヴィク》工場に投下したらしい(1)。その話がどれだけ正しいのかわからないが、管理人が虚偽の噂を広めて歩いたとは思えない。管理人はわたしたちよりも情報に通じているのだ。

でも正直なところ、わたしたちの家は空襲に対する備えができていない。どこに救護所、除染所があるのか、どこに防空壕があるのか、どこに防空司令部があるのか知らないのだ。フガス爆弾[2]、焼夷弾が落ちた時にはどうすればよいのかわからない。砂をかけなければならないことはわかっているが、わたしたちの家には砂が無い。わたしの考えでは、（映画で見たように）紙箱をいくつも作って、それに砂をいっぱいに入れて、各室のドアの前や廊下に置いておかなければならないのだろう。

ママと一緒に観兵式場[3]（別称、マルスの広場）に行った。そこの中央小広場には高射砲が六門あって、砲弾の入った重い箱が積み重ねられていた。武器には、近寄れないようになっている。

今日になって初めてこの街は大きく変わりはじめたのだ。

（1）最初のドイツ軍機によるレニングラード集中空爆は一九四一年九月六日に行われたので、これは虚偽情報である。
（2）炸裂する際に発生するガスの力で装甲板をも破壊する高性能爆弾。
（3）十九世紀の観兵式場跡。一九一八―四四年には「革命犠牲者」広場と呼ばれていた。

六月二十四日

二十三日の夜はぐっすり眠った。

午後、散歩に出かけた。チェルヌィショフ橋（現在のロモノーソフ橋）近くの円形小公園では、公園の幅いっぱいに、横たわった魚みたいな銀色の阻塞《そさい》気球(1)が置かれていた。何本ものロープで係留されている。その横にはすごくたくさんのガスボンベが置かれていた。オストロフスキー広場の公園やピオネール宮殿公園では、幅一メートルで人の背丈くらいの深さの、深い塹壕が大急ぎで掘られている。作業員のなかには、多くの知識人《インテリゲンチャ》がいる。

ほとんどすべての建物の中庭に、建築資材が積み上げられている。毒ガス待避所を建設するのだ。多くの中庭に砂が運び込まれている。

今日、学校から至急五時に登校するように知らせがあった。

五時に学校の、水色のホールに行った。六十人から六十九人くらいが来ていた。大半が女子だった。校長が手短に、わたしたちの力が必要とされるのだと伝えた。わたしのクラスで来ていたのは、ミーシャ・イリヤシェフ、ヤーニャ、ヴォーヴァ・クリャチコ、タマーラ、ベッラ・カツマン、ガーリャ・ヴィローク、ソロヴィヨーヴァ・リダ、ゾーヤ・ベールキナ。

ただちに出席者全員が作業班に分けられた。男子二班と、女子五班。わたしたちはみんな同じ作業班になった。班長は、チェボタリョーヴァ・マヤ。わたしたちは司令部から委任されたすべてのことを遂行することになる。

ベッドに入る。今夜はどんな夜になるのだろうか。それは、わからない！

(1) 敵機による低空からの攻撃を防ぐために、金属のケーブルで係留された気球。

六月二十五日

夜は穏やかに過ぎた。昼には二度の空襲警報があった。警報が発令された時には、他の女子と一緒に学校の防空壕にいた。というのも朝にマヤが電話してきて、学校の窓に紙を貼らなくてはいけないという。それで作業をしていたのだ。女子二十名ほどだった。わたしのクラスからはマヤ、タマーラ、リダ・ソロヴィヨーヴァ、ニーナ・アレクサンドロヴナ。二度目の空襲警報が解除されると、わたしはちょっと食べてからまた来ると言って家に帰った。でもその後はもう行かなかった。窓に貼る作業はたったの二、三教室分しか残っていなかったので、わたしがいなくても大丈夫だろうと判断して、自分がやるべきもっと重要な仕事を見つけたのだ。〔わたしたちの〕建物《ドム》(1)の婦人班の人たちと一緒に、屋根裏から地下へ板を運ぶ作業をした。わたしたちは四十分間、休みなく次から次へと流れ作業で働いた。それから休息をとりに行って、また六時に作業にとりかかった。作業はとてもつらかった。屈強な男性がやるような仕事だ。でもわたしたち女性はやってのけた、重たい板を二人で持ち上げたのだ。

夜の八時に賃貸住宅協同組合《ジャクト》(2)で、わたしたちの建物の住人集会が開かれた。〔党の〕地区委員会の活動家《アジテーター》の報告のあと、すべての重要問題が話し合われた。ママはアパートの衛生隊に登録された。隊員は全部で六名だ。

あしたは、また暑い一日になる。でも今は家の中を点検してから寝なければいけない。どんな夜になるのだろうか？

（1） 一つのドムに数十戸の住居や事務所、店舗などが入っていることが多い。
（2） 賃貸住宅協同組合は一九三七年十月十七日に廃止されたが、レーナは習慣で建物内にある事務室を「ジャクト」と呼んでいた。

六月二十五日［日付が重複］

朝から学校に呼びだされた。全員が隊に分けられた。わたしは消防隊に登録された。それからみんなで屋根裏に砂を運んだ。それからわたしは家に帰った、へとへとになってしまったからだ。きっと、きのうがんばりすぎたのだろう。

毎朝六時に、情報局の新しい戦況報告がある。前線ではずっと激戦が続いている。優勢なのはわが軍だ。ドイツ軍の兵士は、酔っ払って戦闘に行く。ルーマニアの兵士の後方にはファシストの大砲が据えられている。それにもかかわらず敵の兵士は、可能とみればすぐにわが軍に投降する。ドイツの経済状態は日ごとに悪化している。なんとかドイツ本国の軍と工場労働者の生活だけは保障しようと、ファシストは占領した国々から食糧の最後の貯えを掻き出している。オランダ、ベルギー、ユーゴスラヴィア、ブルガリア、フランス、ルーマニア、ノルウェー、デンマーク等では不満が大いに広まり、この血に飢えた人非人どもにたいする憎悪が高まっている。そして恐ろしいテロにもかかわらず、言葉一つ、いぶかしげな微笑一つで投獄され、銃殺され、強制収容所へ送られるにもかかわらず、こうしたすべてにもかかわらず、ますます頻繁に、征服された国々がその憎悪を公然と表明している。ドイツ軍の後方には、前線よりもさらに危険な敵対者がいる――ファシスト体制のせいで極限状態にまで陥った、飢えた国民大衆だ。ファシストも十分にそれを意識している。ソビエト連邦への攻撃――これは溺れた者が藁をもつかむような絶望的な試みなのだ。これは窒息しかけている人が、このさわやかな空気をのみ込もうとするような絶望的な試みなのだ。

ソビエト連邦を攻撃するにあたって、自分たちの軍隊が無敵であると誤解したファシストどもは、わが故国であるウクライナ、ベラルーシほかの地域を占領することで、自分たちの経済状態を改善しようとしたのだ。だが敵は見込み違いをした。たとえ彼らの軍隊が、わが軍より数倍も厳重に武装していても、それでもやはりわれわれが勝利を収めるだろう。なぜならファシストの軍隊は統制がとれておらず、兵士は強制的に戦争に駆り出されていて、兵士は疲れきっていて、兵士が案じているのは親きょうだいのことで、兵士はソビエト連邦と戦いたくないからだ。兵士ばかりでなく、ファシストの飛行士、戦車兵、その他の者たちもすすんで捕虜になろうとする。この人たちの体力、精神力は消耗しきっているのだ。

空中戦で、どちらも最新の設計で、どちらも同じ飛行性能を持つ二機の飛行機が、真っ向からぶつかった時に、つねに勝利するのはわが軍の飛行士が操縦する飛行機なのだ。それは敵の飛行士の乱れた神経のほうが、先に耐えられなくなるからに他ならない。ほんの一瞬でもためらったなら、神経の持ちこたえた飛行士の飛行機が空中戦を制する、そしてそれはほとんどつねにソビエトの飛行士なのだ。なぜなら彼が守っているのは自分の故国、自分の親族そして友人たちなのだから。なぜなら彼は勝利を信じ、そして自分の仲間たちを信じているのだから。仲間たちは、彼も承知しているように、困難な時には全員一丸となって彼の救援に駆けつける。それにたいして敵の飛行士は、成功を確信できず、勝利を確信できず、自分の「同志たち」

を信用できない。なぜなら危機に陥ったときにはそれぞれ自分だけが助かろうとする、自分の飛行機、自分の命だけが助かろうとするのを承知しているからだ。彼は勝利を確信できない。なぜなら多くの場合、なんのためなのか知りもしないで空爆を行っているのだから。

経験を積んだファシストの飛行士だけが、より確信をもって戦い、われわれに損害を与えている。しかし彼らにしても、英雄的精神、団結心、どんな時にも自分の命を犠牲にする覚悟をもち、そして同時に第一級の技量、訓練をつむことで鍛え上げられた筋肉と神経、健全な細心さ、けっして無分別ではない冒険心、臨機応変さと信念をもった自制力ある冷静な人々にたいして、長くは持ちこたえられない。

敵を打ち負かすのは、わがソビエトのスローガン「一人はみんなのために、みんなは一人のために」なのだ。

六月二十八日

午前四時に空襲警報が出た。地下室に向かった。でも〔わたしたちの〕建物の人はほとんど行かないで、家に残っていた。五時に解除の合図が出た。外に出ると、まばゆい太陽の光が力強い奔流となって、ウラジーミルスカヤ鐘楼の背後から斜めに射していた。無数の阻塞気球が、日の光を浴びて明るく輝いていた。とても綺麗で、帰りたくなかった。牛乳の缶と牛乳瓶を詰めた箱とをぎっしり積み込んだ貨物路面電車が、通り過ぎていった。とても気持ちがよくて、とてもうれしい。とても穏やかだ。

七月一日

子供たちの疎開が始まってもう三日め。(1) 毎朝、あちこちの住宅協同組合《ジャクト》や託児所《オチャーギ》、児童福祉団体から、一歳から三歳までと、それより上の年齢の子たちがバスで始発の駅にむかって出発する。ヴィテプスク駅へ行く子もいれば、オクチャーブリスキー駅〔現在のモスクワ駅〕へ行く子もいる。みんなとても大変そう。一〇〇名につきリーダー一名と、保母一名が配置される。今日はグレタ、イーラとジェーニャが行ってしまう。レヴェッカ・グリゴーリエヴナは運がよくて、リーダーとして行くことになっている。もう二日も空襲がない。ラジオでは戦闘のエピソードがあれこれ紹介されて、警戒やデマとの闘いが話題になり、レニングラード市は戒厳令下にあると念を押され、空襲の際にはどう行動すべきか、焼夷弾や焼夷板〔セルロイド板にリンを滴下したもの〕をどうやって消火すればよいのか教えている。

市の全域で空襲待避所、塹壕、防空壕の建造が完了しつつある。労働義務の布告、そして住民に対してすべてのラジオ放送装置の強制供出が布告された。敵が装置を悪用しないようにするためだ。一方で、わが国には後方活動をする敵がかなりいる。〔パラシュートなどによる〕降下部隊は、敵のお気に入りの戦法だ。敵はかなりの数の降下部隊を投下しているが、ソビエト市民やコルホーズ員、労働者の警戒のおかげで、部隊の大部分が着地時に撃滅されている。内務人民委員部の職員で構成された特別駆逐隊が、労働者と協力して残りの者を捕まえている。しかしまだ捕まっていない敵も多い。彼らはわが国の諸都市を、民警職員の制服や民間人の服装をしてうろついている。これらの破壊工作降下隊員に課せられた任務は、必要な情報の収集、重要拠点の爆破、集団農場への放火、虚偽の噂を流してパニックを引き起こすこと、新たな協力者の募集、ラジオ放送や電信電話通信を阻害することだ。

彼らの中には女性もいる。こうしたスパイをめぐって、さまざまな馬鹿げた噂が町中に流れている。たとえば最近、ネフスキー大通りに敵の飛行機が二機着陸した、というような噂だ……。

でも、それをまったく無視するわけにもいかない。労働者たちが拘留した警官のなかには、少なからず「部外者」がいたのだから。

前線では激戦が続いている。戦士の一人一人が祖国の英雄なのだ。敵は陰険でずる賢い。たとえば敵の機関銃手たちは牛のかげに隠れて、ごく普通の生きた牛のかげに隠れて、わが軍に忍び寄ろうとしたのだ。別の場所では、敵は女装した兵士のグループの背後に隠れてしまった。わが軍の戦士はこれに対して、勇猛果敢な英雄的精神で応える。敵は公然と戦うことを好まない。敵は狡猾で、ずる賢い手口を使う。

すでに三機のユンカース88型機(2)が〔離脱して〕われわれの元に飛来した。多くの兵士が新たにわれわれの味方となった。そしてさらに味方の数は増えるだろう。

（1）児童疎開は一九四一年六月二十九日に開始され、この日、十本の臨時輸送列車が一万五一九二人の子供たちを送り出した。

（2）ドイツ軍の急降下爆撃機。

七月二日

すべての前線で激戦が行われている。わが軍の守備兵は多くの場所で、数では上回っている敵の進撃を勇猛果敢に食い止め、あるいは弱体化させている。敵の武装には隙がない。敵はすばらしく訓練され、完全武装している。ファシストの司令部は、みずからの目的を達成するためにいかなる犠牲をまえにしても止まることがない。ファシストたちはみずからのプラン、みずからの戦術を持っている。今のところとても危険な敵だ。しかし何があろうとわれわれは勝利するのだ。

たった今、グレタ、イーラ、ジェーニャが出発した。イーラとジェーニャは、なにか普通でないことが起きるというので、有頂天になっていた。

わが軍はリヴォフを放棄した。

七月五日

ドイツ軍は重大な損害を受けたにもかかわらず、スモレンスクに接近中。モスクワとレニングラードでは国民義勇軍が結成されている(1)。つい最近〔一九四一年七月三日〕、ラジオでスターリンが演説した。あちこちの通りを志願兵の部隊が進んでいく。

昨日はヴォーヴァの所に行った。なんて素敵なの、若くて元気で明るくて。カレリヤ地峡への移住を夢見ている。シャレばかり言っている。なんて彼のことが好きなんだろう。

今日は三時間（十二時から三時まで）、煉瓦を積んだ荷船の荷降ろしをした。これは労働義務だ。作業は簡単。ただくやしいのは、ただ働きということだ。

近いうちにどこかに就職する。もうその時期なのだ。ママを助けなければ。

外国ではファシズムにたいする憎しみと、そしてわたしたち、偉大なるわが祖国にたいする共感が大きくなっている。

ああ、ヴォーフカ！　あんたに毎日、いつでも会えるというのなら、すべてを捧げるのに。彼にたいする気持ちは、文章では表現できない。

言葉ではあらわせない。なんとか表現したいのに。

心でしか、この気持ちは表現できない!!!!……。

（1）　一九四一年六月二十七日、北部戦線軍事評議会は一〇万志願兵による部隊を編成するという決定を下した。レニングラードでは六月三十日、モスクワでは七月初めに最初の国民義勇軍の師団編成が開始された。

七月十一日

この間に、十一回の空襲警報があった。

七日――四回の空襲警報。

八日――三回の空襲警報。

十日――三回の空襲警報。

十一日――今のところ一回の空襲警報。

都市《まち》が軍の野営地に変わろうとしている。ネフスキー大通り方向にも、逆方向にも、武装した兵士を乗せた自動車、弾薬を積んだ自動車が疾走して、燃料を運ぶタンク車や炊事車が走り、毎朝、大砲や戦車や装甲車が走っていく。どの車も草や木で擬装されていて、そのうちの何台かの兵士たちは、まるで本物の森の中にいるみたいだった。

九日には四時間、オブヴォードヌイ運河通りで塹壕掘りをした。

七月十七日

七月十二日に、住宅協同組合《ジャクト》に行くように言われた。ママが何の用件なのか確かめに行った。最新の動員令では、生徒は住宅協同組合に所属しないことになっていたからだ。すぐにママがとても興奮して戻って来た。

「ほら、レーナ、支度しなさい、あんたたちは三日間どこかに行くことになったの。できるだけたくさんのパンと砂糖と、他にも食料を持って行かなくちゃいけないって言われたわ」

十二時頃に住宅協同組合へ行った。片手に鞄《かばん》、もう片方には毛布と枕の入った包みを下げて。わたしの他に住宅協同組合から派遣されたのは、五人だった——つい先日十六歳になったばかりのアーリャとゾーヤの女子二人と、ユーラ・ベッケル、ペーチャ、アフメドの男子三人。

わたしたちは全員プラウダ通りの製パン業会館へ行き、そこからヴィテプスク駅に行って列車に乗った。この列車は郊外線の客車を連結したものだった。わたしは開いている窓のそばに座った。五時間乗って、タルコーヴィチ駅(1)に到着した。夜の十時だった。太陽が森のむこうに沈んだ。班ごとに分かれて、しばらくこの茂みで隠れているようにと言われた。焚火はしないように、いつ空襲があるかわからないから。わたしたちはぐずぐずせずに、あちこちの茂みに分かれて軽い食事をとり始めた。わたしたちの組合は別の組合と一緒になって、タバコ生産本部工場の労働者に加わった。ふたたび歩きだした時にはもう日が暮れていた。歩くのは大変だった、とにかくシャベルが邪魔で、それが無ければ両方の手で荷物が持てたのに、シャベルのせいで片手がまったく使えなかったのだ。みんな急いで移動した（そうすればあまり蚊に刺されずにすむので）。

大きな労働者居住区を抜けてから、深くて歩きづらい窪地を横切って、鉄道の線路に出た。鉄道路盤を越えて、森の奥へと入った。道は蛇のように曲がりくねり、上ったり下ったりして、この苦行には終わりがないような気がした。山に向かってだんだんと高くなっていく、きつい上り坂が始まった。疲労のせいでよろめき、両脚が沿道の細かな砂にはまりこんで、みんな小さなグループになって、あるいはばらばらになって、音を立てないようにして進んでいく、あたりは静寂に包まれている。神経は極限まで張りつめている。みんな落下傘部隊のことを知っているのだ、もしもこの森に敵がひそんでいたら、どうなるかということを。ほら、今にも機関銃が連射して、夜の静寂に呻き声と叫び声が響き渡るかもしれないのだ。そうなったらいったいだれが助けてくれるというのか、こんな片田舎で。

また道が折れると、目の前に次のような光景が広がった。わたしたちが立っていたのは、川に向かってなだらかに傾斜している丘の頂上だった。広々とした穏やかな川面が、穏やかな月の光を浴びて銀色に輝いていた。ふいにエンジン音が響いて、闇の中から飛行機の黒いシルエットが浮かび上がった。みんな顔を見合わせた、だれもが同じ疑問を抱いていた。やつらか、それとも味方か？　飛行機はちょうど川の上空の、それほど高くない所を飛んでいた。怖くなった［推定での判読］。すると今度は、わたしたちのほとんど真上を飛んで行った。双発機で、どうやら軽爆撃機のようだった。飛行機が遠ざかり始めた。突然、主翼と尾翼に白と黄のランプが点滅し始めた。それから長いことみんな立ったまま、この点滅する光を見つめていた。

エンジン音が静まったので、ゆっくりと先へ進み始めた。下って、上って、左へ、右へと、足を引きずるようにして道を進んでいく。これ以上もう歩けない。自分のスコップをだれかに渡した。わたしたちをへとへとにさせて見捨てるために、わざと引きずり回しているのではないかと、不安に駆られはじめた頃に、遠くにある百姓家のシルエットが目に入った。すぐにわたしたちは温まって、濃いお茶を飲んで、ベッドに入ることができるのだ。しかしその希望は空しいものだった。今度は、村の本道に入った。塀の下にずらりと、家の敷地内にもいたるところに、屍体のように人々が寝転がっていた。自分たちにも同じ運命が待っているのだと理解した。村の中に落ち着ける場所はどこにもない、村の外へ行って、寝場所を確保するようにと言われた。みんな村の中を歩きだした。しかしいくら歩いても、村の外れが見えてこない。通りを曲がると、ふたたび百姓家がどこまでも続いていて、いたるところで人々が雑魚寝していた。村にはすでに八千人のレニングラード市民がいるのだと言われた。とうとう最後の百姓家である納屋まで行って、村が終わった。わたしたちは道から外れると、荷物をほどきはじめて、草の上に横になった。草は湿っているが、どうしようもない。ふいに道路脇に何か白く見えているものに気がついた。それは地面に放置された古い板葺き屋根だった。その上に横になってみると、やっぱり湿った草の上よりは乾いていた。頭から毛布をかぶって、心地よく伸びをして寝入ってしまった。死人のように眠り続けた。目が覚めた。日が昇ったばかりだった。その最初の日射しに照らされて草は輝き、鳥たちがしきりにさえずっていた。まもなくしてわたしたちは、夕方六時まではなんの予定もないことを知った。

わたしはオレデーシ川の高い岸辺にある大きな村に来ていたのだ。なんて美しい所なのだろう。小さな砂浜がある。みんなで水浴びをして、肌を焼いた。ここにはなんの食糧もないこと、しかしすぐに届くことを知らされた。

六時に班長が班員を集めて、みんなで作業に向かった。

わたしたちは夜の六時から朝の六時まで働いた。五十分間働いて、十分間の休憩。十二時から一時までは食事の時間。

ある時、休憩時間中に（それは夜の九時頃だった）わたしが耳にしたのは、知り合いの男子が……［この文は完結していない］

（1）レニングラードから南に一二二キロメートル、レニングラード州ルシスキー地区にある鉄道の駅。

⋯⋯⋯⋯⋯⋯⋯⋯⋯⋯⋯⋯⋯⋯⋯⋯⋯⋯⋯⋯

八月二十五日
ふたたび家にいる。いま着いたばかり。

⋯⋯⋯⋯⋯⋯⋯⋯⋯⋯⋯⋯⋯⋯⋯⋯⋯⋯⋯⋯

ネーリャ・クレノチェフスカヤ。クラスノアルメイスカヤ自動交換局2―16―42

⋯⋯⋯⋯⋯⋯⋯⋯⋯⋯⋯⋯⋯⋯⋯⋯⋯⋯⋯⋯

キーラ・ザムィシリャーエヴァ。ポドーリスカヤ23番、20号

⋯⋯⋯⋯⋯⋯⋯⋯⋯⋯⋯⋯⋯⋯⋯⋯⋯⋯⋯⋯

ヴィーチャ・ロフマン。クラスノアルメイスカヤ自動交換局2－34－63

わたしの学校も他の学校も、ドゥデルゴーフ[1]の近くで壕を掘った。

わたしたちは——わたし、ナターリヤ・アレクセーエヴナ、ヴァーリャ・コロプコーヴァ、レーヴァ・リブマン、ユーラ・ツェレコフスキーと他にも何人かいたけれど、十二時頃に電車でドゥデルゴーフに着いた。途中でタマーラとお母さんに追いついた。ようやく学校に到着。一時間後には、もう壕の予定地にいた。こうしてわたしのリ・リ・デミャギ村での生活が始まったのだ。ここはフィン人の小村で、まわりにいるのはフィン人ばかり。連なる丘の一つに位置している。この村で過ごしたのは、きっかり十八日間。はじめのうちは何事もなくて平和だった。午前七時に起きて、八時にはもう壕の予定地にいた。五十分間作業をしては、十分間の休憩。休憩中は干し草の巨大な山の下に行って、日陰で寝ころんだ。十二時になると、当直兵が昼食を運んできてくれた。それから夜の六時まで作業。六時十五分には、もう宿舎に戻っていた。わたしたちが寝泊まりしていた学校は、遠くからもよく見えた。このかなり大きな一階建ての木造校舎は、丘の上にあった。校舎の前には、なだらかな丘に四方を囲まれた狭い土台穴。土台穴の真ん中を村道が横切っていた。作業現場から校舎までは半キロもなかった。学校の造りは二つの教室と廊下、そして玄関の間からなっていた。最初は一部屋が女子用で、もう一部屋は男子用だった。はじめのうちはわたしたちの部屋で第十五学校の女子が、隣の部屋にはどこかよその男子が寝起きしていた。第十五学校の女子のなかで一番好きだったのは、ゾーヤとヴァーリャの二人。ゾーヤはもう十六だったけど、十三、四歳にしか見えなかった。ほんとうに子供っぽくてあどけない顔。小柄ですらりとして、明るい茶色の二本のお下げ髪。とても素敵な顔立ちをしていた。卵型の小顔で、額が高くて、灰色の目、眉はアーチ形で、美しい鼻と、大きめのちょっと不格好な口をしていた。この口が顔全体にある種のあどけなくて無垢な、少し淋しげな表情をあたえていた。

ヴァーリャは背の高い女の子で、すらりとして細く、襟足を刈り上げた暗褐色の髪、いたずらっぽい笑みを浮かべた茶色の目をしていた。顔は四角くて頬骨が高く、斜視気味だった。

けっして美人ではなかったけれど、どことなく人を惹きつけるような、思わせぶりな表情をしていた。ある晩みんなで輪になって座り、二人の恋の話がはじまった。じつはゾーヤは無邪気な子供なんかじゃなくて、その正反対、すごい「不良」娘だったのだ。彼女の話では、これまでの人生でたくさんの男の子たちに愛され、彼女のほうは面白半分に愛して、三度キスされたという。額と、うなじと、そして頬に。

「あのね、去年、クリミアのサナトリウムに行ったの」とゾーヤ、「それで、むこうで、ある男の子がわたしに夢中になっちゃって。セリョージャって名前だった。ほんとにもうわたしに夢中で、ほんとに怖いくらい。わたしも好きになっちゃったの。それからわたしが病気になって、隔離病室に移されたのよ。そうしたらこのセリョージャは、もうわたしに付きっきりで。ひどく熱があって、うとうとしていたんだけど、ふと目を開けると、すぐそばに白衣を着た彼がとても悲しい顔をして座っていて、とてもやさしい目でわたしを見つめているの……」

ゾーヤはほんのちょっと目を閉じて、そのあと腹立たし気にまくし立てる。

「あのね、聞いてよ、いつだったかとても気まずかったわ。ほんとうにひどいの。だって、たとえば、〈小用で〉ちょっと席をはずしたかったのに、とても気まずくて……」とゾーヤは困惑したように微笑んだ。

「で、そのあとなんとか……元気になったんだけど、でもそのサナトリウムでは女子は男子と別の建物で暮らしていて……。で、あるとき部屋にいたら、突然女子に呼ばれたの。

『ゾーヤ、来てよ、あんたをセリョージャが呼んでるわよ』

走ってベランダに出てみると、彼が真正面に立っていたわ。『ぼく、お別れを言いに来たんだよ、ゾーヤ。ぼくは行かなくちゃいけない。きっと、もう二度と会うことはないだろう、さようなら！』

ちょっとのあいだ黙っていて、それからいきなり両手でわたしのこめかみを押さえて、激しく抱きよせて、額にキスしたの。ねえ、あんたたち、とてもぎゅっと、そしてとてもやさしく、やさしくキスしたのよ……。で、そのあとふいにむこうを向いて、走って行ってしまった。それから彼には会っていないわ……」

数日後にこの女の子たちは行ってしまった。そのあとヴォーヴァ、ミーシャ、ヤーニャ、キーラ・クルチコーフが来て、三日間いた。彼らにはほとんど会わなかった。ヴォーヴァとはまったく口もきけなかった。わたしは尻込みして、自分から彼らのところに行こうとはしなかったし、彼らもやはり来なかったから。そんなわけで、わたしとヴォーヴァは他人同士みたいだった。彼が出発する前に廊下で会ったので、わたしの家に寄って、わたしがここでどんなふうに暮らしているか、少し詳しく伝えてくれるように、それからママに葉書を渡してくれるように頼んだ。この時すばらしい誠実な友が、ふたたび一瞬姿をあらわしたのだ。固く握手をして、彼はわたしに元気でねと言って、去って行った。わたしは壕の予定地に行き、夕方に戻って部屋に入ると、何がなんだかわけがわからなかった。部屋はやたら大きくてがっしりした男子でいっぱいで、しかもみんなタバコを吸っていて、その騒がしさは怖いくらいだった。

こうして第十五学校とのつきあいが始まった。彼らは全部で十六名。教師一名、男子が十三名、女子が二名。女子の一人は、昔の友達だった。ネーリャ・クレノチェフスカヤは以前同じクラスだったけれど引っ越して、いまは第十五学校に通っているのだ。もう一人の女子はその友達で、キーラ・ザムィシリャーエヴァ。そうしてもうその晩に、真っ暗だったけれど、わたしはしっかり観察して聞き耳を立てて、他のだれよりも目立っている男の子に気がついた。

　彼の仲間は十七、八くらいで、みんな低い声でしゃべっていたけれど、アンドレイというその子は中背で、だれよりも背が低くて、子供っぽい生き生きとした話し方をして、子供っぽい高い声をしていた。十五歳よりも年下みたいだった。十五歳の男子を特殊作業に動員するための法律[2]がもうすぐ発効することを、ふいに思いだした。

　男子が一人また一人とタバコを吸いはじめた。アンドレイは座ったまま、ときどき隣の子と話していた。この子がタバコを吸わないのは、せめてもの救いだわ、と思った。そしてまさにその時だ、アンドレイが立ち上がって、コートのポケットからぺちゃんこのものを引っ張り出して、巻タバコを口にはさんで、手慣れた様子で靴底でマッチをすって、タバコを吸いはじめたのだ。この時はじめて顔を見て、彼のことがとても好きになった。

「アンドリューハ〔アンドレイの愛称〕、マッチを投げてくれよ」

　彼は投げて、一歩一歩踏みしめるようにして部屋の中をドアのほうに向かった。

「あっ！」

「こらっ、火傷しちゃうじゃないの！」

「あっ！　あなたのお名前は？　きれいなお嬢さん！」

「あとでわかるわよ、ほら、熱湯を運んでいるんだから」

　そんなふうにして、アンドレイとヴァーリャ・コロプコーヴァは知り合ったのだ。ちょっとお茶を飲んだら、男子はみんな外に出てしまった。わたしたち女子はもう寝るところだったけれど、そこにアンドレイとゾーリャの二人が入って来た。入ってすぐにタバコを吸いはじめた。

「あんたたち、部屋のなかでは吸わないでよ。息がつまりそうよ」とヴァーリャが頼んだ。

「教えていただけますかね、ぴいぴい泣き言を並べてるのは、どなたかな」とゾーリャが言った。

「ぴいぴい言ってるんじゃなくて、話してるのよ、馬鹿にしないで」とヴァーリャが答えた。

だれかがヴァーリャに歩み寄って屈みこんで、その鼻先でマッチをすって顔を照らした。

ヴァーリャは一吹きして消した。

「ああ、こいつはだれかな」とアンドレイが言った。

それから今度はわたしの鼻先で、マッチをすった。

わたし――

「ここから先は、女子が眠っているのよ」

「アンドレイ！　ばか、なんで火を点けるんだ！　消しなよ！」

「いや、女の子たちと知り合おうと思ってさ」とゾーリカが答えた。

「知り合うってのは、素晴らしいことさ。ねえ、女の子たち、彼を許してやってよ。こいつは恥知らずで有名なんだ」

「おまえは、サーシカ、がみがみ言うなよ」とアンドレイが答えた。「これで万事オーケー、どんな女の子たちなのか、さっぱりわからなかったんだから。眠っているうちに、のどをかき切られちゃったりして」

だれかが騒々しく部屋に転がり込んできた。

「いいか、……よく聞けよ、わが軍がこの町を奪還したぞ」

「浴場でストップだぞ。御婦人方のお通りだ」というアンドレイの声。「ご静粛に、諸君、せめて怒鳴らないで。ここには女の子たちがいるので」

「女の子たちは眠っているよ、たぶんへとへとさ」

「女の子たち、眠っていないのかい？」

静寂。

「女の子たち、眠っているの？」

わたしたちは無言でとおす。マッチを擦る音がして、室内を照らした。

「眠っているな」


こんなふうにしてわたしたちは暮らした。陽気に。騒がしく。嵐のように。


翌日はアンドレイとヴァーリャが当番で残った。みんなが戻って来るころには、二人はもうお湯を沸かし、部屋は掃除され、食器は洗われていた。みんなは先をあらそって当番の二人を褒めたたえた。

アンドレイは言った。「ぼくにとってヴァーリカ〔ヴァーリャの愛称〕は、ただの女の子じゃなくて、お宝さ」

「こんな奥さんをもらえたら――もうたまらないね」

「二人を結婚させろ、結婚させろ」とみんなが叫びだした。

「じっさい、どうこう言うまでもないさ。花婿は同意なんだから」

「でも、花嫁の同意はもらったのか？」

「あれ、花嫁にも聞かなくちゃならないとはね」というアンドレイの声。

「いや、かまわないさ、みんな。彼女はうれしさのあまり、何を言ったらいいかわからないんだ」

ヴァーリカは男子の攻撃を全力で防いでいた。

「あんたたちみんな、悪魔に喰われちゃえばいいのよ。どうしたの、あんたたち、みんな馬鹿になっちゃったの、えっ」

「全員、彼女から離れるんだ」とアンドレイが言った。「おまえらは女性の扱い方を知らないのさ。女性には特別なアプローチが必要なんだ」

ヴァーリャは笑いで息がつまりそうになる。みんなも同じ。

「ヴァーリャは利口な子さ、おまえらはその気になるなよ」とアンドレイは言って、ヴァーリャのほうを向いて、その手をとる。「君は今から永遠にぼくの妻だ、そうだろ？　ね？」

「はい！　はい！　はい！　はい！　ただもう、ほっといてちょうだい。ほんとうにくたくたよ」

「彼女が認めた。彼女が認めたぞ」とみんながわめき出した。「アンドリューシャ、新たな獲物をおめでとう」

アンドレイは笑って言う、「ありがとう、ありがとう、さあ、パーティだ！」

男子が一目散に部屋から出て行く。ヴァーリャは毛布の上に倒れこむ。顔を赤らめて、笑いながら、幸福そうなまなざしでわたしたち女子を見まわす。

「ほんと馬鹿なんだから。もう、くたくたよ」

それからわたしたちに背を向けて、枕に突っ伏したまま横になっている。

入り口にアンドレイが現われた。

「ヴァーリカ、早く来いよ。君がいなくちゃ、どうにもならないよ」

ヴァーリャはびくともしなかった。

アンドレイが近づいていく。ヴァーリャは両手で顔を覆った。

アンドレイが彼女をのぞき込んで、ちょっとひざまずく。

「ヴァーリャ、どうしたの、どうかしたのか？」

彼女の上にかがみこむ。彼のささやき声が聞こえた。

「ヴァーリャ、どうしたのさ。くやしかったの？　ヴァーレンカ、ただふざけただけなのに。侮辱されたって？　そうなの？　ヴァーリャ？　答えてよ。許してくれよ、ちょっと乱暴だったね。許してくれるよね？

もうやらないから」

「アンドレイ、ほっといて！」

たちまちアンドレイは背を起こして、すっくと立ち上がった。

「ふん、このバカ女！　まあ、勝手にするさ。もったいぶりやがって、冗談も通じないとはな」

アンドレイはドアに向かう。

「ヴァーリャ、最後にもう一度聞く。手伝いに来てくれないか？」

ヴァーリャがさっと顔を上げる。

「なんだってあんたたちを手伝わなきゃならないの？」

アンドレイが当惑して言う、「いや、ぼくらは、ほら、ねえ、コーヒーを沸かしたいんだ」。

「そんなの、なんてことないでしょ。なのにどうなの、あんたたちはできないわけ？」

「だれもぼくらに教えてくれなかったのさ」とアンドレイが答える。

「まったく、わけのわからない人たちね」

ヴァーリャは素早く跳ね起きる。

「もっと前に、そうしてくれればいいのに。もったいぶられると、我慢できないよ、女の子に、もったいぶられると……」そう言ってつけ加える、薄笑いしながら、「ぼくの奥さんのくせに」。

「もう、奥さんなんて、もっと小さい声で言ってよ」と走り去る。

アンドレイは窓台からジョッキをとって、こう口ずさみながらやはり去って行く。「ぼくたちは結婚するのさ、愛しい君よ」

わたしは自由時間のほとんどをタマーラと過ごしていた。二人で学校の向かいにある丘に登って、思いつくままに歌を歌いはじめる。でなければ愛とは何か、ナイーヴをどう別の言葉で説明するか、あれこれ考えるのだ。

ある日作業を終えて、丘の斜面に一人で横になって、いろいろなことやいろいろな人について考えていた。晩の七時ころ。いい天気で、暖かくて、太陽がやさしく照りつけていた。かつて知り合った人たちの顔が、想像のなかで次々とわたしのそばを通り過ぎて行った。ふいに想像のなかで、はっきりと声が響いた、「ぼくたちは結婚するのさ、愛しい君よ！」想像のなかで、アンドレイがすっくと立っていた。大胆不敵な、ほとんど厚かましいほどの表情。すらりとして、美しく、波うつ髪がひとふさ高いひたいに垂れている。ああ、どうしてヴォーフカは彼に似ていないんだろう、するとたちまち想像のなかにヴォーフカが現われる。ほら、背が高くて、すらりとして、とても素敵。どうしてわたしを好きになってくれないのか、好きになってくれることを、どれほど願ったか、セリョージャがゾーヤを愛したように。わたしのどこがゾーヤよりも劣っているというの。

ここは劇場。二人でならんで座っている。『一杯の水』を観ている。[3] こっそり彼のほうを見る。ほら、すぐ隣にいて、とても近いのにとてもよそよそしい、彼の手に自分の手を重ねたくてたまらない。でも彼はわたしのことなんて眼中にない。舞台に夢中になっている。

彼はもじゃもじゃの髪の毛にすり切れた東洋風の頭巾をかぶっている。うつぶせになって両手で頬をささえて、もの思わしげにどこかを見つめている。列車は飛ぶように進んでいく。大型の貨物車両の轟音がする。わたしたちは街に向かっているのだ。わたしは板張りの寝台の二段目で横になっているのが心地よい。一人おいて隣に寝ているのがヴォーフカで、その隣で眠っているのはミーシャ・イリヤシェフ。

ほら、彼がわたしのほうを向く。するともの思わしげな顔がほころび始める。子供っぽい幸せそうな微笑み。何も言わず、わたしを見つめて、うちとけた様子でゆったりと微笑んでいる。そんなふうにただ微笑んでいられるのは、いま自分の心が感じていることを友達に伝えたいと感じているからなのだ。その幸せそうに輝く瞳を見つめて、わたしも幸せな気持ちで微笑んだ。ヴォーヴァが今みたいな気分になることはめったにない。そうしてわたしたちはさらに長いこと見つめ合って、言葉も交わさずにお互いを理解するのだ。

ほら、彼が街角で仲間たちと立っている。全身白づくめで、エスキモー〔チョコアイス〕を食べている。この世のどんな力も彼を不安にさせることはできない、とでも言うように、とても穏やかで、何事にも無関心で。

そしてほら、学校の以前の校長室。わたしはペチカのそばに立って、ヴォーヴァはわたしのママと並んでソファに座っている。そしてわたしたちは見つめあって、そして彼はまたいつものように微笑む、その微笑みで彼が何を表そうとしているのかはわからない。今もまた幸せなのか、それとも「昔から知っている女の子」を見つけて大喜びしたのか、それともまだ他に理由があるのか……。

飛行機の爆音が物思いを打ち破る。わたしは現実に立ちもどる。隣の丘から第十五学校の男子が一団になって騒々しく下りてくる。何かの歌を歌っていて、たえず「足踏み鳴らせ、踏み鳴らせ！」と口ずさむ。わたしが座っている丘のすそに向かって来る。もうはっきりと歌詞を聞きとることができる。粗野で卑猥な歌。昔のリゴフカ出身のならず者かと思うくらいに。(4) それから別の歌を歌いはじめた。ちょっとはましな歌。気に入ってしまったほどだ。次のような歌詞だった。(5)

進むのだ、われらが盗賊の小舟よ！　ははは！
流れはどこにおまえを運ぶのか？
盗っ人暮らしとはそうしたもの！　ははは！
そこから姿をくらますことは、だれにもけっしてできはせぬ。

……………

アウルカは洗濯女にはけっしてなるまい！　ははは！
盗っ人女は料理人に雇われはしない。
きたない手押し車で両手を汚す！　ははは！
そんなのは盗っ人のやる仕事じゃない。
おれたちの棲家は屋根の下じゃなくて、小舟の上！
小舟もろともに流れがおれたちを運ぶ。ははは！
金、女、ウオッカ！　ははは！

ほら、それがどこでもおれたちの大切なもの！

……………

盗っ人女はけっして洗濯女にならない！　ははは！
おれたちは別の生き方を選ぼうとは思わぬ！
きたない手押し車で両手を汚す！　ははは！
そんな仕事はタバコを一服しておしまい。

ここには全員そろっていた――サーシカ、ゾーリカ、アンドレイ、ジェーニカ、ナデル、イーゴリ、レフカ。

ついでに、ナデルのこと。ナデル、これはあだ名じゃなくて、まさに本名。名前はナデル、苗字はアフシャル。民族はペルシア人。十八か、十九に見えるほどだけど、つい最近十六歳になったばかり。背が高くて、たくましくて、がっしりした体格。浅黒く骨張った顔に、大きくて鉤鼻気味の東洋風の鼻。東洋風の黒い目に、ちぢれた黒髪。ほとんどいつもベレー帽をかぶっていて、それがだれよりも似合っている。一言でいえば、ナデルはとても美青年。スペイン人みたい。あとでネーリャから聞いた話では、ネーリャと彼は同じクラスで、ナデルはずば抜けて素晴らしい、誠実な子だそうだ。ときどき仲間たちと荒っぽいことをする。でもそれはほんの時たまなのだ。

叫び声が上がって、男子が両側に分かれて、取っ組み合いがはじまった。ゾーリカとジェーニカだ。ゾーリカについて簡単に言うと、背が高くて、すらりとして、とても美男子のユダヤ人。最大級に図々しいやつ。

恥も良心も知らない。女子に対して図々しくて大胆。話をする時には、言いたいことをズバリと言ってのける。

その厚かましくて素早くて、遊び人じみたまなざしと厚い唇が嫌いだ。このゾーリカはその後、市内から自分の蓄音機をもってきて、一晩中レコード盤をとっかえひっかえしてかけていた。ジャズ・ファンの彼は、クラウジヤ・シュリジェンコ[6]やエディット・ウチョーソヴァ[7]といった女性ジャズ・シンガーに夢中だった。女子の前でカッコつけたがる彼は、その図々しさで女子を遠ざけているのだ。

二人はとことん闘った。どちらも相手に負けなかった。地面に倒れて、もう長いこと転げまわっていた。勝ったのはジェーニカだった。

ついでに彼のことを。ふつうの子。とくにこれといったところのない。かなり感じのよい顔立ち。獅子鼻。陽気で、活発。女子の前でカッコをつけたがって、とてもダンスが上手で、ダンスの後は片足を後ろに引いてお辞儀をして、タバコの煙を器用に円い輪にして吐き出してみせる。青いベレー帽をかぶっていた。

ここでみんなが叫びだして、わいわい騒ぎはじめた。それからジェーニカがゾーリカに手を差しのべて、助け起こした。その間にアンドレイがどこからか古タイヤを転がして来た。男子はサッカーを始めた。アンドレイがゴールキーパー。相手方のキーパーは、ゾーリカ。アンドレイが片足を引きながらサイドに下がって、靴を脱ぐと、包帯を巻いた左足が見えた。

アンドレイがタイヤのそばに立って、よく響く声で叫んだ、「おーい、何やっているんだよ、キーパーがビビっているぞ」、そしてビクビクしているキーパーのモノマネを始めたが、なかなかの出来だった。両足を広げて、頭を前に突き出すようにしてかがみこんで、左右にピョンピョン飛び跳ねはじめたのだ。

試合開始。ゾーリカは下手くそなキーパーであることが判明。一度もボールをはじき返せなかった。一方、アンドリューシカ〔アンドレイの愛称〕は素晴らしかった。一度もゴールを入れさせなかったのだ。小柄で、器用で、プレーヤーの足元に転がり込んではボールをはじき出して、相手がタックルして来るのをそのつど器用にかわして、ドリブルしていく。しかし彼は怒鳴り合うのもうまかった。よく響く声で、だれよりも多く悪口雑言をわめきたてていた。わたしは見るのに飽きて、その場を離れた。

その日の夕方に牛乳を取りに行った。ちょうど瓶を持って戻る途中に、お喋りしながら歩いてくる二人とすれ違った。二人を通すために脇によって、だれなのか確かめようとした。アンドリューシャがヴァーリャ・コロプコーヴァと手をつないでいた。とてもおしゃれをしていて、ズボンも靴に差し込まずに、きれいなニットのカーディガンを着ている。ヴァーリャは真新しい白の帽子をかぶって、アンドリューシャのコートを肩に掛けていた。二人とも同じくらいの背丈で、アンドレイは彼女に何かをゆっくりと話して聞かせながら、歩いていく。とても穏やかで、落ち着いた様子。まったく信じられない、これがあのアンドレイだなんて。ついさっきまでサッカーで駆けまわって、出まかせに怒鳴りちらしていたただなんて。羨望のするどい棘《とげ》がチクリとわたしを刺した。遠ざかって行く二人の姿をもう一度ふり返ってから、のろのろと歩きだした。学校に着く頃には、もうすっかり日が暮れていた。でもまだ十時にもなっていなかった。ヴァーリャとアンドレイが戻って来たのは、十一時過ぎ。その頃にはもうほぼ全員が眠っていた。最初、これはとても奇妙なことに思えた。でもじきに慣れてしまった。ヴァーリャとアンドレイはそれから毎晩、散歩に出かけていった。そしてどうかすると、とても遅くに帰ってきた。羨ましがるのは、止めた。だってあの二人は十八歳で、わたしはまだ十六なんだから。わたしの番が来たら、思いきり散歩してやる。

でもあのゾーヤはまだ十六なのに、もう遊び歩いているし、キスだってしている。

これが大切なのだ、わたしの年でヴァーリャみたいに、同い年の子たちが羨ましがるような散歩をすることが。

そして、それについておしゃべりすることが。

まだ蓄音機がなかった時は、男子が毎晩わたしたちのために、彼らオリジナルのジャズ・コンサートを開いてくれた。とても上手で、みんなバスで合唱して、アンドリューシャだけがそのなかで高くてやさしい声で際立っていた。みんな声だけで演奏していた、吠えたり、舌を鳴らしたり、雄鶏みたいに叫んだりして。それがすごくカッコよかった。彼らのお気に入りの歌は「タニューシャ」(8)と「コーカサスには山がある」(9)。こんな歌だ。

カラペトが美少女のタマーラに恋をした。
この恋する男は彼女にちっともお似合いでない。
（つづいてアンドレイが、まるでタマーラが歌っているみたいな声で歌う）
ああ、あんた。付きまとわないでよ、老いぼれのカラペト！
わたしの夫は若いアフメド。
あの人の耳にあんたの言うことが入ったら、
あの人はあんたの頭をちょん切るわよ。
（合唱）
コーカサスには山がある。いちばん大きな山が。
その麓《ふもと》を流れるのはクラ河、たいそうな濁流の。

その山によじ登って、身を投げたなら、
きっとこの世におさらばできる。
カラペトが晩方にアフメドのところにやって来る。
（独唱）
「おお、アフメドよ、おまえは欲しいか、大金が？
おまえはもちろん代わりによこすのだぞ、タマーラを。
おれと彼女はチフリスに結婚しに行くのだ」
（合唱）
アフメドは言う。
（独唱）
「なんで惜しかろうよ？
女どもは沢山、お金はほんのわずか。
妻はもって行け、酒を飲もうぜ、
一人を失くしても、五人は見つかるさ」
（合唱）
コーカサスには山がある……
……………………
おれたちコーカサス人はみんな、

酒と愛撫が好み。
もしも愛撫が偽りとわかった時には、　おお！
おれたちは性悪女と歩きながら
剣の刃を研ぐことになる。
でそのあと、女にとどめを刺すのだ、
逃げ去ることのないように。

……………………

何も知らないし、
知りたくもない。
ただ一つ僕にわかるのは、
おまえが好きだということ。
ねえ、おまえ、うち明けておくれ。
おまえにはわかるか、
愛しながら苦しむことが、どれほどつらいか？
（さらにいっそう活気づいて）
まる一日苦しみ、
夜毎の眠りもならず。
何も知らないし、

知りたくもない。
だがおまえの微笑《ほほえ》みが
僕にはもう忘れられない。
そして今では僕は知らない、
どうやって生きてゆけばよいのかを。
ベーヴォチカ、僕の思いを察しておくれ！
ベーヴォチカ、僕を苦しめないで。
ベーヴォチカ、おまえなしでは僕はつらい。
だっておまえは僕のいとしい女《ひと》、愛する女《ひと》なんだもの。

……………………

僕は君を悲しませたりはしない。
君のいないのがますます寂しくなって、
偶然にでも会えはせぬかと思い始めたこと——
このすべてがたとえ知られぬままだったとしても。

……………………

僕が住むのは音響仕掛けの住宅、
わが家にあるのはグランドピアノにサクソフォン、

四人の大声の主、
そしてどの扉《ドア》のむこうにも蓄音機。

僕の部屋にも小型蓄音機、
ただ、僕はそれをかけたりはしない、
なぜならそれは僕の息の根を止めてしまったから。
僕は音楽に狂っている。

で、そんな僕が何者になってしまったか？
ただもう驚くばかり
ちょっとでも歌を耳にするや
僕はただちにそれを歌い始めるのだ。

で、そんな僕が何者に似てしまったか？
僕は自分の性格に困っている。
女の子にぞっこんになるやたちまち、
いいかい、その子はもうほかの男と一緒になるのさ、
　　畜生め!!

夜、若い子たちが学校の前に集まることがよくあった。陽気に、騒々しく。ゾーリカの蓄音機をかけるのだ。でも、こういうのは好きじゃない。わたしはこの騒ぎから離れて行く。小道を通って丘から下りて行くのだ。遠くで鳴るジャズの音、叫び声、笑い声が次第に消えてゆく。

ここは、丘のふもとは、ほんとうに静か。あたりを見まわすと、なんて奇跡みたいな晩だろう、大きな星がいくつも高みからわたしを見下ろしている。なんて驚くほど暖かくて、静かな晩なのだろう。暖かなそよ風が髪をゆらす。次第に心が悲しみに満たされてゆく。自分のことがかわいそうに思えてくる。暖かな干し草の上に腰をおろして、考えに考える。悲しい想いが次々と頭に浮かぶ。ここで一人ぼっちだ、みんなわたしのことなんかどうでもいいのだ。みんなそれぞれに心配ごとや、悲しみや喜びがある。アンドレイとヴァーリャは今どこかを散歩している。ヴァーリャは幸せだ。どうしてわたしは幸せじゃないんだろう？　どうして？　タマーラは、きっと今ごろは眠っている、幸せそうに。そう、きっと彼女は、こんな馬鹿らしいことをあれこれ考えたりしないのだ。でももしかしたら、彼女も考えているかもしれない、わからないけど。

どうしてわたしの隣にはだれもいないのだろう。だって、こんな晩なのに。ただもう悔しい。こんな晩を無駄に過ごすなんて。一人でいたくない、でも騒がしいのはいや。好きな人と、そしてわたしを好きでいてくれる人と一緒にいられたらいいのに。でもだれも好きになってくれない。わたしは好きなのに。でも彼のことが好きで、それでどうなるっていうんだろう。ただ無駄に苦しむだけ。わたしのことを好きになってくれないし、わたしが好きだということさえ知らないのだから。なんのために打ち明けるのか、返事ももらえないと分かっているのに。ほんとうに悔しい、わたしの十六歳がこんなにむなしく過ぎてゆくなんて。もちろんこれからだれかが好きになってくれるはずだけれど。でもこれからって、いつだろう。まだ慌てることはないけれど。でも今、まさに今、好きになって欲しい。十六歳の今に。だれかがわたしを好きでいてくれると、感じたい。

こんな奇跡みたいな夜に一人でいるなんて。なんて切ないんだろう。ヴォーヴァはきっと眠っている、レニングラードで、そうでなければ屋根裏部屋で見張りをしているだろう。彼のことなんて、関係ない。あんな無神経な男子たちなんか、呪われてしまえ。


ゆっくりと学校のほうへもどってゆく。蓄音機のそばで立ち止まった。レコード盤から流れて来るのはタンゴの曲。アンドレイがレコードを片づけている。タンゴが終わった。アンドレイが蓄音機を閉じようとする。女の子たちが駆け寄る。

「アンドレイ、もうちょっとかけてよ」

「だめだよ、君たち、今日はもう十分さ。良いものは、少しずつね」

「アンドリューシャ、ねえ、B面だけでも」

彼はレコードの中から一枚とり出す。

「アンドレイ、どんな曲？」

「踊りなよ、君たち！　ラスト・ワルツだ！」

ワルツが流れはじめた。アンドレイは立っていた女の子の一人をダンスに誘った。器用に腰を抱いて、軽く左右に揺れながら、軽快に、やさしくリードし始めた。それからくるくる回りはじめた、くるくる回って、素早く、上手に、綺麗に……。レコードが終わった。アンドレイは女の子に礼をすると、蓄音機のところに行ってレコードを外し、箱にしまった。

「アンドレイ、最後の曲をかけてよ。そんなのわけないでしょ」

アンドレイが蓄音機のハンドルを抜きながら言う、「だめだよ、君たち、今日は君たちのわがままは聞かないよ」。

「だってまだ十一時にもならないのに」

「同じことさ、君たち、もうみんな寝る時間だよ。こんな小さな子が、こんな夜遅くまで遊んでるなんて、よくないよ」

（1）レニングラード南方、ドゥデルゴーフ湖東岸の高地にある村。
（2）レニングラード市評議会執行委員会による一九四一年八月九日の決議により、労働義務の年齢制限は、十五歳から五十五歳の男子と十六歳から五十歳の女子に拡張された。手工業労働者、事務職員、学生は全員、それより上の年齢の生徒や工場学校の生徒同様、動員されることになった。八歳以下の子供のいる女性もまた労働義務を有するとされた。
（3）フランスの劇作家ウジェーヌ・スクリーブ（一七九一―一八六一）の戯曲『一杯の水、あるいは結果と原因』（一八四〇年）による舞台。
（4）リゴフカはリゴフスカヤ通り（現在のリゴフスキー大通り）周辺地域の通称で、革命前およびソビエト政権初期には、もっとも治安の悪い場所として知られていた。
（5）一九三〇年代の盗賊団の歌。
（6）クラウジヤ・シュリジェンコ（一九〇六―八四）は人気を博したポップ・シンガーで、第二次世界大戦中、前線や包囲下のレニングラードでくりかえしコンサートを開いた。
（7）エディット・ウチョーソヴァ（一九一五―八二）は有名なジャズ歌手レオニード・ウチョーソフを父にもち、そのバンドの演奏で歌った数々の曲がヒットした。
（8）正しくは「タチヤーナ」。マルク（マルカ）・マリャノフスキー（一八八九―一九四四）作詞作曲、ピョートル・レシチェンコ（一八九八―一九五四）が歌った。

(9)　マルク（マルカ）・マリャノフスキー作詞、オスカル・ストローク（一八九三―一九七五）作曲、ピョートル・レシチェンコが歌った一九三〇年代初めの歌。

八月二十九日

今日、レーナ・ママが恐ろしい真実を打ち明けた。今日わたしに話そうと決心したのだ――わたしのママが生きていないことを。[1] まだ信じられない。わたしの意識まで、その言葉は届いていない。でもすでに感じている、孤独というむなしさが襲いかかってくるのを。どんなにわたしたちが愛し合っていたか、とても言葉では言い表せない。血のつながった娘と母だけが、あれほど愛し合うことができるのだ。

おまえは私の輝く星！
おまえは私の野に咲く花！
おまえのすべてが限りなく美しい、
私の大切なひな鳥ちゃん。
私のかわいいレヌーシャを
譬える言葉なんてありはしない。
私のレヌーシャに優るような
女の子なんて、この世にいない。

手が震える。胸の中で心臓がどきどきしている。

あの人はすでに七月一日に亡くなっていたのだ。


…………………


一九四一年七月一日、ドイツ軍との血まみれの戦争のさなかにあなたは四十四歳の生涯を閉じた、そしてわたしは、あなたの死の詳細すら知らない。

わたしのママ、わたしの大好きな、かけがえのないママ。あなたはもう生きていない。どうやったら耐えられるのか。心が疲れきっている。これこそ、わたしをはじめて襲った悲運だ。全身が震える。怖い。いますぐタマーラのところに駆けて行こう。

ヴォーフカのところへ駆けて行きたい。家にじっとしていたくない。何もかも嫌でたまらない。


…………………


ドイツ軍がドネプロペトロフスクを占領した。(2) やつらはガッチナに接近しているらしい。わたしたちの都市《まち》では恒久防御陣地《トーチカ》が建設されている。レニングラードは要塞に変わろうとしている。

恋人がほしい、この恐怖におびえる日々に、もしも生き残ったら、数年後には永遠にむすばれよう、と誓いあう恋人がほしい。

ああ、悲しくてたまらない！　なんてつらいんだろう。生みの母がこの世を去ったいま、わたしはとても愛されたい。

レーナを抱いた生母
マリヤ・ニコラーエヴナ・ムーヒナ

なんてつらいんだろう。震えが止まらない。これがはじめてわたしを襲った悲運なのだ。まだ十六でしかないのに、もう最初の悲運に襲われるなんて。この先、どんな運命が待っているのか。わからない。

前線では何千もの人たちが死んでいく、その中には十六歳の男の子たち、わたしと同い年の子たちもいる。

今日はヴォロシーロフの新たな命令によって、わたしは労働義務[3]を免除されている。いま十六歳だけど、新しい法律では、労働義務があるのは十八歳以上の女子と十六歳以上の男子だからだ。今日はタマーラが来て、二人で楽しく過ごした。面白いことをたくさん話してくれた。それからわたしがツルゲーネフの短篇「犬」を朗読した。

さて、過去の回想から。

いつだったか、もう夜だったけれど、だれかがわたしたちの部屋に飛び込んできて叫んだ。

「みんな、来てみなよ、飛行機が燃えている！」

もちろんわたしたち全員が外に飛びだした。見てみると、前方の原っぱに三本の巨大な火柱が燃え上がって、濃い黒煙が立ち昇っている。ほんとうに三機の飛行機が燃えていた。あとでわかったのだが、このうちの一機は味方の戦闘機で、残りの二機はドイツ軍の爆撃機だった。この三本の異様な火柱は、夜通し燃えつづけた。朝になってもまだ残骸がかすかに燻《くすぶ》っていた。こうしてわたしたちの平穏な暮らしは終わりをつげた。でも四日もすると、もう何もかも慣れてしまった。頭上では空中戦が行われていて、狂ったように飛行機が旋回して、機銃掃射のありとあらゆる音がしていた。頭上でヒューという音とともに高射砲列の砲弾が飛びすぎてゆき、高高度で炸裂するのが見える。まず炎を上げて爆発し、それから開いた落下傘そっくりの白いかすかな雲。この雲はだんだんと消えてゆく。高射砲列はいろいろな撃ち方をする。大声で笑っているみたいなのもあれば、がなり立てるみたいなのもあって、鈍い音を立てることもある。どうかすると高射砲列の協奏曲が響き渡って、もう恐ろしくてたまらない。あたり一帯が耳をつんざくような轟音につつまれて、さらにそこに新たな甲高い音、耳をつん裂くような砲弾のヒューという音が加わる。ズドン、ズドン――ヒューーッ。パン、ズドン――ヒューーッ。バン、ズドン、バン――ヒューーッ。

そしてさらにこれに、かすかにしか聞こえないけれど、不気味で執念ぶかい敵機のエンジン音が加わるのだ。敵機の姿は、かすかにしか見えない。いつも見えているのは、きれいな青い空に浮かぶ小さな白い点か、白い雲を背景にした黒い点だ。ほら、やつらだ、敵だ、九機いる。高射砲が狂ったように撃ちまくるが、やつらは飛んでいる、執念深くしぶとく飛びつづける、ふるさとレニングラードが空色の靄《もや》に包まれて広がるその地点を目指して飛んでくるのだ。本当に高射砲の砲弾は、やつらまで届かないのか？　いや、そんなことはない。ほら、九機が三機編隊に分散していく。やつらは方向を変え、さらに高度を上げ、雲のうしろに隠れ、太陽のほうへ遠ざかっていく。突然、一機が編隊の列から後れはじめて、エンジンが不整音を発しているのがはっきりと聞こえ、機体がどんどん降下していく。弾幕に囲まれたのだ、パッと白い雲がいくつも現われる。機体の後尾に、いきなり灰色の雲が現れた。雲はずっと機体のあとについていく。

「燃え出したぞ、見ろよ、燃え出した！」と人々が叫ぶ。

「どこ？」

「ほら、あれだよ、機体のうしろに灰色の雲が見えるだろ」

「見える。でも、本当に燃え出したのかな？」

「ああ、もちろんさ」

わたしは瀕死の飛行機をふたたび目で追う。落ちていく、とてもゆるやかだけれど、落下していく。灰色の雲が大きくなる。いま滑るようにして丘のむこうに隠れようとしている。でも、どうしたんだろう、機体が傾いて、ほとんど垂直になって丘のむこうに消えた。

「やった！」とだれかが言った。


……………


これから書くのは、ずっと前のこと。住宅協同組合《ジャクト》の人たちと一緒にタルコーヴィチ駅に行ったとき〔七月十七日の日記を参照〕、そこで三日間働いた。晩の六時から朝の六時まで。なんて苦しかったか。しまいにはすっかりくたくたになってしまった。もう宿舎までよろよろ歩いていく力しか残っていなかった。みんな立っているのもやっとで、頭がくらくらしていた。それから晩の六時まで一日中、むき出しの寝板の上でぐったりと横になっていた。ひどく疲れていて、新しい作業にとりかかる力も出なかった。それに、いったいどうやって力を出せというのか。ほとんど食事も出なかったのだ。一日目はほんとうに何も出なかった。二日目は一人一〇〇グラムのパンと、三時頃に小麦のお粥が出た。でも、このお粥ときたら。すごくお腹が空いていたのに、なんとか吐き出さないように我慢して、ようやくのみ込めるような代物だったのだ。

ちょうどその日、食糧品を積んだ被曳荷船《バルジ》が到着した。そして五時には、一人あたり五〇グラムのソーセージと一〇〇グラムのチーズとパンが配給された。船上でも、肉入りピロシキと「肉入りえんどう豆」の缶詰、そしてすごい数の瓶詰めレモネードを売っていた。でもすべて有料だった。

掘削作業が始まってから四日。みんなと作業から帰って来て、寝板の上に横になって毛布にくるまると、一分後には死んだように寝入ってしまった。それから半分目が覚めると、小声で話しているのが聞こえた。「班長に、十六歳の子たちのリストをつくるように頼まれたの。どうやら家に送り返そうとしているみたいよ」

どこかの女の人が言った、「ええ、そうするべきね。でないと、あの子たちすっかりくたくただもの、かわいそうに」。

そう聞いてすっかり目が覚めて、片肘をついて体を起こした。ゾーヤはすでにリストを作りはじめていて、わたしの名前も加えられた。はじめはまだ自分が眠っているのではないかと心配だった。自分の耳が信じられなかったのだ。彼らが急に家に帰すことを考え直すのではないかと、とても心配だった。わたしたち全員は羨望のまなざしで見られていた。

「あんたたち、なんて幸運なの、行ってしまうなんて」と口々に、先を争ってそう言われた。

とくに腹を立てていたのは、ある十七歳の女の子だった。「ああ、なんであたしは十六歳じゃないの」「みんな」とある女の人は言うのだった、「いったいいつになったらまたレニングラードを見られるのかしらね。もしかしたら、もう二度と見られないのかも」。

わたしは横になったまま考えていた。ほんとうに運命が慈悲をかけてくれたのだろうか。ほんとうにわたしはこの地獄から抜け出せるのか。

班長が到着した、彼のことはけっして忘れないだろう、とても素敵な人だったのだ。その人がやって来てこう言った、もう六時くらいになっていた。

「君たち女子は荷物をまとめて、このリストを持って、本部に行きなさい。わたしも後から行きます。で、われわれは」と彼は残りの人たちに呼びかけた、「同志諸君、君たちと一緒に作業に出かけます」。

「いったい、いつ出発するんですか?」

「わかりません、なにもわからないのですよ、諸君。ただわかっているのは、素早く行動すれば、それだけ早く出発できるということです」

わたしたちは素早く集合して、みんなに別れの挨拶をした。どれほど羨ましがられたか、言葉にするのも難しいくらいだ。

本部に到着。すでに大勢の人がいた。その全員が病人だった。わたしたちは少し離れたところに座った。しばらくするとジプシーにつきまとわれた。それからジプシーはみんな行ってしまったが、わたしたちと同い年ぐらいのジプシーの女の子がやって来て、占ってやるというのだ。みんな断りはじめた。けれどあんまりうるさくつきまとうので、とうとう言うことを聞いてしまった。彼女はみんなを占って、気分をよくさせた。わたしもやはり魅了されてしまった。

「さてあんたにはこう書いてあるわよ、お嬢さん。あんたは間もなくあんたの王様とデートすることになるでしょう。デートのチャンスはふいに思いがけなくやって来る。そしてあんたの心は言い知れぬ喜びを手にするでしょう」

彼女はわたしと手鏡を交互に見ながら、早口で歌うように話した。

「これから先、あんたには幸せな道が待っている。その道を行けば、あんたの大好きな高貴な王様からとても大きな喜びを得られるはずよ」

「でも、どうしてわかるの」とわたしは訊ねた、「わたしの王様が高貴な人で、悪い人ではないって」。

「それはわたしの手鏡に映っているのよ、お嬢さん」

「そんなこと全部でたらめよ」とだれかが言った。「おまえの鏡なんて、ただの普通のやつじゃない」

「もしも普通のだったら、別の話になっていたはずさ」と怒ったように目を光らせて、でもそのあとすぐにへつらうように笑いながら言った。

でもわたしはたずねた、「ねえ、お願いだから教えて、あんたの鏡が特別なら、わたしの王様はなんて名前?」彼女はなんだか恨めしそうに、ちらっとわたしをにらんだ。

「そうよ、そうよ、これは面白いわ」とまわりの子たちも声をそろえた。

「ヴォロージャ〔ヴォーフカの別称〕」と彼女は不明瞭につぶやいて、異常なほど熱をこめてまた歌いだした。

「そしてあんたは、お嬢さん、あんたの大好きな夫を通じて、生涯とてつもない幸せにめぐまれる。そして鼻唄まじりに気楽に暮らす。不幸な日々を知ることなく」

そんなふうにジプシーの子は占ってくれた。そして一時間半後、ほんとうに思いがけずヴォーフカに出会ったのだ。そして彼がいてくれたからこそ、レニングラードへの旅はわたしにとって幸せなものになったのだった。

なんて興味ぶかい偶然が人生にはあるのだろうか。

（1）レーナ・ムーヒナの実母マリヤ・ニコラーエヴナ・ムーヒナが長く重病を患っていたため、レーナは伯母のエレーナ・ニコラーエヴナ・ベルナツカヤ（レーナ・ママ）、つまり実母の姉と一緒に暮らしていた。

（2）一九四一年八月二十五日、ソビエト軍はドネプロペトロフスクを放棄した。

（3）一九四一年八月二十九日付のレニングラード防衛軍事評議会の決議「レニングラード防衛のための労働義務の遂行について」を指す。

九月二日

「敵はレニングラードに接近。レニングラードの一歩手前で、赤軍の勇敢な戦士たちが交戦中……!!」ラジオで女性アナウンサーが言った。

わたしは眠っていたが、今夜は以前よりもはっきりと遠距離砲の砲声が聞こえたらしい。

今日から配給量が減った。(1) いまわたしたちが受け取れるのは、一日にパン一キログラムだけ。


たったいま通りを歩いて来た。あちこちの店に寄った。どこもかしこも、なんてがらんとして陰気なのだろう。いつもどの商品も高価で、でも品揃えだけは豊富だったロスコンド〔菓子のチェーン店。レーナのアパートの隣にあった〕の棚がいまは空っぽで、ピローグ一つ、ケーキ一つ見あたらない。どの店の窓にも板が打ち付けられている。トラックが二台通り過ぎた。一台目には連結車が付いていて、プロペラの無い戦闘機の原型をとどめない胴体が、折れた尾翼と共に載せられて、シートで覆われていた。もう一台のトラックが運んでいたのは、赤い星印のついた、同じく折れた両主翼だった。それを見て、とても心が痛んだ。

これまでラジオや本や親戚の話で耳にしてきたことを、今まざまざと体験させられている。でも今はまだましなのだ、砲撃で壁が音を立てて崩れているわけでもないし、壁の裂け目が大きく口を開《あ》けているわけでもないのだから。

（1）　一九四一年九月二日からのレニングラードの一日のパンの配給量は以下のとおり。労働者および工業技術者は六〇〇グラム、事務職員は四〇〇グラム、被扶養者および十二歳未満の子供は三〇〇グラム。

九月四日

もう長いこと警報が無かったが、きのうの七時十五分にふたたびサイレンが唸り出した。空襲警報はきっかり一時間続いた。夜中の一時半に二度目の空襲警報があった。

今朝は空襲警報が一時間半続いた。

空襲警報はついさっき終わったが、砲撃は終わっていない。もっと近い所に撃ってくる。もう空気が窓ガラスを震わせている。きのうのうちにガーゼをガラスに貼っておいてよかった。この先、いったい何が起きるのだろうか⁉

一九四一年九月五日

今夜の八時近くに、四十五分間つづいた空襲警報のすぐあとに、タマーラの家に出かけて、九時半まで彼女のところにいた。ほとんど話さなかった、蓄音機を聴いていたからだ。そうやって二人で蓄音機を聴いていると、突然廊下で興奮した声がした。オリガ・アントーノヴナが何があったのか確かめに行った。じきにもどってきて伝えた、「プレドチェチェンスカヤ通りとグラゾフスカヤ通りの角で、砲弾が三階建ての建物に命中して、屋根は無事だったが、三階と二階の住居が二つ、きれいにもぎ取られてしまった」。わたしもタマーラも信じなかった。自分の目で見るまでは、信じられない。他にも、今日はフォンタンカ〔川〕に近いどこかの通りに何発か爆弾が落ちたらしい。犠牲者が出たのだ(1)。

ついおとといラジオで言っていたばかりなのに——わが国の輝かしいスターリン飛行隊の飛行士のおかげで、レニングラードにはまだ一発も爆弾が投下されていない。レニングラードでは建物が一つも破壊されていない。レニングラードでは犠牲者が一人も出ていない、と。

おとといまではこれも本当のことだったが、今日はすでに破壊された建物、爆弾を目のあたりにしている。そして最初の犠牲者が出た。ファシストの悪党ども、やつらにたいするレニングラード全市民の、そしてわたしの憎しみのいかに激しいことか。わたしたちの街をどうしたいというのか？　まったく今日の砲撃ときたら。恐ろしいの一言だ。しかし撃ってきたのは、たった一門の大砲だけなのだ。もしもこれが二十門になったら。わたしたちの街は、どうなってしまうのか？　そしてわたしたちは生き残れるのか？　今はベッドに入る時も、半分しか服を脱がないようにしている。なんて恐ろしい、冬が近づいているのだ。この冬はどうなってしまうのだろう？　どんな苦しみを味わうことになるのか？　もしもドイツ軍がレニングラードに突入してきて、この町の街路で戦闘が行われることになったら、逃げよう、ここには残らない。ママとアーカは、好きなようにすればいい。逃げなければどうなるのか、わたしは知っている。タマーラと一緒に逃げよう。

（1）一九四一年九月四日、初めてレニングラードが砲撃を受けた。最初の空爆は九月六日なので、この九月五日の爆弾投下の記述は、レーナが噂に基づき書いたと思われる。

九月六日

今日は一日中、砲声だけがときおり響いていた。今日はリューサのところに行った。彼女といると、なんて退屈なんだろう。彼女はけっして自分から話を切り出さない。タマーラとはまるでちがう。たしかに、タマーラをよく知らなかった時には、彼女もやはり退屈で、口数の少ない子のように見えた。でもとても親しくなった今は、とくにこれといった話題も決めないまま、ずっとおしゃべりをしている。でもわたしはリューサのことをよく知っている。彼女は単にそういう性格なだけだ。でも、タマーラ、彼女こそ本当の親友だ。昨夜一緒にわたしの家の近くまで来たときに、彼女にこう打ち明けた。

「タマーロチカ〔タマーラの愛称〕、今度はいつ会うことにする？　だって、親友はあんただけなのよ」

「わたしだって、あんただけよ」

「なんで、そんな。それじゃナージャは、リョーヴァは？」

「ううん、ナージャにはぜんぜん会わないし、それにリョーヴァは、とくに理由なんてないけど。わたしなんか彼には必要ないのよ。いま彼は中等専門学校で勉強しているわ」

「ずっと会っていないの？」

「そうよ、三十一日からね。今はぜったいにこっちから頼んだりしない。あとでもっと後悔することになるから」

タマーラは笑いだした。

「こんなこと言うなんて、馬鹿みたいよね」と彼女は言った。「ねえ」と彼女は続けた、「もしかしてわたし、彼に全然必要とされていないのかな。もしかして、わたしが帰る時にいつも、また来るように言ってくれるのは、ただ礼儀からじゃないのかな」

「そんなことないよ、タマーラ。彼はあんたに親切で、来てもらえるとうれしいだけなのよ」

「ちがうわ。ただ退屈していただけ。でも今は勉強があって、退屈していない。ほら、もうどのくらいになるのか、なのに電話してくれないの。もちろん、彼がわたしのところに来なくちゃいけない理由なんてない。でも電話したければ、できたはずよ。つまり、したくないのよ」

「なんてこと言うの、タマーラ！」

「なんてことを、なんてことを。彼が電話したいと思った時には、電話してくれた。来てくれって、頼まれたの。その時は一緒に映画を見に行った」

「つまり、電話してくれてたんでしょ。だったら、何が問題なの？」

「電話してくれてた。でもそれがいつだったか、ってこと。わたしが引っ越して来たばかりの時なのよ」

「でも、あんたにはそういうことがあるけど、わたしにはそんな悩みすらないのよ」

タマーラはこの言葉にとくに注意を向けなかった。多くの意味を込めたのに。まさにタマーラには、本当のボーイフレンドがいる。ボーイフレンドだ、彼はタマーラに会いたがって、彼女に電話して、彼女のことを呼んだのだから。

わたしにも、いわゆる「ボーイフレンド」はいる。でも、彼がわたしの存在さえ忘れてしまっているとしたら、わたしにとってどんなボーイフレンドだというのか。もうずっと会っていないのに、彼が不安を覚えてさえいないとしたら。そういう人をボーイフレンドとは呼ばない。彼には電話がない、それはわかった、でもタマーラを通してわたしに手紙を寄こすこともできたはずだ。わたしを自分の家に招くとか、彼のほうからやって来るとか。どうして彼がそんなに簡単に「ボーイフレンド」という呼び名を維持しているのか。わたしの意見はこうだ——この呼び名を手放すか、それともそれにふさわしい者になるか。ボーイフレンドという言葉——これは無意味な言葉ではない。彼もまたなんらかの義務を負うのだ。

九月七日

今日は国際青年デー[1]。全国民的な休日勤労奉仕の日。ママも働いている。今日はラジオでモスクワから婦人集会の様子が中継された。バルソヴァ、マリーナ・ラスコヴァ、ドロレス・イバルリ、ドイツの女流作家、ルーマニアの女性、そのほか多くの興奮した声を聴いた[2]。

とても感動的な言葉！

昨夜十二時にスタールイ・ネフスキー大通り〔蜂起広場からネフスキー大修道院までのネフスキー大通りのこと〕に爆弾が投下されて、建物三棟が破壊されたらしい。今のところまだ生きているが、この先どうなるのかは、わからない。

(1)　一九一五年にスイスのベルンで開催された国際社会主義青年会議で制定された。ソ連では一九一七年から四五年まで祝日だった。

（2）一九四一年九月七日、モスクワの労働組合会館円柱の間で集会「全世界の婦人たち　ファシズムとの闘争にむけて」が開催された。V・V・バルソヴァ（一八九二―一九六七）はロシア・ソビエトのオペラ歌手、ソビエト連邦人民芸術家（一九三七）。M・M・ラスコヴァ（一九一二―四三）はソビエトの航空士、ソビエト連邦英雄（一九三八）。ドロレス・イバルリ・ゴメス（一八九五―一九八九）はスペインの共産主義者たちのリーダーで国際労働運動の活動家。

九月八日

朝から短い空襲警報があった。昨日、ヴォドヴォーゾヴァの『ある幼年の物語』(1)を読み終えた。リューサが本をくれた――ギュスターヴ・エマールの長篇小説『クルミッラ』(2)だ。

今日はいつもどおり七時にママが帰ってきた。トマトとキャベツを持ってきてくれたので、みんなで食卓についた。三匙目を口にする間もなく、不気味にサイレンが唸りだした。みんな落ち着いて食べ続けたが、ちょっとだけ窓を開けておいた。でも、さらに二匙を食べきらないうちに、高射砲列の最初の一斉射撃の音がして、そのあとさらに、またさらに、そしてどんどん近くなって、それから何かがシューッと音をたて始めた。そしてついに部屋にはいられなくなった。ママは何が起きたのか確かめに駆けだした。わたしは怖くて両目を見開いて、すごい勢いで立ち上がった。何かよくわからないことが起きて、まるで空そのものが割れたみたいな轟音がしたからだ。爆弾が破裂している、最後の時が来た、と思ったのだ。コートを引っつかんで、震える両手でなんとか袖を通すと、ベレー帽を目深にかぶって、防空壕へと駆けだした。階段はクモの子を散らしたように人また人で、子供を両脇にかかえて運んでいる人もいれば、お婆さんを引っぱって行く人もいた。通りでは何かが起きていた、何か恐ろしいことが。わたしの頭にあったのはただ一つ、一刻も早く下へ、あそこなら助かる、ということだった。

防空壕は人でいっぱいだった。なんとか押し分けて二つ目の部屋に行き、そこに座った。壕の中がとても騒がしかったにもかかわらず、壁の向こうの轟音がたえず響いていた。

すっかり静まると、ママは家に戻った——疲れて、お腹が減っていたから。アーカも帰って行った。わたしは残った。間もなくママがやって来て、ほかの人には聞こえないように、わたしたちのほうに屈みこんで、すぐ近くが大火事になっている、視界の半分が煙の柱に覆われているから、と言った。間もなく解除信号が出た。わたしは外に駆けだした。中庭に出てみると、すっかりうす暗くなっているのに気づいた。みんなが上のほうを見つめていたので、わたしも目をやって、ゾッとした。煙の雲が渦を巻いてうねりながら、雷雲のように、空一面を這い回りはじめていた。不気味で恐ろしくて、まるで壮大な絵画のようで、火山の噴火を思わせた。これまで一度もこんなものは見たことがなかった。わたしはイヴァーノフスカヤ通り(3)のほうへ駆けだした。通りは騒然としていた。だれもがどこかに急ぎ、両手を振っていた。小さな子供たち、青年たち、少年少女たちが、通行人にぶつかりながら、群れをなして、この恐ろしい雲がやって来る方を目指して急いでいた。空気中に焦げくさい臭いがただよっていた。わたしはイヴァーノフスカヤ通りをまっすぐにプラウダ通りまで行き、プラウダ通りを少し進んだ。建物のあいだに射しこむ光のなかに、下のほうが赤紫色をした煙が渦を巻いて、ゆっくりと空一面をおおっていくさまが見えた。ズヴェニゴロツカヤ通りを一台また一台と消防車が疾走して行った。どこかの女性が通りすがりに、「あれ」はアレクサンドル・ネフスキー大修道院の向こうで、ここから三キロくらいの所だ、と言った。

「化学工場が燃えているのよ。ラッカーやペンキのあるあそこで……」と言って、女性は駆けて行った。

わたしは家路についた。イヴァーノフスカヤ通りで男の子たちが、拾い集めた高射砲弾の破片の数を自慢していた。ザーゴロドヌイ大通りを第十一分団の消防車数台が、やはり猛スピードで走り過ぎて行くところだった。まったく、すばらしい贈り物をファシストどもはレニングラードに用意しておいてくれたものだ。しかしどうやってあの畜生どもは突入して来たのか。わからない。

スタールイ・ネフスキー大通りでは、爆弾で六階建ての建物が破壊されたらしい。その場所は警察によって封鎖されて、今日は一日中、遺体が運び出されていたという。

今日は服を脱がないつもりだ。ああ、今晩はどうなるのだろう！

十時半から一時十五分前まで、この空襲警報はつづいた。ベッドに入って、眠ろうとした矢先だった。もしかしたら今日何が起こるか、予感がしていたのかもしれない。だから靴さえも脱がずにいたのだ。サイレンが唸りだしたとたんに跳ね起きて、コートを着て、他の人たちと一緒に家を出た。防空壕へ駆けだした。大急ぎしたのは無駄ではなかった、地階に降りた時にはもう外でたえず轟音がしていた。壕には昼間よりもっと多くの人がいた。壁の向こう側では高射砲列が猛烈に撃ち、そのあとに破裂音がして、みんなの足元で、床が震えだした。ちょっとのあいだ電灯が消えて、すべてが闇の中に沈んだ。

壕の中に居たのはそんなに長くはなく、せいぜい二時間ほどだったが、しまいにはへとへとになってしまった。子供は泣いて家に帰りたいとせがむし、お母さんたちは抱っこするのにも疲れて、みんな眠りたがっていた。最初の一時間は、毛布にくるんだ子供を連れた人が次から次へとやって来た。壕の中はぎゅうぎゅう詰めだった。それでもたったの二時間だ。もしも六時間あるいは八時間、ここに居なければならないとしたら。どうやって我慢すればいい？　今日は完全に睡眠不足。頭が割れそうに痛い。

今日の情報局の発表では、スモレンスク付近での二十六日間にわたる戦闘の結果、敵の数個師団が撃破された。敵師団の残存兵力は急ぎ退却中。
今日、初めて「ドイツ軍機のレニングラードへの襲来」が発表された。わかっているのは、敵機の一群が突入し、最初の空襲で市のさまざまな地区に焼夷弾が投下されたことだ。住宅や倉庫の火災が何件か発生したが、すみやかに消し止められた。（すばらしい「すみやかに」だ、五時間も燃えたのだから）
二度目の空襲で敵が投下したのはフガス爆弾。いくつもの建物が破壊された。死者と負傷者が出た。軍事施設は被害を受けなかった。

今はまだ午前九時にもなっていない。いま短い警報が終わったところだ。それにしても変だ。ずいぶん前に解除信号が出されたにもかかわらず、飛行機の爆音と高射砲列の散発的な砲声がはっきりと聞こえたのだ。ほら、今も爆音がする。これは偵察機が、昨日の客たちによる作業の結果を点検しているのだ。

まあ、手始めとしては悪くない。昨日焼けたのは、ガス工場、バダーエフスキー食糧倉庫、繊維原料倉庫、ヴィテプスク鉄道線の貨物駅。しかし昨日はどれほど床が足元で揺れたことか。爆弾は、きっと大型のものだったのだろう。まあ大したものだ、ヒトラーのプレゼントは。しかしわれわれはお返しをする、すべてにたいして「彼ら」に報復するのだ。

血には血を！　死には死を！　人の姿をしたこの野獣どもは、彼らの爪にかかったソビエト市民を、暗黒の中世の拷問部屋の責め苦ですらも生彩を失うような拷問にかけている。たとえば、人の両手脚を切断して、このまだ生きているものを火の中に放り込む、というような。

いや、彼らはそっくり代償を支払うことになるのだ。爆弾や砲弾で死んだレニングラード市民、モスクワ市民、キエフ市民その他多くの者たちにたいして、虐殺された、片輪になった、傷ついた赤軍兵士たちにたいして、銃殺された、ずたずたに引き裂かれた、殴り殺された、縛り首にされた、生き埋めにされた、焼き殺された、踏み殺された女性たちと子供たちにたいして、彼らは残らず支払うことになるのだ。強姦された娘たちや少女たちにたいして、恐れることなく赤い襟飾をつけていて縛り首にされた少年サーシャ(4)にたいして、炸裂弾で蜂の巣にされた幼児たちや、乳呑み児を抱えた女性たちにたいして（飛行機の操縦桿をにぎるこの野蛮人どもは気晴らしに狩りをしたのだ）――このすべてにたいして、彼らは支払うことになるのだ。

（1）E・N・ヴォドヴォーゾヴァ（一八四四―一九二三）はロシアの児童文学作家、教育者。『ある幼年の物語』は作家の子供時代の回想記『人生の暁に』（一九一一年）を子供向けに書き直したもの。

（2）ギュスターヴ・エマール（一八一八―八三）はフランスの作家。長篇小説『クルミッラ』のロシア語版は一九〇〇年に刊行された。

（3）これは旧称。一九一八年に社会主義（ソツィアリスチーチェスカヤ）通りに改称された。

（4）赤い襟飾はピオネール（共産主義少年団。十―十五歳（または十四歳）の少年少女が加入）の団員章。一九四一年九月九日付の『レニングラードの真実（レニングラーツカヤ・プラウダ）』紙上には、赤い襟飾を付けた十一歳の少年がナチスの突撃隊員（または親衛隊員）に捕まり、栗の木に吊るされて惨殺されたという記事が掲載されている。レーナはこの件をラジオで聴いたらしい。

今は夜の十二時。今日一日で九回の警報，そのうち二回は二時間あまりつづいた。ああ，警報がこんなに頻繁にあると，へとへとになってしまう。もしも十日間ずっと九回ずつ空襲警報があったら，街には気の狂った人のほうが，分別ある人よりもはるかに多くなってしまうような気がする。と言うのも，こんな日が一日あっただけで，もう皆ひどくいらいらしているからだ。通りは混乱し，ごたごたしている。歩道を気が狂ったように駆けていく人たち。路面電車にしがみつく人たち，トロリーバスには行列。空襲警報が九回あった，と言うのは，もちろん簡単だ。しかしそれがどんな空襲警報だったか。高射砲列が荒れ狂い，爆弾が破裂して轟音を立て，周囲のすべてが振動していた。

空襲警報のたびごとに何十名もの命が奪われた。空襲警報のたびごとにいくつもの建物が破壊され，犠牲者が出るのだ。

九回の空襲警報——それは数百人の生命であり，破壊された何十棟もの建物であり，瓦礫の山，数々の弾痕，地面に開いた穴なのだ。

最後の九回目の空襲警報は恐ろしいものだった。わたしは九時から十一時まで住宅協同組合の事務所に詰めていた。ここにはママともう一人，社会活動家の女の人がいた。フガス爆弾の破裂で大地がたえず鳴動していた。そして空襲のあいだ中ずっと途切れることなく飛行機の爆音がしていた。高射砲列が狂ったように撃ちまくっていたのだけれど。爆弾が破裂していたのはどこかすぐ近くのようだった。そしてそのつど本能的に身をちぢめた。今にも爆弾がわたしたちの建物に命中するような気がしたのだ。けれども万事うまくおさまったのだった。

九月十日

まだ午前十一時になったばかりなのに、もう三回、空襲警報があった。今ではそのたびに防空壕に行く。冬服を着込んで、オーバーシューズを履き、自分の小さなトランクを持って行く。もう戦争が終わるまで、このトランクは手放さないつもり。入っているのは、字の書かれていないノート、ヴォーヴァの写真、お金、ハンカチ二枚、お茶を入れた瓶、パン、そしてまさにこの日記だ。トランクのふたと内側に、自分の電話番号と住所を書いた。わたしに何かあったら、家に連絡がとれるように。ほら、今のところ警報はないが、高射砲列の撃つ音がしている。

ああ、わたしたちの街にはどれほどの敵が蠢《うごめ》いていることか。信号弾の発射手を、もう何人捕まえたことか。それでもなお夜の空襲が始まると、なかなか捕まらない敵の発射した卑劣な信号弾が、爆弾投下の標的を照らし出すのだ。まさに昨日の空襲のときも、門の前や屋根裏部屋、屋根の上にいた多くの人たちが、（フォンタンカ河岸通りの）銀行やヴィテプスク駅といった重要施設に爆弾が投下される前に、その上空に信号弾が光ったと話していた。

さらにもう一つ、敵が不遜な行為をした事実がある――空襲のときに当直員や門番たちの目の前で、怪しい男が通りに灯油をまいて火をつけたのだ。悪党はただちに捕まったが、灯油をすぐに消すことはできなかった、というのも燃える灯油が舗道全体にひろがったからだ。

四回目の警報は約二時間つづいた。今は昼の十二時五十五分。八回目の空襲警報が終わったばかり。今は五時頃。九回目の警報が終わった。

今は、十時十五分。ママとアーカは眠っている。もうじき、夜の「上演」が始まりそうな予感。でも今は、わたしも眠ることにする。わたしはまちがっていなかった。サイレンが鳴っている。十時半だ。十二時二十分に解除の合図。

十二時三十分に再び空襲警報。そして一時ちょうどにようやく、わたしたちは自由放免となった。

九月十一日

今は九時半。すでに二回空襲警報があった。二回目の空襲警報では爆弾が投下された。昼間は怖くない、昼間は偵察機が飛ぶだけだと考えて安心する人たちはまちがいで、根拠もなくそう思っているのだ。でも、ほら、ちがう、昼間でも爆弾は投下されるのだ。おそろしい！

今では解除の合図が出ても、安心できない。爆弾は怖くない、おそろしいのは砲弾だ。今すぐにでも砲弾で殺されるかもしれないのだ。今だって警報はないのに、どこかでなにか大きな音がしている。

三日目で、みんなへとへとだ。昼も夜も気が休まらない。空襲警報につぐ空襲警報。きのうは十回空襲警報があった。おとといは九回。全部で二十一回の空襲警報――それもたった二日半のあいだに。この先、こんな日が何日つづくのだろうか。

労働者は昼も夜も工作機械の前にいる。自由時間には見張りについている。そして彼が二、三時間帰宅したかと思えば、たちまち空襲警報が始まるのだ。一つの空襲警報が別の空襲警報にかわって、彼は疲労のせいでよろけながら屋根にのぼるのだ。もう今では大部分の人が、のろのろともの憂げだ。なにも仕事が進まず、しゃがみさえすれば、両目がおのずと閉じてくる。

今日は前線から、ささやかだがうれしい報せが届いた。わが軍は敵からヴィリニュスを奪還した(1)。もう疲れ切ってへとへとだ。五回目の警報は一時間十五分つづいた。五分とたたないうちにまた空襲警報。

もう六回目だ。今ではコートも脱がない。長距離砲の轟音が鳴りひびいている。

つらく苦しい日々がやってきた。まさにこの数日間、自分もまたレニングラード市民であることを、どんなに誇らしく思ったことか。われわれに友好的な全世界が、わたしたちを見つめている。国全体がわたしたちを見守っている。何十万、何百万ものソビエト市民がわたしたちの援助に、レニングラード市民の援助に駆けつけようとしている。

この先まだどれだけの困難、困窮、闘争が待ちうけていることか！　しかしドイツ軍の軍靴がわたしたちの街路に踏み込むことはない。最後のレニングラード市民が死んだとき初めて、敵はわたしたちの街に侵入するのだ。なにしろ敵も無数にいるわけではないのだから。わたしたちの神経は張りつめている、敵の神経も同じだ。敵はわたしたちよりも早く無力化するはずだ。そうでなければならない、そしてそうなるのだ。

ラッパ手が警報解除の合図を奏でるのを耳にするときの、なんという心地よさ。このラッパの音と、十一時の「インターナショナル」(2)と――これが、聴くことのできる「音楽」のすべてなのだから。もう長いことラジオから歌も音楽も流れてこない。最新のニュースと、若者向けの放送（ニュースの代わり）と、そしてたまにある高学年生徒向けの放送だけ。その一方でますます増えているのが、さまざまな励ましのための感動的な記事だ。内容はいつも同じで、「前方にあるのは困難な試練と犠牲、だが勝利はわれわれのものだ。われわれは孤立してはいない。国全体がわれわれとともにある、全文明世界がわれわれとともにある。みんながわれわれを見守っている、みんながわれわれの勝利を確信している。レニングラード市民よ、全力を出せ。われらが都の名声を汚してはならない」。

フガス爆弾が炸裂し、地面が震える。
空の赤らみは、まるで曙のよう。
荒れ狂え、蝮《まむし》よ、暴れよ、だが占領はできない。
わが故郷の都市《まち》をおまえが奪うことはできない。

敵のロケットが夜の闇を慄《おのの》かせた。
われわれはこのすべてに対して、彼に報復する。
ソビエトの大地が血でおおわれた。
ヒトラーはその対価をそっくり支払うことになるのだ。

建物が崩壊し、ガラスの割れる音がひびく。
鉤十字をつけた飛行士たちが都市《まち》を爆撃する。
わが軍の高射砲列の砲弾が炸裂する。
重荷を投げ落として、ファシストどもは逃げてゆく。

朝の光が建物群の上に射していた。
傷ついた都市は不安げに沈黙している。

人々は骨身を惜しまずに働く、
都市の傷口をいち早くふさぐために。
都市《まち》よ、おまえを破壊しているのは強盗なのだ。
おまえにたいする凶暴な敵意に彼は燃えている。
だが敵はけっして眼にすることがないのだ、
広々として矢のようにまっすぐな通りを。

指導者の名をになえる都市、
偉大なる都市、ピョートルの創造物。
皆一丸となって望みに燃えているのだ、
レニングラードよ、おまえを守り通そうという。

（1）リトアニア共和国の首都ヴィリニュスは、一九四一年六月二十三日にドイツ軍によって占領され、ソビエト軍とのあいだで奪還をくりかえしながら、四四年七月十三日まで占領下にあった。
（2）パリ・コミューン下の一八七一年に作詞、八八年に作曲され、フランスから世界中に広まった革命歌・労働歌。日本でも「たて、うえたるものよ」で始まる訳詞で知られ、大正時代から歌われた。ロシア革命後の一九一八年から四四年までソ連邦の国歌。

一九四一年九月十四日

　ドイツ軍は遠距離砲で砲撃してくる。きのうはわたしたちの地域が砲撃にさらされた。わたしたちのアパートは今のところ無事だけれど、近くに、文字どおりわたしたちの近くに砲弾が落ちた――イヴァーノフスカヤ通り、ラズイェズジャヤ通り一六番、ウラジーミルスキー小公園、マラー通り、プラウダ通り、ボリショイ・ドラマ劇場の近く、アレクサンドリンスキー劇場の付近、その他の場所に。砲弾はわたしたちのアパートを飛びこえ、あるいは届かず、あるいは脇にそれていた。でも一分ごとにわたしたちは殺されかねないのだ。なぜわが軍はそのいまいましい大砲を見つけて、爆撃しようとしないのか。もっと簡単なはずなのに、二千キロの爆弾を二個投下、それで千人の命が救えるのに。とにかくみんな生きていたいのだ。すでに殺されてしまった人たちも、生きていたかったのだ。殺された人のなかには、子供や赤ちゃん、お年寄りや若者――娘たち、青年たちがいた、みんな生きたいと願っていた。しかし砲弾は犠牲者を選ばない、手当たり次第なのだ、この不気味な金属片は。それは何者も容赦せず、けっしてそれを避けることはできない。地下にじっと閉じこもっていることが、唯一の助かる手段なのだ。しかしそれは多くの人にとって不可能だ。

　わたしは自分の耳で聞いた、敵の砲弾がうなる音、そのあとのヒューという音、破裂音、建物の崩れる音、とどろく反響音を。不気味だ！　こわい！

　でも、そのかわりに空襲警報はまったくない。

　とても奇妙だけれど、十日は十回の空襲警報、十一日は十一回の空襲警報があった。ところが十二日の空襲警報は二回だけ、午前十時と夜十時で、しかも夜の空襲警報ではいつもの「上演」がなかった。昨日の十三日は空襲警報が一回だけ、しかもだれも予期しないような時間帯の、深夜三時だった。

わたしたちレニングラード市民は、九月八日、九日、十日のこの恐ろしい三日間で、きっかり十一時ごろにサイレンが鳴って、だれもが防空壕に急ぎ（命の惜しい者は）、それからロケット弾、飛行機の遠い爆音、爆弾の轟音、焼夷弾の落下音という一場面の上演が始まるのに慣れてしまっていた。だから十一日は、あらかじめ多くの人が下に降りていたけれど、空襲警報は三十分続いただけだった。しかし十二日には、大砲の集中砲火が始まり、そのために多くの人が防空壕で夜を明かしている。とくに建物の、砲撃してくる側に面した五階に住む人が。

そしてそのあと、この地下室は出まかせに防空壕と呼ばれている。これはむしろ砲撃待避壕で、爆撃には耐えられないのに。この三日間のレニングラード爆撃の観察で明らかになったのは、必ずと言っていいほど、待避壕が完全に破壊されるか、もしくは埋まってしまうことだった。たとえば第五クラスノアルメイスカヤ通り。強力な爆弾が石造りのとても堅固な九階建ての建物を直撃して、その大部分を土台まで破壊したが、防空壕だった場所の真上にある壁の一部分がもちこたえて、いまにも崩れそうになっていたので、壕の中に埋まっている人たちを掘り出すことができず、まずこの壁を壊さなければならなかった。しかしそれをしている間に、不運な人たちの多くが死んでしまったのだ。

九月十九日

今日、午後四時にサイレンと警笛が鳴りはじめた。四回目の空襲警報だ。いそいで上着を着込んで、本を読み続けた。なぜだか昼間に爆弾は投下されないと考えて、自分を落ち着かせていたのだ。ともかく、すぐには下に降りなかったけれど、上着は着ていた。

高射砲列の砲撃が始まった。どんどん近づいてくる。じつは、わたしたちのアパートのうしろにあるスケートリンクが軍用地になっていて、そこに高射砲が据えられているのだ。これはとても危険だ。いよいよスケートリンクから高射砲を撃ち始めたので、今度こそ行くことにした。階段に走り出たとたんに、頭のすぐ上で不気味に唸る音と、ヒューという音がしたような気がした。あちこちの住居から人が飛び出して来て、矢のように階段を駆け下りていった。

「早く、早く、爆弾が飛んでくるぞ！」だれかが叫んだ。

みんなもっと速く駆け出した。何かのくぐもった爆発音が聞こえた、それからもう一度、さらにもう一度。そしてまたヒューという音、唸る音、そしてふたたび爆発音。みんな本能的に身をすくめた、天井が崩れ落ちてくると思ったのだ。

ようやく防空壕に入った。みんな震えていた。わたしたちは助かったのだ。しかしだれもこの幸運を信じていなかった。そして実際に、わたしたちが幸運だったのは、爆弾がアパートではなく、道路に落ちたことだった。

夕方には爆撃の様子がわかった。投下されたのはフガス爆弾だった。三個がピャチ・ウグロフ交差点近くに落ち、三個がピャチ・ウグロフ交差点からナヒムソン広場〔現在のウラジーミルスカヤ広場〕までの街区を破壊した。一個の爆弾がコロコーリナヤ通りの建物を破壊し、もう一個はやはりプラウダ通りの舗道に落ちた。たまたま幸運にも、わたしたちのアパートは無事だった。窓ガラスさえも無傷だった。しかし街路は、爆弾が落ちた場所の両側の窓ガラスが粉々に割れていた。そうだ、言うのを忘れていた、ナヒムソン広場では爆弾が路面電車に命中したけれど、だれも乗っていなかった。乗客はみんな降りた後だったのだ。

爆弾は、多くの地点で路面電車の線路を破壊した。電線はズタズタで、だからどの電車も停車している。ああ、なんて恐ろしい一日、こんな日がこの先どれだけあるのだろうか！

九月二十二日

今のところまだわたしは生きていて、日記を書くことができる。

レニングラードが敵の手に落ちないなんて、今ではまったく確信がもてない。

キエフとレニングラードは難攻不落の砦であると、どんなに語られてきたことか、どんなに大声で!!……ウクライナの繁栄する首都に、わが国の北方の真珠であるレニングラードに、ファシストの足が踏み込むことは断じてない、と。それがどうだ、今日のラジオでは——数十日間におよぶ激烈な戦闘の後にわが軍は放棄した……　キエフを！　これはいったい何を意味するのか？　だれにも理解できない。


わたしたちは砲撃されている、わたしたちは爆撃されている。

昨日の四時にタマーラが来て、一緒に散歩に出かけた。まっさきに見に行ったのは、崩壊した建物だった。ここからすぐ近くだ。ボリシャヤ・モスコフスカヤ通りの、ヴェーラ・ニキーチチナの家がある建物の隣に爆弾が命中して、建物はほぼ全壊。でも通りからは見えなくて、中庭から様子を見ることができた。隣の建物群（ヴェーラ・ニキーチチナの家のある建物もその一つ）はガラスがなくなっている。ナヒムソン広場ではアスファルトが四か所割れていて、これは爆撃の跡だ。その先の、ペットショップのならびにある建物は、ナヒムソン大通りの曲がり角から、新青少年劇場の向かい側の路地まで、やはりガラスがなくなっている。

しかしさらにひどいのはストレリキン通りだ。ある箇所では，道の両側の建物が崩れ去っていた。路面は破片だらけだ。まわりには一枚のガラスもない。でも何より恐ろしかったのは，ある建物の様子だった。建物の一角がそっくり切断されて，中がまる見えになっていたのだ――いくつもの部屋や廊下，そして中に置いてあるものも。六階のある部屋では，壁際に樫製の食器戸棚が置かれていて，その横には小テーブル，壁には（とても奇妙だけれど）長い振子のついた古時計がかかっている。こちらに背を向けて，ちょうどあったはずの壁際に，白いカバーで覆われたソファが置かれていた。

タマーラと一緒に帰る途中で，ミーシャ・イリヤシェフに会った。会っているあいだずっと何か照れたように微笑んでいたので，こちらまでどぎまぎしてしまった。あいさつして，握手した。しばらくおしゃべり。それから別れの握手をした。食堂に何か食べに行くところだという話だった。わたしはまたうまく振舞えなかった。彼のことをちゃんと見ないで，ちらちら見てばかりいたのだ。それになんだか怖い気がしたのだ。ミーシャはとても大人っぽく，たくましくなっていた。彼の両手は荒れて，労働者のものだった。少年だったのが，すっかり変わっていた。

ミーシャと別れて，文字どおり五歩行ったところで，グリーシャ・ハウニンに会った。彼は気づかなかったのか，それとも気づかないふりをしたのか，それはわからないけれど，ともかくわたしたちはそのまま素通りした。

それからタマーラと一緒に，パン屋で炭酸水の列に並んで，そのあと半時間は防空壕にいた。それからだれがどちらの家に行くかで三十分の議論。わたしが勝って，わたしの家に行った。空襲警報のせいでタマーラは八時までわたしの家に足止めされていたので，二人で協力して，ヴォーフカ宛の手紙をわたしの名前で書き上げた。というのも，このろくでなしが，また豚みたいにひどい仕打ちをしたのだ――建物全体の屋根裏部屋を〔防火用の〕漆喰で塗ることになって、わたしたち家族の分の十五ルーブルを支払わなければならなかった。わたしとママは、自分たちで塗ることにした。友達を助っ人に呼ぶことにした。彼はこれが初めてではないのだから、なおさらだ。彼のところに行ったが留守だったので、メモを書いて彼のお父さんに渡した。わたしのところに来て、手伝ってくれるように頼んだのだ。なのに彼は来なかった。もしも忙しかったのなら、一走りして「ぼく、忙しいんだ」と伝えられたはずだ。だめだ、許せない。それに、もし彼がただの知り合いだったとしても（もはや友達ではなくて）、彼くらいの年頃のちゃんとした家の男の子なら、だれでももっているはずの騎士的感情から、来なければならないはずなのだ。彼に宛ててとてもきつい調子の手紙を書いて、彼に届けてくれるようにとタマーラに渡した。タマーラと約束したのだ――もしも返事が来たら、タマーラの方から五時すぎにわたしのところに来る、もしも返事がなかったら、わたしから彼女のところへ行くと。

今日タマーラは来なかったし、わたしも行かなかった、というのもずっと空襲警報が出ていたから。だから返事があったかどうかはわからない。でもどうなったのか、知りたくてたまらない。わたしの考えはこうだ――もしもヴォーヴァがわたしたちは友達だと考えていて、自分の豚みたいな対応を恥じているなら、もちろん返事をよこすだろう。もしもこの手紙が、彼にとってはつまらない紙切れでしかなく、わたしのことなどどうでもよいと思っているなら、返事は来ないだろう。けれど、こういうことだってありうる――彼がこの手紙を仲間たちに見せて、みんなで一緒になって返事をでっちあげるのだ。でもそうだとしたら、そんな返事はわたしにとってなんの価値もない。

四一年十月四日［この箇所、そして十二日、十三日、十六日、十八日の記述が、誤って九月になっているのを訂正］

なんて長いこと書かなかったのだろう。でも今日、そんな状況を突破した。ああ、神様、わたしたちはどうなってしまうのか、わたしたちレニングラード市民は、そしてその一員であるわたしは。

クララ・ツェトキン記念母子保護大学附属病院で働いている。わたしたち補助看護婦は、午前九時から翌日の午前九時まで一昼夜働いて、それからまた次の日の午前九時まで一昼夜休憩するという、当直勤務だ。そんなわけで、夜通し眠っていなければならない。これはとてもつらい、でもまだ我慢できる。でもそもそも眠ってはいけなくて、防空壕でまどろむだけというのは、これはもうひどい。ちょうど今、午前七時十五分前。昨日の夜七時半から朝の六時までに六回の空襲警報があり、そのうち二回は三時間、二回は二時間、あとの二回は三十分と一時間続いた。わたしは病院で働いていて、仕事はとてもきつい、でも少しずつ慣れてきた。その代わりに、当直勤務の日は満腹で、一日あたりパン四〇〇グラムという第一種の配給券をもらっている。

タマーラと一緒にヴォーヴァへの手紙を書いて、翌日に会う約束をしたあの晩から、彼女には会っていない。昨日は彼女に手紙を書いて、それをオーシャに渡してくれるようにと、ロザリヤ・パーヴロヴナに頼んだ。オーシャからタマーラに渡してもらうのだ。そういうわけで、今もなおヴォーヴァに書いた手紙がどうなってしまったのか、わからずにいる。でもあんなに手厳しく彼に書いたことを、少しも悔やんではいない。

ある日、空襲警報のあいだにイダ・イサーエヴナと男女間の友情について話した。なにしろ愛せるのは一人だけだが、愛情とは別に、多くの男性と友達づきあいすることはできるのだから。イダ・イサーエヴナはまだ十七歳のころに、男子の友達がいたことを話してくれた。そして今なおその友情は少しも変わらないという。クラスの中で五人の友達がいて、女子二人と男子三人だったそうだ。

わたしたちだって、わたしとタマーラの女子二人と、ヴォーヴァ、ミーシャ、ヤーニャの男子三人なのに。いったいどうして友達になれないのか――わからない。男子が、わたしたち二人にひどい態度をとるからなのか？　――違う。彼らが友情にふさわしくないからか――それも違う、むしろ逆だ。彼らみたいなタイプの男子こそ、友達になれるのに。いったい何がいけないのか？　分からない。でも、たぶんお互いに、どうやって親しくなればいいのかわからないのだと思う。

ただもう悔しい、悔しくてたまらない。戦時下の過酷な日々に、クラス全体でわたしたち五人だけがレニングラードに残ったのだ。この間に、一生つづく素晴らしい友達関係をどうやればつくれるのか？　だって邪魔をする者なんてだれもいないのだから。ジーマも、エンマも、ローザも、他の女子もいない。それなのに！

わたしとタマーラには、情熱的な性質がほとんどない。男子もなんだか素気ない性格だ。わたしたちの関係はなにかとってつけたようなもので、お互いにとても丁寧だ。おまけにヤーニャはそんなにむいていない。たいそうな教授先生で、彼と友達になんてとてもなれない。もっと素朴で、飾らない間柄だったら、友達になれたのに。男子と女子のありふれた関係。わたしたちが互いに好きになっていたら。男子がわたしたちとふざけあっていたら。でも、どちらも自制していたのだ。

四日から五日にかけての深夜は、前の晩よりもっと怖かった。たしかに空襲警報は四回だけで、六回ではなかった。でもそのかわりに、なんて恐ろしかったか。フガス爆弾の爆発のせいで床がたえず揺れていた。二回目の警報のときに二人連れの女性の隣に座った。一人は若くて、もう一人はおばさんだった。若い人はずっと泣きながら嘆きの歌をうたっていた。しばらくして彼女の口から、二人が最初の空襲警報のときに生き延びたことを知った。路面電車から、ザーゴロドヌイ大通りの防空壕の一つに転がり込んだそうだ。彼女たち（母と娘）は防空壕に入ったが、多くの人、とくに男性は入り口のところに残っていた。そしてこの時に爆弾が炸裂して、防空壕の入り口を埋めてしまい、入り口にいた人はみんな埋まってしまった。中にいた人たちは無事で、天井が少し沈んだだけだった。彼らは窓の一つを叩き破って、そこから外に這い出した。そして目にしたのは、埋まった人たちが掘り出される様子で、多くの人は生きていたが、錯乱状態だった。

三回目の警報は次のようなものだった――廊下を駆けまわる音で目を覚ますと、サイレンが鳴りだした。だれよりも速く服を着て、階段を駆け下りた。中庭で、興奮して大声でわめく声がする。中庭をのぞき込むと、「燃えてる、扉の下が燃えてる、屋根裏部屋で」という声がした。まったく意味がわからなかったが、わたしたちのアパートで何かが燃えているということだけはわかった。一目散に家に戻って、家族に危険を知らせると、それからまた走って、防空壕に入った。中は人でいっぱいだった。どこから来たのか、半分裸で子供たちを連れて、大きなトランクを抱えて、座っている人もいれば、立っている人もいた。この時に、対空射撃が始まった。

十月十二日

わたしは軍の病院で補助看護婦として働くことになっている。負傷兵を助けるのだ。イダ・イサーエヴナにはとても感謝している。すべて彼女が手配してくれたのだ。恩を受けている人たちを助けるのだ。彼らのおかげで、まだ家と家族を失わずにいられるのだから。この仕事に全力を注ぐつもり。家では、家族のみんなと対等のメンバーになる。だれもわたしを寄食者呼ばわりしなくなる。イダ・イサーエヴナの話では、たくさんの少女が補助看護婦をしているらしい。もしかしたらだれかと友達になれるかもしれない。それに兵士や負傷兵——これはみんな下級兵士だ。負傷者の中には、十七か十八の男子もいるだろう。だれかのことを気に入って、ボーイフレンドができるかもしれない。そう、補助看護婦として働くかどうか、ためらったことなど一瞬たりともない。
もちろんわたしは行く、そして家族を助け、お金を稼ぎ、みんなと対等になるのだ。

疑念よ、悩みよ、去れ。
わたしは敢然とかなたを見る。
じきにわたしのささやかな働きをおまえは見るのだ、
素晴らしい都市、英雄都市よ。

われわれのために血を流した者たちへの
助力、やさしさ、愛。
われらレニングラード市民は、すべてを投げうつ、この都市を黒死病《ペスト》から守り通すのだ。

ロンドンから同胞の挨拶が送られてくる。(1)「姉妹のテムズ川からネヴァ川へ。ロンドンとレニングラードは、ファシストの野獣に抗する戦いの同胞なのだ」

四時十分前。七回目の警報が終わった。頭が割れそうだ。眠い。八度目の空襲警報が終わった。タマーラが家に来た。ちょっとおしゃべりしていたら、また空襲警報。防空壕へ行って、飽きるほどおしゃべりをした。警報解除の合図。タマーラに、三十分くらい家に来てくれるように頼み込んだ。でも台所に入ったところで、またサイレンが鳴りだした。また下に降りたが、今度はちょっとのあいだだけだった。防空壕でカーパ・ロバーノヴァと会って、しばらく話をした。それからタマーラは帰って行った。彼女といるとなんて楽しいのだろう。彼女となら、なんて自由に思いついたことをしゃべれるのだろう。

今は八時十五分前。すでに十回の空襲警報があった。

面白いのは、タマーラが小さな子供たちを嫌いなことだ。でも、わたしは大好きだ。タマーラは子供たちが泣くのが我慢できないのだ。泣き声は彼女を激怒させる。泣く子の頭を、何か重たい物で叩き割りたくなってしまうのだ。しかしわたしは小さな子が泣いているのを見ると、その子がすっかりわたしを信頼してくれるように、あやしてやりたくなるのだ。

(1)　レーナがどの声明文に言及しているのかは不明。『レニングラードの真実』紙上には、一九四一年十月八日にオックスフォード大学からレニングラード国立大学宛、十日に大英博物館からサルティコフ＝シチェドリン記念国立公共図書館宛、十一日に英国北東部防空軍イギリス部隊からレニングラード防衛軍宛の挨拶文がそれぞれ掲載された。

十月十二日［この箇所は本文が損傷。十二日の記述の続きかもしれない］

仕事にもすっかり慣れた。患者さんたちにも慕われている。八日に、初めて死んだ人を見た。今日は、わたしたちの科で一度に二人亡くなった。女性のほうは妊婦さんで、腹部を負傷していた。男性は、ガス壊疽で亡くなった。死人は、まったく怖くない。涙が出るほど気の毒に思うだけだ。とくに男性のことが。つい最近まで、元気な姿を見ていたのだから。他の人と同じように微笑んで、タバコを吸っていた、その顔がとても好きだった、あんなに若くて、感じのいい人だったのに。それから包帯所に連れていかれて、五時間くらい出てこなかった。輸血や注射やその他の、ありとあらゆる処置がなされたのだ。ようやく廊下に運び出されると、今度は、片足を切断するために手術室に連れて行かれることを知った。横たわったまま微笑んでいて、それから連れ去られた。戻って来た時にはもう、それが彼だとはわからなかった。呼吸するのも困難で、苦しそうに呻《うめ》いて、真っ青な顔をして震えていた。これが、わたしの覚えている死の直前の彼の姿だ。それからわたしは酸素を取りに薬局へやられた。そして駆けもどって来ると、廊下に医師がいて、言った、「ムーヒナ、急がなくていい、酸素はもういらないんだ、彼は亡くなったよ」。耳を疑った。自分の科に駆けこむと、すでに彼は病室から運び出されて、顔にはシーツが掛けられていた。ぞっとした。

七日には、今までで最長の警報があった。七時半から一時半までだ。きっかり六時間。わたしとタマーラは防空壕でじっとしていた。六時間なんて、びっくりだ。

それに昨日（わたしは家にいなかった）、恐ろしい騒ぎがあったという。わたしたちの地区に多数のフガス爆弾が投下されたのだ。その多くは破裂せずに、無害化することができた。ヤムスカヤ通り[1]では、六個のフガス爆弾が破裂したそうだ。

明日は（もしも明日まで生きていたらだけど）、タマーラに会うつもり。

（1）レーナが使用しているのは旧称。一九一五年にドストエフスキー通りに改称された。

十月十三日

今は七時十五分。

たったいま空襲警報が終わった。そう長くは続かなかったが、そのかわりになんて恐ろしかったことか。わたしたちのザーゴロドヌイ大通りに焼夷弾がばらまかれたのだ。わたしは防空壕ではなく、そのまま住宅協同組合事務所に行くことにした。今日は八時から十一時まで、事務所に詰めることになっていたからだ。通りへ出てすぐに、ヴィテプスク駅のほうで路面電車が炎を上げて燃えていて、その屋根から緑色の小さな星が、燃えさかる燐《りん》のかけらが、ばらばらと落ちているのが目に入った。ピャチ・ウグロフ交差点の、ラジオ部品店が入っていて、てっぺんにあの塔がある建物は、まさにその塔のところが燃えていた。

わたしたちのアパートの前には、「九番」の路面電車が止まっていた。車両のすぐわきの線路に焼夷弾が落ちたのだ。もしもアパートのみんなが火を消さなかったら、電車は燃え上がっていただろう。アパートに住んでいるみんなが、電車を救ったのだ。どこか近くにフガス爆弾が落ちたせいで、アパート全体が土台まで震えた。そう、こういう日々がついにやって来たのだ。でも今日の午後はタマーラと一緒に、映画館「十月《オクチャーブリ》」に行って、新しい映画を見た。『老いたる親衛隊』と『コルズィンキナの冒険』だ(1)、どちらも短篇で小さな楽団の演奏がついていた。二本目はとてもおかしな愉快な映画で、二人とも心の底から笑いころげてしまった。

(1) 一九四一年十月十六日付『レニングラードの真実』紙「映画」欄に「見逃してはいけない新作映画」として、これらの映画が紹介されている。『老いたる親衛隊』はS・ゲラシモフ監督、B・ポスラフスキーおよびB・V・ブリノフ主演、『コルズィンキナの冒険』はヤニーナ・ジェイモおよびサーカス芸人ムシン主演、映画スタジオ「レンフィルム」製作、美術監督F・エールムレル。

十月十六日

冬だ。昨日はじめて雪が降った。ドイツ軍が逃げ場のない壁となって迫ってくる。地図を見るのが怖い。ニュースを聴いて胸が苦しい。わが軍はマリウポリ、ブリヤンスク、ヴャジマを放棄。カリーニン方面は激戦中。もはやこれは、カリーニンは占領されたと見なすこともできる、というわけだ。本当にひどいことが起きようとしている。ヴャジマは、モスクワから一五〇キロメートル。つまりモスクワから一五〇キロのところにドイツ軍がいるのだ。今日、ラジオで初めてこんな発表があった――「西部戦線の戦況は困難。ドイツ軍はおびただしい数の戦車および機動歩兵を集結させ、わが軍の防衛線を突破した。わが軍は甚大な損害をこうむり、退却した」。これがラジオの伝えた内容。これまで一度だってこんな発表はされたことがなかったのに。

打ちのめされたような気分。もう明るい日差しを見ることはできないのだという気がしてくる。喜びに満ちた明るい五月まで生き延びることはできないのだ。

きっとドイツ軍はレニングラードを廃墟にしてしまい、それから街を占領するのだ。街から逃げた人はみな森に住むことになるだろう。そしてそこでわたしたちは死ぬ——寒さで凍え死ぬか、飢えて死ぬか、殺されるかだ。

そう、恐ろしい冬がやって来た。何百万という人たちが飢えて、凍える冬が。今日はこれからタマーラが来て、アーカと一緒に英語の勉強をする予定。あしたはまた仕事がある。仕事も楽じゃない。アーネチカと、さらに二人、女の患者さんが亡くなった。当直の日は、ほとんど一晩中、危篤の患者さんにつききりだった。ヴァレリーを見かけたが、もうわたしたちとは一緒に働かないらしい。廊下にいたけれど、白衣も着ていなくて、だれだかわからなかった。最初にわたしに声を掛けてくれたのが、彼だった。素敵な子だったのに、まさかこんなに短いつきあいになるなんて。

今朝も、昨日の昼寝のときも、やっぱりヴォーフカの夢を見た。彼は裸同然の格好で、ひどくお腹を減らしていたから、食べ物をあげて服を着せてあげたら、とても感謝してくれて、ほんとうの友達がどういうものか、たった今わかったと言ってくれた。そんな夢だ。それからナイフを持っただれかに追いかけられた。あと一歩で追いつかれるという時に、あれは秋の庭園だったけれど、ふいにヴォーフカが男子たちと歩いているのが目に入って、彼が追いかけてきた男の足を払ってくれて、助かったのだ、そしてそれから、そしてそれから、また何か別の夢を見た。

十月十八日

昨夜はほんとうに恐ろしかった。八時に空襲警報が鳴った。ちょうど患者さんたちに夕食を配っていた時だ。たちまちすぐ近くで高射砲列を撃ち始めた。それから突然大きな音がして、ガラスの割れる音が響いた。ちょうど婦人病棟にいた時だ。たちまち叫び声とうなり声が上がって、大勢の患者さんがヒステリーの発作を起こした。当直医のアニーシモフ先生が駆けつけてくれた。なんとか患者さんたちを落ち着かせた。少し落ち着いたところで、もうひとりの看護婦と一緒に、食器を食堂に下げに行った。まだお粥の残っていた鍋を片づけてもよいと言われた。そこで残っていたお粥を食べ始めたら、ふいに窓の外がなんだか騒がしくなって、警官たちの叫ぶ声と警笛が聞こえた。付添婦さんのひとりに何があったのか聞いてみた。彼女はとても驚いて、「あんた、ほんとに知らないの。火事だよ、ほら、むかいのカール・マルクス工場が燃えているのさ。ほら、行って見てごらん」。わたしを浴室に連れていって、ブラインドを開けてくれた。すると明るい通りが見えた、昼間よりも明るい。その明るい光の中から恐ろしいほどの炎がめらめらと噴き出して、赤い煙がうずを巻いている。そう、わたしたちの病棟のむかいにあるカール・マルクス工場が大火事だったのだ。だからあんなに騒がしかったのだ。消防士たちが消火活動をし、何台もの消防車が駆けつけ、消化ホースがうなり、命令する叫び声が聞こえた。鎮火したのは、明け方の四時近くになってからだった。

まさにこの晩にウラジーミロヴァさんが亡くなり、頭部を負傷した女の患者さんと、十七歳の男の子が新たに運び込まれたのだ。彼は屋上で消火活動をした消防士で、首を負傷していた。

十一月十一日

もう十一月だ。どこもかしこも雪。凍えるように寒い。わたしは学校に通って、勉強している。[1] 十月に体験せざるをえなかったことはすべて、今では重苦しい夢のように思える。つい最近まで六時に起きていたなんて、想像するのもむずかしい。六時四十五分にはもうママと一緒に家を出ていたのだ。寒くて、暗くて。それからぎゅうぎゅう詰めの路面電車、守衛所を抜けて、庭のまっすぐ踏み固められた小道を行く。服を脱ぐと、もう白衣になって、頭に白い三角巾を巻いて……。ほら、みんながいる、患者さんたち、食器、おまる、せかす声――レーナ、そっちに行って、レーナ、こっちに来て、レーナ、薬局に急いで、レーナ、研究室に急いで、レーナ、尿を検査に回して。そう、これは夢じゃない、これは現実だ。わたしはお金を稼いでいた。それなのに突然、解雇された。そしてまた学校にいる。チェルヌィショフ通り三十番の第三十学校に通学している。わたしたちのクラスには、きのうはまだ五人の男子と、四人の女子がいた――ミーシャ・I、ミーシャ・Ts、ヴォーヴァ・I、ヤーニャ・Ya、オーシャ・B、そしてタマーラ・A、ナージャ・K、リダ・S、ベーラ・K、それにガーリャ・Vも。そう、きのうはまだヴォーヴァに会えた、でも今日は五人とも登校しなかった。タマーラの話では、今朝廊下で会った時にオーシャから聞いたそうだけれど、ミーシャ・I、ミーシャ・Ts、ヤーニャ、ヴォーヴァ・イトキンソンは、別の学校、つまりボロジンスカヤ通りの第三十六学校に転校したそうだ。なんてころころ変わってしまうのだろう、世の中のことが何もかも。

八年間、わたしたちは同じクラスだった。わたしたちは言わば仲間だったのだ、なのに突然、何も言わずに、別れも告げずに行ってしまった、消えてしまった。ヴォーヴァ、わたしはほんとうに彼のことを（今さら言っても仕方がない)。かつてはあんなに親しかったのに、一緒に映画に行き、あんなに熱く語り合って、わたしたちは仲間だった、なのになんの前触れもなく、彼が、彼の名前が、彼の顔が、わたしの人生から消えてしまう、永遠に消えてしまうのだ。どうしてあんなことをする決心がついたのか、わたしには理解できない。ほんとうにそんなに簡単なことなのか、急に転校してしまうなんて、なんのために? どんな理由で? なんの説明もしてくれなかった。本当にわたしたちの間には、なんの絆もないのだろうか? ほんとうに彼らにとって八年間は、なんの意味もなかったのか? どうしてあんな思い切ったことができたのか。いや、これは普通じゃない。でも、どうして普通じゃないと言えるのか? 逆だ、単純なことじゃないか! 単純も単純、しごく単純なことだ! わたしはなんて変わり者なんだろう! 慣れなければ。今の時代はすべてがこうなんだから。

愛着心! 連帯感! いや、こんな概念は、わたしたち現在の若者にとっては、太陽と同じくらい遠いものなのだ。

こうしてすべてが終わってしまった。ヴォーヴァ、わたしたちはわかり合えていたのに、離ればなれになってしまった。すべてが煙のように消えてしまう、互いに相手を忘れてしまう、そしていつの日かアルバムをめくったあなたは、ようやくレーナ・ムーヒナという無邪気な女の子がいたことを思い出すのだ、そして写真の裏に「みにくいアヒルの子へ。レーナより」という文字を見つけて、微笑むだろう。もしかしたら、またいつか運命がわたしたち二人をめぐり会わせてくれるかもしれない、でも、ヴォーヴァ、けっしてあなたのことは忘れない。

あなたをずっと覚えている
あなたを愛さずにはいられない

あなたをけっして忘れない
そしてあなたへの想いを胸に生きていく。

あなたがこの世で最低最悪のろくでなしだったらよかったのに。気にかける値打ちもないような、最悪の人でなしだったら。でも、違った、あなたはわたしの初恋、あなたは自分でも気づかないうちに、わたしの胸のうちの何かに火をつけた最初の男の子、そしてその火はわたしが生きている限り燃え続けるだろう、時には明るく燃え上がって、わたしという存在をくやしさと悲しみで包み込み、時にはゆっくりとくすぶりながら。あなたはわたしにとってこの世で一番大切なひと。どんな苦労も悲しみも味わうことなく、幸せな人生を送ってね。

どうかいつまでも元気で。

さよなら、ヴォーフカ！

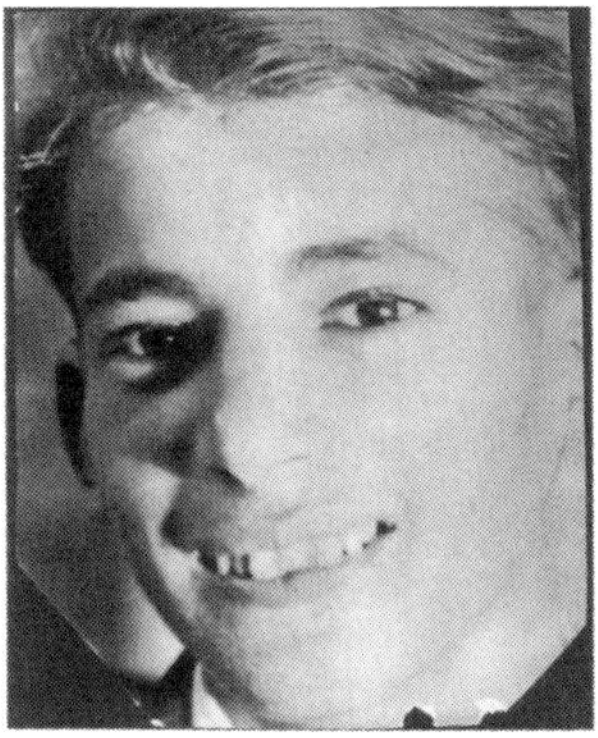

ヴォロージャ（ヴォーヴァ，ヴォーフカ）・イトキンソン

さようなら。

なんてことだろう、すっかり取り乱してしまった。でも、そんな必要があるだろうか。新しい男の子、新しい人が見つかるはず。今のクラスにだって、ヴォーフカより素敵な子はいる。ヴォーフカ・フリードマンとか、ゲーニカ・Kとか、ほかにも。でもリーダーのトーリカは、なんてアンドレイに似ているんだろう。声も、仕草も。それにうしろの席のゲーニカもいい子だけど、ただちょっとおとなしすぎるような気がする。でも、どうってことない、まだこれから親しくなる

チャンスはいくらでもある。

くよくよしないの、レーナ。初恋の次には、必ず新しい恋が待っているんだから。

思い切って、前に進むのよ。

生きていさえすれば、すべてがうまく行くんだから。

でも、本当に生き残れるのだろうか。毎日、わたしたちの都市《まち》にはおそろしく不愉快なおみやげが上空から送られてくる。レニングラードは包囲された。敵はモスクワを包囲しつつある。ドイツ軍はトゥーラ州に迫っている。(2) ウクライナ全土が占領された。ドンバスも。アメリカ合衆国がわたしたちに武器と食糧を援助してくれている。これからどうなるのか、わからない。でも、何があろうとわたしは生きたい、そして生きている限り恋をしたい、相手がだれになるかは、まだわからないけれど。もしかしたら、この新しいクラスの、新しいクラスメートの男子のなかに、未来の恋人がいるのかもしれない。

(1) 一九四一年十月六日付レニングラード市評議会執行委員会の決議により、十一月三日から七—十学年の新学年が開始された。

(2) トゥーラ州防衛作戦は一九四一年十月二十四日から十二月五日まで続いた。

十一月十二日

毎日恐ろしい爆撃、毎日遠距離砲が襲ってくる。

十一月十六日

また空襲警報が鳴った。午後七時半になったとたんに、おいでなすって、ドイツ軍のお出ましだ。

今日はなんだか疲れる一日だった。アーカが朝の九時に何か食べられる物を探しに家を出て、戻ってきたのは五時だった。わたしとママが、アーカは何も見つけられなかったのだ、今日はほとんど何も食べられないだろうと思ってあきらめていると、ふいにアーカが現れて、それも手ぶらではなくて、煮こごりを持って来てくれた。肉の煮こごりを、五〇〇グラム。すぐに煮立てて、熱々のスープを一人まるまる二皿ずつ平らげた。今はまだなんとか暮らしているけれど、もしも状況が悪化したら、どうやって生き延びればいいのかわからない。以前は、と言ってもまだ比較的つい最近のことだけれど、ママは職場で配給券がなくてもスープが買えたし、わたしも初めて学校でスープが出たばかりだった。なのにその翌日にはもう、スープにも配給券が必要、という政令が出されたのだ。

パン一五〇グラムでは、とても足りない[1]。アーカは朝に自分とわたしのパンを買ってきてくれるが、学校に行くまでにわたしの分はほとんど食べてしまうので、その後はパンなしで一日過ごすしかないのだ。どうしたらいいのか、見当もつかない。もしかしたら、こんなふうにしたほうがいいのかもしれない――一日おきに、穀物の配給券を使って学校の食堂で五〇〇グラムの主菜[2]を買って、その日はパンは買わない。そしてその翌日に、パンを三〇〇グラム食べるのだ。試してみなければ。でも、まあ気分はそれほど悪くはない。ひっきりなしにお腹の中で何かがくうくう言っているけれど。もうすぐ今月の二十一日は、わたしの誕生日。十七歳になるのだ。なんとかして祝わなければ。誕生日が下旬配給期[3]の一日目だから、必ずキャンディがもらえる日でよかった。食べたくてたまらない。

戦争が終わってふたたび平安が訪れ、なんでも買えるようになったら、黒パンを一キロ、プリャーニキ〔スパイス・ケーキ〕を一キロ、綿実サラダ油を半リットル買おう。黒パンとプリャーニキを細かく砕いてたっぷりとサラダ油を注ぎ、それをよくすりつぶしてかき混ぜたら、テーブルスプーンを取って、じっくりと味わいながら、お腹いっぱい食べるのだ。それからママと一緒にいろいろなピロシキを焼く――肉入りピロシキ、ジャガイモ入りピロシキ、キャベツ入りピロシキ、すりおろしニンジン入りのピロシキを。それからママと一緒にジャガイモを焼いて、こんがり焼けてシューシュー音を立てている焼きたてを食べるのだ。それからサワークリームをかけたウシキー〔小型のペリメニ〕とペリメニ〔ロシアの水餃子〕、それにトマトと炒めた玉ねぎを合わせたマカロニ、それに焼きたてで皮がパリパリの白パンにバターを塗りつけて、ソーセージでなければチーズも一緒に食べるのだ。ソーセージを食べるには必ず厚切りにして、噛み切るときにはすっかり歯が見えなくなるくらいにしなければ。冷たいミルクをかけたさらさらのそば粥をママと一緒に食べたら、今度は同じそば粥を玉ねぎと合わせてフライパンで炒めて、油が多すぎてギラギラしているのを食べるのだ。そして最後には、ジャムをのせた脂ぎったクレープ〔ブリン〕と、ふっくらした厚焼きのホットケーキを食べよう。なんてこと、こんなに食べたら、おそろしいことになってしまうわ。

タマーラと二人で、九年生、十年生くらいの現在のソビエトの若者の生活について本を書くことにした。読みたいけれど、残念ながら存在しなかったような本を書くのだ。

解除の合図だ、空襲警報が解除された。今は八時十五分。もう寝なければ。あしたは学校がある。

では、また今度。

（1）十一月十三日から、パンの配給量は事務職員・被扶養者・十二歳未満の子供には一五〇グラムとなった。労働者・工業技術者は三〇〇グラム。
（2）原文では「第二の料理」。ロシアの食事は前菜（ザクースカ）、「第一の料理」（スープ）、「第二の料理」（肉・魚料理）、「第三の料理」（デザート）の順で行われる。ここでは分かりやすいように「第二の料理」を「主菜」とした。
（3）配給は一か月を十日ごとに三つの期間（上旬・中旬・下旬）に分けて実施された。

一九四一年十一月二十一日

ついにわたしの誕生日だ。今日、十七歳になった。熱を出して、ベッドの中でこれを書いている。アーカは、何かのオイルと穀物あるいはマカロニを探しに出かけた。いつ帰るかわからない。もしかしたら手ぶらで戻るかもしれない。でもうれしいことに、アーカは今朝、わたしの分のパン一二五グラム[1]と、キャンディを二〇〇グラム渡してくれた。パンはもうほとんど食べてしまった、一二五グラムがなんの足しになるというのか、ほんの一切れじゃないか。でもキャンディはあと十日は持たせなければ。最初は一日に三個ずつの予定だったのに、もう九個も食べてしまった、こうなったら今日はわたしのお祝いなのだから、あと四個食べることにして、あしたからは規則を厳守して、一日に食べるのは二個と決めた。

　わたしたちの都市《まち》は非常に緊迫した状況が続いている。空爆や砲撃、でもこんなことは大したことじゃない、もうすっかり慣れてしまった、これにはわれながら驚いてしまう。しかし日増しに食糧事情が悪化しているという事実、これは恐怖以外の何物でもない。パンが足りないのだ。英国には感謝しなければ。あれこれ送ってくれるのだから。たとえばココアやチョコレート、本物のコーヒー、ヤシ油、砂糖——すべて英国製だ、アーカはこれをとても誇りに思っている。でもパンがない、パンがないのだ、どうして小麦粉は送ってくれないのだろう、レニングラード市民はパンを食べなければならないのに、食べないと労働能力が低下してしまう。まもなくわれわれはレニングラードから敵を撃退する、あと一歩だ、とみんながそう言っているし、ラジオでも繰り返し放送されてきた。敵を撃退したら、レニングラードに命をもたらす食糧がどっと流れ込んでくるのだ。しかし、もうしばらくは耐えなければ。そう、われわれは耐えてみせる、でもなんてつらいんだろう。時には絶望すら覚えてしまう、だめだ、輝かしい勝利の日を見ることなく、われわれはみな蠅のように死ぬのだと考えてしまう。でも、こんな考えは捨てなければ。これは有害な思想だ。ああ、なんてことだろう！　どうかアーカも、レーナ・ママも、わたしも、わたしたちみんなも、無事にこのつらい時期を生き延びて、ふたたび胸いっぱいに深く呼吸して、生きることができますように。どうかママがまたふくよかになって、アーカの具合もまた良くなりますように。ママとアーカのことが心配でたまらない。本物の飢餓を、二人は耐えられないだろうから。でもこれからどうなるか、わからないのだ。もしかしたらパンの配給が一日おき、もしくは二日おきになって、食堂には何もなくなってしまうかもしれない、そうしたらその時は！　いや、しかし、そんな事態が許されるはずがない！　英国と米国が、食糧を恵んでくれるはずだ。それが彼らの利益にもなるのだから、レニングラード攻防戦でドイツ軍を敗北させるためなのだから。レニングラード戦での勝利、これはモスクワにたいする最高の援助になるのだから。そしてモスクワ攻防戦でドイツ軍を粉砕すれば、この歴史的な戦争の経過に転機をもたらす日が近づくのだ、まさに敵の退却が始まるのだ。でも、どうか早く、一刻も早く、そうなりますように。レニングラード包囲網の突破という希望を日々抱いて生きている。

アザーリヤ・コンスタンチーノヴナ（アーカ）と教え子

タマーラが来た、そして……そして、何も持ってきてくれなかった。じつは、きのう彼女に穀物と肉類の配給券を渡して、今日学校の食堂で昼食を買って来てくれるように頼んだのだ。つまり穀物の主菜を二食分、それとできれば肉類の配給券でメンチカツを二枚、もしくは、あればソーセージを二人分。彼女は約束してくれた。

今日のアーカとわたしは、タマーラが持ってきてくれるものにすべての望みを懸けていたのだ。主菜を使って、それがお粥であろうとマカロニであろうと、また別の何かであろうと、アーカは素晴らしく濃厚なスープを小鍋二つ分こしらえて、メンチカツは、お祝いなのだから三つに切り分けて、カツサンドにして食べようと決めていたのだ。それなのに突然、なんてひどいの！　タマーラはやって来たけど、何も持ってこなかった、何も、主菜も、スープも、何も……。彼女はいらいらして、ふくれっ面をして、もう二度と、何も、だれにも約束はしない、何もやらないと言った。彼女の話からわかったのは、休み

タマーラ・アルテーミエヴァ
1940年

時間に二度列に並んだけれど、順番が回ってこなかった、ということだけ。主菜は終わってしまったので、代わりにスープを一人前買ったけれど、こぼしてしまった。なぜこぼすなんてことになったのか、いまだにわからない。わかるのは、あまりにひどい、ということだけ。

もうすぐアーカが帰ってくる、すっかり凍えて疲れきって、そしてきっと手ぶらで。そうなったら、おしまいだ。タマーラが何も持ってこなかったと知った時に、彼女が耐えられるかどうか、わたしにはわからない。そしてママが帰ってくる、疲れて、お腹を減らして、今日はいつもより早めに帰ってこようとするだろう、わたしの誕生日だとわかっているから。それなのに、なんてことだ、もしもアーカが何の料理も作れなかったら、どうなるのだろうか。そうだ、みんなでほんとうに誕生日の「お祝い」をやるのだ。いや、アーカに対しても、ママに対しても、タマーラをかばうつもりはない、しかしそれでも、彼女を責めたくない。ある人が不幸な目にあった、それは不運だったから、たとえそれが配給券を盗まれたり、そういうたぐいの不運であったとしても、同じことだ。だれもが不幸な目にあうかもしれないのだから。

もちろんくやしい、涙が出るほどくやしい、誕生日だというのに、ごちそうも無く、お腹を減らしてじっとしているなんて、しかもそれがすべて一番の親友のせいだなんて。

でもそれがどうしたって言うの、こうなったら、カツサンドのためにとっておいたパンの切れはしを食べてもいいし。それから眠ってしまうことだ、明日の朝まで眠ってしまえばいい。

大切な愛しいママが、お腹を減らして帰ってくる。ママを胸に抱きしめて、強く、強く抱きしめて、わたしたちを襲った悲しみについて話そう。そうしたら、ママは怒らないと思う。きっと向こうで何か食べてくるだろうし。ただ、どうかママが怒りませんように、誕生日が悲しい日となりませんように。それ以上は何も望まない。ワインで一杯ずつ乾杯をして、キャンディをつまみながら、お茶を飲もう。

どうか言い争うことなく、どうか穏やかに、静かにおさまりますように。わたしが熱望するのは、ただそれだけ。

もう六時半になるのに、ママは帰ってこない。窓の外では高射砲がやみくもに砲声をとどろかせ、二回目の空襲警報が鳴り続けている。まさしくヒトラーは、昨日の分と今日の分をあわせて、わたしたちにこれからお見舞いしようとしているのだ。

そう、思ったとおり、想像していたとおりになった。五時にアーカがすっかり凍えて疲れきって帰ってきた、しかも手ぶらで。バーミセリ〔細麵〕の列に並んでいたが、順番は回ってこなかったのだ。サーシャおばさんが少し前に並んでいて、彼女は受け取ったけれど、アーカは駄目だった。サーシャおばさんはアーカのことを見もしなかった。なんてひどい女！　年寄りに順番をゆずれなかったのだ。ああ、なんてついていないんだろう、想像もできないくらい。まるで神も悪魔も敵に回ったみたいだ。

おそろしくお腹がすいた。胃の中に気味の悪い空洞を感じる。すごくパンが食べたい、食べたくてたまらない。もしもこの胃袋を満たせるというのなら、何もかもすぐに手放してしまうにちがいない。

いったいいつになったらお腹いっぱい食べられるのか？　いつこの苦しみは終わるのか？　いったいいつになったら、何かお腹にたまるもの、栄養のあるもの、お粥かマカロニをまるまる一皿、ただの水っぽいスープとはまったく違う別物を食べられるようになるのだろうか。もう一か月以上も、上澄みみたいなものしか口にしていない。間違っている、こんな生活はありえない。ああ、いったいいつになったら、この苦しみに終わりが来るのか!!　しかもわたしの誕生日、年に一度しかない誕生日なのに。誕生日には、いつもアーカがピローグとクレンデリ〔8字型のパン〕を焼いてくれたことを覚えている。みんなでテーブルを囲んでお茶を飲み、ワインで乾杯をした。テーブルの上にはいつもキャンディとケーキがあって、時にはデコレーションケーキも、ソーセージとチーズのオープンサンドまで揃っていることもあった。誕生日には、とくにこの数年間はお客さんは来なかったけれど、三人でちゃんとお祝いしていたのだ。忘れない、わたしはけっして一九四一年の十一月二十一日を忘れないだろう。一生、この日を覚えている。一九四二年の十一月二十一日には（まだ生きていればの話だけれど）、黒パンを分厚く切り取って、バターをたっぷり塗りつけながら、一年前の一九四一年のこの日がどんなありさまだったかを思い出すだろう。そしてバターを塗ったパンの厚切りが、どんなごちそうよりも、どんなにおいしいものよりも、一緒に買ってもらったどんなケーキよりも、どんなデコレーションケーキよりも、豪華なごちそうに見えることだろう。ああ、そのパンを、パンを、本物のパンを食いちぎって噛みしめるとき、なんという満足感に酔いしれることだろう。

ママ、愛しいママ、どこにいるの。土の中にいる、ママは死んでしまった。(2) 安らかな眠りについてしまった。なのに、わたしは、わたしは、わたしは苦しんでいる、ひどく苦しんでいる、何百人、何百万人ものソビエト市民と一緒に苦しんでいる、まさにあいつ〔ヒトラー〕のせいで、あの気違いの馬鹿げた妄想のせいで苦しんでいる。あいつは全世界を征服するつもりなのだ。そんなのは気違いじみたたわごとだ、そしてそのせいでわたしたちは苦しんでいる、わたしたちの胃の中は空っぽで、胸の中は苦しみでいっぱいだ。ああ、いったいいつになったら終わるのか。本当にいつか終わりが来るのだろうか!?!!

（1）前日の一九四一年十一月二十日から、レニングラードのパンの配給量は最低レベルになった。労働者・工業技術者は二五〇グラム、事務職員・被扶養者・十二歳未満の子供は一二五グラム。
（2）実母のこと。八七頁、注（1）を参照。

十一月二十二日

今朝になって、きのうの誕生日を祝ったと言えるだろう。アーカが七時にチョコレートを買いに行ってくれて、九時にはお茶と、わたしの分のパン一二五グラムと、チョコレートを五〇グラム、本物の英国製のチョコレートを手渡してくれたのだ。こんなチョコレート、夢でしか見られない。一度だって本物の外国製のチョコレートが手に入ったことはなかった。本物の英国製のチョコレート、こってりとして、香り高く、硬くて、重くて、美しい。大きな板チョコに切り分けられている。五〇グラムは、板チョコ四枚分だ。つまり、板チョコ一枚は一二・五グラム。なんておいしいのだろう、苦くて甘くて、そう、一言でいえば、インド直輸入の本物のチョコレートだ。

もしもレニングラードでパンが足りなくなって、パンの代わりにチョコレートが配給されるようになっても、飢え死にすることはないだろう。チョコレートならイギリスが十分な量を運んできてくれたし、これからもきっと届けてくれるに違いない。子供用の配給券で支給されるのは、本物のサゴ〔サゴヤシから採ったでんぷん〕や干しブドウ〔判読不能〕のような英国の食品だ。でもこれはどれも子供用の配給券の場合で、同じ配給券でセモリーナ〔小麦粉〕や米も支給される。

そしてこのスープ、まさしくスープの中のスープだ！　アーカが学校から持ってきてくれたのだ。どうしてすぐに気づかなかったんだろう、まったくいまいましいったらない、きのうだってアーカがうまいこと昼食を買いに行けたはずなのだ、タマーラに頼む必要なんてまったくなかったのだ。

今日、アーカは学校で主菜を二つ、つまりバターをのせた米粥を買ってきてくれた。バターの一切れはわたしにくれて、もう一切れはお米と一緒に煮込んで、こんな奇跡みたいなスープを、こんなに美味しいスープを、それもたくさん、みんな一人ずつまるまる一皿食べられて、さらにお玉に三つ分おかわりできるほど作ってくれたのだ。

今こそ生活を立て直すのだ。穀物の配給券を三枚すべて並べて、この配給の期間中、つまり八日分の穀物が足りるように計算している。もしも穀物の配給が一日に一〇〇グラムになっても、まあ、極端な話、七五グラム、つまりスープ一皿と主菜一皿になったとしても、なんとかなるだろう。

小さなガラス瓶の中には、初めは入れるつもりだった上質のチョコレート三枚の代わりに、ちっぽけなかじりかけが一つ残っているだけだ。それもすぐに食べてしまうつもりだ、そんなかけらを取っておくなんて、滑稽だから。では、キャンディの残りはどうなったのか？　アーカがキャンディの袋をくれたのは、きのうだった。もらってすぐに数えてみた。きれいな色の丸いキャンディが三十四個あった。そのうちの四個を、豆菓子二個と取り替えた。今日お目にかかれたのは、かわいそうなキャンディが五つだけ。残りはいったいどこに消えてしまったのか？　そう、きのうわたしが全部食べてしまったのだ、きのうは食事できなかったのだから。そう、きのうはパンとキャンディが食事だったのだ。きのうだけで二十五個も食べてしまった、今日は誕生日だから、今日は食べるけれど、あしたこそ一個も食べないぞと考えて、自分を慰めながら。しかしその「あした」になったら、特赦を受けて生き残った五つのかわいそうな子たちも、やはりわたしの恥知らずな口の中で終わりを迎えることになってしまった。ああ、ほんとうに恥ずかしい、でも昨日は飢えていたのだから、そう、別問題だ。しかし今日は、今日は、パンもチョコレートもスープもある、あのかわいそうな犠牲者たちをそっとしておくこともできたはずだ、なのにやはり食べられる運命になってしまった、せめてあと二日くらい見逃してやればよかったのに。でもだめだった、我慢しきれなかった。しばらく我慢したけれど、とうとう一つ口に入れてしまった。こうなったら最後、手元にある食べられる物を一つ残らず殲滅《せんめつ》するまで、立ち止まることはできないのだ。そうしてわたしは食べ始めて、キャンディ全部とチョコレートを全部食べてしまった。しかし、まだあと八日も残っている。またもやこの八日間は、お茶菓子無しでお茶を飲んで、どうしてたった一日でキャンディを二十五個も食べる気になったのか、いまいましく思いながら過ごすことだろう。

わたしの板チョコ、本物の英国製の美しい板チョコレート、おまえはどこに行ったの？　どうしてわたしはおまえを食べてしまったの？　あんなに美しい、見とれるだけにしておけばよかったのに、わたしはおまえを食べてしまった。なんて意地汚いんだろう、わたしは。もはや残された希望、というよりも慰めはただ一つ、もしもママが分けてくれる気になったら、もう一枚板チョコが手に入るということ。そうしたらわたしは食べない、断じて食べない。神様に誓って。ただ見とれるだけにして、ママの手元にチョコがひとかけらもなくなったら、その時はじめて食べるのだ。

今また日記を読み返してみた。ああ、わたしはなんて薄っぺらな人間になってしまったのか。考えることも書くことも、食べ物のことばかり、食べ物の他にも、いろいろなことが数知れぬほどあるというのに。

またドイツ軍が馬鹿騒ぎを始めた。長距離砲を撃ちに撃ちまくっている。でも、大丈夫。じきに黙らせてくれるだろう。たったいま屋根の上を、砲弾の飛んできた方角に、飛行機が飛んで行ったから。

町の生活は平常どおりだ。工場は製品を生産している。店は商売をしている。映画館、劇場、サーカスもやっている。⁽¹⁾生徒は学校で勉強している。たしかに生活の形態は変わった。ガスは止まっているし、灯油は売っていないから、みんなペチカや薪や木屑を燃やして煮炊きしている。しかし大部分の人は、いろんな食堂に登録している。いまでは防空壕に下りる人は少なくなったけれど、それは恒常的な食糧不足のために衰弱して、梯子を上ったり下りたりして体力を消耗するだけの余力がないからで、だれもが同じように生きたいと願っている。今では何も買うことができないから、男子はお金を貯め込んでいる。毎日のように映画館や劇場に行って、休み時間や、空襲警報が鳴った時には防空壕で、カードゲームをしている。休み時間にはいつも、教科によっては授業中まで、お金を賭けて「21」に熱中している。これこそ、まさに堕落の極みだ。彼らをよく観察してみた。一度に五―七ルーブル、時には八ルーブルも稼ぐこともしょっちゅうなのだ。しかもお金を大切にする気持ちなどすっかりなくしてしまって、三ルーブル札「トリョーシカ」を「銀行」に、つまり机の引き出しに放り込んでいるところも見た。うっかり一ルーブルを落としてしまっても、拾おうとして慌てて屈み込むこともないだろうし、二〇コペイカなんて、お話にもならない。その一方で、大半の男子は儲けたお金をがめつく隠しているか、反対に、いかにも無頓着なふりをして隠し持っている。

きのう手元にある絵葉書を出してみた。以前はいろいろな種類の美しい絵葉書が発行されていたのに、いま売られているものはなんの工夫もなく、なんの趣向も凝らされていない、いい加減に作られた絵葉書ばかりだ。裏側にわたし宛の言葉がつづられている絵葉書もすべて出してみた。ママが三年前にピャチゴールスクから送ってくれたものだ。

そして思い出したのだ、いつだったか、そんな昔のことじゃない、まだ去年の冬のことだ、ママと二人で汽船に乗ってヴォルガ河を旅したいね、と話したことを。全部でどれだけお金がかかるのか、問い合わせて調べてみた。ママと二人で、夏には必ずどこかに旅行しようと決めたことを覚えている。これはけっして不可能な話じゃない。水色のカーテンと、傘のついたランプの置いてある一等席にママと二人で腰掛ける、すると汽車が走り出して、駅舎のガラスの丸天井を離れ、自由へと飛び出していくあの幸せな瞬間が訪れるのだ、そしてわたしたちは遠くへ、遠くへ、遠く彼方へと疾走していく。二人でテーブルの席について、何かおいしいものを食べて、これから楽しいことが、おいしい食べ物が、見知らぬ土地が、青い空と緑と花に囲まれた自然が、わたしたちを待ち受けているのだと実感することだろう。次から次へとありとあらゆる楽しいことが待ち受けているのだと。そしてレニングラードがはるか後方へ流れていくのを見つめながら、こう話すのだ。あの町で長いあいだ暮らしてきた、長いあいだ苦しみ、凍える部屋で空腹に耐え、高射砲列の砲声と敵機の遠い爆音に耳をすませてきた。重苦しい悪夢のようなこれらの記憶を振り払って、いまこそ前へ、遠くへ、赤い星特急がわたしたちを乗せて疾走する彼方へとまなざしを向けよう。まさにこの大地をドイツ兵が歩き回っていた、当時の大地は雪で覆われ、砲弾でできた穴だらけで、塹壕と防空壕が散在して、有刺鉄線がからまり、冷たい氷のような風が耳元で鳴っていた。いまこうして走っている線路も壊されていた。パルチザンが破壊したのだ。ちょうどこの斜面の下に、ばらばらになった列車の車両が転がって、半ば雪に埋もれた敵兵の遺体が、斜面のあちこちに黒く見えていたのだ。思わずママと二人で、斜面に生い茂った草むらを凝視するのだが、しかしかつての戦争を思い出させるようなものは、もう何も見えない。すでに終わったのだ、そう昔のことではないけれど、それでもやはり過去のことだ、戦況が急転してドイツ軍の侵攻が止み、ドイツ軍が後退し、退却しはじめたあの歴史的な日々、ドイツ軍が敗走し、わが軍がベルリンに侵攻し、最後の一斉射撃、最後の砲撃、最後の銃撃が鳴り響いたあの歴史的な日々は、過去のものとなったのだ。遠く離れた灰色のレニングラードも、わが軍の勇敢な兵士たちを勝利をもって出迎えたあの日々も、何世紀も消えることのない栄誉に身を包んだ真の英雄たちを出迎えたあの日々も、すでに彼方へと流れ去り、もはやぼんやりとした霞《かすみ》に包まれている。すべてが過去となったのだ、すべてが後景へと退いてゆき、新しい出来事に場所をゆずった。そしてこの新しい出来事もまた過去のものとなった。すでにわたしたちは、戦場に斃《たお》れたわが軍の名誉ある兵士たちに哀悼の意を捧げ、埋葬を終えた。すでにレニングラードはその傷を癒して、破壊された建物を再建し、新しいガラスを嵌め込んだ。そう、もはやすべてが過去となった。台所のガスコンロにシューッと音を立てて初めて火が点いたあの日も、チョコレートアイスが初めて店頭に並んだあの日も、もはや過去のことだ。

ママと二人で窓の外を眺める、ああ、なんて幸せなんだろう。しかしふたたび、しかしふたたび、記憶が頭の中を駆けめぐる。こんなことは思い出にすぎないのだ、もう過去のことだ、二度と起こらないのだと思い出して、ほっと息をつく。最後の空襲警報の解除を告げるラッパの音が鳴り止んだ時のことを思い出す、まわりが燃え上がった日のことも、いや、火事の炎ではなく、祝日のレニングラードが喜びに満ちた電飾の光で燃え上がり、ショーウインドーが板切れと砂ぼこりの重圧を投げ捨てて、そのガラスをふたたび輝かせた日のことを、路面電車がガタゴトと走り出し、バスが目も眩むようなヘッドライトを光らせて、エンジン音を響かせた日のことを、そして数えきれないほどの幸福な家の窓に明かりが灯った日のことを思い出す。ポスターも、看板も、すべてが光り輝き、きらめいていた、あのはじめての祝日を……

（1）この日の『レニングラードの真実』紙によると、レニングラードでは七館の劇場が公演を続け、三十四の映画館、文化会館およびクラブで二十四本のさまざまな映画が上映されていた。国立サーカス劇場ではジャズ・アンサンブルの公演があり、クラウジヤ・シュリジェンコとウラジーミル・コラリが出演した。

十一月二十三日

きのうわたしの書いたファンタジーをママに読んであげたら、とても気に入ってくれた。続きを書くつもりはない。これからはこうしようと思う――放課後はだれもいない静かな教室に残って、受けたばかりの授業の内容を残らず暗記するのだ。時間割の授業の間隔は、そう、一番長い時は二、三日もある。だからもしも今日中に、たとえば地理を、いま受けたばかりの授業を、静かで落ち着いた環境ですべて頭に入れてしまえば、三日後にすっかり忘れてしまうということはないだろうし、もしも忘れてしまっても、ほんのちょっと忘れるだけですむだろう。そのかわりに、きちんと計画を実行すればたくさん読書ができるのだ、家で読書をしよう。なるべく早くディケンズの『大いなる遺産』を読み終えて、他のものを読み始めなければ。ボリシェヴィキ専用の本棚をつくって、いろいろな小冊子も買いたい。そう、それからロシア語の文法書を買って、正書法の規則を残らず復習しなければ。文法を間違えて、文学の作文の評価を下げたりしないように。まあ、無駄なおしゃべりはもうたくさん。「不言実行！」いまから文学の勉強をして、それから別の教科もやろう。その頃にはアーカがスープを温め直してくれるから、一緒に食べて、そしたら席を立って、代数学をノートに書き写そう。

一九四一年十一月二十七日

今日は一時半に学校から帰ってきた。今日はかなりうまく行ったけど、十一月二十五日は帰ってきたのが五時だったし、きのうは四時だった。というのも、この三日間はずっとこんなふうだったのだ――五時間目の終業のベルが鳴る三―五分前に、ベルが断続的に鳴り響いたので、みんな大急ぎでコートを着て、コート掛けはそのまま教室に残して、階段を下りて、中庭を走り抜けて、学校の防空壕に駆け込んだ。わたしたちの防空壕は快適で、しっかりした壁で区切られた五つの部屋がある。各部屋に二つのクラスが入れるようになっている。ここは明るくて、暖かくて、空気もきれいだ（換気装置が作動している）。ここには長椅子とベンチがあって、黒板とチョークも置いてある。みんな長椅子に並んで座って、先生は黒板の前に立って、授業が続けられる。今日は文学の授業の途中で校長先生が入ってきて、砲撃が始まったと告げられた。文学の授業は防空壕の中で続けられて、それから歴史の授業、そして時間割にしたがってまた文学の授業があるはずだった。でも校長先生がやって来て、空襲警報が解除されたから大至急、家に帰るようにと告げたのだ。みんな地下でお腹を減らして四―五時までじっとしていたくはなかったので、急いで支度をして、家に向かって駆け出して行った。ちょうど校門を出たところで……空襲警報だ。だから本当にぎりぎりで間に合ったのだ。いま空襲警報のただなかでこの文を書いている。

アーカがスープを温めてくれているので、これから一緒に食事をする。今日、ママとわたしはパンを買わないことにした。休日の三十日に、パンも食べずに過ごさないようにするためだ。まだ少し亜麻仁〔フラックス・シード〕も残っている。じつは、炒った亜麻仁はとてもおいしいものなのだ。きのうは三人とも食事ができたし、今日も飢えることはないだろう。でも、これから先は――わからない。ところで、配給券では肉の代わりにチョコレートやキャンディが配給されていて、バターの代わりは以前はチーズだったが、今はマーマレードだ。

わたしたちの学校では毎日、チョコレート・キャンディを一個ずつ三〇コペイカで配給している。以前は階下の食堂まで行かなければならなくて、そのせいで行列ができて、授業に遅れる人もいたが、今では状況が変わった。二時間目の途中に、校長先生が白衣を着た食堂の人と一緒に教室に入ってくる。食堂の人は大きな包みを担いで、お皿を何枚か持っていて、出席人数を数えると、人数分のキャンディをお皿にのせる。それから生徒のうちのだれかがそのお皿を持って教室を回り、一個ずつキャンディを配ってお金を集め、そのお金はすぐに校長先生が回収するのだ。それが終わると、中断した授業が続けられる。でも、もちろんなんの注意もされないので、クラスの半数以上がキャンディをもぐもぐやっている。だからもうだれもお茶を飲むために、食堂まで行かなくなった。お茶というよりもお湯だけれど。

今日は防空壕でゲーニャ・コブィシェフの隣になった。最初に会った時からずっと気になっていたあの男子だ。おとなしくて静かな子に見える。一度も意見を言ったことがない。自分から話し始めたことも、一度もない。

歴史の授業の前の休み時間も、まわりのみんなはおしゃべりしているのに、一人で『死せる魂』〔ニコライ・ゴーゴリ作、一八四二年刊〕を読んでいた。「『死せる魂』、おもしろい？」と聞いてみた。すると言葉ではなくて、どちらでもないという時によくやるジェスチャーをして見せた。そこで「一番好きな教科は？」と聞いてみた。やはり困ったような笑みを浮かべて、どっちつかずのジェスチャーをする。でもそれでは気がすまなかったので、「じゃあ……歴史は好き？」「いや」「地理は？」「うん、地理はまあまあだね。数学が好きだよ」「数学が？　それなら自然科学は？」「いや、好きじゃない」。これ以上、話すことが見つからなかった。しばらくわたしのことを何か物思わしげに見つめていたけれど、それからまた『死せる魂』を読みはじめた。

ゲーニャは小柄で、とても華奢だ。頭のてっぺんのブロンドが、おかしなトサカみたいに立っている。水色の瞳はどこかあたたかくてやさしくて、無垢ですまなそうな顔をしている。きまり悪そうなほほえみは、何か媚びているようにさえ見える時もある。いったい本当はどんな子なのだろう。

もう三時十五分になるのに、空襲警報はまだ続いている。高射砲列の一斉射撃は止んだかと思うと、また激しくなる。

今から授業の復習をする。とくに文学をやろう。

空襲警報は、六時五分前に解除された。でも、六時半には砲撃が始まった。ママは歩いて帰ってきた。ついさっき科学アカデミー会員のオルベリが書いた記事をラジオで聴いて、ドイツ軍がペテルゴフやプーシキン市の文化財を横領したことを知った。サムソン像をノコギリで切ってドイツに持ち去り、同じようにプーシキン市の琥珀の間も破壊して、やはりドイツに持ち去ったのだ。ドイツ国民は琥珀の間を修復するために、たとえ地の底を這い回ってでも、われわれのために琥珀を探すはめになるだろう(1)。

このところ胸の中で、自分でもわけのわからないことが起きている。少しの希望と憶測と疑念、そしてたくさんの思考、そのすべてがからみ合ってもつれ、うごめいて、どうやってもほどくことができない。せめて何か糸口がつかめればよいのだけれど。たしかに、そう、すべてがはっきりしているように思える、実際にすべてのことが、そう、文字どおりすべてが理解できたように思えてくるのだが、次の瞬間には、もう何もかも靄《もや》に包まれてしまって、何も理解することができない。決定的なのは、打ち明ける相手がいないということ。ママは？　帰って来たら食事をして、あとは寝るだけ。ママはいまとても疲れているのだ。タマーラは？　しかし彼女にどう話したらいいのか。わたしが話したこと、そう、わたしが打ち明けたことを、彼女はどれだけ理解できるだろうか。だって、わたしの胸の中にあるのはむなしさだけ、むなしさ以外の何物でもないのだから。わたしには何も理解できない、というよりもむしろ、すべてを理解している、ただ、何を理解しているのか、それがわからないのだ。

どうしてもヴォーフカのことを忘れられない、毎日彼の夢を見る。ほんとうに彼のことを愛していたのか、どうしても理解できない。それにどうして一人もクラスの男子と親しくなれないのだろう。ヴィロン・ガーリャのことは、男子はもう全員、ガーリカって愛称で呼んでいるのに、わたしは避けられている、「さん」付けで呼ぶ子までいる。どこがいけないの？　どうしてこうもだれかと話がしたいんだろう、なんの話をしたらいいかも分からないのに。いったいなんてことだ。わたしは人間なんかじゃない、不可解そのものだ。だれもが化学の先生を嫌っている。そう、文字どおり全員が、なぜか彼を笑いものにしている。でもわたしは好きだ、本当になぜかわからないけれど、彼の中にソビエトの教師の姿が見えるのだ、そして自分でもよくわからないけれど、まさに、先生がわたしたちの担任になってくれればと思う。そしてみんなの再教育に取り組んで、わたしたちの魂を摑み、わたしたち全員がソビエトの学校生徒となり、心からの共産主義者になれたらと思う。先生がわたしたちの俗物根性を一掃して、先生と一緒に交響曲を聴き、わたしたちが、つまりわたしたちの目が全世界にたいして開かれ、わたしたちは生きている、唯一無二の自分の人生を生きているのだと、悟ることができたらと思う。そしてわたしたちの一人ひとりが、真剣に自分の人生を生き抜くのだと固く決心することができたら。わたしたちは父母の真の後継者となるのだ、親よりもさらにより良き存在となるのだ。より文化的で、教養のある存在に。そしてみずからも親となり、自分たちよりもさらに優れた子供を育てるのだ。そうして初めて、人間にとって幸福で喜びに満ちた豊かな人生と言えるだろう。そして老いて死ぬとき、それまでの人生を祝福することができるだろう。恥ずかしくない生き方ができた、と言うことだろう。ああ、なんてことだ、みんなを再教育して欲しくてたまらない。

どこか別の場所で、別の仲間に囲まれて暮らせたら、そしてもっと何か、そしてもっと、自分でも何がしたいのかわからない。それにタマールカ〔タマーラの愛称〕が、もっと違う子だったらよかったのに。ヴォーフカも、違う子だったら。みんなが何か崇高なもの、素晴らしいものに向かって突き進んでくれたら。もしかしたら、みんなにロマンチストになってもらいたいのか？　たぶんそうなんだろう。いや、そうじゃないと思う。ちがう。もちろん、そうじゃない。

わたしが望むのは、わたしたちがレーニンの言うような生き方をすることだ。学校も変わり、状況も変わることを望む。

レーニンは言った、「学べ、学べ、そして学べ」。これこそが、ソビエトの学校生徒が第一に考えるべきことだと、わたしは思う！　そしてソビエトの学校生徒は、カンニングや、カードゲームや、タバコと闘わなければならないのだ。そして、さらに多くの事柄とも。自然科学や、地質学や、鉱物学に興味のある人が見つかればよいのだけれど。鉱物学博物館に置かれている鉱石の標本――あれを見ると、どうしてこんなに興奮するのだろう？　わからない。すべての自然を、ひとつ残らず原子にいたるまで研究したい。興味深いものはすべてそこにあるのだから。そして人類についての本を書くのだ。そしてわが国のいたるところの写真を集めたアルバムを作りたい。山も、山脈と海の写真も。もしかしたら、ただの旅行者になりたいのだろうか？　たぶんそうなのだろう。

ちがう！　そうじゃない！　ただの旅行者なんかじゃない。何になりたいのか、自分でもわからない。頭の中がこんがらかった！　カオスだ！　……

(1) 国立エルミタージュ美術館館長のアカデミー会員I・A・オルベリの記事「ファシストの文化破壊者」が十一月二十七日の『レニングラードの真実』紙に掲載された。「ペテルゴフ〈フィンランド湾南岸の港湾都市でピョートル大帝の「夏の宮殿」がある〉において(中略)占領者は噴水のブロンズ像や金箔の像を台座から引き剝がし、庭園の中にある、世界でもっとも有名な銅像の一つであるサムソンの像を鋸で切り分け、自国に持ち去った。(中略)そして昨日、彼らがエカテリーナ宮殿の驚嘆すべき室内装飾である「琥珀の間」〈部屋全体が琥珀で装飾された一室。二〇〇三年に復元された〉を傷つけ、破壊したという報告が届いた」とある。

十一月二十八日

今日は、五時十五分に学校から帰ってきた。空襲警報は十二時に始まった。四、五、六時間目の授業は防空壕で受けた。それから爆撃が始まって、電気がチカチカ、チラチラしはじめて、消えてしまった。だから警報が解除されるまで、暗闇でじっとしていた。すぐ近くの街灯が点った。でもみんな座ったまま、おしゃべりしていた。でもこれからは、いつ復習すればいいんだろう。

六時五分前にママが帰ってきた。ママの話では、ネフスキー大通りに人通りはなく、ある建物は全壊していて、そもそも建物そのものが、残らず消えてしまったそうだ。[1] そう、空襲警報が五時間も続くような日になるまで、わたしたちは生き延びてしまったというわけだ。防空壕に入ったのは昼だったのに、出た時にはすでに暗く、夕方になっていた。みんな通りを走っている、急いでいる。みんな昼食を入れるための食器を持って。右側通行も守らずに、羊の群れみたいに歩道を進んでいく。押し合い、ぶつかり合いながら。

次の空襲警報が鳴るまで、街は生き続けるのだ！

（1）一九四一年十一月二十八日、フガス爆弾がクイブィシェフスキー地区評議会の建物（ネフスキー大通り六八番）正面の中央部分と、フォンタンカ河岸通り四〇番の建物を破壊した。

十一月二十九日

今朝起きた時はろうそくの明かりだった、電気は消えてしまった。登校したら、同じ話だ、真っ暗だった。一時間目は物理学、それからテスト。授業の途中で、ラム酒入りのキャンディが一個ずつみんなに配られた。それから代数学と歴史。歴史の授業中に健康診断があって、そのあとクラス全員にゼリーの配給券が配られた。それから授業が終わる三分前に、空襲警報が鳴った。今回はそれほど長くは防空壕にいなかった。解除の合図。すかさずコートを教室で脱いでから、ゼリーをもらいに食堂へ走った。食堂につづく廊下は暗くて、また電気が消えてしまったのだ、食堂は灯油のランプが一つ点いているだけだ。長いあいだ列に並んで、もうだいぶ前に始業のベルが鳴ったのに、どうして授業に行くよう言われないのかと思っていたら、九年と七年のクラスはゼリーを受け取ったら、すぐに帰宅してよいことになっていたのだ。

ゼリーをもらって、スプーンの順番が来るまで脇に退いて待っていると、空襲警報の知らせが来た。ゼリーを食べたら、ただちに防空壕に入ること。ゼリーを食べてみたら、とてもおいしかったので、家で食べようかと考えた。紙を丸めてじょうご型にして、そこにゼリーを入れた。教室に戻ってコートを着て、でも、どうせ家には帰してもらえないだろうから、防空壕に入ろうと思った。中庭に出てみると、泥とぬかるみで、まさしく雪どけだった。見回しても、門のところにも、防空壕のところにも、だれもいない。すんなりと外に出られた。空襲警報が出ているのかいないのか、すぐにはわからなかった。何事もなかったみたいに町の人は歩いているし、曲がり角には何かの行列ができている、でも路面電車だけが空車のまま何両か停まっていた。家に着いたのは、一時十五分前だった。そう、部屋を片づけていると対空射撃が始まって、それから爆弾がばらばらとどこかに落下したのだ。何度か家が揺れたので、机の下に隠れた。アーカが昼食を持って来てくれたので、机の下から這い出した。アーカと二人でパンを分けた、わたしと自分のためのパンを二日分、買って来てくれたのだ。わたしは亜麻仁油を塗ったパンを食べて、ゼリーは隠してしまった。それで今、どうしたらよいのか悩んでいる。一人で食べてしまうか、ママとアーカに分けてあげて、サプライズにするか。でも、ほんのちょっとずつになってしまう、たった一個のゼリーを三つに分けるのだから、一口でペロりだ。だめだ、二人の食欲をあおらないほうがいい、今回は一人で食べてしまって、次回はきれいに洗った瓶を必ず持っていって、もしもまたゼリーが出されたら、果物の砂糖煮《コンポート》と合わせて作りたかったお菓子にして、つまり三人分に増やして、ごちそうしよう。

十二月一日

今日はたくさん食べた。お腹いっぱいでベッドに入る。アーカが学校からスープと主菜を二つもらって来てくれた。昼にはアーカと二人でスープをまるまる一皿ずつと主菜を一つずつ食べて、ママが帰ってきて、さらに一人ずつ二皿のスープと主菜を受け取ることができた。そのうえママはお粥を一人前とメンチカツを一つ持ってきてくれたのだ。だから今日わたしたちは第一の料理も第二の料理も食べたことになる〔一二七頁、注（2）参照〕。しかもパンも、十分にもらえた――アーカもママも、自分のパンをわたしにくれたのだ。じつは、ママが自分とアーカの配給券をもらったのは今日になってからで、わたしが配給券をもらったのは昨日の夕方だった、だから昨日はわたしが自分のパン一二五グラムを第一の料理として買ったのだ。そしてそのパンを三人で分けて食べた。昨日は一日中どこにも行かなかったし、何もしなかった。昨日は一日中空襲警報が続き、砲撃があった。今日は十時までに学校に行かなければならなかったが、ちょうどその時間に空襲警報が鳴った。だから一時間目はなかったし、最後の授業もなかった。今日、幾何学の授業に出たのは十七人で、最後から二番目の授業――化学は七人だった。授業なんてものじゃない、あきれてものも言えない。タマーラは今日も来なかった。放課後に彼女の家に行ったけれど、いなかった。でもその後で彼女のほうからやって来た。ヴォーヴァに手紙を書いた、あしたタマーラに渡すつもり。タマーラとオーシャが同じアパートに住んでいるのはとても便利、ヴォーヴァと文通ができる。ところで、もう学校ではキャンディは配られないらしい。キャンディ一個あたり砂糖一〇グラムの配給券が切り取られるそうだ。ああ、なんだか馬鹿馬鹿しい。もう寝よう。

今日の昼はとても激しい砲撃があったので、ガラスが割れるのではと思ったけれど、今のところ大丈夫だ。部屋の中は暖かい、四〇燭光《カンデラ》〔光度の単位。一カンデラはろうそく一本の明るさに相当〕のランプがとても暖めてくれる。

きのうタマーラから預かっていた「秘密」を開封した。タマーラはリョーヴァ・ホホムが好きなのだ、どうやら二人のあいだに何か起きたらしい。タマーラの態度はあからさますぎたのだ、だからいま彼女はリョーヴァに笑いものにされていると苦しんでいる。

十二月五日

新たな試練だ。新しい配給期間に入ってもう五日目なのに、キャンディが手に入らない。今日はどうしても我慢できなくて、自分の配給券を使って二五〇グラムのシロップを買ってしまった。アーカとわたしが配給券で昼食を買えなくなってからもう二日になる、〔配給の〕一期分の券をすべて使い切ってしまったからだ。でもよくわかっている、わたしたちが持っているのは穀物一二・五グラムの券で、今ではよその食堂では、スープに配給券一枚、お粥に二枚必要なのだ。わたしたちの食堂では、スープをもらうために二五グラムの穀物と五グラムのバターの券が切り取られる。だから四日間で券をすべて使い果たしてしまったのは、当然のことなのだ。

電気が点かなくなって、もう二日目になる。いつ点くのかもわからない。電気無しで過ごすのはひどく気味が悪い。きのうの晩はすごく怖かった、すごく心細くて、真っ暗闇だった。飛行機は唸っているし、不気味で、しつこくつづくエンジンの音。その後は爆弾だ、次から次へと、次から次へと、あたりは真っ暗で、何も見えない、爆弾が一個落とされるたびに家が少し傾いて、ぐらりと揺れるみたいに感じるだけ。

十二月七日

今日は休日で、ママは家にいる。外は酷寒《マロース》。今日は三人ともたくさん食べた。きのうアーカがサーシャおばさんから油かす(1)を少し分けてもらったので、アーカが今朝手に入れたカナダ産の肉の缶詰七五グラムと合わせて、スープを作った。油かすはとても気に入った。とてもお腹にたまるし、おいしかった。きのうは五時から夜の九時までキャンディの列に並んで、ついにキャンディ「朝」を六〇〇グラム、一八ルーブルと九〇コペイカで手に入れた。三人で分けて、一人あたり十個半もらった。あしたはパンが追加されるだろう、という根強い噂をあちらこちらで耳にする。様子を見ようと思う。なぜかこの噂を信じてしまう。たぶん食料品が届けられているせいだろう——白マカロニやカナダの缶詰、アメリカ製のキャンディやその他の食料品が届くということは、わたしたちを援助してくれている、飢え死にさせることはない、ということだからだ。本日、前線よりかなりよい情報が届いた——わが軍は、ドイツ軍のあらゆる阻止を振り切って、タガンロク市に好進撃を続けている。モスクワのわが軍は、ドイツ軍の反撃を成功裡にくい止めたが、ドイツ軍はトゥーラの包囲網をさらに強めた。レニングラードのわが軍はいくつかの村や農村を掌握し、いやらしいドイツ野郎をやや退却させた。(2)

今この文章をコートを着たままで、クリスマス飾りのろうそくの明かりで書いている。目の前にはかじりかけのキャンディとパンの入った小皿が置いてある。音楽、ラジオから流れてくるピアノ曲を聴きながら、パンを少しずつ、楽しみを長引かせるために、ほんのちょっとずつかじっている。今ではみんな七時十分前にはベッドに入る。ろうそくを節約しなければならないのだ。あしたはパン屋から戻ってくるアーカを、ベッドの中に入ったままで首を長くして待つことになるだろう。アーカは一二五グラムではなくて、もっと多くの、せめて一五〇グラムのパンを持ってきてくれるかもしれない。今日だけでキャンディを四個食べてしまった、二個にしようと思っていたのに。もう八、九、十日の分のキャンディは、あと三個しかない。一日に一個ずつだ。ラジオからは交響曲が流れ、窓の外では一斉射撃がバンバン言っている。これはあのいまわしいドイツ軍が、相も変わらぬ砲撃をレニングラードに繰り返しているのだ。夜にはまた不吉なサイレンが鳴り響いて、近くに爆弾が落ちるたびに、家がぐらりと揺れるのだろう。わたしたちのだれもがつねに死に脅かされている、みんなそのことにあまりにも慣れてしまって、気づくのを止めてしまった、というよりもむしろ、気づきたくないだけなのだ。でもまだみんなまずまずの生活を送っている。たしかに、停電になってもう三日目になるけれど、トイレやお風呂はまだまだ順調だ。熱いお湯を飲むこともできる。あと二日分の油かすとスープ用のお肉もあるし、たぶんあしたになれば、きっと数日のうちには、パンが増量されるだろう。

では、もう寝なければ。

(1) 採油植物から油をしぼった後のかすのこと。
(2) ソビエト軍は一九四一年十一月半ばより反撃を開始し、十二月末にはドイツ軍が十月に侵攻を始めた地点であるヴォルホフ川まで退却させることに成功した。

十二月八日

重大な出来事があった。イギリスがフィンランド、ルーマニア、ハンガリーに対して宣戦布告し、日本がアメリカ合衆国に対して宣戦布告したのだ。ルーズベルト大統領は、アメリカは日本と戦争状態にあると宣言した。アメリカでは徴兵令が公布された。

今朝未明にひどい大雪が降っておそろしいほどだ、窓は凍ってしまうし、路面電車は運行していない、みんな徒歩で移動している。もう二日間も空襲警報は出ていない、砲撃だけだ、でもあんなものはそれほど恐ろしくもない。パンの増量はないが、その代わりにバター一〇〇グラムが被扶養者と事務職員に支給された。でも十五日からは必ずパンが増量されるという話だ。それならまあ、十五日まで待つことにしよう。そう、十二月――一九四一年最後の月は、きっと歴史的なものとなるだろう。新年を迎えるまで、重要な出来事が起きるのを待つしかない。

十二月九日

きのうの午後八時に電気が点いた。今日は学校で、配給券なしでキャベツ入りのスープ一皿とゼリー一個が出た。これからは毎日出るという噂だ。家に帰ってから、バターを塗ったパンをかじりながら、熱いお湯を二杯飲んだ。もうすぐパンが増量されるらしい。たしかにほんの少し、たったの二五グラムだ、それでも素晴らしい。一二五グラムではなくて、一五〇グラムもらえるのだ。こういうすべての新制度のおかげで、たちまち気分は高揚し、生活はよりよい、より明るいものとなった(1)!!

(1) これは同じ曲名で一九三六年に発表された歌の一節であり、もとは一九三五年十一月十七日のスターリンの演説「生活はよりよいものとなった、同志諸君よ。生活はより明るいものとなった」に由来している。

十二月十日

万歳、万歳、わが軍はチフヴィンを奪還し、レニングラード封鎖の包囲網をほぼ突破した。チフヴィンでは、ドイツ軍の三師団が完膚なきまでに粉砕された。これはまさに大勝利だ。

もう四日間、一度も空襲警報が出ていない。

今日、ママは仕事に行かなかった。別の仕事を探すつもりだ、毎日ろくに食べもしないで、ヴィボルク地区まで徒歩で往復するのは不可能だから。

今、わたしが望むことは？　唯一の望みは、毎日が飛ぶように過ぎること、特急列車の窓から見える電柱みたいに。早く、早く、もっと早く、冬のこのつらい日々が過ぎ去ってくれればいい。もっと早く、春が、ぬくもりが、緑が訪れますように。

戦局よ、映画のコマ送りみたいに、どんどん進展しておくれ。

速く、速く、もっと速く、時計の針よ、回っておくれ。

十二月十四日

あと一日で、半月だ。残りはあと半月、そして新年の一九四二年がやって来るのだ。

ドイツとイタリアが、アメリカ合衆国に対して宣戦布告した。

モスクワのドイツ軍が全壊した。ドイツ軍の対モスクワ第二次総攻撃は、失敗したのだ。ドイツ軍の退却が始まった。戦況は新たな段階を迎えた。中旬の配給期に入って、すべてが増量された――穀物も、肉類も、砂糖も。明日からは、パンも増量されるらしい。みんな穏やかに暮らしている、空襲警報は出ていない。確かめるのは恐ろしいけれど、どうやら最もつらい日々は過去のものとなったようだ。

十二月十六日

今日は代数学に遅刻してしまった。答案を最後まで埋められなかった。一時間目の出席数は二十六人だった。昼食を食べたのは二十人、昼食後の歴史の授業に出たのは、たったの七人。今日の昼食は二六コペイカのスープだった。濃くて、皮の剝いていないじゃが芋と、硬くて黒っぽいパスタの入ったスープだ。熱くて美味しかったけれど、ただ塩味が足りなかった。あしたはゼリーが出る、一日おきに出されるのだ。

今日はラジオで、わが軍がクリンとクラースナヤ・ポリャーナを掌握したという報道があった。文学の授業で作文が返却された。わたしは不可だったけれど、タマーラはクラスで一人だけ優だった。それから彼女の作文は、最優秀作品として読み上げられた。本当に素晴らしい作文だった、タマーラが書いたとは思えないくらいに。

学校から帰ってきた。アーカに肉類の列に並ぶように頼まれた。四時四十五分まで並んだけれど無駄だった、肉は売り切れてしまった。

十二月十七日

もう十二月の十七日。今日、うれしいニュースを聞いた。西部戦線のわが軍は、退却中の敵に対して追撃を続行し、カリーニン市とさらに三つの小さな町を掌握した。モスクワでは、ヒトラーの軍隊の一つをほぼ壊滅させた——およそ六個の歩兵師団と三個の自動車化狙撃兵師団およびその敗残兵は、目につくものを手当たり次第に略奪しながら、大慌てで退却中。まさに路上の人々から衣服をはぎ取って、クリスマスツリーの飾りにいたるまで、ありとあらゆるものを強奪している。やつらをパルチザンが次々に撃破している。

こうして一九四一年の十二月半ばに、ドイツとソビエト連邦の戦争は転換期を迎えた。ドイツ軍による六か月間の攻撃の後に、彼らの退却が始まった……　その退却が何か月続くのか、今はまだわからない。今の生活はとても苦しい。勉強するのも、とてもつらい。でも、これ以上はもう苦しくならないだろう、もしも何か変化があるとしても、もうよい方向にしか変わりようがないだろう。

今はとても苦しい。厳しい冬が始まった。外は酷寒《マロース》。家の中も寒い、とにかく薪を節約しなければならないので、ペチカに火を入れるのは、食事を作る時だけなのだ。しかも暗い、大半の住民が窓に板を打ち付けているからで、板張りにしていなくても、より暖かくなるようにカーテンを引いている。さらに水まで出ない人たちもいる、とくに上の階の住人たちだ。水を汲みに行かなければならないのだ。頻繁な降雪により道路の雪かきが困難になる関係で、路面電車の運行状況もとても悪い。今日は運行しても、明日は運行しないとか。多くの人が通勤に路面電車を利用していた。それが今では歩いて仕事場と家を往復している、ろくに食べもせずに、寒さに凍えながら。歩いては転び、足を引きずりながらのろのろと、それでも歩いていく。かなり遠くまで歩く人たちもいる——ある人はペトログラード地区まで、ある人はヴィボルク地区まで。空襲警報に関しては、まだ落ち着いているのはありがたい。もうだいぶ前から警報は出ていない。砲撃もきわめて短時間だ。パンは少ない——労働者は二五〇グラム、事務職員と被扶養者は一二五グラム。一二五グラムなんて、ほんのひとかけらだ、ほんとうにちょっぴりだ。配給券の出ている他の食品は、列に並びさえすれば、どれも手に入る。でもいま行列に並ぶのは、耐えがたいことだ――たとえそれほど厳しくない酷寒《マロース》でも、手も足もひどく凍えてしまう。

学校で勉強するのも、とてもつらい。学校は暖房していないので、いくつかの教室ではインクが凍ってしまった。それでもやはり生徒には配給券なしで熱いスープが一皿ずつ配られるから、ありがたいのだ。でも大丈夫。じきによくなる。すべて時間の問題だ。

十二月十八日

わが軍はカリーニン方面の二都市を新たに占領した、もっと正確に言えば、奪還した。前線のレニングラード戦区においても、わが軍は敵を退却させ、したがってチフヴィンからヴォルホフに至る道は、ドイツ軍から完全に解放された。今日は学校で、ゼリーではなく、豆乳ヨーグルトが〇・二五（四分の一）リットル出た。とてもおいしくて、家に持って帰って、ママとアーカと三人で分けた。二人もとても気に入ってくれた。今日はアーカが肉の列に並んで、素晴らしいアメリカ産の圧縮肉〔成型肉〕を手に入れた。脂《あぶら》たっぷりで、骨も混ざっていない。ママはもう二日間、仕事に出ていない。体力が無いのだ、でもどうせすぐにみんな解雇されるだろう、あそこの病院は閉鎖されるのだから。すでに患者さんは全員、いろいろな病院に移送された。ママはまた失業するだろう。どこに就職できるかわからない。

あしたはもう十九日になるのに、まだキャンディとバターは手に入らない。

今日の七時に電気が点いたので、電灯の明かりでこの日記を書いている、でも今度は水が出なくなった。

今日はみんなで肉とマカロニの入ったおいしいスープを食べた。猫の肉は、あと二回分残っている。それにあと三回分はアメリカ産の肉があるが、その後はどうなるかわからない。またどこかで猫が手に入ればいいが、そうしたらまたしばらくは安心なのだけれど。ほんとうに猫の肉がこんなに柔らかくておいしいとは、思ってもみなかった。

学校の成績は、一言でいえば――ボロボロだ。幾何学は捨てた、代数学のテストは不可だった。製図は捨てた。化学は評価対象外だった。つまり、これは最下点と同じことだ。ドイツ語だけが良で、それに歴史も。土曜日に歴史の授業でガングート海戦(1)についての発表をして、たぶん歴史では優をもらえるだろう。文学の授業で書いた作文は不可だった。文法の間違いが山ほどあって、しかも作文の内容そのものも、ぱっとしなかった。あした最初から書き直すこともできる。運試しに書いてみなければと思う、ひょっとしたら良がもらえるかもしれない。でもそうしなくても、もしも二回書かなくても、一学期は二点にはならないだろう、四点はもらえるだろう。文学の先生から、わたしを見損なった、わたしのことを買いかぶっていたと言われて、とてもくやしい。わたしのことを、もっとも反ソビエト的な心情を持つ連中の一人だと言うのだ。ちがう、彼女は間違っている、わたしは心ではソビエトの学徒なのだ、でも実際のところ、たしかにわたしをそう呼ぶことはできない。今のわたしはひどくたるんでしまって、やる気を出すのもおっくうで、自分のことばかり考えているのだから。もうすぐ一学期も終わるというのに、まったく勉強していない、ひどく投げやりだ。だからもちろん、ただではすまないだろう。悪い成績をもらって、ママをとても悲しませてしまうだろう。もちろん、勉強するのは難しい状況だ、と言い訳することもできる。でもいったいだれがそれを否定するだろうか。まさにそうだからこそ、わたしの愛国心を見せつけることができるのだ。あらゆる困難にもかかわらず、すべてを乗り越えて、よく学ぶために全力を注ぐことによって。

それなのに実際は、なんてことだ！　ソビエト市民の呼び名にふさわしい者になるという話も夢も、ただの無駄話だ。人生で初めて出くわした試練に負けてしまった、打ちのめされてしまったのだ。わたしは降参した。わたしは意気地なしだ。困難な状況に、怖気づいたのだ。服を何枚も着こんで何もせず、無駄にパンを食べて、寒い、寒い、寒い、とただ愚痴をこぼすだけ。

そう、寒い。しかし、本当に寒さは——克服できないようなものなのか？　ちがう、寒さは、克服できるのだ。

（1）一七一四年、バルト海の覇権をめぐりハンゲ半島沖で行われたロシア海軍とスウェーデン海軍の決戦。ロシア側が勝利した。

十二月十九日

九時十分前。九時には明かりを消さなければならない。新しい規則では、一五燭光《カンデラ》のランプは一日に三時間しか使えないのだ。あしたは歴史の授業の発表と、化学の口頭試問がある、前回は評価対象外の成績だった。先生はわたしに二点をつける。ケイ素と炭素を勉強しなければ。歴史の授業がとても心配。発表は一度もしたことがない、はじめて取り組んだのだ。でもいきなりみんなの前に出たら、何もかも忘れてしまうだろう。今日はもう一度、文学の授業の作文を書いた。テーマは「マニーロフ的態度[1]」。

今日は食堂で、具の入っていないスープしか出なかった。このアダモーヴィチは変人だ〔おそらくこの食堂の料理人のこと〕。

（1）ニコライ・ゴーゴリの小説『死せる魂』第一部（一八四二）で、主人公のペテン師チチコフが死んだ農奴（次の人口調査までは名簿上で生きている）をただ同然で譲ってもらうべく、最初に訪問する地主貴族がマニーロフ（第二章）。周囲のものへの夢想的で無為な態度、度外れのお人好しで際立った人物である。

十二月二十二日

今日は雪どけの陽気だ。外はとても暖かい。雪がとけて滑るので、歩けないほどだ。でも幸せだ、寒くないというのはほんとうに幸せだ。ひもじいのは——まだ耐えられる、でも寒くてひもじいのは——これはもう絶対に耐えられない。

今朝はとてもお腹がすいていたので、アーカにわたしの分のパンも買って来てくれるように頼んだ。じきにママが帰って来て、毛皮を煮てコンソメスープを作ってくれた。アーカが戻ってきて、パンをくれた。熱いコンソメスープを二杯飲んで、パンを半分以上食べてしまった。自分は不幸で、この世に自分より不幸な人間はいないような気がしていた。とんでもないことだ、この二日間まったく学校の勉強をしていなかったのだから。おそろしくてたまらなかったが、ついに、また二点を取る運命なのだとあきらめてしまった。でもわたしは運がよかった、すごく運がよかったのだ。一時間目は物理学で、最初に質問されて、それも一番簡単な問題——音響について、一番初めの箇所についての問題だった。先生はたぶん良をつけてくれたと思う。幾何学は、新しい項目の説明だった。次の時間は化学で、わたしはまた呼び出された。

「ムーヒナ、ケイ素について説明しなさい。ケイ素および水素化ケイ素の生成反応について」

長いこと黒板の前に立っていた。どうでもよかったのだ。二点を取ることはわかっていた。とうとう先生が話しかけてきた。それまでに、すでに二つの反応は書き終えていた、少しずつ、少しずつ思い出しながら、そしてついに全部思い出したのだ。じつは前回の授業までに、ケイ素についてはしっかり勉強していたのだ、でもその時は質問されずに先生の説明だけだった、だからわたしは勉強して損したと思ったのだ。しかし無駄ではなかったのだ。あの時この箇所を覚えていなかったら、二点を取っていたにちがいないのだから。

わたしは慌てずに、きわめて冷静に、知っていることのすべてを答えた。すると先生はそれ以上問題は出さずに、席に戻るように言った。たぶん良をつけてくれたと思う。

化学は書きとり試験。二点にはならないだろう。書きとり試験は簡単だから。

地理は小テストだった。食堂でビスケットを買って戻ってくると、すぐに先生が入ってきて、問題用紙を配りはじめた。ノートを見直したかったけれど駄目だった。わたしの問題は1番だった。

1 英国の人口。
2 南ウェールズ地域。
3 西アフリカにおける英国の領土。

またもや運がよかった。こんな簡単な問題が当たるなんて。ほとんど全部知っていた。確かにここでも少し間違えたけれど、それでも運がよかった、この科目でも運よく二点にはならずにすんだ。

五時間目が終わると、昼食を食べに走った。マカロニと切り身の入ったスープが出た。わたしのスープにはジャガイモが三切れと、中くらいのマカロニが八個入っていた。この他にも、ビスケットをさらに一人前買った。ビスケットは、全部で四つ買った。

お腹いっぱいになって満足して、学校から通りに出た。外はほんとうに暖かかった。ザーゴロドヌイ大通りに数両の路面電車が停まっていた。線路の真ん中に停車していた。

十二月二十五日

なんという幸せ、なんて幸せなんだろう！　声を限りに叫びたい。ああ、なんという幸せ！

パンが増量されたのだ！　それもたくさん。なんというちがいだろう、一二五グラムと二〇〇グラムでは。事務職員と被扶養者は二〇〇グラム、労働者は三五〇グラム。

いや、これはまさに救いだ、ここ数日みんな本当に弱ってしまって、ろくに足も動かせなかったのだから。でも今は、今こそ、ママもアーカも持ち直してくれるだろう。これこそ幸せだ、さらに幸せなのは、これが改善策のスタートであるということだ。今これから改善が始まるのだ。

楽しく新年を迎えることができるだろう。パンと、キャンディと、チョコレートと、ワインと一緒に。

バンザイ、バンザイ、もう一度バンザイ。人生バンザイ。

十二月二十七日

まだ両手が曲がらない、もう帰ってきてからだいぶ経つのに。劇場から歩いてきたのだ。今日また劇場に行った。『貴族の巣』の公演を観劇したのだ。(1) とてもよかった、毎日でも行きたいけれど、やはりこの冬は二度と劇場には行かないだろう。家に帰るための苦痛と比べると、あまりにささやかな楽しみに思えるからだ。でもくわしくは、また別の機会に書こう。

今朝、ママは朝の六時にパンを買いに行って、すばらしいパンを持って来てくれた。湿気ていなくて空洞の少ないパンだったので、二〇〇グラムを切り分けても、食べごたえがありそうだ。パンはとてもおいしかった。朝のうちに二〇〇グラムを全部食べてしまった。ラジオでうれしいニュースを聴いた。わが軍は進撃を続け、ベリョーフ市とナロ・フォミンスク市を占領したそうだ。

(1) レニングラード・ドラマ劇団は疎開しなかった俳優たちで一九四一年十月下旬に結成され、こけら落としとして十一月初めにツルゲーネフの小説『貴族の巣』(一八五九)を舞台化して上演した。

十二月二十八日

昨日、長いあいだ休止していた「マイクロフォン劇場」の放送が初めてあった。

今はだいたい昼の十二時。さっき水が出たので、溜めることができた。最近はめったに水が出ないので、いつ出るのか見張っていなければならない。部屋の中はとても寒い。ママは劇場の仕事に行っていて、アーカは眠っている。

アーカの具合はとても悪い。ママは、もう長くないのではないかと心配している。もうアーカはベッドに寝たきりだ。一昨日の朝にパンを買いに行ったときに、ちょうどパンが増量された日だ、じつは三度も転んで、背中と鼻を、まさに鼻を打って、鼻を砕いてしまったのだ、その時から具合は悪くなる一方だ。今ではわたしが家事をしなければならない、ママには仕事がある。

ほんとうのことを言えば、もしもアーカが死んだら、アーカにとっても、わたしとママにとっても、そのほうがよいのだ。なんでも三等分しなければならないが、ママと二人で半分にできるのだから。アーカは――ただの穀つぶしだ。どうしてこんな言葉が書けるのか、自分でもわからない。でも今のわたしの心は石のようだ。少しも怖くない。アーカが死のうが死ぬまいが、どうでもいい。もしも死ぬなら、一月一日より後がいい、そうすれば彼女の配給券が手に入る。なんてわたしは薄情なのか。

十二月三十日

あしたは新年だ(1)、でもそれを思い起こさせるようなものは何もない。店には何もない、子供用の配給券でトウモロコシ粉と粉砂糖が買えるだけだ。祝日までには追加のチョコレートと、さらに何かが手に入るという噂だった。でも今のところ何もない。たしかに、まだあした一日がある。もしかすると、あしたは何かもらえるかもしれない。

今日はパンも食べずにじっとしている。そのかわりにあしたは二〇〇グラムのパンと一緒に新年を迎えるのだ。今回はチョコレート・キャンディで、とてもくやしい思いをした。きのうママの劇場で良質のチョコレート・キャンディが一キロ当たり二二ルーブルで配給された。八〇〇グラム受け取れるはずだったのに、三〇〇グラムしか手に入らなかった。その一日前に、わたしが〔ザーゴロドヌイ大通り〕二八番の建物で一キロ九ルーブルのキャンディをどっさり買ってしまったのだ。ひどい代物で、何でできているのかわからないくらいだ。一言でいうなら、しっくいだ、窓に塗るくらいしか用をなさない。ぜんぜん甘くなくて、それでも食べることはできる、とくに飢えた胃袋なら。

アーカが寝たきりになってもう五日目だけれど、前よりはよくなった。ママは驚くほど手早く昼食を作ることができる。わたしが薪の準備をしておくと、三十分でとてもおいしい昼食を作ってくれる。わたしたちが昼食にスープを一人二皿ずつ食べるようになって、もう三日目だ。なんておいしいスープなんだろう、それからココアも一杯ずつ。

そして今日は、ママが酵母スープを三皿とココアを二杯持ってきてくれた。でもわたしが持ってきた分は少なかった。スープの残りかすと、小さなメンチカツが一つだけ。今日のスープはとても貧弱だった。穀物入りスープで、ハト麦が浮いていたけれど、とても少なかった。今日はゼリーが出た、油かすで作ったあのビスケットはなかった。

あしたは学校の最後の日、それから六日までは冬休みだ。七日はまた学校。六日はヨールカ祭りだ。(2) マールイ・オペラ劇場〔ミハイロフスキー劇場〕に、上級生のための地区のツリーが立つのだ。演劇とダンスの公演があって、五ルーブルで昼食が出る。とても興味がある。どんなごちそうが出るのか？　そう、あしたは新年だ。なんとかうまく新年を迎えられるだろうか？

新しい配給券は、前と変わらないらしい。事務職員と被扶養者はパン一二五グラムと印刷されているが、実際には一二五グラムではなくて二〇〇グラムの配給だ。さらに増量されるという噂だ。でも噂はたくさんある。信じるわけにはいかない。すごくお腹がすいた。でも何か食べたいだけじゃなくて、何かもっと別のものが欲しい。いったい何が欲しいのか、自分でもよくわからない。何か素敵なもの、楽しいものが欲しい。きらきら光るツリーが見たい。

（1）ロシアでは、かつて日没が新しい一日の始まりとされていた。したがって昔ならば、十二月三十一日の晩はもう一月一日だった。

（2）ロシアの年末年始を祝う祭りで、モミの若木（ヨールカ）に飾りを付けて祝う。ロシアではもともとキリスト降誕節（クリスマス）から主顕節までの約二週間をスヴャトキ（Svyatki）と呼んで、新年の吉凶を占ったり農作物の豊穣を言祝《ことほ》いだりする習慣があった。

一九四二年一月二日

もう長いことペンをとらなかった。この間にどれほどのことが起きただろうか。

新しい年、一九四二年になった。

いまはママとわたしの二人きりだ。アーカは亡くなった。自分の誕生日に、七十六歳になったその日に亡くなった。亡くなったのはきのう、一月一日の午前九時。わたしはちょうどその時に家にいなかった。パンを買いに行っていたのだ。パン屋から戻ると、アーカがあんまり静かに寝ているのでとても驚いた。ママはいつもどおり落ち着いた様子で、アーカは眠っているのだと言った。二人でお茶を飲んで、その時にママはアーカの分のパンをわたしに切ってくれた、いずれにせよアーカはもうそんなに食べないのだからと言って。それから一緒に劇場に行って、昼食を食べようと言った。わたしは喜んで賛成した、アーカと二人きりになるのが怖かったから。もしも突然死んでしまったら、どうしたらいいのか。ママが出かけているあいだ、アーカの面倒を見るように頼まれやしないかと心配していたほどだ。近づくことすらしたくなかった、死にかけているアーカを見るのはとてもつらかったから。きびきびと動き回って、いつも忙しそうにしているアーカ、愛しくてかわいらしいおばあちゃんのアーカの姿を見るのに慣れてしまっていたのだ、いつだって何か仕事をしていた。それなのに突然ぐったりと横たわったまま、骸骨のように痩せて、もう手に何も握っていられないほど弱ってしまった。

そんなアーカを見たくなかったから、迷うことなくママと出かけた。ママはドアに鍵をかけて、その鍵をサーシャの部屋に持って行った。

「ママ、アーカがいるのにどうして鍵をかけちゃったの、急に何か用事ができるかもしれないのに」

でもママは、アーカにはもうなんの用事もできないのだと答えた。アーカは亡くなったのだと。

「いつ？」

「おまえがパンを買いに行っているあいだよ。だからわざと連れ出したの」

「何を言うの、ママ、わたしだってまさか一人で死んだ人と部屋に残るなんて。それで、お別れの言葉は？」

「いいえ、もう何もわからなくなっていたの」

こうしてわたしはアーカがもうこの世にいないことを知ったのだ、もうアーカは存在しないのだと。

ママの話では、とても静かに亡くなったそうだ。まるで消えるみたいに。ぜいぜいして、ぜいぜいして、おとなしくなった。でもその前は、大晦日の夜はとても具合が悪くて、ママはしょっちゅう様子を見に行っていた。わたしは眠っていたけれど、夢うつつに、だれかが苦しそうに呻いているのを聞いていた。アーカは死んでしまった。ママとわたしは二人きりだ。わたしには、レーナ・ママの他にだれもいない、ママにも、わたしの他にはだれもいない。

こうなったら、今まで以上にママを大切にしなければ。ママは、わたしのすべてなのだから。ママが死んだら、おしまいだ。一人でどこへ行けばいい？　どうすればいい？　でも今のママは、ほとんど気力だけで生きている。ママは強い心を持っている。自分は倒れるわけにはいかないのだとわかっている、だってわたしがいるのだから。

いまなら書き続けることができる。学校に昼食を買いに行ってきた。今日のスープは、配給券なしで一五コペイカだった。すばらしいスープ。ハト麦入り。麦はたくさん入っている。それからバターをのせたハト麦粥を一人前と、油かすのビスケットを四個買った。

ママが何を持ってきてくれるか、様子を見よう。もしもたくさん持ってきてくれたら、今日全部食べてしまわないで、あしたに取っておこう。あしたはまた二時までに、学校に朝食を食べに行く予定。冬休みのあいだは配給券なしでスープを一皿手に入れられるのは、すばらしいことだ。

こうして新年を迎えて、新しい配給券をもらった。でも今のところ食糧に関しては、なんの改善もされていない。パンの配給は相変わらず、被扶養者と事務職員は二〇〇グラム、労働者は三五〇グラム。お店にはなにもなくて、もしもあったとしても、買えるのは上旬配給期、中旬配給期だけ。下旬配給期については、噂すらない。下旬配給期には、油だけが確保されていない、しかもかなりの量が足りないのだ。

そう、油だ。それこそわたしたちに不足しているものだ。パンはなんとか足りているけれど、油脂類はまったくない。だからいま大半の人はパンだけで命をつないでいるのだ。

これがわたしたちの生活だ。電気もつかない、新年だというのに電気は止まり、水も出ない、水を汲みに一階の住宅協同組合《ジャクト》まで行かなければならない。ラジオもしょっちゅう止まってばかり、ごくたまに不意に話し出したり、歌いはじめたかと思うと、また黙り込んでしまう。

明かりがつけば、それでもなんとか暮らしていけるのだけれど。本を読んだり、縫い物をしたり、他にもいろいろ。でも今は明かりがないので、もう午後六時にはいやおうなしに寝なければならない。真っ暗闇でじっとしていても、何も面白いことはないから。少なくとも、毛布にくるまっていれば、暖かい。

これがわたしたちの暮らしだ。路面電車はもう長いこと動いていない。だからヴィボルク地区まで足を引きずりながら歩いていくというお楽しみが、わたしとママを待っているのだ。おそろしいほどの距離だ、でも行かなければならない。お金を稼がなければならないのだ。ママ一人を、そんな長旅に出すわけにはいかない。もしもママを一人で行かせたら、胸が潰れてしまうだろう。でも幸いなことに今は冬休みだから、一緒に行ける。なんとか這ってでもたどり着くのだ。

いまこの劇場の常勤職につくことが、ママにはとても大事なことなのだ。ママは成功するかもしれない。そうすれば労働者証がもらえて、食堂を利用する権利ができて、スープを二皿買うことができる。あそこの食堂はすばらしいのだ。

これからはアーカがいないので、わたしとママの生活費はだいぶ安くなるだろう。以前はなんでも三分の一だったけれど、これからは半分だ、これは大きな違いだ。ママのお給料で二人の被扶養者が生活していたのに、今は一人なのだから。以前は、月に六〇〇ルーブルでなんとか間に合わせていたとするなら、運命そのものに学んだ今のわたしたちであれば，四〇〇ルーブルで十分に足りるだろう。

ということはつまり，アーカのような大切な人の死でさえも，それなりに肯定的な面を持っているということだ。ロシアのことわざ「不幸のおかげの幸福もある」のように。これから毎日ママはパンを四〇〇グラム手に入れるだろう，これはたしかに意味のあることだ。それに食堂でも，今までより多く買うことができるだろう。それも，一か月通してずっと。来月は，わたしたちの状況もきっとよくなるだろう。

しかし驚くほどすべてが次から次へとつながっていく。もしもうちの猫を潰さなかったら，アーカはもっと前に亡くなっていて，今この配給券を余計に受け取ることはなかっただろう。そしてこの配給券が，今度はわたしたちを救ってくれるのだ。うちの猫ちゃんには本当に感謝しなければ。わたしたちを十日間，養ってくれたのだ。次の配給券が配られるまでずっと猫一匹で命をつないでいたのだ。

大丈夫だ，くよくよすることはない。一番つらい時期はもう終わったと，みんな言っている。実際にレニングラード封鎖の包囲網は，すでに一部が突破されているのだ[1]。

（1）　この噂は事実ではないが，レニングラードのみならず他の地域にまで広がっていた。

一九四二年一月三日

この先は横たわって死ぬしか，ほかに道はない。日に日に悪くなっていく。この数日間，唯一の生きる糧はパンだった。パンで拒絶されることはなかった，つまりこれまでは自分のパンを受け取る可能性はつねに有していたと言いたいのだ。パン屋にパンが届けられれば、一度だって待たされることはなかった。それなのに今日はもう十一時になるのに、どのパン屋にもパンはない、いつ届くのかもわからない。朝の七時から、飢えて足を引きずりながら、よろよろと何軒もパン屋を回っても、ああ、どこに行っても空っぽの棚ばかり、それ以上何もないのだ。

ママと二人で今日のために、お粥と油かすのビスケットを一つ残しておいてよかった、そうでなければどうなっていたか、想像もつかない。今朝はママと、お茶の代わりにスープを飲んだ、熱いスープを二皿半ずつ、それでパンが無くてもなんとか耐えられた。

でも、もしもパンまで「捕まえ」なければならないなら、ろくなことにはならないだろう。

いったいいつになったら改善されるのか。もう潮時だ、みんなひどく衰弱して、あとひと月もこんな食糧状態が続いたら、レニングラードの多くの人が、生きていられるかどうかもわからない。そうなったら、多くの人が生き残れないだろう。

わたしだって、生きていられるかわからない。なぜか今日はひどくだるくて仕方がない。ほんとうに立っているのもやっとで、膝はがくがくするし、頭はくらくらする。まだ昨日はとても気分がよくて、元気だったのに。それに、それほどお腹もすいていないのに。この体力の低下は、いったいどう説明できるのか？　たぶんこれはアーカの死に打撃を受けたせいだろう。

ママのことがとても心配だ。この数日間、すごいエネルギーで動きまわっている。休むことなく脇目も振らずに走りまわり、動きまわり、まるで酔っているみたいにあちらへ行ったりこちらへ行ったり。こんなふうに異常にはりきった後には、おそろしく体力が低下するのではないかととても心配だ。だからと言って、それを防ぐために何ができるというのか？　わからない。

でも、もしかしたら、それほど大変なことではないのかもしれない。すべてがうまくいくだろう。ああ、神さま、どうかそうなりますように。

早いうちにアーカの件を片づけなければ。台所に横たわっているのだから。どうしてもあのヤーコヴレフがつかまらない、彼がいなくてはどうにもならない。死亡に関する書類は、彼が作成しなければならないのだ。それがすんだら、ママはまたどこかへ出向かなければならないだろう、それから二人でアーカを橇で競馬場へ運ぶのだ(1)。あそこは、ここからはそう遠くない。

そうだ、言い忘れていたが、今日はラジオがやっているので、情報局の放送を聴くことができた。わが軍はマールイ・ヤロスラーヴェツ市を占領した(2)。しかしレニングラード戦線については、一言も放送されなかった。これはどういうことなのか？　きっと一時的に悪化したのだろう。まさにここでは、みんな蠅みたいにばたばたと飢え死にしているというのに、モスクワでは、スターリンがまたイーデン〔英国外相〕のために午餐会を催したのだ(3)。わたしたちは自分のパンのかけらすら人間らしくは受け取れないというのに、むこうではまるで悪魔みたいにがつがつ食べているなんて、醜態以外の何ものでもない。かれらはむこうであらゆる豪華な歓迎会を開いているのに、わたしたちはまるで洞窟の住人みたいに、目の見えないモグラみたいに暮らしているのだ。

いったいいつになったら終わるのか？　ほんとうにわたしたちは、春の柔らかい若葉を見ることはできない運命なのか?!　ほんとうに五月のお日様を見ることはできないのだろうか!?　この惨たらしい戦争が始まって、もう七か月になる。半年以上だ。

きのうは火が消えたばかりのペチカのそばで、ママとぴったり身を寄せあって座っていた。とても心地よかった、ペチカからは暖かい空気が漂ってきて、お腹はいっぱいだった。

部屋の中が真っ暗で、死の静けさでも大丈夫。二人で固く固く抱き合って、将来の生活に想いを馳せた。昼食に何を作るかについて。豚の脂身をたくさん、うんとたくさんカリカリになるまで炒めて、その熱々の脂にパンをそのまま浸して、必ず食べることにした。それからもっとたくさんの玉ねぎを食べようと決めた。炒めた玉ねぎの入った一番安いお粥、よく炒めてきつね色になって、バターのしみ込んだ、汁気たっぷりの玉ねぎがたっぷり入っているお粥を食べるのだ。それからオートミールのブリン〔クレープ〕、ハト麦のブリン、大麦と平豆のブリンを焼くことにした、それからもっとたくさん、もっといろいろなものを作るのだ。でも、もう書くのは十分だ、指が凍えてしまう。

（1） ズヴェニゴロツカヤ通りにあったセミョーノフスキー競馬場のこと。一九四一―四二年の冬、ここに隣接して建てられた軍隊兵舎に市民の遺体が運び込まれた。四二年の四月にようやく墓地への運び出しが始まった。
（2） モスクワの南西に位置するマールイ・ヤロスラーヴェツ市〔マロヤロスラヴェツ市〕は一九四一年十月十八日にドイツ軍に占領され、四二年一月二日に解放された。
（3） 国家防衛委員会議長スターリンと副議長モロトフのイーデン英国外務大臣との会合は一九四一年十二月十六―二十日、モスクワで開催された。このニュースは遅れて公式発表された。

一月四日

今日ようやくアーカを運び出した。これで肩の荷が下りた。すべてがこの上なくうまく行った。死者は、登録手続きが終わりしだい運搬人に引き渡されて、すぐにトラックでヴォルコヴォ墓地へ運ばれる。受付の前には、死人を乗せた橇《そり》が列を作っていた。よその橇には、死人が二、三体乗っていた。そう、たくさんの人たちが死んでいく。

今朝は七時十五分にパンを買いに出かけた。二八番の建物のパン屋には、パンはなかった。映画館「真実《プラウダ》」の裏にあるパン屋に行って、道にできた列に一時間半並んだ。でもその代わりに、とてもおいしいパンが手に入った。とてもあたたかくて柔らかくて、いい匂いがしていたので、家に帰ると、すぐに熱いお茶と一緒にほとんど全部食べてしまった。

それからアーカを運び出して、そしてようやくこの気の重い仕事から解放されて、家に戻ったところだ。でもアーカの配給券は、やはり返却しなければならなかった。そうしないと、同志ヤーコヴレフに遺体の登録を拒否されてしまう。とてもくやしいけれど、どうしようもない。そうせざるをえないのだ。

現在、ママとわたしは一日にパンをそれぞれ二〇〇グラム受け取っている。もしかするとママは就職に成功して、労働者証を手に入れられるかもしれない。もしかするとパンは増量されるかもしれない。でも当分はとてもつらい状態が続くだろう。でも大丈夫、がっかりすることはない。悪魔は絵に描かれているほどにはおそろしくない〔何事も噂ほどではない〕のだ。

一月八日

わたしとママはとてもつらい状況だ。上旬配給期が終わるまであと二日あるのに、登録している食堂では、わたしの配給券でもママの配給券でも、もう何も売ってくれない。だからこの二日間はわたしに支給されるスープだけで食いつなぐしかない。たしかに、あとメンチカツが三個受け取れるけれど、そもそもそれがメンチカツなのかどうかすらまだわからない。

今日はスープのおかわりをおねだりしてもらってしまったけれど、もうあしたはそんなことはできない。毎日おねだりをするなんて、良心が許さない。


ママが劇場から帰って来て、コーヒーを二杯とゼリーを一人前、馬肉のメンチカツを一つ持ってきてくれた。これからママと二人でゼリーを食べながらコーヒーを飲んで、夕方の五時頃にスープを一皿ずつ食べて、メンチカツはあしたのために取っておこう。上旬配給期が終わるまでなんとか生き延びなければならない、それから中旬配給期の予定をしっかり考えなければ。

なんてくやしいんだろう――今日はワインの列に三時間も並んだのに、お店のドアまであと八人ほどで、ワインが終わってしまった。ただ凍え切っただけで、無駄だったのだ。ひどく足がかじかんでしまって、泣きながら家まで歩いた。それ以上立っていられなかった、もしも立ち続けていたら、倒れて死んでしまうと思った。

いつまで冬休みが延長されるのかわからない。十二日までと言う人もいるし、十六日までと言う人もいる。お店には何もない。今日になって、〔十二月の〕下旬配給期の小麦粉が売り出された。でも下旬配給期の油は買えなかった。別のお店では、油の代わりにマーマレードを売っていたと聞いた。たしかに、それではとても割に合わないが、しかしなにもない時には、どんなものでも手に入るだけでもまだましだ。

一月九日

わたしとママはまだ生きている。今のところなにもよくなっていない。今日のパンは二〇〇グラム、今日のパンはとてもおいしくて良いパンだ。今日は並ばないで買えた。それにラジオも鳴っているし、水も出る。

きのうはママと二人でスープを二皿食べた後で、今日まで取っておくつもりだったメンチカツを食べた。どうやって食べたかというと――小さく切って、フォークに刺して、炭火であぶりながら食べたのだ。それが、ああ、なんて美味しかったことか。ほんとうに至福のひと時だった。もしも今日もママがメンチカツを二つ持ってきてくれたら、また至福の時を味わうのだ。

一月六日は、ゴーリキー記念〔ボリショイ・ドラマ〕劇場のヨールカ祭りに行った。まず『貴族の巣』の公演、それから昼食、ツリーを囲んでのダンス、俳優さんたちによるお芝居。お祭りはとても素敵で楽しかった。とても満足した。

少し遅れて行ったので、入り口で三番のピンク色の券と、「バルコニー席、二列目、三十一番」のチケットをもらった。休憩になるまで一般席に座っていて、後から自分の席を見つけた。次の休憩時間には、ロビーに行った。そこに豪華に飾り立てられて、色とりどりの豆電球をキラキラさせている美しいツリーが立っていた。音楽の演奏と、ツリーのまわりをぐるぐる回りながら踊っている人たち、ツリーを上のほうからカラーライトが照らしていた。クラッカーがパンパンと鳴って、ダンスをしている人たちに紙吹雪を降らせ、色とりどりの紙テープがシュルシュルと飛びだして、近くにいた人たちにからみついた。とてもたくさんの人がいたので、ようやく通り抜けて、友達を探しだした。

次の休憩時間が始まったので、階段を下りていくと、リョーヴァ・サフチェンコに会った。

「レーナ、みんなどこにいるのかな？」

「こんにちは、リョーヴァ、あんたも来てたの？　他にはだれもいないみたい。だれにも会わなかったわ」

「まあ、いいさ、後で見つけよう」

「あんたたち、もう食事の時間？」

「ほら、いたぞ」

そう言って、自分の仲間に追いつこうとして階段を駆け上っていった。でもわたしは特別養護学校の生徒がみんな通り過ぎるまで、ずっとそこに立っていた。リョーヴァの特別養護学校の生徒は全員、六日のお祭りに招待されていた。そして最初に彼らが昼食に案内された。昼食はだいたい四回に分けて案内された。わたしは三番目だったけれど、友達の大半は四番目だった。

次の休憩時間に、ロビーに出てすぐにタマーラを見つけた。隣にはリョーヴァが立っていた。この休憩のあいだ中、ずっと三人で立ち話をしていた。リョーヴァがどんなふうに暮らしているか語ってくれた。とてもよい食事をしているのだ。

「今日は朝ご飯に、つまりここに連れて来られる前に、ヌードル《ラプシャ》がまるまる一皿、ほんとうにお皿の縁までなみなみよそったヌードルの上にバターをのせたのを一皿と、それにキビ粥が出たんだ」とリョーヴァが言った。

「リョーヴァ、それで今は何を食べたの？　おいしかった？」

「おいしかったさ、こんなのが出たよ——まずピクルスのスープ《ラッソーリニク》、次にメンチカツとそば粥、デザートにはムースみたいなのが出た。どれもとってもおいしかった、みんなほんのちょっぴりだったけどね、ペロリで終わりさ」

「リョーヴァ、ジームカはどうしてる？　手紙は来ないの？」

「ぜんぜん来ないよ。ぼくにもわからない、ひと言も言ってこないよ」

「じゃあ、タマーラはどう？　エームカからは？」

「わたしも彼女からは何も受けとっていない。何も知らないのよ」

「みんななんて薄情なの。ここを出たら、わたしたちのことなんか忘れてしまったんだ、なんてやつらなの」

　リョーヴァに会って、短い会話を交わしたことで、大きな満足を得ることができた。リョーヴァは、学校の男子のことは何も知らないらしい。彼らがリョーヴァのところに来ることもないし、リョーヴァが行くこともない。アージカにも会っていなかった。さらに彼の話では、彼らの学校は疎開するかもしれないとのこと。そうなったら、彼はタマーラにさよならを言いに行くと約束した。

　二番目の人たちが食事をしているあいだに、わたしたち三番目のグループは俳優さんたちのお芝居を見ていた。チャパーエフ(1)の生涯から、いくつかの場面のお芝居だった。ようやく食堂にたどり着いた。入り口で食堂のスプーンを渡されて、それから長テーブルの席に着いた。黒パン一切れと、小さな素焼きの壺に入ったスープが配られた。ピクルスのスープはとても濃厚で、風味づけにそば粥が入っていた。

　スープの上澄みを全部飲み終わって、沈んでいる具を缶に入れ始めたちょうどその時に、電気が消えた。暗闇の中で無事に具を全部移し替えると、暗いのをいいことに、壺の中身を残らず指を使って舐めてきれいにした。それから一時間近く暗闇の中で座っていた。すでに黒パンも全部食べ終わって、うとうとし始めた時に、ようやく電気が点いた。

次の料理が出た。小さなお皿に一つ、でもかなり大きなメンチカツと、スプーン二杯分弱のそば粥とソースがのっていた。料理はすっかり冷え切っていた。それを全部同じ缶に入れると、残ったソースは念入りに指を使って舐めてきれいにした。

デザートは豆乳のゼリーだった。いたって食欲をそそらない代物。これは別の缶に入れた。それ以上は何も出なかった。出ると思っていたのに、そう、せめてキャンディ一個か、クッキー一枚くらいは。駄目だった、何も出なかった。食事が終わった時には、もう六時十五分だった。家に向かって駆け出した、お腹を減らしたママが家で待っていたから。劇場から持ち帰ったもので今日の夕食を作ろうと、二人で決めていたのだ。四時前には帰れるだろうと計算していたのに、家に着いたのは六時半だった。走りに走って、自分の足も感じないくらいだった。家に着いて、すぐに持ち帰ったものを全部煮立ててスープを作ったら、二皿分出来た。それからゼリーを二人で分けた。その後は二人でペチカの前に座って、体を暖めてから眠った。

去年、昼食付きのヨールカ祭りが開かれるとはじめて聞いた時からずっと楽しみにしていた一日が、こうして終わった。この日が待ち遠しくて、たまらなかった。本物のパーティ用の食事が出て、それから何かごちそうがもらえると思っていたのだ。

別のある劇場では、たぶん七年生向けのお祭りで、昼食に、レンズ豆入りの肉スープとマカロニグラタンとゼリー、それにごちそう――チョコレート一かけらと、スパイス・ケーキ《プリャーニク》一個、クッキー二個と大豆入りキャンディが三個、出されたと聞いた。

これが事実なのか、おとぎ話なのか、さっぱりわからない。きっとでたらめだ。

(1) ヴァシーリー・チャパーエフ(一八八七―一九一九)はロシア革命後の内戦で白軍を撃破した英雄。一九三〇年代に制作された映画作品によって広く知られていた。

一九四二年一月十日

上旬配給期の最後の日。でも相変わらずお店は空っぽのまま。みんな去年〔十二月〕の中旬と下旬の配給分の食料品さえ、まだ受け取っていない。

二人とも日に日に弱っていく。ママとできるだけエネルギーを使わないように、なるべく座るか、横になるようにしている。学校がまだしばらくお休みなのは、とても助かる。今は勉強どころじゃない、かろうじて生命の火が消えずにいるというのに。

冬休みは十五日まで延びた、でももっと延長されるという噂だ。延長する理由はわからないが、どっちにしろ、それが一番都合がいい。

ママのことがとても心配。わたしでさえ衰弱してよろよろしてきているのに、ママはどんな具合なんだろうか。まったく大げさではなく、長いこと座っていて、それから立とうとすると、立ち上がるのにかなりがんばって、筋肉に力を入れなければならない。ベッドからおまるに立とうとしても、足ががくがくして、体を支えようとしないのだ。外を歩くときには速足で、一気に必要な距離を歩こうとする、もしも速度をゆるめたら、よろめいてしまうからだ。

まるでわざとのように、ずっと酷寒《マロース》が続いている。例年と比べてそれほどではないが、この冬はなぜかとくにひどく凍えてしまう。外の酷寒は大したことないのに、まるで零下四〇度の酷寒のようにつらく感じる。

これもやはり栄養不足、不断の栄養失調、極度な衰弱による影響だ。一か月以上もこんな状態が続くなんて不可能だ。二つに一つ――食糧が与えられるか、それとも、一人残らずくたばるかだ。

しかも興味深いのは、わたしたちが飢えているとは言えないことだ。いや違う、わたし、そしてママでさえも、ベッドに入る時にはよくお腹がいっぱいだと感じている。しかしわたしたちの肉体は、もう長いこと油や砂糖といった必要な栄養分を吸収していないのだ。しかしこれは、必要不可欠な二つのものなのだ。食糧を受け取って、胃袋はいっぱいになる、そのために満腹したような気になるが、この食糧から肉体が吸収するものはごくわずかで、ほとんどはすぐに尿となって体から出てしまう。だって、何回も何回もおまるに行くではないか。わたしたちが食べているものは――スープ、熱いスープだ。満腹を感じるのは、まさにスープが熱々で、量がたっぷりあるから、つまり液体が多いからで、しかし本当に栄養のあるものは、一〇グラムにもならないだろう。すでに食堂で出されるスープはとても水っぽくなっているのに、さらにそれに水を加えて、うすめているのだから。こんなだからみんな日に日に衰えていくのだ。

昨日サーシャおばさんが自分の発明品をこっそり教えてくれた。もしかすると、おばさんはわたしたちの命の恩人になるかもしれない。事の次第は、こうだ。

昨日ママは何かの用事でおばさんを訪ねて、うきうきした様子で帰ってきた。サーシャおばさんは食べてみるようにと、最高級の膠《にかわ》〔獣類の骨や皮等を原料とする接着剤〕で作った煮こごりをママに渡して、さらに自分でも作るようにと、板膠を一枚くれたのだ。すぐにママは仕事に取り掛かった。だいたい二皿分くらいのお湯を沸かして、板膠を全部溶かし込んで、しばらく煮立ててからお皿に注ぎ分けて、窓際に置いておいた。朝六時に起きて見てみると、煮こごりが出来ていた。二人とも、とても気に入った。わたし個人はとくに。少しお酢を加えてみたら、素晴らしい味だった。肉の煮こごりの味だ、まさに一切れの肉が口の中に入ってきたみたいに感じる。しかも、膠の臭いはまったくしない。この煮こごりは完全に無害であるばかりか、逆に、とても栄養があるのだ。最高級の膠は、家畜のひづめや角から作られているのだから。若い家畜の、まさにひづめの付いた足をわざわざ買って来て、フランス・シチュー《ラグー》や煮こごりを作る人たちだっているのだから。こんなふうに、わたしとママには、配給券なしでも追加の栄養を得る大きな可能性ができた。

ママの劇場には、まさしくこういう膠がある。つい最近、ママは仕事のために膠を四キロ注文したばかりだ、これは板膠およそ二十枚分だ、一枚で――まるまる三皿分になる。なんとかしてママはもっと膠を取り寄せるだろう、そうしたら一か月は、美味しくて栄養たっぷりの煮こごりが一日にまるまる一皿ずつ確保できる。

しかしロシアのことわざに「窮すれば通ず」とあるように、この煮こごりの今後の応用方法をもう考えついてしまった。まだ熱々の膠のお皿の中に、マーマレードやシロップ、ワイン、さらに何かこういう種類のものを入れて、それが冷えてしっかり固まったら、素晴らしいゼリー（ワインと果汁入りの）ができるだろう、マーマレード、もしくはジャムのほうがよいけれど、それを多めに入れたら、一風変わったフルーツゼリーができるはずだ、つまりナイフで細かく切って、お茶と一緒につまめるような甘いお菓子が出来上がるのだ。

もっと何か考案できるはずだ、その気になりさえすれば。たとえば今日、もしもママがメンチカツを手に入れたら、ママと本物の肉の煮こごりを作りたい――細かく刻んだメンチカツをこの膠に入れて煮込むのだ、そうしたら全体が肉の味になって、しかもお肉のかけらを捕まえることだってできるだろう。

この膠を思い出すことができて、ほんとうにうれしい。これはわたしたちを、とくにママを、とても元気にしてくれるはずだとわたしは思う。

今日は朝からラジオがしゃべっていたが、いまは黙ってしまった。部屋の中はとても寒い、毛布にくるまって座って、この日記を書いている。ママを待っている、もう三時をまわっている、二時には戻ると言ったのに。今日は何か持ってきてくれるだろう。でも、もしかしたらキャンディの列に並んでいて、それでなかなか帰ってこないのかもしれない。ママの劇場では大晦日にキャンディを配っていたのだ、もしかしたら今配っているのかもしれない、今日は上旬配給期の最後の日なのだから。まずそんなことはないだろうけれど。でも、もしかしたらゼリーに入れるシロップとコーヒーを配っているのだろうか？

今日は、リダが昨日約束してくれたように、スープを二人前受け取ることができた。スープは水っぽい、ほうれん草のスープだった、でも、それでもスープであることに変わりはない、それに――まるまる二皿分あった。

もう明日から新しい配給期間だ。配給券で二五グラムのスープ二つ、もしくは主菜を一つまた買えるようになる。そうだ、ママのところではときどきマーマレード入りの油かすで作ったビスケットが出ることがあるのだ、五〇グラムの穀物〔の配給券〕が切り取られる。これは、買う価値があると思う。二五グラム〔の配給券〕で油かすのビスケットが二個買える、したがって五〇グラムなら――小さな油かすのビスケットが四個買えるのだから。ビスケットは二人で分けて食べて、膠とマーマレードを使って、まさにさっき書いたみたいなフルーツゼリーを作ることができるのだ。

ああ、これ以上書くのは無理。もう真っ暗だ。

ママが帰ってきた！

一九四二年一月十二日

もう一月十二日になるのに、なに一つよくなっていない。パンの増量もなく、お店は空っぽで、電気もつかないしラジオは黙ったまま、水も出ないしトイレも流れない。

昨日は膠《にかわ》で作った煮こごりばかり食べていた。昨日の夜中も、煮こごりを一皿半ずつ食べた。とてもおいしくて栄養たっぷりで、まさにごちそうだ。今朝はお腹がいっぱいだったので、パンをまるまる一切れ、食べないで取っておくようにママに頼んだ。だから今晩は、まだこれから楽しみが残っているのだ。

いまは昼すぎ、一番いやな時間帯だ。寒くてコートを着てじっとしていたら、すっかり手足が凍えてしまった。いま部屋の中はプラス五度、外はまた酷寒《マロース》。きのうはマイナス三一度だった、今日も似たようなものだ。長く外にいることは不可能だ。さっき水を汲んできた。ありがたいことに二日分くらいの水がある。バケツに二杯、汲んできたから。一時四十分までにスープを学校に取りに行く予定。このやり切れない一日が、一刻も早く過ぎてくれればいい。でも夕方の四時過ぎには、ママが帰って来て、ヌードル《ラプシャ》とメンチカツを持ってきてくれるだろう。火を起こして、カーテンを閉め、スープを温めて、煮こごりを作ろう。煮こごりを作っている間に、つまりお湯を沸かしている間に、メンチカツとパン、ヌードルを炭火で焼く。今ではいつもこうして食べている。食べられる物を残らず細かく切って、フォークに刺して焼くのだ。そうすればより有意義に早く時は過ぎていき、楽しみも増える。夕方にはまた煮こごりが手に入るだろう。煮こごりはすぐに、二時間もあれば固まる。今日はなんてたくさんの楽しみが待っているのだろう、でもしばらくは凍えて、時が来るのを待たなければならない。

おととい、ママが帰ってこないのは何かおいしいものの列に並んでいるからではないかと書いたけれど、間違いではなかった。あの日ママは、わたしの配給券を使って上旬配給分のキャンディの代わりに、干しブドウを一〇〇グラム持ってきてくれた。お菓子を一〇〇グラムなんてひどすぎる、事務職員には一五〇グラム、労働者には三〇〇グラムだ。

わざとママはわたしの配給券だけを使ったのだ、じきに他の配給券、事務職員のか、あるいは労働者の配給券さえもらえるものと思っているから。そうすれば、中旬配給期の終わりには、二期間分の配給券をいっぺんに使って買うことができる。例えば、もしもママが労働者の配給券をもらうとすれば、中旬配給期の終わりには、全部で一〇〇＋三〇〇＋三〇〇＝七〇〇グラムのお菓子が手に入るのだ。もしもキャンディがなかったら、ジャムの瓶を六〇〇グラムと、干しブドウを一〇〇グラム買おうと、ママと決めた。ジャムを使って、フルーツゼリーを作るのだ。

一九四二年一月十七日

いまだに冬休みのまま。毎日がだらだらと続き、驚くほど変わりばえしない毎日。ママとこんな生活をして、もう三日になる——だいたい十時頃に起きる、いまは手元に正確な時計はない、ラジオは鳴らないし、わが家の時計は止まってばかりだから。最初にママが起きて、次にわたし。煮こごりを一皿ずつ食べて、お湯を飲む、ママの運がよければ——コーヒーを飲む。それからママが出かける。一日で一番いやな時間が始まる。ひとり家に残って、何かしら家事をする。必要なら、水を汲んできたり、薪の用意をしたり、食器を洗ったりとか。気づかないうちに、だいたい学校に出かける時間になっている。身支度をして、一時四十分頃に学校に向かうが、いつも八年生が食事中だ。待たなければならない、しばらく一人、二人とおしゃべりをしていると、テーブルに着く順番が来る。スープのお皿が配られるのを待つ。最近はスープしか出ない、しかもまったく塩が入っていなくて、具も入っていない、小麦粉入りのスープ。スープはかなりおいしい。自分のスープを瓶に詰めると、家に向かう。だいたいもう二時十五分だ。一日で一番楽しい時間が近づいてくる。ここではママを待たずに、何か仕事をしていたほうがよい。そうすれば、いつの間にか時間が過ぎてくれる。ついにママが帰って来て、パンと昼食と、時にはコーヒーも持ってきてくれる。これを全部二人で分けて、六時くらいまでには夕ご飯が始まる。運よく手に入ったものを味わい、大事な一切れを火であぶって、もしもコーヒーがあれば、コーヒーを飲む。そうして最後の炭火が燃え尽きたら、煮こごりのお皿を準備してからベッドに入る。夜明け前の五時か六時頃に煮こごりを食べて満足すると、次の日が来るまでまた眠りにつく。

今日は、もしかしたらママがジャムを三〇〇グラム持ってきてくれるかもしれない。これは中旬配給期の配給券二枚と、上旬配給期の配給券一枚分だ。ママはあるおじさんと、六〇〇グラムのジャムの瓶を二人で分けて買う約束をしたのだ。昨日ママは劇場から帰って来たけれど、そのおじさんはまだ残って列に並んでいたから、もしも昨日おじさんがジャムを手に入れていれば、今日ママは持ってきてくれるだろう。

今日はママと二人でどんな「メニュー」を食べるのか、楽しみだ。昨日、わたしたちは（ママも、わたしも）パンを二〇〇グラム手に入れた。ボルシチ二皿と、ふすま粥六グラム（テーブルスプーン三杯分）。小麦粉入りスープ二皿、コーヒー二杯と煮こごり一皿。見てのとおり、素晴らしい「メニュー」だ。昨日はお腹いっぱいでベッドに入った、ママも同じだったと、付け加えておこう。下旬配給期には、ママに労働者の配給券が支給されることになっている。

I

わたしは一人、一人、この家でただ一人のご主人様。
ママは市場に出かけてる、わたしはサモワールで湯を沸かし、
木っ端を削って、茶葉の代わりにお茶を入れる。
他に食料はないけれど、それでも昼食の用意をする。
スープを作るのに時間は要らない、
靴墨スープの出来上がり。
焼き物料理にはたわしを五つ、とっても美味しいおかずの完成。
「みゃう、みゃう、みゃう、みゃう――猫が部屋の隅で笑いだす――
豚肉なら前脚でヒゲに塗りつけて、大喜びで食べるけど、
靴墨スープは自分で食べな、自分で食べな」

II

劇場やカフェに行くなら、ズボンを履いて。
きちんと大人に見えるように、
ズボンを縫わなきゃいけません。
ジムは子供ズボンをさっさと脱いで、

はさみでジョキジョキ切りました。
おもしろい遊びだ、ああ、針がチクチクする。
猫はずるそうに目を細めて、
「みゃう、新しい気晴らしか」
彼が縫い物をするさまを見て、時計は大口開けて大笑い、
チクタク、チクタク、ああ、なんておもしろい。

III

わたしは子豚みたいに汚れてしまった、
ちょっと洗濯しなくちゃならない。
お人形のターニャは洗面器、クーチカはバケツに入れて
いたずらっ子は大真面目にせっけん泡立て、お風呂に入れた。
猫は笑い転げて息を詰まらせ、目を白黒。
ジーマは蛇口を締め忘れ、下着を洗っているあいだに
床は一面水浸し、ああ、なんてこった！
子猫はあんよがびしょびしょで、拭いてやらなきゃなりません。
猫ちゃん、逃げなきゃ、一緒にベッドによじ上る。
ゴキブリたちも思いも寄らないお風呂にびっくり。
哀れなクーチカを乗せたテーブルは、いかだみたいに部屋の中をプカプカと。

洪水がざぶんと押し寄せる。
ジムは乾いたところを探して
えい、窓に突進、水たまりへバッチャーン。子豚たちはびっくり仰天。

IV

お婆さんはバケツを持って、門番のピョートルはほうきを持って駆けつける、
料理女ときたら、火搔き棒で男の子の脚をバシリとやった。
倒れた男の子は泣きわめく、「いったいどうして、どさくさにまぎれて
ぼくのおでこと鼻づらをなぐったの？」

V

路面電車に乗って逃げるんだ、ママにだって捕まえられない、
電車にとび乗って、キップのお金は払わない。
デッキはなんてぎゅうぎゅう詰め、でもなんておもしろい。
ああ、どこかの番犬がぼくのシャツを食いちぎってる！
ワンちゃん、ワンちゃん、嚙まないで、
路面電車が行ってしまう。
ワンちゃん、ワンちゃん、ああ、ああ、ああ、
ジムは道路に倒れてる。

VI

おじさんは馬で威勢よく、タールの樽を運んでた。
タールは黒い、タールはべとべと、
触るのなんて怖いくらい。
あごひげ生やした強面《こわもて》のおじさん、
でっかい馬は毛むくじゃら。
ジムはあっかんべーをして
馬のしっぽをつかんだよ。
足止めされたおじさんは
ジーマにカンカンに腹立てた。
ジーマの襟を引っつかみ、
樽の中にボチャンと入れた。

VII

みんなジームカをはやしたて、
ジームカはまっ黒、ジームカはどろどろ。
おまえなんかと遊ばない、
手が汚れてしまうから。

哀れなジーマはくやし泣き。
涙の代わりにタールが滴《したた》る。
ジーマを二週間洗ったら、
やっとこさっとこきれいになった!!

［二十世紀初頭、作者名は不明］

いま学校に行ってきたところだ。一一コペイカの水っぽいスープ一品だけ。十九日は、休校。薪が無くなった。

一九四二年一月二十日

何を始めても、うまく行かない。夜に毛布にくるまって、昼間の計画をいろいろ立てたところでどうにもならない。繰り返すが、うまく行かないのだ。すべて寒さのせいだ。昼間に明るいのは窓際だけ、でも窓際は寒すぎて、手がかじかんでなんの仕事もできない。夜みたいにまた考えようとするが、何も考えられない。寒さの影響はおそろしい、寒さで指がかじかんで何も握れないだけでなく、思考すらもどこかへ飛んで行ってしまうのだ。そのかわりに夜中は、いろんな考えが頭の中に次から次へと大わらわで浮かんできて、いつも真夜中まで眠れずに寝返りばかりして、どうやっても考えを振り切ることができない。なのに今は、昼間は、頭の中は空っぽで、何も考えられない、泣きたいぐらいだ。何もしたくない、寝るか？——寝たくもない。立ったまま一点を見つめて、どうすることもできない。

寒さがこれほど殺人的な影響を人に与えうるとは、これまで一度も考えたこともなかった。それが今のわたしは立ったまま、かじかんだ指で文字を一文字ずつゆっくり書いている、座ることもできるのだろうが、余計な動きをするのもおっくうだ。両足は、このひと月で寒さにかじかまない日なんてあるのだろうか。外は厳しい冬が続いている。冬の太陽が、家並みの屋根を照らしている。

あしたはレーニンの命日。あしたこそパンが増量されるという噂を、みんながかたくなに信じている。わたしも信じたいけれど、心配だ。最近はとても贅沢なパンが配給されている、平和な時だってあんなパンはなかった。ああいうパンは黒パンとは呼べない——小麦粉だけなのだ。なんておいしいんだろう、まさに絶品。バラ色に焼けた皮、ふわふわしていて、割れることもないし、粉々になることもない、簡単にナイフで切ることができる。しかし二〇〇グラムは——このパンで満腹するには、あまりにも少なすぎる。よだれの出るような物が食べられたら。くやしくてたまらない。

あしたにはパンが増量されるという噂だ、バターが配給されると噂されている。一番つらい時期は終わった、もう過去のことだ、これからはよくなるだろうという噂がある。食料品がたくさん配給されるという噂。サナトリウムの配給品が回ってくるという噂。噂、噂、明けても暮れても噂ばかり、でも信じていいのかどうか分からない。信じたい、信じたくてたまらない。みんな疲れ果ててボロボロだ、ただ生きているだけというのはうんざりなのだ。

今日は異常に気分が悪い。胸がむかむかして、むかむかして、心が重くて、何もかも忘れて眠ってしまいたい。寒い、絶えず空腹にさいなまれている。寒い。これは恐ろしいことだ。もしも暖かかったら、こんな苦しみも不自由さも半減するのに。

戦況は相変わらずだ。わが軍は攻勢に出て、いたるところでドイツ軍を駆逐している。ドイツ軍は退却しながら、すべてを無人の荒野へと変えていく。すべてが破壊され、焼きつくされ、滅ぼされていく。どれほど野蛮な残虐行為をファシストがしでかすのか、考えるだにおそろしい。ファシストはその撤退した地域を無人の荒野へと変えていく。それも計画どおりに、特別指令の内容どおりに遂行する。瓦礫の山、廃墟、死体の山——これこそが、わが軍の兵士たちがファシストから奪還した土地で目にするものだ。これらすべてが夢ではないのだと思うと、髪の毛は逆立ち、血管の血は凍りつく。

一月二十五日

きのうパンが増量された。現在のパンの配給量は次のとおり。

	被扶養者	事務職員	労働者
これまで	二〇〇グラム	二〇〇グラム	三五〇グラム
現在	二五〇グラム	三〇〇グラム	四〇〇グラム

でもみんなとても不満に思っている、もっと増量されると期待していたから。

今のわたしとママがどんな生活をしているか、考えることもできない。雲一つない晴天下でのおそろしい酷寒《マロース》が、もう二日も続いている。薪はほんの少ししかない、食事を温める時にだけ、木切れをいくつか燃やしている。部屋の中はものすごく寒い、毛布にくるまっていなければ暮らせない。

今朝は一走りしてパンを買ってきた。いや違う、一走りですませたかったけれど、三十分も並ばなければならなかった。今日の酷寒はきのうよりひどくて、血管の血はすべて凍りつき、脳みそがガチガチに固まって、骨の髄まで寒さがしみてくる。

今日のパンはぱっとしなかった。一ルーブル九〇コペイカで、型どおりの、ほぼ本物の黒パンだったが、なんだか湿っぽくて、そのせいで重かった。急いで家に帰ると、すぐにコートを脱いでベッドに入った。ママがお湯を沸かしてくれて、二人で熱いお湯を一杯ずつ飲んでから、ベッドに入った。この文を書いているあいだに、ママが昼食のための薪を調達してくれた。そして今わたしはまたベッドへ、そうしないとすっかり凍え切ってしまうから。

昨日はこんなことがあった。わたしとママは決めていた、ママが劇場から帰る時にパンを買ってくるからと［文章未完］

一月二十九日

長いこと書かなかった。なんだかずっと書く時間が無かった。二日間、二十七日と二十八日をパン無しで過ごした。パン屋はほとんど一軒も、パンを置いていなかった。この配給の中断は、厳しい酷寒《マロース》のせいでパン工場のパイプが破裂したことが原因だと噂されている(1)。

いずれにせよ二日間、パンもなく、昼食もなく、学校から持ってきたスープと、煮こごりだけで過ごしたのだ。ママはとても弱ってしまって、ほとんど歩けないくらいだった。でも、ああ、なんて幸運だろう、昨日わたしはパンの代わりに、良質の小麦粉九七五グラムを手に入れた、それでママはすっかり生き返った。すぐに二人で小麦粉スープとビスケットを作った。もしも明日もパンが手に入らなかったら、また小麦粉を買おう。今日は少し暖かくて、雪が降っている。〔ザーゴロドヌイ大通り〕一七番の建物で水が出るようになった。今日はそこの列に並んで水を手に入れた。というのも、最近は厳しい酷寒がずっと続いていたから〔水道の凍結〕。水は、凍ったフォンタンカ川に穴をあけて、そこから取っていたのだ。

二人が生き延びられるかはわからない。この恐ろしい二日間で、ママはすっかり弱ってしまった。とても衰弱してしまった、でも心は強い。ママは生きたいと願っている、だからママは生きるだろう。

(1) パン工場の製造中止は、過度の電力不足と給水システムの故障が原因だった。

二月八日

昨日の朝、ママが死んだ。わたしは独りになった。

二月十日

暑いくらいにペチカを焚いた。いま、部屋の中は平均十二度。くわしいことは明日書く。

二月十一日

今日パンが増量された。朝、ママを住居管理人の奥さんと一緒にマラー通りに運んだ[1]。ママを運んだのは、たったひと月前にママと一緒に、アーカを運んだのと同じ道だった。そして今朝ママを運んだ時と同じように、あの時も吹雪いていて、それが昼になったらお日様が顔を出したのだった。それからその奥さんとパン屋に行った。パンを六〇〇グラム受け取って、三〇〇グラムを奥さんに渡した。それから学校に行って、キビのスープ一皿とバターを乗せたキビ粥を一人前もらった。家に帰って、薪を挽いて、昼食を温め直してパンを食べたら、もう他に何もできない気がした。水を汲みに行って、食器を洗いたかったけれど、たぶん今日は身体的というより精神的にボロボロになっていたのだろう、まったく何もすることができない。きのうは、膠《にかわ》板を一枚当たり一五ルーブルで六枚売った。九〇ルーブルもらった。いま手元にあるのは、九九ルーブル六〇コペイカ。家賃については、何ももらえないということだ。イダ・イサーエヴナがくれるのは、せいぜい一〇〇ルーブルだろう。賃貸ストーブ[2]の代金として、イダ・イサーエヴナに五〇ルーブル支払わなければならない。

昨日は大型のストーブを焚いたので、部屋の中はプラス一二度だった。ストーブのほとんどてっぺんまで真っ赤になっていた。明日のパンは六〇〇グラム手に入るはずだ、まったく驚いてしまう。今はもう何もしないで、寝てしまおう。一晩眠れば、いい知恵も浮かぶはず。独りはなんてつらいんだろう！　だって、まだたったの十七歳なのだ。人生経験なんて少しも無い。これからだれがアドバイスしてくれるの？　これからどうやって生きていくのか、だれが教えてくれるの？　周りは知らない人ばかり、わたしとはなんの係わりもない人ばかりだ。みんな自分のことで精一杯なのだ。ああ、いったいどうやって一人で生きていくというのか。だめだ、考えられない。でも何をするべきか、人生がおのずと指図してくれるだろう、それにわたしには親類がもう一人いるじゃないか――ジェーニャだ。(3) 彼女が助けてくれる、それは間違いない。でもまず最初に、なんとかして彼女に会わなければ。キーラ〔レーナ・ママの旧友であり、マールイ・オペラ劇場文化部門に勤務〕のところに行かなければならない。たぶん彼女は少しお金をくれるだろう。

ママ……

（1）一七二頁、注（1）の、競馬場に隣接した遺体置き場のこと。
（2）ロシアの集合住宅は基本的にセントラル・ヒーティングであり、それを補う暖房としてストーブが住宅協同組合（ジャクト）から賃貸できた。
（3）エヴゲーニヤ・ニコラーエヴナ・ジュルコーヴァ（一八九二―一九七八）。レーナの実母マリヤの姉、レーナの伯母。

二月十三日

朝起きてしばらくは、ママが本当に死んだとはどうしても理解できない。ママはここにいる、ベッドに寝ていて、今にも目を覚まして、戦争が終わったらどんなふうに暮らすか、一緒におしゃべりするような気がする。しかし恐ろしい現実はどうすることもできない。ママはいない！　ママは、生きてはいないのだ。アーカもいない。わたしは独りだ。まったく理解できない！　ときどき大暴れしたくなる。泣きわめいて、泣き叫んで、壁に頭を叩きつけて、噛みつきたくなる。ママがいないのに、どうやって生きればいいのか。部屋の中は荒れはてて、日に日に塵が積もっていく。きっとわたしはじきにプリューシキン(1)になってしまうだろう。ほんとうにわたしは怠け癖のついただめな人間になってしまうのか？　ほんとうにわたしは母にそっくりなんだろうか。だってわたしはきれいに片づいた部屋がとても好きなのだから。だめだ、だめだ、絶対にだめだ。いますぐ立ち上がって、ここは暖かいんだから、きれいに片づけよう。どこから始めたらよいのか、分からないだけなのだ。まずはカーテンを掛けてみよう、それだけですぐに居心地のよい部屋になるはずだ。

いまはこんな状態。手元に九七ルーブルある。イダ・イサーエヴナが、さらに一〇〇ルーブル持ってきてくれるだろう。仕事を見つけなければならない、でも二月中はなんとか生き延びられると思う。

あと十七日だ。

パン代は――一七（一ルーブル七〇コペイカ）×（一七×三）＝八五七コペイカ＝八ルーブル五七コペイカ(2)。食料品に関しては、どうやら事態は改善されつつある。昨日はどの店も、新しい配給券で穀物を売ってくれた。被扶養者は二五〇グラム、でもわたしは食堂を利用してきたので、受け取る量はずっと少なかった。だいたい昨日はまったく並ばずに一二五グラムのえんどう豆と、二〇〇グラムのキビを買って、昨日はまさに美そのものみたいに贅沢なキビ粥を作った。昨日一日でパンを六〇〇グラムと、小鍋一杯の平豆のスープ、キビ粥を一皿平らげて、気持ちが悪くなった。それも当然だ、わたしたちはみなあまりに飢えていたから、こんな量でも今ではもう多すぎるのだ。

わたしの大事な、大好きなママ。ほんの数日後には改善されたのに、それまで生き延びられなかった。すごく悔しい、胸が痛くなるくらい悔しくてたまらない。ママが死んだのは七日の朝、なのに十一日にはパンが増量されて、十二日には穀物が売り出された。

でも、ああ、どうやって、どうやって一人で生きていくのか。わからない。まったくわからない！ いやだ、ジェーニャの所へ行こう。あそこだってみんな知らない人ばかりだ。なんて不幸なんだろう！ ああ、神さま、恵み深い神さま！ どうして！ どうしてこんな目にあうのか！

（1）『死せる魂』第一部第六章に登場する、吝嗇の権化のごとき老地主貴族。いつもボロボロの身なりで徘徊し、落ちているものはなんでも持ち帰ってため込むので、家の中が荒れ放題でごみの山になっている。

（2）八六七コペイカ＝八ルーブル六七コペイカの間違いである。

一九四二年二月十五日

きのうジェーニャに電報を打った。「アーカとママが死んだ。助言の電報を求む。レーナ。」五ルーブル二五コペイカ払った。きのうは〔隣の〕二八番の建物のお店で砂糖の列に並んだが、届いた砂糖は石油の臭いがしたので、また配給基地に戻された。今日の二―三時には届く約束だった。砂糖の列に並んでいたらリューシャ・カールポヴァに会った。彼女も肉の列に並んでいて、ママの一二五グラムの配給券を使って、わたしの分まで買ってくれた。とても感謝している。すごくよい肉だ。きのうは学校からえんどう豆のスープを持ってきて、小鍋にいっぱいになるまで水を加えて、ティースプーン一杯分のキビと、細かく刻んだ肉を少し加えたら、素晴らしいスープができた。それから膠《にかわ》にも刻んだ肉を入れた。煮こごりが三皿分出来た。まだ数回分のえんどう豆とキビが残っている。

とても悔しいけれど、まったく予想もしていなかったのだ。きのうは穀物の配給券でそば、本物のそばの実が売り出された、もう少し待っていたら、バターの入ったそば粥が食べられたのに。

もうすぐ油が配給されるはず。約三〇〇グラムの油が手に入るだろう。この頃はいつも昼間に食べすぎて、夜中に気持ちが悪くなる。今朝は夜が明けるとすぐに起きて、二八番の建物に向かった。砂糖と油があると思ったのだ。でもあそこには肉しかなかった。そこからパン屋に向かった。パンを六〇〇グラム買って、パンを何か甘いもの、砂糖かキャンディと交換するために市場に行こうと思っていたら、ふいに薪を積んだ橇《そり》が目に入って、ちょうど薪が無くなっていたことを思い出した。一人、二人と声を掛けて、パン四〇〇グラムと、長さ一メートル、指二本分の厚さの板を九枚と、交換をお願いした。必死になって家まで引きずって来た。これだけあれば当分は大丈夫だ、ちょうど洗濯したいと思っていたのだ、きれいな服が一着もないのだから、もうすぐ旅に出る準備をしなければならないだろうし。ジェーニャから返事が来たら、すぐに出発するつもりだ。

時計が壊れてしまって、とても悔しい。この部屋はとてもいい部屋だ、明るくて、ペチカも素晴らしい。小さな薪を数本入れるだけで、ほとんどてっぺんまで真っ赤に燃えてくれる。ちょっとずつ片づけている。あとほんの少しで終わる。もうすぐ快適で、暖かくて、出て行くのが惜しいくらいの部屋になるだろう。いや、しかし、それでもここを出て行くという決意は固い。春になれば、むこうのソフホーズ〔国営農場〕で多くの働き手が必要になるだろうから、むこうで働けるだろう、そしてそれから戦争が終わって、お金がたまったら、この部屋に戻って暮らそう、それから就職をしよう。でもいま就職してもまったく意味が無い、まだお金はあるのだから。

今は座っているけれど、どうしても立ち上がれない。第一に、あの薪のせいでひどく疲れてしまったから、もしかしたら体を痛めてしまったのかもしれない、そして第二に、お腹いっぱい食べたところだから。昨日のスープを一皿、パンを二〇〇グラム、煮こごりを半皿、お茶を二杯。サーシャおばさんに粉砂糖をティースプーン一杯分借りて、素晴らしいお茶を飲んだ。

二月十七日

わたしはすっかり物持ちになった。一つの瓶にはキビ、別の瓶にはハト麦、三つめの瓶にはそばの実、小箱にはえんどう豆が少し、窓には一二五グラムの肉。(1) でも砂糖に関しては、運が悪かった。これまで砂糖を手に入れたことはない。昨日の昼食は——スープはえんどう豆のスープ、主菜はバターの入ったそば粥で、夕食はバター入りのハト麦粥だった。

今日のパンは一ルーブル二五で、とてもおいしくて、湿っていなくて、とてもよいパンだ。

ラジオが聴けるようになって、もう三日目だ。素晴らしいことだ、孤独をまったく感じないですむから。

手元にあるお金は——一〇五ルーブル。薪もあるし、食料品もある。他に何が必要だと言うのか？ 十分に満足だ。

今日は、寒い。雲一つない、晴れた日が続いている。

（1）厳冬のロシアでは、窓際に肉を置いて凍らせて冷凍保存する習慣がある。

二月二十五日

今はたっぷり昼食を食べた後で、パンをかじりながら熱いココアを飲んでいる。今日の昼食は——小麦粉入りスープを二皿と、綿実油入りの米粥。今からペチカを焚くつもり、部屋の中はプラス六度しかなくて、寒いから。

独りになって、もう半月以上経つ。それなのにどうしても信じられない、もう二度とママには会えない、写真の中のママみたいに生きたママには、会えないのだとは。

食糧事情は改善された。いま手元にあるのは、食堂で使う穀物用の配給券と、その他にもえんどう豆、平豆、乾燥野菜——玉ねぎ、ビート、キャベツ。ママの配給券は、まだ取り上げられていない(1)。

毎日、午後一時には学校に行って、昼食を受け取っている。今は配給制のスープだけでゼリーは無いから、来る人は割と少ない。同じクラスで最近見かけるのは、リダ・ソロヴィヨーヴァと……　それからリョーヴァ・サフチェンコだ。そうそう、リョーヴァに会ったのだ、彼の特別養護学校の生徒はもう疎開したのに、ちょうどその時に彼は病気で［文章未完］

(1) レーナは一九八二年にヴェーラ・ミリューチナに宛てた手紙に書いている。「どうしてあの苦しみに、氷の山を片づけるという苦行に耐えることができたのでしょうか。死なずにすんだのでしょうか。それはレーナ・ママが、月初めの二月八日に亡くなったからに他なりません。そして住宅管理局がわたしを憐れんで、生かしておいてやろうと決めたから。だから管理局はママの配給券をわたしから取り上げなかったのです。ですから一九四二年の二月八日から二月末まで、二人分のパンを食べることができました」。だが実際には前日の二月七日に、死亡届が出されても食料品とパンの配給券は押収してはならないという通達が警察署から出されていた。

二月二十七日

漸進的な改善が始まった。ああ、アーカも、ママも、この時が来るまで生きられなかったなんて、悔しくてたまらない。

早く戦争が終わりますように。

違う、間違っていたのだ、わたしたちレニングラード市民のことなんて、政府はどうでもいいと思っているのだと話していた人たちは。レニングラードの人口がせいぜい四、五千人減ったところで、彼らにとってはどうでもいいことなのだと言っていた人たちは、間違っていた。違う、そんなことはないのだと、わたしにはいつだってわかっていた、政府と同志スターリンその人は、片時もレニングラード市民のことを忘れず、可能な限りわたしたちの状況を改善しようと努めてくれているのだと。

本当のことを言えば、今のわたしは十分に幸せだ。

今はだいたい夜の八時。机に向かって座り、素敵な灯油ランプの明かりで日記を書き、ラジオを聴いている。部屋の中は暖かくて、居心地がいい。さっき夕食を食べたばかりでお腹はいっぱい。今日の夕食はヌードル《ラプシャ》入りスープ、というよりもむしろスープ・パスタ、主菜はヌードル、メンチカツを添えた素晴らしい白ヌードルがまるまる一皿、デザートは熱々の甘いココアとパン。だからこんなふうにしていられるのだ。最近では第四配給券を使って、穀物と肉類、ツルコケモモ一五〇グラムと砂糖を受け取ることができる。その他にも、配給券一枚につき四分の一リットルの灯油が配給されるので、今日は半リットル買った。この他にも、今月は魚の干物の第八配給券でも油が買えるようになるとのことだ。新しい配給券は、見ているだけで楽しいとみんな話している。穀物の量が多い、今までのように配給券一枚につき一二・五グラムではなく、二〇グラムだ。食堂では、これからは配給券なしでスープが買えるという噂もある。パンの増量も予想される。

わたしたちの食堂が目に見えて改善されたことも書いておきたい――毎日、スープと主菜、それに肉料理が出る。スープはとても濃厚で、お粥も種類が豊富で、量も多い。肉料理もソーセージやメンチカツで、とても品質が良く、馬肉なんていうのは全然ない。ほんのつい最近までスープはただの水で、お粥もスズメの涙ほど、肉料理なんてまるでミニチュアで、ペロリで終わりだったことを思い出す。油かすの円形ビスケット《レピョーシカ》も過去のものだ、一時期はあれがほとんど唯一の食べ物だったのに。油かすのビスケットのスープに、主菜も油かすのビスケットだった。

そう、最近になって多くのことが改善された。いつでもパン屋にはおいしいパンがある、でも人々はまだ満足しない。くよくよと愚痴をこぼして、丸パン《ブルカ》だのスパイス・ケーキ《プリャーニク》だのを夢想しはじめるのだ。きっと人間とはそういうものなのだ、どうにもならない――いつだってあともう少し欲しい、あともうちょっとくれ。パンが無ければ、パンに憧れ、パンが手に入れば――丸パン《ブルカ》に憧れ、丸パンが手に入れば――ケーキを夢想しはじめる。油が無ければ、油に憧れ、たとえば綿実油が配給されれば――バターに憧れ、それも配給されたら――サワークリームに、カッテージチーズに憧れる。肉についても同じことで、肉が無ければ――馬肉に憧れ、馬肉があれば――牛肉をよこせ、羊肉《マトン》をよこせ、それも手に入ったら――豚肉を、鶏肉を、ガチョウをよこせ、それさえも手に入ったら、その時にはクロライチョウだの七面鳥だの、イクラやハムやその他いろんなものを欲しがるようになるだろう。仕方がない、人間とはそういうものなのだから。

三月一日

三月だ。三月になった。春を告げる最初の月だ。そう、三月、四月、五月、その次はすぐに夏。こうして春が来たけれど、窓のむこうでは雪が降り、いつもどおりの灰色の冬の空、でも大丈夫、三月は――もう春の月なのだから。

パンはまだ増量されていない。昨日はツルコケモモを三〇〇グラム手に入れたが、パン二〇〇グラムをツルコケモモ二〇〇グラムと交換したのだ。わたしの考えでは、これは得だと思う、パンは毎日手に入るけれど、ツルコケモモの配給は毎日あるとは限らないのだから。たったいまイダ・イサーエヴナと別れてきたところ。彼女はタシケントに行ってしまうのだ。とても素晴らしい人。わたしとママはとてもお世話になった。昨日は、まだまったくきれいな靴をプレゼントしてくれた、こげ茶色でかかとの低いズックだ。ちょうど欲しかったのだ、春になったら履こう。

早く春よ来い、早く戦争よ終われ。辛抱よ、レーナ、辛抱するのよ、物事にはすべて潮時というものがあるのだから。わたしは幸せだ、わたしのすべては未来にあるのだから。どれだけの喜び、満足、そして心躍る楽しみが待っていることだろう。

今からパンを買いに行く。くやしいけれど、マッチを節約しなくてはならない。あと四本残っているけれど、いつ配給されるかわからない。(1) 五日より前にパンが増量されることは、たぶんないだろう。

今日のパンはとてもおいしかった。食堂でキビ粥を一人前頼んだ。今ではすべて新しいやり方になった。スープは穀物二〇グラムと油一〇グラムの配給券を使って、お粥は穀物四〇〇グラムと油一〇グラムの配給券、肉料理は肉類五〇グラムと油一〇グラムの配給券が切り取られる。でもその代わりに、スープはスプーンが立つくらいにこってりしていて、お粥はお皿いっぱいに、たっぷり分量がある。今日はお肉を二二五グラム買い占めた。

そういうわけで、今日はとても素晴らしい昼食ができあがった。植物油と砂糖を使ったお粥と、それから肉と玉ねぎの入ったスープ・パスタが二皿。ゆでた肉、それから焼いた肉、植物油で焼いたパンが数切れと、デザートには、砂糖の入ったツルコケモモのジュース。ほんとうに、なんていう昼食だろう。料理している最中にヴァーリャがノックして、葉書を手渡してくれた。ママ宛で、ジェーニャからだった。つまりジェーニャは、わたしの電報を受け取らなかったということだ。みんな元気に暮らしているのか心配している、ママから長いこと返事が来ないから、という内容だった。わたしはすぐに返事を書いた。明日出しに行こう。

(1) レニングラード市評議会執行委員会の決定により、一九四二年三月五日より市民は三月の配給券を使って、労働者・工業技術者・事務職員は一か月間に二箱、被扶養者は一箱のマッチを入手することができた。

三月五日

もうすぐ婦人の日。(1) 酷寒《マロース》の晴れた日が続いている。パンはまだ増量されない。どれほどのことを耐えて生き抜いてきたのかを考えると、とても怖くなるし、うれしい気持ちにもなる、一番つらい時期は終わったのだ。わたしは生き抜いた、わたしたち三人のうちで一人だけ、生き残った。もしも食糧事情の改善があと半月遅れたら、わたしもアーカとママの後を追って、マラー通り七六番に向かったことだろう。マラー通り七六番！ ああ、なんて不吉な番地、幾千人のレニングラード市民がこの番地を知ったことか。わたしは生き残ったし、生きていたい。そのためには、ここにいてはいけないのだ。なんとかしてゴーリキー市のジェーニャの所に行かなければ。

きのうは、お隣のライーサ・パーヴロヴナが葉書を一通届けてくれた。ずいぶん前から他の手紙何通かと一緒に住宅協同組合《ジャクト》に置きっぱなしにされていたのだ。どうしてこの葉書が住宅協同組合のほうに届いてしまったのかわからない。一月十九日付のジェーニャからの葉書だった。とても心配している、どうして返事が来ないのか、前にも同じような手紙を書いたのだけれど、という内容だった。しかしその住所は、ゴーリキー市モギーレヴィチャ通りだった。わたしときたら馬鹿だから、まったく別の、古い住所に送っていたのだ。だから電報も届かなかったのだ。

これからの行動プランはこうだ――ジェーニャに新たに電報を送って、それからなんとかしてゴーリキー市にたどり着けるようにがんばる。そのためにはキーラ、それとガーリャの所へ行くこと。もしもここに残っていたら、ひどくつらい目にあうだろう。いま働くのはとてもつらい、ひどく衰弱してしまった、もしも無職の被扶養者としてここに残ったら、労働義務に殺されてしまうだろう。春が来て暖かくなって、汚水が溶けだしたら、仕事が増える。もしかしたら墓地にやらされるかもしれない、死体を埋めて、自分までボロボロにされてしまうのだ。だめだ、ジェーニャの所へ行かなければ。むこうではまずまずの、戦時中にしては上等なくらいの生活をしていると書いていた。むこうで少し栄養を取って、少し体力をつけたら、就職して働こう、そしてジェーニャかあるいはニューラ[2]と暮らそう。だって二人はわたしの親しい人、親戚なんだから、二人はわたしを愛してくれていて、もちろん、追い返したりしない。

だめだ、だめだ、ここを出なければ！　電報にこう書こう――わたしは一人です。アーカとママは死にました。そちらへ行ってもいいですか？　一刻も早く返信をください。

わたしだけ生き残りました。アーカとママは死にました。わたしはとても衰弱しています。

衰弱のためにアーカとママは死にました。生きるのがとてもつらいです。わたしは衰弱しています。ジェーニャ！　そちらへ行ってもいいですか？

アーカとママは死にました。ジェニューシャ、そちらへ行ってもいいですか？

ママのことを思い出しかけると、胸が張り裂けそうになる。いまだにママはちょっと仕事に出かけているだけで、すぐに帰ってくるような気がする。なんてお腹がすいたんだろう。ほんとうにパンは増量されないのだろうか？　こんな半分飢えたような生活には飽き飽きした、でも働くのは、仕事をするのは今のわたしには耐えられない、ひどく衰弱してしまった。ジェーニャの所へ行こう、ジェーニャの所に行くしかない、あそこに救いがある。

マーモチカ、マムーシャ、あなたは耐えきれなかった、あなたは死んでしまった。マムーリャ、マモーンチク、わたしのいとしい大切な人。ああ、なんて運命は残酷なのか、あなたはあんなに生きたがっていたのに。あなたは勇敢に死んだ。とても強い心を持っていた、でも残念なことに、とても弱い体だった。マムーリャ、あなたは死んだ、日に日に衰えていった、でも一滴の涙も、泣き言も、うめき声も漏らさなかった、わたしを元気づけようとして、冗談まで口にした。思い出す、二月五日、あなたはまだ起き上がっていた。わたしが走りまわって行列に並んでいるあいだに、薪の用意をしてくれた。昼食が終わると、これから横になって休むわと静かに言った。横になって、体全体をコートでくるむように言った、そして……　そしてもう二度と起き上がらなかった。

七日にはもうおまるに立つこともできなかった、そして一番の心残りは――この最期の日々、二月五日、六日、七日、ほとんどわたしと口をきいてくれなかった。頭から毛布をかぶって横たわり、とても気むずかしくていかめしかった。泣きながらママの胸に飛び込んだら、わたしを突き放して、「馬鹿ね、何をわめいてるの。わたしが死にかけてるとでも思っているの」――「いやよ、マーモチカ、いやよ、一緒にヴォルガにだって行くんでしょ」――「ヴォルガにも行くし、クレープ《ブリン》も焼くわよ。でも、まずは一緒におまるに行く方がいいわね。ほら、毛布を取って。そう、そうしたら左足を下ろして、今度は右足、上手ね」。こうしてベッドから両足を下ろしたけれど、足に触れた時は恐ろしかった。ママはもう長くは生きられないのだと悟った。ママの足は――人形の足みたいで、骨ばかりで、筋肉のかわりに、何かぼろきれのようなものが付いていた。

「よいしょ」なんとか立ち上がろうとしながら、明るい声で言った、「よいしょ、じゃあ、こうやってママを持ち上げてちょうだい」。

そう、ママ、あなたは強い心の持ち主だった。もちろん、死ぬとわかっていたけれど、そのことを口にする必要はないと考えていた。

レーナの育ての母（レーナ・ママ）
エレーナ・ニコラーエヴナ・
ベルナツカヤ

ただ覚えている、七日の晩だった。ママにお願いした、「キスして、マムーシャ。もうずっとキスしてもらってない」。ママのきつい顔がやさしくなって、二人で抱き合った。二人とも泣いていた。

「マーモチカ、大事なママ！」

「レーシェンカ、わたしたち運がなかったのね！」

それから二人とも横になった、つまりわたしもベッドに入った。しばらくして、ママの呼ぶ声がした。

「アリョーシャ、寝た？」

「ううん、どうしたの」

「あのね、今とってもいい気分よ、とても楽なの、だから明日にはきっとよくなるわ。今みたいに幸せを感じたことは、これまでに一度もなかった」

「ママ、何を言ってるの。驚かせないでよ。どうして気分がよくなったの？」

「わからない。まあ、いいわ、おやすみなさい」

そうしてわたしは眠りに落ちた。ママが死にかけていることはわかっていたけれど、あと五、六日は生きていてくれると思っていた、まさか次の日に死が訪れようとは、思いもしなかった。

わたしは眠りに落ちた。夢うつつに、またママの呼ぶ声を耳にした。「レーシェンカ、アリョーシャ、寝た?」ついさっきのことのように、耳の中でその声が響いている。それから声が止んだ。わたしはまた深い眠りに落ちた。ふたたび目が覚めると、ママが何か言っている声がした、でもとても聞き取りにくくて、ママにむかって言った、

「ママ、ねえママ、なんて言ったの?」

沈黙。それからまた何かつぶやくけれど、返事はない。「きっと寝言だろう」と思った。ふたたび眠りに落ちた。

次に目覚めた時には、いびきが聞こえた。ああ、ようやくマーモチカも眠ったのだと、すっかり安心してふたたび眠りについた。どれくらい寝ていたのか分からない、でもふいに恐ろしい不安に駆られて目が覚めた。何かよくないことが起きている、と心が告げていた。ママは相変わらずいびきをかいていたが、それは静かに眠っている人のいびきではなかった。ちがう。ママは目を閉じて仰向けに横たわり、苦しそうに口で息をしていた。喉元では何かごろごろと音がしていた。わたしはママの体をゆすって呼びかけはじめた、ママは目を開けて、うつろなまなざしでわたしを見つめた。「ママ、ママ、聞こえる?」うつろなまなざしのまま、それから疲れたように目を閉じた。

ああ、見えていないんだ、聞こえていないんだ、ママは死にかけている。額は冷たく、手も足も冷たくて、脈はかすか。助けを呼びに走った。隣の人たちが来てくれた。ペチカを焚いた。湯たんぽをあたためた。熱くて甘いコーヒー、なにかのビタミン。だめだ、すべてが無駄だった。ママは歯を食いしばっていた。コーヒーを無理やり注ぎ込んでも、飲み込んではくれなかった。朝の六時だった。なんとかママに飲ませるよう

に言い残して、隣の人たちは帰って行った。そうして最期の数時間をママのベッドのそばで過ごした。そして意識も戻らぬまま、ママは静かに死んだ、いつの間にか逝ってしまった、わたしは気づきさえしなかった。枕元に座っていたのに。衰弱した人はみんな、こうして死んでいく。

（1）国際婦人デーのこと。女性の政治的解放をめざす国際的な連帯行動の日。一九〇四年三月八日にニューヨークで婦人参政権を要求するデモが起きたことに始まる。ロシアでは一九一七年三月八日（旧暦では二月二十三日）に女性労働者が食糧不足への不満からストライキとデモを行ったが、その後スローガンは「パンをよこせ」から「戦争反対」「専制打倒」へと拡大した。
（2）レーナのおじ、ウラジーミル・ニコラーエヴィチ・ムーヒンの妻。

三月六日

三時までに郵便局に行って、ジェーニャ宛に電報を打った。それから「青年劇場」[1]に行ったが、当日券はなかった。そこからミハイロフスキー劇場に行って、キーラがもう一（二？）週間前に疎開したことを知った。その足でガーリャの所へ行った。行っても、だれにも会えないのではないかと、とても心配だった。でもそんなことはなかった。

アーリクのお祖父さんがドアを開けてくれた。泣きはらして赤い目をしている。三日前に、奥さんのユリヤ・ドミートリエヴナが亡くなったのだ。それからガーリャが帰ってきた、彼女はげっそり痩せていた。キーラが帰ってきた。それからわたしとガーリャと二人でアーリクを迎えに家まで行ってきた（アーリカはガーリャの愛称で、アーリクはガーリャの息子」。

ここでは身内のようにわたしを受け入れてくれた。みんなとても歓迎してくれた。ガーリャはわたしを抱き寄せて、キスしてくれた。なんてうれしかったことだろう。

あしたは、みんなでユリヤ・ドミートリエヴナを運ぶつもり。

ガーリャとガーリャのパパは、彼らの所に引っ越してくるようにと、熱心に勧めてくれる。できる限りのことをして助けてくれると言っている。もしも疎開することになったら、わたしを娘として引き受けてくれるという。こんなふうに受け入れてもらえるなんて、こんなにあたたかく、こんなに同情してもらえるなんて、まったく予想もしていなかった。共通の不幸は、人びとを親密にする。アーリクのお祖父さんは自然を愛する、素晴らしく善良な人だ。わたしはたちまち生き返った。わたしは一人じゃない。仲間が見つかったのだ。なんという幸福だろう。なんて幸せなんだろう。

なんて気の毒なユリヤ・ドミートリエヴナ。彼女は、旦那さんと同じように、並外れて親切な、素晴らしい人だった。

ガーリャはパパも助からないのではないかと心配している、でもそんなことない、そんなことあるはずがない。もっともおそろしい時は過ぎたのだ、まさにこの時期を生き延びて、生き残った者は、これから先も生き続けるのだという気がする。わたしはそう思う。

ああ、なんて運命は残酷なのか。

（1） 映画館「青年劇場」（サドーヴァヤ通り一二番）は、一九四二年三月四日より上映を再開した。

三月七日

八時に起きた。十時過ぎに一番必要なものをリュックサックに詰めて橇《そり》に乗せて、ガーリャの所に行った。わたしたち三人でユリヤ・ドミートリエヴナをクイブィシェフスカヤ病院に運んだ。ガーリャの妹のキーラは（行ってしまったので？）、帰りはガーリャと二人で歩いた。めずらしく晴れたよい天気だった。お日様は明るく輝き、もう春の暖かい陽ざしを投げかけていて、氷柱からしずくが垂れていたほどだ。春だ、春がその力を発揮しつつある。それからガーリャと一緒に、わたしの登録している食堂へ行って、［判読不能］濃厚なスープを四皿とソーセージを一本買った。そこから二八番の建物に行ったら、運がよかった。ちょうど干しブドウを売り出したところで、列は短かった。ガーリャはスープを持って家に帰ったけれど、わたしは列に並んで自分の干しブドウを買ってから、やはりガーリャの家に行った。わたしは彼女と二人ですごく太い丸太を鋸《のこぎり》で挽いて、中庭で薪割りをした。それからガーリャはアーリクの所へ行き、わたしはペチカを焚いた。

ガーリャが帰ってきて、パパのためにやかんを火にかけた。パパは一日中寝たきりだ。心臓の機能が衰えて、神経性の下痢に苦しんでいる。やはりひどいショックなのだ——生涯の友を失うということは。それからわたしは自分のスープを温めた。昼食をとったのは、六時半。ガーリャはああいう人だから、いまはユリヤ・ドミートリエヴナの分のパンも食べられるのだからと、わたしにパンを一切れ取るように言ってくれた。それから干しブドウとパンをかじりながらお茶を飲んで、お腹いっぱいになった。あしたは三月八日。婦人の日だ。ガーリャは家にいる。ガーリャ、素晴らしい友達。これからベッドに入る。とても眠い。

三月十三日

「酷寒《マローース》と太陽、素晴らしい日……」〔プーシキンの詩「冬の朝」（一八二九）より〕。ますます強く春の息吹を感じる。すでにお日様は春のあたたかい陽射しを投げかけて、雪からは水蒸気が上がり、氷柱は涙のしずくを垂らしている。日かげはいまだに容赦ない酷寒のせいで鼻が痛くなるけれど。

いまのところガーリャの家で暮らして、病気のパパのお世話をして、わたしにできる家事の手伝いをしている。今日は、パパの具合がきのうよりよくなったので、ガーリャもわたしもパパがよくなるという希望を捨てていない。パパは神経性の下痢のためにひどく衰弱してしまった。ガーリャとアーリクは朝八時に出かけて、夜の六時に帰ってくる。一日中、わたしは彼女のパパと二人きり。たいがいパパは眠っている。わたしは好きなように過ごしてと言われているので、そうさせてもらっている。

いまはちょうど午後の二時。窓際に座って、これを書いている。春の陽射しが小さな部屋全体を照らしている。胃袋が空っぽなのをたえず感じていることをのぞけば、すべてが問題ないのだけれど。なんてお腹がすいたんだろう、まったく耐え切れない。いまはパン三〇〇グラムとスープで生活している。昼にパン、晩の七時にスープを二皿、これがわたしが口にするもののすべて。ここ数日でかなり弱って痩せてしまった。生き延びられるかどうかわからない。できるだけ早くジェーニャの所へ行かなければ。そうすれば、救われる。

毎晩がひどくつらい、わたしがパンも食べずに（晩までパンをもたせるのは無理だ）、具の入っていないスープをすすっている隣で、テーブルの上にはたくさんのパンと砂糖の壺が置いてあって、ガーリャはパンを大きく厚切りにして、砂糖を振りかけて食べているのだ。ねたむのはよくないと分かっているけれど、でもやっぱり、一日にパンの小さなひとかけらくらいわたしにくれても、ガーリャにはなんの損にもならないのに、と思ってしまうのだ。だっていま彼女は自分の分の五〇〇グラムに加えて、七〇〇グラム——ママの分の三〇〇グラムと、パパの分の四〇〇グラム（パパはもうパンは食べていない）を受け取っているのだから。そんなにたくさんのパンを食べるのは不可能だし、乾パンにする量もとても少ないから、きっと戸棚に（いつも鍵がかかっている）しまい込んでいるのだろう。とてもよくないことだ。人間は日々飢えて弱っていくのに、戸棚の中ではパンが日々固くなっていくのだ。

もちろん、そのパンはわたしにはなんの関係も無い、わたしのものではなくて、ガーリャのパンだ、ガーリャは他人で、わたしにはなんの係わりもない、でも……　ほんのちょっと、「でも」。もしもわたしがガーリャの立場だったら、かわいそうに思って、ほんの一かけらあげるのだけれど。わたしの心は我慢できないだろう。どうしても自分からは頼めない、物乞いをするには、あまりにも自尊心が強くてプライドも高すぎる、ほんとうにガーリャのほうから言ってくれないのだろうか。わたしが飢えていることを知っているのに。一日にパン三〇〇グラムなんて——とても足りない。なんてお腹がすいたんだろう、しきりに胃がちくちくして気持ちが悪い。ああ、神さま、神さま、聞いてください、お腹がすいているんです、いいですか、飢えているんです。とても不幸です。

主よ！　いったいいつになったら終わるのでしょうか！

三月十六日

もう三月十六日、つまり春の最初の月も半分を過ぎたのに、相変わらずおそろしい酷寒《マロース》が続いている。日の当たるところは暖かいけれど、一歩日かげに入ると——酷寒だ。

今のところまだガーリャの所にいる。おじいさんの具合は日に日に悪くなっていく。長くはもたないだろう。もう話すのもやっとで、ろれつが回らない（死の三日ほど前のアーカとママと同じだ）。もう一つ、終わりが近づいていることを示す徴候がある。それは（アーカとママを思い出す）のどの渇きだ。

きのうは危うく焼け出されるところだった。きのうの晩のこと。お隣の二七号室の人が、ガーリャに玄関のドアを破りたいから斧を貸してくれと言ってきた。もう一時間もノックしているのに、ドアを開けてくれないので、何かあったのではとても心配だ、家に居るのは彼の年老いて弱ったお母さん一人きりだという。ガーリャが斧を渡して、お隣さんがドアを破って開けた。部屋の中は煙が充満していて、台所の敷居の上に半ば焼け焦げたお母さんの遺体が横たわって、その下の床もすでに燃えはじめている。ソファや毛布にも火が回っていて、あと二分も遅かったら、すべてが燃え上がっていただろう。でも、運よく、ちょうど火事が燃えはじめた時に気がついて、大至急消防隊を呼んで、各戸で水を集めた。みんなで火を消して、燃えているものを雪の上に運び出し、その頃には消防隊が到着し、床を全部はがして消し止めた。

あれくらいですんで幸運だった、全焼していたかもしれないのだから。もちろんわたしたちは最悪の場合、表玄関から走って逃げることもできるけれど、おじいさんはどうしたらいいのか。わたしたちだけで連れて逃げるのは無理だし、助けを呼ぶにも、どこに頼んだらいいのか。消防隊が到着するまでのあいだに、おじいさんは煙に巻かれて三度も呼吸困難になってしまう。

もしも息子さんが今日帰って来なかったら、あと数分遅かったら、すべてが終わっていただろう。じつは息子さんもあした帰る予定で、今日帰って来たのは偶然だったのだ。人生には、なんて幸運な偶然があるのだろうか。

ずっとキーラは、彼女を一時的にわたしの部屋に登録して欲しいと言っている。でもその気になれないし、決めかねている。

いまは期待していたような思いやりをガーリャから受けてはいないけれど、それでもキーラがわたしに説いて言うみたいに、ガーリャに失望したわけじゃない。ガーリャの気持ちもわかる。死にかけている病人の看病をし、息子の世話をする、それをすべて一人でやっているのだから（妹はまったく手伝わない）。とてもつらい、思わずいら立つ時だってあるだろう。でも、もうすぐすべてが変わる。老人は亡くなるだろう。たちまちガーリャは肩から荷が下りたのを感じて、楽になるだろう。みんなでなんとか埋葬をすませて、そうしたらガーリャと今後も暮らしていけるのか、一人になったほうがよいのか考えよう。その時になったら決めよう、今は何も決められない。

三月十八日

今朝未明にガーリャのパパが亡くなった。あんなに親切な、あんなに素晴らしい人が……

きのうは昼食を取りに行くのがいつもより少し遅れたせいで、何も手に入らなかった。二時間近くも列に並んだのに無駄だったなんて、涙が出るほどくやしかった。学校からお店に行って、まったく並ばずにお肉を一〇〇グラム手に入れてから、自分の家に行ったけれど、なんの電報も届いていなかった。銅製のティーポットを持って市場に行ったが、結局だれも買ってくれなかった。そのかわりに我慢しきれなくて三枚で一ルーブルの絵葉書を九枚買ってしまった。素晴らしい春の陽気で、風も暖かく、日かげでも寒くなかった。家に戻って、荷物を全部まとめて、また市場に行った。ひどくお腹が空いていたので、何があろうと持参したアルミ製の缶をパンと交換しようと心に決めた。缶を手放すのは、とても惜しかったけれど。ふいに絵葉書が売られているのが目に入って、我慢しきれずに選びはじめた、我慢できないくらい素敵な絵葉書だったのだ。カラーで、いろんな絵柄の、そのほとんどが外国製で、あまりにもきれいだったので、その場から離れられずに一枚一ルーブルで、十五枚買ってしまった。もしもだれかに何を買ったか話したら、ひどく罵倒されることだろう、それも当然だ。こんな非常時に、絵葉書なんかにお金を無駄にするなんて、許しがたい愚行なのだから。でもわたしにとっては、とても大きな満足と喜びを与えてくれる行為なのだ。こんな絵葉書はどこにも売っていない、古い時代のもので、しかも外国製なのだから。こんなチャンスを逃して、どうするのか。この絵葉書が自分のものになるなんて、なんという満足を感じることだろう。ちがう、こんなに素晴らしい絵葉書のためになら、お金など惜しくない。すでにわたしの手元には、三十四枚の新しい絵葉書がある。

こうして十五枚の絵葉書を買って、持参した缶を二五〇グラムのパンと交換した。家に帰ると、すでにガーリャがペチカを焚いていた。お肉を煮るまでもなかった、結局、お昼は食べずじまいだった。パンをかじりながらお湯を飲んで、寝てしまった。その晩はぐっすり眠って、見た夢もとても素敵なものばかりだった。一番夢に出てきたのは、グリーシャ・ハウニン。彼とは親友で、一緒にアメリカの山でスキーをしているのだけれど、その山がなんだか恐ろしくておとぎ話に出てくるような山で、二人ともすごく怖かったけれどわたしたちの旅は無事に終わる、というような夢だった。朝に目が覚めると、隣の部屋でガーリャが泣きながら話しているのが聞こえた――「パパ、パーポチカ、寝てるの、そうなの？　起きるんでしょ」。わたしはすべてを悟った。ガーリャに駆け寄って抱きしめて、何度もキスをした。

三月二十一日

わたしのかわいい日記帳、こんにちは、また話しに来たよ。今日はとても気分がいい、あまりにも気分がいいので、これを書いている。

戦争がなんだ、飢えがなんだ。人生は、万事うまく進んでいくのだ。耐えなければならないすべて、そのすべてが一時的なもの。くよくよするにはあたらない。

憂鬱と悲しみよ、去れ、
私は意を決して彼方を見る！(1)

戦争が終わったら、モスクワのアパートに移ろう。まあ、本当にどうだろう、ジェーニャのそばで暮らしながら、同時にわたしだけの部屋、わたし一人が主人となれるような部屋を持つのだ。その部屋ではすべてわたしの好きなようにする、すべてをだ。居心地のよい、素敵な部屋になるだろう。とてもにぎやかな部屋になるだろう。窓際の机にはいくつか水槽を置こう、水草やその他の水生植物が生い茂る中を、色とりどりの小魚たちの群れが泳いでゆく。晩には小さな電球が水槽の中を照らしだす。そのおかげで魚たちの泳ぐ水槽は、昼間はそれを透してくる日の光で、夜になって窓を閉めてもその電球の光で、部屋を居心地よくしてくれる。そして窓辺や机の上の空いた場所には、ずらりと植木鉢を置こう。そう、いろいろな室内植物を、ゼラニウムも、ユリも、その他のいろんな植物を置こう。そしてその上には、わたしの大好きな小鳥たちの入った大きな鳥かごをいくつも吊るそう。そう、ウソも、マヒワも、ベニヒワも、カナリアも、それにどこにでもいるスズメの鳥かごも。よく飼い馴らして、手乗りになるくらいにしつけよう。特別な場所を占めるのは白ネズミの飼育箱、もしかすると白ネズミではなくてありふれた灰色の、あるいは野ネズミの飼育箱だ。それにきっと、もっと別の動物たちも。猫や犬はいらない。ママやアーカにたいして抱いていた愛情を、すべてこれらの小さな生き物たちに注ぐのだ。彼らがわたしにたいして抱く愛情が、失われてしまった母の愛と優しさのかわりをしてくれるに違いない。心の優しさのすべてを与えよう、そうしたら彼らも同じものを返してくれる。わたしにはわかる。感謝の心に満ちているのだ、この小さな生き物たちは。そしてどんなふうに扱われているのかを、じつによく感じ取る。

今は三月。春だ。お日様に照らされて雪は溶け、スズメたちはちゅんちゅんと陽気にさえずっている。日向は暖かく、あたためられた土のにおい、肥やしのにおいがする。春のにおいだ。雲一つない晴れた日が続いている。まだ凍えるような寒さではあるけれど。

ガーリャの所で、フランクリンの『博物学』の第一巻(2)を見つけた。素晴らしい本だ。だからこの本を読んで、日記に書き抜こうと思う。どこかで小枝を手に入れて、一刻も早く春の最初の若葉を見たいという思いがつのる。将来の職業について考えはじめると、いつも動物学者という職業に戻ってきてしまう。他のどの職業よりも魅力を感じる。動物学者になること——これがわたしの心からの夢、時がくれば実現するだろう。科学アカデミーの研究員——動物学者になるのだ。学術探検旅行に派遣されて、全国各地を訪れ、そこから戻ってきたら、知識という公共の文化財に貢献するだろう。

「フランクリンはその観察によっておのずと読者自身にも、動物たちを学問の対象や、われわれの役に立つ機械を見るようなまなざしで見るのではなく、生き物として見ること、動物たちのあるがままの姿を見つめることをうながす。彼の述べることはすべて、広い意味での自然にたいするたくまざる愛、真理と公正さへの愛に貫かれている」

「動物を理解するためには、彼らの視点に立ち、彼らの感覚、喜び、不安を分かち合い、彼らとの交わりに喜びを見出さなければならない」

「博物学は、知性を発展させるだけでなく、時として人の心を慰める」

「試練や精神的無力感のうちにあるとき、自然を愛し自然を研究する者にとっては、時として、小さな花にふと目を止めたり、小鳥の鳴き声や虫の声を耳にするだけで十分なのだ――それだけで彼の心は希望を取り戻す……」

(1)　オーストリア・ハンガリー帝国生まれの作曲家フランツ・レハール（一八七〇―一九四八）のオペレッタ『ルクセンブルク伯爵』の歌詞からの不正確な引用。

(2)　ジョナサン・フランクリン著『博物学』（全二巻、一八六二年刊）。第一巻の内容は哺乳類、草食動物、鳥類について。一八七五年に改訂第二版が出版された。

三月二十二日

今日という一日に満足している。昨日の晩に乾パンを作って、小さな乾パンを一切れ朝のために残しておいた。それをガーリャにあげたら、アーリクのベッドに食事を運ぶときに、わたしにもその乾パンをくれたので、この小さな乾パンのおかげで、夕方まで自分のパンを買わずにすんだ。十時頃にまず行きつけのお店に行って、自分の分の粉砂糖二〇〇グラムとお肉を五〇グラム手に入れた。自分の家に戻って、薪を挽いて賃貸ストーブを焚きつけて、お肉と一緒に膠《にかわ》を煮て、熱々のスープをまるまる一皿平らげたら、お腹いっぱいになった。それからお湯をあたためて食器を洗い、それから顔を洗った。四時頃にはガーリャの所へ戻った。また蚤の市を通って行った。雑然としたなかで、ふいに珍しいもの、めったに見られないもの、ほかでもないブレーム全集、最高級の装丁をほどこした分厚い四巻本を見つけた(1)。めったに見られない珍しい本だ。「いったいこれ、おいくらですか」——「まあ、ただみたいなものですよ。たったの一七〇ルーブル、あるいはパン六〇〇グラム」。彼女は本の中身も見せてくれた。数えきれないほどの写真と色とりどりの図がちらりと見えた。四時にガーリャの所へ行ったが、まだ帰ってきていなかった。予定では三時にわたしが帰る、その時にはもう家に居るという話だったのに。十五分以上も台所で待っていなければならなかった。どうしてもブレームが頭から離れなくて、ようやくガーリャが帰って来た時には、全集をパン三〇〇グラムと一〇〇ルーブルで手に入れようと固く決心していた。でも支度をして、パンを買って、市場に駆けつけた時にはもう彼女の姿はなかった。市場中を歩いたけれど、どこにもいない。結局、ブレームを逃してしまった。

今日はきのうと変わらないお天気だった。「酷寒《マロース》と太陽、素晴らしい日」。たぶんあのブレームを手に入れる機会はまだあると思う。彼女は結局売ることができなくて、また売りに来るだろう。

（1）テューリンゲン生まれのドイツ人動物学者アルフレート・ブレーム（一八二九—八四）が著したイラスト入りの大著『動物事典』。

三月二十三日

今日は日かげも暖かかった。夕方になってようやく雲が現れた。太陽が隠れた。ガーリャは今日、部屋の模様替えをしている。わたしはずっと小鳥たちのことや、なんの心配もなく穏やかに生活できる日を夢見ている。窓をすっかり明け放って、窓の板張りをはがして、日向ぼっこのできる暖かい日々を夢見ている。夏を夢見ているのだ。

早く、早く、夏よ、来い。暖かな日々。青々と茂る草や木、花や鳥、そして虫たち。ああ、そのどれもが見たくてたまらない。大丈夫よ、レーナ、辛抱よ、もう少しの辛抱よ。時は止まってはいないのだから。時は流れる。そして何事にもその時期が訪れる。そして五月になる。そして降雨と暑い日々を連れて夏がやって来る。そうしたらすべてがうまく行くだろう。

三月二十四日

昨夜は自分の家に行くことにしたので、煮こごりを食べてお水を飲んで、ガーリャがくれた絵葉書用のアルバムに葉書をしまってから、また戻って来た。ついに春が来たようだ。酷寒《マロース》に凍える日々は終わった。一気に暖かくなった。昨夜の気温は、プラス一度。柔らかいふわふわとした雪がゆっくりと舞い落ち、暖かい風が酷寒に慣れた頬にやさしい。あたり一面水たまりで、屋根からはぽたぽたとしずくが落ち、つららの折れる音がする。

今日もそんな陽気だったので、まったく家の中に入る気がしない。空は雲の薄い層に覆われ、気づかないほどに細かい雪が降っている。もうすぐこの暖かさに、お日様が加わるだろう、そうなったらもう本格的な春だ。すべてがうまく行くだろう。

三月二十五日

雪解けが始まってまだ二日目なのに、雪はもうほとんど溶けてしまった、湿気がすごい。風は暖かいけれど、ひどい湿気だ。バケツの水をひっくり返したみたいに、屋根から水が流れ落ちている。いくつもの細い流れ、本物の川のような流れもある。おそろしく滑りやすい。凍っていた路面電車のレールも、その大部分がすでに溶けた。

目と鼻の先でヤーコフ・グリゴーリエヴィチが出かけてしまった。いつもは九時頃までに出かけるのに、今日はなぜか八時頃だったのだ。あしたは彼は休日。つまり手続きがとれるのは二十七日からだ。そうなると、あと二十八日、二十九日、三十日、三十一日とあるから、必要な手続きをすべて終えるには十分だろう。

部屋の件についてはロザリヤ・パーヴロヴナに相談した、こういう問題にはとてもくわしいのだ。ここでいう問題とは、すべてガーリャのこと。彼女には使っていない部屋があって、その部屋を住宅協同組合《ジャクト》に明け渡さなければならない。その部屋のために三倍もの家賃は払えないからで、彼女はわたしにその部屋を譲ろうとしている。ロザリヤ・パーヴロヴナの話では、重要なのは、住宅協同組合にわたしの名前を登録してもらうことだという。そして新しい部屋をわたしのものとして正式に登録したら、あとは自分の部屋をわたしの住宅協同組合に引き渡すだけ。それですべて完了。

じつは正直なところ、今のわたしの部屋もとてもいい部屋だ。大きくて、暖かくて、明るくて。窓際も広々としている。空が大きく見える。窓は通りを向いている。でも欠点は、わたしには広すぎるということ、それに夏になると夕方しか日射しが入らないのだ。

いっぽうガーリャのこの部屋は、わたしにぴったりだ。一〇平方メートル。天井は低く、ほぼ正方形の間取りで暖かい部屋、でも重要なのは――一日中日当たりがよいということ。わたしにとっては、つまり自然を愛する者にとっては、それがすべてなのだ。わたしの未来の居場所には何よりも日射しが大切なのだ。それで一人でいるのに飽きたら、ガーリャの所へ行くのだ。そう、もちろん引っ越すだけの価値はある。

でも、新たな問題がある。家具をどうすべきか？　あんなに大きくて立派な食器戸棚があるのだもの。オーク材製だ。あんなに素敵な家具を手放すのは、とても惜しい。でも仕方がない、売るしかない。あんな重いものを引きずっていくのはおそろしく大変だし、そもそもあの食器戸棚は、新しい部屋には大きすぎる。

あの食器戸棚は、六〇〇ルーブルより安く売るつもりはない。その六〇〇ルーブルで、ガーリャからテーブルと本棚を買うことができる、ちょうどガーリャは売る予定なのだ。きっと残ったお金で、寝椅子か小さなソファを買うことができるだろう。その他にも、まだなにか。まあ、先のことだ。

三月三十日

「冬が荒れるのも無理はない、彼女の季節は終わったのだ――春が窓を叩き、彼女を中庭から追い立てている」(1)

雪がどっさり降って、風も強い。外はおそろしい吹雪。今日も、二時から労働義務を果たしに行く。たぶんその頃には吹雪も少しは収まっているだろう。この雪かきの勤労奉仕(2)も、今日でもう四日目。しかも四月八日まで続く予定。四月八日以降は、ヤーコフ・グリゴーリエヴィチがわたしを［文章途中まで］

（1）ロシアの詩人フョードル・チュッチェフ（一八〇三―七三）の詩「冬が荒れるのも無理はない」（一八三六）の第一連。

（2）最初の集団勤労奉仕は一九四二年三月八日、次いで、三月十五日と二十二日に実施された。三月二十五日付レニングラード市評議会執行委員会の決議により、労働能力のある市民は全員三月二十七日から四月八日まで、市内清掃に動員されることになった。その後、勤労奉仕の期間は四月十五日まで延長された。動員された生徒は一日に六時間働かなければならなかった。レーナは一九八二年にヴェーラ・ミリューチナに宛てた手紙にこう書いている。「わたしはまったく両腕に力が入りませんでした。ですから鉄梃で氷を掘り起こすだけでなく、それをスコップですくい上げて、捨てることなど無理でした。そこでわたしは「馬」として働かされることになりました。どこかから引きずってきた金属製の浴槽に、他の人たちが雪と氷をぎっしり詰め込んで、それを数人で（その一人がわたしでした）馬具としての縄を体に巻き付けて、フォンタンカ川まで引きずっていくのです。道のりは長くつらいものでした。最後の力を振りしぼって引いていきました。まさに体はぼろぼろでした。ゴーリキー記念ドラマ劇場（レーナ・ママの最後の職場です！）の前を流れるフォンタンカ川に、少しでも力の残っている人たちが荷降ろしの作業をして、氷を投げ捨てました。帰りは少しでも休めるように、できるだけゆっくり歩こうとしました。でも中庭に到着したとたんに、またぎっしりと荷を積まれて、わたしたち「馬」は、ふたたび荷馬車を引いてフォンタンカ川に向かってよろよろと歩いていくのです。こんなふうにして、一日に何度往復したでしょうか。覚えていません。ただはっきりと覚えているのは、ようやくこの拷問が終わって家に帰れるという時に、自宅のある四階まで、もはや人間らしく二本足では上れなかったということです。そんな力は残っていませんでした。四つんばいで這い上るしかなかったのです。（中略）これがどんなに残酷なことだったか。飢えに苛まれたあの恐ろしい冬を奇跡的に生き延びた人たち、つまり歩くのもままならない半死半生の人たちが一人残らず、氷を割ってスコップでかき集めて捨てるという過酷な肉体労働を強いられたのです。労働を免除されたのは、あまりに衰弱が激しくて寝たきりの人だけでした。しかしなんとか立っていられるような人たちは、働かなければ翌月分の配給券は渡さないと脅されて、労働に駆り立てられたのです。氷だけでなく、どれだけの人がこの世から「片づけ」られてしまったことか。彼らは最後の力を出し切って、衰弱のすえに亡くなってしまいました。春に疫病が蔓延するのを避けるためには、この残酷さが必要だったのだと、わたしは理解しています。」

三月三十一日

今日はとても運がよかった。朝八時近くに仕事に出かけた。でも十一時頃にはもう自由になった。主任がみんなにマンホールを三つ見つけて掃除するという任務を与えて、仕事が終わったら帰ってもよいと言ったのだ。みんなそのとおりにした。

ほんとうについていた。仕事から解放されると、すぐに二八番の建物へ行って、ヒマワリ油を六〇グラム受け取ってパンを買った、今日はお腹がいっぱいになるだろう。

四月一日

三月が終わった。今日は、春の二番目の月の最初の日だ。四月だ。

こんにちは、四月よ、五月の一つ前の月よ、おまえは何を与えてくれるのか。

今のところなにも変わっていない。パンも増量されなかった。被扶養者用の配給券をもらった。昨夜ヤーコフ・グリゴーリエヴィチが来て、今日の十一時までに第十号線沿いの二五番の建物に行くように、そこで待っているから、と言われた。九時半に家を出た。帰りにパンを買うつもりだったが、もしかしたら、交換のために配給券をむこうに置いてこなければならないかもしれないと考え直して、それでレシトゥコフの交差点〔にあるパン屋〕で自分の三〇〇グラム分を買ってしまった。ナイフを持っていたので、すぐさま二つに切り分けて、片方を薄切りにして歩きながら食べることにして、もう半分は家に帰るまで手をつけないで、仕事に出かける前にサラダ油を塗って食べることにした。でも最初の一切れを、ネヴァ川の橋に着くまでにもう食べてしまった。口に入れたとたんに溶けてしまって、何も残らないほどに柔らかくておいしいパンだったから。とにかく、しかし、第十号線の二五番の建物に着く頃には、パンは四分の一しか残っていなかった。

ヤーコフ・グリゴーリエヴィチは、管理局に行ってそこで申請書を書くようにと言った。でも管理局に行くと、そこの一番偉い人がいて、申請書は八日まで一切受け付けないと言った。つまりまったくの無駄足だったのだ、どこへ行けばいいのかわかった、という唯一のメリットをのぞけば。やっとの思いで家までたどり着いた。一時頃に家に着くと、すぐさま住宅協同組合《ジャクト》に行って、今日はもう働くだけの体力が無いと言った。家に着いてすぐベッドに入った。三時頃にロザリヤ・パーヴロヴナが来て、ザーゴロドヌイ大通りとナヒムソン広場の角の食堂の利用許可証を渡してくれた。イザベラ・アブラーモヴナが余分に持っていた許可証を、わたしのためにと、彼女に渡してくれたのだ。わたしはすぐにイザベラ・アブラーモヴナの所に飛んで行って、心からお礼を言った。お粥は全然なくて、残っていたのはえんどう豆のスープとブラッド・ソーセージだけだった。ソーセージ二人分と、スープを一皿買うことができた。一般的に許可証一枚につき、スープ一皿と主菜一つしかもらえないことになっているのだ。

ああ、これで助かった。わたしには、食堂の利用許可証がある。

今日は暖かな一日だった。朝からほとんど雲のない空。街路の日の当たる側では、雪もすっかり消えた。夕方になって、空が一様に灰色を帯びた。

わたしの部屋は素晴らしい。窓の大部分を空が占めているところがとくに好きだ、とても気持ちがいい。自分の部屋が好きだ、とても明るくて広々としている。そう、あの部屋でうんと素敵な生活を送るのだ。時がたてば、窓際にとても豊かで生き生きとした場所ができるだろう。水槽を泳ぐ魚たち、花々の植木鉢、鳥かごの中の小鳥たち。可愛い小鳥たちよ、いつになったらおまえたちに会えるのだろう。けっして猫や犬は飼わないつもりだ、本当に小さな動物だけ、何よりもまず小鳥たち。

四月二日

朝からどんよりした空。ひどく雪が降っている。暖かい。八時頃、仕事に出かけた。わたしたちの住宅協同組合《ジャクト》の十人ほどが土を掘る作業に取りかかった。でも仕事を始めて一時間後には、もう半数の人がいなくなった。十時まで残っていたのは、わたしと同じくらいの年頃の女子二人と、わたしと、女の人が一人だけだった。わたしも十五分くらいあとに家に向かった。穏やかでいい天気だけれど、この雪だけはもううんざり。しょっちゅう払い落とさなければならない。

今日のわたしはよくやった。腕には力がある。スープ一皿に、なんて価値があることか。たしかに、きのうはブラッド・ソーセージも二本食べたけれど。今日は仕事が終わったら、すぐに食堂に行こう。

一日中、雪が降っている。真冬みたいに、ふたたびあたりが一面真っ白になった。

綿毛のような白い雪
くるくると空《くう》を舞い
しずかに土の上に
落ちて、横たわる。

この雪に覆われてすべてが
ふたたび白く染められた。
まるで春は
わたしたちに関係ないかのように(1)。

今日の食堂のメニューは——スープ・パスタ、えんどう豆のお粥と肉団子《ビトキー》。利用許可証一枚につき、買えるのはどれも一皿ずつ。そのとおりにした。スープとお粥、それに肉団子を半分使って、スープを三皿作った。乾パンを作って、ベッドにもぐり込んでから味わった。

今はお腹いっぱいだ。好きなだけゆっくりできる。第一班で仕事を終わらせて、あとは自由になるほうがずっといい。なんて幸せなんだろう、ベッドに横になって、読書したり、ラジオを聴いたりできるなんて。

(1) ロシアの農民詩人イヴァン・スリコフ（一八四一―一八八〇）の詩「冬」（一八八〇）の第二連に変更を加えている。

四月三日

今日は午後二時から仕事に行くことにした。今日をのぞくと、労働日はあと五日。今では体力もあるし、しっかり働ける。決められた労働期間をいやいや務め上げるのではなくて、しっかりと働けば、時間は知らないうちに過ぎてしまうものだ。

だから今日は、十二時に食堂に行ってお昼を食べるつもり。それから仕事に行こう。そして八時に家に帰ったら、すぐに寝よう。それがよいやり方だと思う。

今日は暖かいけれど、どんよりした天気、雪は降っていない。たった今えんどう豆を二粒、植えたところ。部屋の中は寒いが、残りの薪を使いたくない。砂糖がとても恋しい。早く砂糖が配給されますように。

何かやりたい。少し読書でもしようか？　ひとり暮らしはなんてつらいんだろう。自分の考えや心配事や悲しみを話す相手がだれもいないのだ。でもその点では、とても日記に救われている。それにもう一つの慰めが——壁に掛けたママの写真。あそこにとても素敵な、わたしの大好きな愛するママがいる。それにしても、なんて運命は残酷なのか！

四月四日

きのうは二時頃に食堂から帰ってきた。昼食を家に持って帰れるのは、午後一時からだったから。きのうはえんどう豆のスープとゆでたヌードル《ラプシャ》を買った。家に帰って、食事してから、仕事に出かけた。七時まで働いた。はじめて車の荷積みと荷下ろしをやった。とても大変だったが、そのかわり車に乗ることができた。

今日は朝から雲一つない、晴れた空。ちょっとした酷寒《マロース》。四月だというのに、まだ酷寒だなんて。今日は、お店で穀物の配給がある。あしたは砂糖が配給されるだろう。今朝パン屋に行った時に、ある男の子が子ネズミを捕まえてくれると約束した。それと交換に、パンを一〇〇グラム渡すつもり。なんといっても何か生き物がやって来るのだから。今みたいに孤独ではなくなるだろう。その子ネズミと食べ物を全部分け合うのだ。ネズミは雑食なのだから。でも、子ネズミはたくさん食べるのだろうか？

労働日はあと五日。大丈夫、なんとか乗り切れるだろう。早く小鳥が飼えるような日が来ますように。

マラー通り二九番、六号。ペスコーヴァ・エリザヴェータ・ゲオールギエヴナ。獣医。

四二年四月十日

なんて長いこと書かなかったんだろう！　四月四日以来だ。この間にいろんなことがあった。いろいろありすぎて、思い出せないくらいだ。ごく手短に言えば、この間にもう少しでジェーニャの所に行けるはずだったのに、一日だけ遅れてしまったのだ。いまではもう疎開は中止されて、再開されるのはラドガ湖の氷が溶けてからだ。以前は、六日も含めて、登録したその日に自由に出発することができたのだ。そのことを知ったのが、六日だった。その日はじめて疎開の登録所に行って、登録の手続きをするために並んだ。並んでいる人はほんの少しだった。七日の分に登録して、翌日には出発するつもりだった。でも登録は出発の当日にするもので、明日出発するなら明日登録するのだとわかって、列を抜けた。なんの支度もしていなかったから、六日の出発は無理だったのだ。しかし一日でも先延ばしにしないで、明日には出発しようと心に決めた。今日中にできる限りのものを売り払って、夜のあいだに荷物をまとめて、翌日の五時の列車に登録しようと決めた。

まず手始めに、ミシンをようやく委託販売所まで運んだ。しかし委託している時間がなかったため、現金払いで手渡されたのは九六ルーブルだった。これではあまりに安すぎると思った。安くても一二五か一〇〇ルーブルで売るつもりで、それ以下は計算外だった。市場に行くことにした。途中で、とても知的な雰囲気の女の人に呼び止められた。ミシンを二〇〇ルーブルで売ると言った。ミシンの性能を見たいと、家までついて来た。確かめた上で、一五〇ルーブルでどうかと言われた。それで同意した。はじめてのよいチャンスを逃したくなかったし、あんなに重い物をまたどこかへ運ぶのは嫌だったから。わたしがすべて売り払って、ここを出て行くつもりだと知ると、女の人はいろいろな物を物色しはじめた。まず本を、それから食器を、それから衣類も。それから支払いをすませて、すぐにミシンを取りに来ると言った。隣に住んでいるという女の人を連れて、戻って来た。二人は夕方になって、ようやく帰って行った。いろんなものを五七〇ルーブルで、どっさり買っていった。それからわたしはヤーコフ・グリゴーリエヴィチの所に行って、彼から五五〇ルーブルもらって、そのかわりに、わたしが出発した後に部屋に残っているものはすべて彼の所有物になるという約束をした。

夜も寝ないで、明け方には荷造りが終わった。そしてこう決めた、あしたは、開店と同時に食堂に行って、ありたけの穀物の配給券を［未完］

まさにそのせいで、わたしは出発できなかったのだ。十二時頃に疎開登録所に到着すると、そこにはおそろしいほどの行列ができていた。次々に登録が進められたが、登録できるのは九日の分だけだった。わたしも九日の分に登録することにした。でも二時頃に、今日はこれ以上の登録は行わない、と打ち切られてしまった。あしたの九時までに来てください。そして、まさにこれがわたしの二番目の過ちで——その言葉を信じて、その日はもう行かなかったのだ。じつは五時に八日の分の登録が再開されて、わたしの隣に並んでいた人たちは、ちょうどその時に来たので、登録できたのだった。八日に会った時には、彼らはすでに正式に登録した後だった。くやしくてたまらない。わたしの三番目の過ちは、八日の八時頃に行ったら、すでに長い行列ができていて、配られた番号札を見たら、二三六番だったことだ。でも、その日に登録できたのは、たったの十人だった。二時まで並んで、それから列を抜けたが、また夜の六時にやって来て、晩の八時までそこで人混みにもまれていたが、結局、その日はもうただの一人も登録できなかった。

苦い経験から教訓を得て、この数日間で疲れ切っていたにもかかわらず、九日の明け方まで一睡もしなかった。ようやく空が白んできた頃に出かけた。列に並んだのは五時で、七八番だった。もしもこの日に登録の手続きが行われていたら、もちろんわたしも登録して出発していただろう、でもこの日も登録は行われなかった。一日中列に並んだあげく、今日は登録の手続きは行わない、いつ再開するかもわからないと通告された。でも、わたしたちのようなもっとも絶望した人たち、わたしみたいに、一つ残らずすべてを売り払ってしまって、荷物もまとめて、代金も受け取って、配給券まで譲ってしまったような人たちはみんな、何があろうと、夜になるまで動かないつもりだった、急に臨時の輸送隊にいくつか空席ができるかもしれないし。しかしそのあと割れ鐘のような大声で、暖かい春の到来と共に、輸送隊の最終便の積荷が過載となったため、疎開は一時的に中止するという通告があった。もう解散するしかなかった。

外に出て、よろめきながらなんとか家までたどり着いた。晴れた暖かい春の日だった。日向はプラス一三度あった。通りには雪どけ水が川となってザアザアと流れていた。雀たちが陽気にさえずり、晴れた青空では、赤い羽根の鳥たちが低い声で鳴いていた。でもそのどれもが楽しいとは思えなくて、逆にいらいらするばかりだった。もしも、あともう少し冷え込んでいたら、まだ出発できたかもしれないのに。くやしくてたまらない、部屋中をひっくり返してすべて売り払ってしまった、でも肝心なのは――ゴーリキーから待ちに待った電報が届いたこと、「出発しなさい。ジェーニャ。ニューラ」。ほんとうにもうレニングラードに別れを告げて、ほら、さあ、どうぞいらっしゃい！　それなのにいまだにパン三〇〇グラムで暮らしている、穀物の配給券は切り取られてしまった。

でも、どうしようもない。こうなる運命だったのだ。五月が来るのを待とう。

きのうの晩にヤーコフ・グリゴーリエヴィチの所に行って、事情を全部話してアルテリ〔生産協同組合〕で働けるように頼んだ。じつは彼はすでに話をつけてくれていて、主任の話では、十日に出向けば受け入れてくれるということだった。でもこの数日間であまりに疲れて、あまりにくたびれてしまって、立つこともままならない。今日は十日だけれど、あそこまで行ける状態にない。あした行くことにしよう。今日はとにかくよく眠らなければ。しかもまだ午後二時だというのに今日のパンはすべて食べてしまって、もうあしたまで食べられる物は一つもないし、明日もパン三〇〇グラムだけで一日過ごすのだから。

　これから暮らすのはつらいだろう。もうこの部屋はすっかり他人のものなのだ、残っている物さえ他人のものだから、触れたいとも思わない。すでに別れを告げた物、ここに残していく物ばかりなのだから。

　外では冬の名残《なごり》は跡形もなくなった。今日は朝からどんよりとした天気で、この春はじめての雨が一日中部屋の窓を陰気に叩いて、死にそうなほど憂鬱な気分になる。橇《そり》は消え、荷車が姿を現した。小雨がぱらぱらと降り、悲しくて仕方がない。この空っぽの部屋を見まわすと、この世から消え失せてしまいたくなる。

　不幸なわたし、なんて不幸なの。わたしのことなどだれもなんとも思ってやしない。この世でひとりぼっちだ。

「屈辱！　憂鬱！　おお、なんという悲運だろう！」(1)「幸せはすぐそばにあったのに、すぐそばに、すぐそこに!!!」(2)

（1）ピョートル・チャイコフスキー（一八四〇―九三）のオペラ『エヴゲニー・オネーギン』（一八七八）より。

（2）オペラ『エヴゲニー・オネーギン』より、終幕のオネーギンとタチヤーナのデュエットの不正確な引用。

一九四二年四月十一日

どんよりした天気。気の滅入るような曇り空。ヤーコフ・グリゴーリエヴィチから、仕事の件はあと二、三日待たなければならないと言われた。憂鬱と絶望感に襲われた。二時過ぎに食堂へ行き、えんどう豆のお粥を一人前もらった。それから念のために疎開登録所に行ってみた。今日の登録は無いとわかったが、みんな待っていた、みんなまだ望みを捨てていないのだ。みんなの会話から察するに、どうもこの疎開の中止は——一時的なものらしい。輸送隊の積荷が過載だったのだ。帰り道で九学年の女子二人に会った。ひどい目にあったことを話すと、まだこれからも疎開できるだろうから、まだ大丈夫だと言って慰めてくれた。別れ際に旅の無事を祈ってくれた。

ふたたび希望はゆるぎないものとなった。小さな希望だが、希望であることに変わりはない。あるいは三、四日もすれば、また登録が開始されて、そうしたら……　さらば、レニングラード！　すぐに出発するのだ。だからしっかり準備しておかなければ。荷物を入れ替えて、もっとちゃんと仕度しなければ。もう一度調べ直して、あまり必要でないものは思い切って捨てなければ。トランクひとつ、〔または〕トランクとリュックに全部詰めるようにした方がよいかもしれない。そうしないと、駅は泥棒だらけだと言うし、しかも一人旅で、わたしの荷物を見てくれる人なんかいないのだから。

いや、この呪われた不運なレニングラードに残らずにすむのなら、荷物なんて持たずに出発したっていい。ここにいたら破滅するだけだ。ここを去ること——それこそが救いの道。だから、希望を持とう！

四月十二日

きのうの夕方から雲が晴れた。今日はめずらしく晴れた暖かな日だ。濡れた屋根もすっかり乾いた。

食堂でえんどう豆のスープとソーセージを買った。パンを買って、スープに刻んだソーセージとパンを入れて、水を加えて、新しいスープを作った。お腹いっぱいになった。でも、やっぱりもうパンはすべて食べてしまった。まだ午後の三時だというのに。窓辺に座って青い空を見ている。お日様の光の降りそそぐ隣の家の屋根に、雀でも止まっていないかとむなしく目を凝らしている。何もいない。

にわかにわたしの時計は動き出した。あしたか明後日にはヤーコフ・グリゴーリエヴィチの所に行って、就職を依頼するつもりだ。労働者用の配給券を手に入れて、五〇〇グラムのパンを買って、そして一週間か一週間半後にはきっと疎開も再開されるに違いない、そうしたらすぐに出発だ。きのうある偉い軍人さんから、疎開の中止は一時的なものだと聞いた。すでに氷がもろくなってきているからで、現在は、氷の上を輸送車で最後の積荷を運んでいるところだと言う。今後は平底荷船《バルジャ》でレニングラードまで輸送する予定で、そのために砕氷船が特別に氷を砕いて運河を造っているところなのだ。つまりレニングラードまで積荷を船で運んで、まさか帰路は空荷ということはないだろう？　氷上道路の輸送に代わって、まさにこの船による人々の移送が始まるだろう、そうしたら登録が再開する。そしてわたしは出発するのだ。

気が滅入る、気が滅入ってどうしようもない。苦しい、つらい、とても耐えられない。寒い部屋の窓辺に座って、泣いている、泣いている、どうしようもなく泣きわめいている。

ママ……　マ……マ!!

ロザリヤ・パーヴロヴナに、四二番の建物の食堂の利用許可証をお願いした。スープ・パスタを二つ受け取った。スープは濃厚で美味しい。たちまち気分が明るくなった。あしたは穀物の新しい配給があるし、それにまさにあしたは労働者に砂糖が配給される。つまり就職したら、すぐに砂糖が手に入るのだ。お腹さえいっぱいなら、何も怖いものはない。今日は本当にお腹いっぱいになった。でも、そんなにたくさん食べる必要があるだろうか？　せいぜい穀物六〇グラム、つまりスープ三皿とパン一〇〇グラムだけで足りるのだ。あしたに、もしも一足早く就職できたなら、飢え死にすることもないだろう。まだ穀物の配給券二枚と肉類の券一枚を使って、食堂で食事ができるし。そうでなくても、お店でえんどう豆を買って、それからパンを三〇〇グラム買うこともできるし、それに、たぶんお隣さんが何着かの古着と交換に、パンを一五〇グラムくれるだろう。だから、わたしは生きるのだ！

そう、すっかり忘れていたけれど、四月十五日から路面電車が運行を開始すると新聞に出ていた。それならわたしはほんとうに運がいい！　路面電車で通勤しよう。

なんて人生とは不思議なことばかりなのだろう。あんなにひどく落ち込んで、あれほど憂鬱に苛まれていたのに。ふたたび新しい力が湧いてきて、これまでにないほどの勇気と生きる喜びを感じるなんて。ついさっきまで座って泣きわめいていたのだ。なのに今は歌って笑いたい。ほんとうにいい気分で、まさに奇跡だ。

なぞなぞをいくつか

白い平原に黒い種、種をまく人には意味がわかる。（手紙）
燃えて、溶けて、すべての秘密を隠してしまう。（封蠟）
四本足で、二つの大きなおめめと、せっかちさんが一本、それで自分はごろごろ言ってる。（猫）
床の下を、棒を持ったお嬢さんが歩きまわって、しっぽを持ったお嬢さんを探してる。（猫と鼠）
七人兄弟、年は同じでも、名前は違う。（曜日）

この世で一番すばやいものは？（思考）
畑ぜんぶが紐の跡だらけ。これは何？（耕された畑）
ときどき播いて、ときどき集めて、自分はお腹いっぱいで、よその人にもおすそ分け。（農夫）
人には栄養、教会には明かりを与えてくれる生きもの、なんだ？（ミツバチ）
よその町をナイフと火を持った強盗が襲って、住民は殺さず、家も燃やさず、それでも全財産かっぱらっていった。（蜜たっぷりのミツバチの巣を切り取る養蜂家）
黒っぽくて、ちっちゃくて、甘くって、子供たちの大好きなもの。（すぐりの実）
春の奥様はカラフルなドレス、冬の奥様は経帷子《きょうかたびら》だけ。（野原）
目の見えない人にもわかる草は、なんの草？（イラクサ）
手はないけれど、大工さん。（鳥）
秋にも枯れず、冬にも死なず。（針葉樹）
鳥じゃないのに、羽がある。（蝶）
足もないのに、進むものは？（四季）
小さなせむしが畑を残らず掘り返した。（鎌）
足で歩いて畑に入って、出てくるときは仰向けなのは？（まぐわ）
病気でもないのに、着ているのは白い経帷子。（冬）
おじいさんは斧ものみも使わずに、川に橋を架けました。（川に張った氷）
冬には暖め、春には朽ちて、夏には死ぬけれど、秋には生き返る。（木）

クリスマスツリー(1)

校舎ににぎやかに響きわたる
子供たちの走りまわる音、笑い声……
どうやら今日は勉強のために
集まったのではないのだな？
そう、今日は校舎のクリスマスツリーに
イルミネーションが灯された
さまざまな色の綺麗な飾りで
子供たちを喜ばせる。
子供たちの目はおもちゃにくぎ付け。
ここには仔馬が、あそこにはコマが、
ほら、線路がある、
ほら、狩りの角笛も。
イルミネーションに、お星さま、
ダイヤモンドみたいにきらきらしている！
黄金色のくるみの実、
透き通ったぶどうの実！
どうかあなたに幸多かれ——

貧しい子供たちのために
このツリーを飾った
善良なる手の持ち主であるあなたに！

ことわざ

クリスマスのために、裸足の者に靴を履かせてみるのも、悪くはない。
生きよ――けちけちするな、貧しき者と分かち合え。

クリスマスツリー（昔話）

聖なる夜が訪れました――幼子《おさなご》イエスが生まれた夜です。天使が、音もなく木や花や草のそばを飛びすぎながら、聖なる幼子の誕生を告げました。すべての自然が歓喜しました。「行って、幼子を讃美しよう。美味しい果実と、この上なく香り高い花をささげよう」と口々に植物が言いました。彼らは出発しました。彼らを輝く星が導きました。それに続いて、つつましいモミの木も出発しました。到着すると、モミの木は悲しそうに少し離れたところに立って、泣いていました――聖なる子を喜ばせるような贈り物を持っていなかったのです。天使がそれを見て、かわいそうなモミの木を憐れんで、天空から輝く星を彼女に向かって投げました。星はモミの木のてっぺんに落ちて、明るい光をふりまきました。聖なる幼子はそれを見て、微笑みました。それから毎年、モミの木をイルミネーションで飾って、そのてっぺんに星を付けるようになったのです。

(1) ロシアの貴族出身の詩人アレクセイ・プレシチェーエフ(一八二五―九三)の詩「クリスマスツリー」(一八八七)からの引用。最終連を欠いている。プレシチェーエフは一八四九年、ドストエフスキーも参加・逮捕されたことで有名なペトラシェフスキー事件に連座し、五八年まで流刑生活を送った。

四月十三日

以上は、すべて一九一七年に出版された『種まく人(アルファベットを覚えたら、最初に読む本)[1]』から書き写したもの。たまたまお隣の家でこの本を見つけた。とても興味深い本だ。ママも、小さい頃はこの本で勉強したのだ。

当時はほんとうに幼い頃から、両親や自然や善行を愛する心を子供たちに教えていたのだ。とてもよいことだと思う。この本のいくつかの箇所を、記憶に留めておきたい。本をまるまる一冊もらうこともできたのだが、荷物の量がごくごく限られているので、数ある本の中でも植物分類図鑑だけ、それも表紙を外して持っていくことにした。表紙は重すぎるから。それから鳥の写真集と『野鳥たち』。それ以上は、一冊だって無理だ。だからとくに気に入った一節は、日記に書き写しておきたい。今のところまだ時間はある。今日一日はなんとかして過ごさなければならないけれど、明日こそ、きっと就職の依頼に行けるだろう。今日は雲一つないよい天気。冷たい風が吹いていることだけ玉にキズだけれど。

ほんとうに、驚いてしまう！　今日は、もう四月の十三日なのだ。四月だ、春なのだ。自然のすべてが活気づいている。なのにわたしは自然が目に入らない。まあ、待って、ゴーリキーに行ったら、むこうはもっと暖かくて、むこうもやっぱり青空で、こっちと同じように、お日様が輝いているのだ。それに、本物のヴォルガ河が見られるなんて、びっくりだ。ヴォルガの河畔を散歩できる。ヴォルガ、ヴォルガ！　新たな感動、新しい人々、新たな出会い、新しい生活。ああ、一刻も早く、この呪われたレニングラードを去ることができますように！　たしかにここは美しくて素晴らしい街だし、わたしも強い愛着を抱いていた。でももうこの街の姿を見るのは耐えられない、ましてや愛することなんてできっこない。数えきれないほどの悲しみを味わわなければならなかった街、持っていたすべてを失った街。天涯孤独の身となった街。孤独の恐ろしさを知り尽くした街。だめだ、この街を、この街の名前を、一生思い出しては、ぞっとすることだろう。もうすぐ、もうすぐここを去る、そして願わくは、永遠に戻りたくない。

今ラジオで、グリーシャも勲章をもらうのだと知った。グリーシャが賞金の一〇万ルーブルをもらうなんて、驚きだ。だってこのグリーシャ・ボリシャコーフ(2)は、ママの若い頃の友達なんだから。

今日は一日、三〇〇グラムのパンと一四〇グラムの乾燥えんどう豆で過ごした。明日手に入るのは、パン三〇〇グラムだけだ。本当に明日はまだ仕事をもらいに行ってはいけないのだろうか？

今日は荷造りをした。百回も詰め込んだり詰め替えたりして、ようやく納得のいく荷造りができた。荷物は二つ——トランクと包み一つ、包みはトランクにしまえるので、そしたら荷物は一つだけになる。そのトランクには、食事するのに必要な道具をぜんぶ入れたけれど、まだスペースが空いている。でもスペースを埋めるつもりはない、入れるものがまだ少なからずあるのだから。パンとかソーセージとか、その他のいろんな食べ物とか。こんなことになるなんて、本当にびっくりしてしまう、すぐには信じられないくらいだ。一人ぼっちになって、別の都市《まち》に行こうとしているなんて、それも十七歳で。怖くもあるし、楽しみでもある。楽しみ、というのもこれまで一度も体験していないことを、いま感じているからだ。完全なる自由、思考の自由、行動の自由を感じている。わたしを縛るものは何もない、だれもいない。自分の望むとおりにやるだけだ。いまわたしは人生で重大な時期を迎えている。どう行動するか、どんな人生を歩んでいくのか、自分で選ばなければならない。選べるのは、後にも先にもこれ一度きりだ。ここに残って就職して、自分だけの部屋で一人で暮らしていくこともできる。それもとても魅力的だ。でもこの孤独には耐えられない、自分に無関心なよその人たちに囲まれて生きるなんて。だめだ、無理だ。もしも、もう少し年上だったら、もしかしたら、まさにこの道を選んだかもしれない。でもまだ自分がちゃんとした大人だとは思えない、でも、もちろん子供でもないけれど。いや、完全に独立して暮らしていくのはまだ早い気がする、まだ周りに助けてもらわなければ。それに、だれかのそばに寄りそっていたい。ほんの少しでもいいから、運命が無慈悲にもわたしから奪っていった愛する人の愛情と思いやりを、かわりに与えてくれる人が欲しい。

ニューラとジェーニャの家族から他人行儀にされることはないのを知っている。彼らに何か要求をして、みんなの足手まといになるようなことは一切してはいけない。そのことをわたしはよくわかっている。ほんの一時期家族に加えてもらって、自分で稼いだお金を共同炊事のお金に入れさせてもらうだけだ。

でもそのうちに自分自身の部屋を持って、だれにも迷惑をかけずに、独立して暮らすように努力しなければならないだろう。それはどんなに素晴らしいことか！　何があろうと、その時まで生き延びなければ！

（1）ロシアの女性作家クラウジヤ・ルカシェヴィチ（一八五九—一九三一または七）著の初等教育向け読本。一九〇七年にペテルブルクで初版が刊行され、一七年には第十二刷になった。著者はレニングラードにて極貧のなかで死去したという。
（2）グリーシャ・ボリシャコーフ（一九〇四—七四）はテノールのオペラ歌手。一九四二年と五〇年の二度、スターリン賞を受賞した。

四月十五日

今日、路面電車の運行が始まった。なんてうれしいんだろう。

四月十七日

もう十七日だ。今日は時計を一二五ルーブルのお金と二五〇グラムのパンと交換して売った。今日は、こんな一日だった——十二時頃に食堂へ行って、ジャガイモと細麺《バーミセリ》のスープを食べた。それからカフェに行って、なにも入れずにお茶を二杯飲んだ。三時頃に今日の分のパンを買って、ネフスキー大通りにある円形辻公園の向かい側に腰掛けて、日向ぼっこしながら全部食べた。五時頃にそこから住宅協同組合《ジャクト》に行って、配給券の再登録をしてから[1]、またネフスキー大通りに出かけて、そこで時計を売った。七時頃に帰宅。ここ数日は素晴らしい天気が続いている。お日様がまぶしくて暖かい。今では夕方の二時間くらい、部屋に日が射している。二十日頃には、たぶんパンが増量されて、穀物と砂糖と油脂類の配給があるだろう。今日はマッチを一箱手に入れた。荷物はすべてまとめてあるので、疎開が再開されたら、その日のうちに出発するつもりだ。今日は食堂でイーヤ・オーシポヴァに会った。勤労者代表地区ソビエトで、疎開の再開は二十日以降だと聞いた、と教えてくれた。

おとといアスター〔エゾ菊〕の刺繡の付いたマットを、ある軍人さんとパン二〇〇グラムで交換した。彼の家までついて行かなければならなかったけれど、そのときに彼はつい最近、二日前にヴォログダから来たばかりだと知った。疎開者に与えられる食事は素晴らしくて、たいていどれも無料なのだと教えてくれた。

きのう植木鉢のえんどう豆が芽を出した。外では蠅が姿を現した。もう生きている蟻も見た。柔らかい綿毛におおわれたネコヤナギの枝も売られている。公園の木々も芽吹いた。鳥たちも盛んにさえずっている。今のところ空襲警報も砲撃も無い。

（1）配給券の再登録は一九四一年十月から毎月行われた。食料品の配給券の悪用および偽の配給券による購入を禁止するためである。一九四二年四月の再登録の期限は四月十八日だった。

四月十八日

素晴らしい天気。カラスが巣を作りはじめた。今日はこんな一日だった。十一時頃にお店に行ってソーセージを五〇グラム買い、それからパンを三〇〇グラム買ってから食堂へ行き、えんどう豆のスープを二皿食べた。食堂を出てカフェに行き、パンとソーセージをかじりながらお茶を二杯飲んだ。とてもお腹がいっぱいになった。それから三時以降は、今日は一口も食べていない。でもお腹はすいていない。あしたは穀物の配給があるだろう。穀物が一〇〇グラム手に入る。あとからわかったのだが、もしもカフェに何か甘いものがあれば、第五配給券を使って、五〇グラム手に入れることができるそうだ。八時頃にソフィヤの所に行って、わたしの分のケフィール〔発酵乳飲料〕を手に入れてくれるように頼んだ。すると運のいいことに、半リットルの瓶入りケフィールを七五ルーブルで分けてくれた。これはケフィールではなくて、「植物性高脂肪発酵乳」だと瓶のラベルに書いてあった。でもこの発酵豆乳は、とても栄養があるのだ。

四月十九日

五月一日まであと十日。つまり、レニングラードにはまだ居るけれど、それも長くて十五日間だけ。十五日なんて、一瞬で過ぎてしまう。あと十五日かそこらで、もしかしたらもっと短いかもしれない、十日か十一、二日もすれば、さらばレニングラードよ、永遠に、なのだ。

今日はこんな一日だった。十時頃に今日の分のパン三〇〇グラムを買って、家に帰ると、パンを切り分けて、その一部の柔らかいところを細かく刻んで、ケフィールと混ぜた。するととても食べごたえのある、とても美味しいお粥ができた。そのあと十二時を過ぎてからカフェに行って、パンと、第五配給券で手に入れたツルコケモモのジャムと一緒に、お茶を二杯飲んだ。カフェから食堂へ行って、スープを一皿食べた。スープは美味しくて、何かの油と細麺《バーミセリ》、えんどう豆、大豆と、いろいろな穀物が入っていた。食堂を出て、いつものお店に行って、えんどう豆を六〇グラム買った。それからすっかりお腹いっぱいになって、ペットショップのむかいで日向ぼっこしながら座っていた。ここで中型の洗面器を二一ルーブルで売った。五時頃に家に戻って、ジャムを塗ったパンを一かけらとえんどう豆を少し食べてから、委託販売のお店に行った。扇を見せたら七〇ルーブルの値が付いたけれど、夏用のフランネルの手袋は一〇〇ルーブルの値が付いた。家に帰る途中で手袋を六〇ルーブルで売って、パン屋の近くで小型の洗面器を六ルーブルで売った。夜の八時頃にソフィヤの所に瓶を持って行くつもりだ、そしたら、もしかしたら今日だってもう一本分けてもらえるかもしれない。二本目はもう少し長く、三日くらいはもたせたい。そうしたらきっと三本目のお金も少しは貯まるだろう。その頃には、油脂類と砂糖がわたしたち被扶養者に配給されるだろう。そうやって、なんとか五月まで生き延びよう。そのあとは……　さらば、レニングラード！

素晴らしい天気が続いている、暖かくて、気持ちがいい。

あしたの予定はこうだ。十一時頃には家を出て、カフェに行って、そこでパンを買い、パンとジャムと一緒にお茶をたっぷり二杯飲んで、そこから食堂に行って、またしてもパンと一緒にスープを食べるのだ。残ったパンは家に持って帰って、すぐに家を出て、夜には残ったパンをケフィールと一緒に食べてから、寝よう。

四月二十日

今日はほんとうに素晴らしいお天気。春ではなくて、本物の夏だ。日向は暑くて、日かげもプラス一五度ある。それに風も暖かい。十一時過ぎにカフェに行ってそこでパンを買い、熱々の濃いお茶をパンと残りのジャムと一緒に二杯飲んだ。それから食堂に行った。あそこにはとても若々しくてかわいいカーチャがいて、配給券を切り取ってくれる。ほんとうに思いやりのある子で、じつはわたしの配給券の日付はまだ来ていなくて、ずっと先の日付なのに、彼女は食事を出してくれる。なんて心優しいんだろう、だからみんなからとても愛されている。食堂ではスープを一皿食べて、お肉料理を頼んだ。このレバーは、とてもとても気に入った。すごくおいしくて、一切れでもかなり大きくて、一ルーブルだった。肉類五〇グラムと油脂類五グラムの配給券が切り取られたけれど、それでも惜しくはない、レバー一人前にはテーブルスプーン一杯分の本物のミートソースがついてくるのだから。食堂から家に戻って、レバーと残りのパンをしまってから、散歩に出かけた。「コロス」に行ってチケットを買い、ついに映画『シャンパン・ワルツ』(1)を観た。素晴らしい映画だった。映画に出てくる人たちみたいに、あんなにきらびやかでうっとりするような物たちに囲まれて、贅沢な暮らしをしてみたいという思いに駆られた。彼らみたいに、音楽やダンスやいろんな遊びやさまざまなアトラクションを楽しみたい。まさにあんな生活、贅沢な生活、流行の最先端の服を身にまとった美しい女たち、ぴったりとした服を着て髪を撫でつけた男たち、レストラン、娯楽、ジャズ、ダンス、きらめき、ワイン、ワインそして恋、恋、数えきれないほどのキスとワイン。騒々しくてけばけばしい街頭、そこに立ち並ぶ贅沢できらびやかなお店、何台もの立派な自動車、ネオンサイン、数えきれないほどのポスターやネオンサイン。いたるところにネオンサイン、どこもかしこもポスターとネオン、きらきらと輝き、くるくると回る派手なネオンサイン。轟音、喧騒、金切り声、まったくつむじ風みたいだ、そのすべてが一定のリズムで動いている。

この戦争は長い間わたしたちからあらゆる娯楽を引き離してきた。でも正直に言ってしまえば、この戦争のほんの少し前から、わたしたちは多くの点でアメリカの真似を始めていたのだ。とても多くの点で。わたしたちソビエト市民は、外国のものはなんでも大好きなのだ。まったく正直なところ、ソビエト市民に固有のものなんて一つも無い、すべて外国人から借用したものばかりだ。喧噪と華美を好み、身に着けるものは最新流行の服、とくにアメリカ製の服だ。アトラクションやさまざまな娯楽も、その大部分がアメリカのものだ。たとえばジャズ。わたしたち若者は、どれほどジャズ・ファンであることか。さまざまなフォックストロットやタンゴ、あらゆる曲調の恋の歌。広告は、とくに最近になって、重要な位置を占めるようになった。音楽をバックに短い詩を読み上げるというスタイルで、ラジオから流れてくるコマーシャル。街路の様子も、外国とまったく同じ。清潔で、秩序正しく、いたるところに見られる警察官の姿と、きらめく乗用車の限りない流れ。トロリーバス。ありとあらゆる商品であふれた、きらびやかに輝く店の数々。この戦争のために、長い間わたしたちは軌道から外れてしまった。しかし戦争が終わったら、またすべてが少しずつ軌道に乗って、ふたたびみんな外国風の、とくにアメリカ風の生活に磨きをかけ始めるだろうと、わたしは固く信じている。

映画館からカフェに行きたかったけれど、もう閉店していたので、別のカフェを探しているうちにリゴフスカヤ通りに入り込んでしまったが、ここのカフェも閉まっていたので、彼女に（カフェのウェイトレスに）二十二日付の配給券でパンを売ってくれるように頼むしかなかった。それで不運なことには、売ってくれたので、買ったのだった。素晴らしい一切れが手に入った。どっしりとして柔らかくて、焼き立ての香ばしいパン。この晩のうちに三〇〇グラム全部を食べてしまった。あしたはパン無しで過ごすのだ。でもまあ、なんとかなるだろう。今晩はなんだかずっと高射砲が鳴り響いていて、ときおりひどくバンバン撃ち始めるので、おそろしくてたまらない。

あしたはなにか起きるだろう！

(1) 一九三七年公開、エドワード・サザーランド監督のハリウッド映画。ジャズ出身のフレッド・マクマレイとメトロポリタン歌劇場の歌姫グラディス・スウォーザウトが共演した。日本でも一九三七年に『シャムパン・ワルツ』のタイトルで公開された。

四月二十一日

朝から素晴らしい天気。暖かくて、日かげもプラス一六度。それから雲が出てきた。夕方には曇り空になって、お日様は隠れてしまい、雨が降り出した。細かい雨がしとしと降っている。

今日は食堂でえんどう豆とオートミールのスープを二皿食べて、カフェではお茶を三杯飲んだ。ケフィールが手に入るかどうかわからないけれど、七時頃にソフィヤの所へ行ってみるつもり。あれ、すごい大雨になってきた。横殴りの雨がひっきりなしに降っている。あれは何だ！　雷だ。

雷、雷だ。バンザイ！　初めての雷だ。初めての雷雨だ！　なんて心地よい響きだろう。天空の響きだ。高射砲や大砲の砲撃音とは、似ても似つかない。

なんだかうれしくなってきた。ついに雷雨の時季まで生き延びたのだ。雷雨だ、本物の雷雨だ。なんだか信じられないくらいだ。

いったいわたしはどうしたいのだろう。どうしたいのか、自分でもわからない。ただ何か素晴らしいこと、特別なことを待ち望んでいる。早く、早く、五月になれ。出発したい、一刻も早くここから離れたくてたまらない、一度でいいからお腹いっぱい食べてみたい。こんな半ば飢えた生活には飽き飽きした。毎日毎日、規則正しく食うや食わずの生活を繰り返しているのだから。一切食べ物のことは考えないようにしていても、やっぱり毎晩ひどい空腹に苦しめられる。今だってお腹がすいて胃がキリキリする。できることなら食べたいけれど。

ソフィヤの所に行ったが、ケフィールはなかった。一二〇ルーブルでパンを三〇〇グラム買って、エカテリーニンスキー辻公園に行き、そこで座ってほとんど全部食べてしまった。残っているのは、あしたカフェに持っていく大きめの一切れだけだ。でもとにかくあしたは、先の日付分のパンはもう二度と買わないつもり。あんなことは一度限りにしておかなければ。もう寝よう！　ほら、また一日が過ぎた。

四月二十二日

今日は気が重くて、つらくて、たまらない。なぜだか自分でもわからないけれど、憂鬱と悲しみに苛まれている。ああ、まわりはみんなよその人、他人、みんな知らない人ばかり、親しい人なんて一人もいない。みんな無関心に通り過ぎていく、だれもわたしと関わりたいなんて思っていない。わたしとは何の関係もない人たちばかり。ようやく春が来て、昨日は初めての雷雨が降って、すべて順調に進んでいるのに、わたし以外のだれも、ママがいないことに気づいてはいないのだ。あのおそろしい冬がママを連れ去ってしまった。冬は過ぎ去り、当分のあいだ戻ってはこないだろう、でもママはもう二度とわたしの所には戻らない。愛しい、大事な、愛するジェーニャ、どんなにつらいか、わかってちょうだいね。

この日記を、開けた窓のそばに立って書いている。暖かい風がやさしく頬を撫で、お日様もぽかぽかと暖かい。すぐ横には、水を入れた丸い瓶が置いてある。水草の新芽が青々として、数十匹の小さな、さっき日の目を見たばかりのミジンコやケンミジンコ、その他の小さな生き物たちがせかせかと動きまわっている。その隣にある鉢植えでは、太陽の光を浴びて、えんどう豆の新芽が誇らしげに背筋を伸ばしている。そしてあたりを見回せば……　いや、やっぱりこの世に生きることは素晴らしいのだ。そう、素晴らしい、でもそれはお腹がいっぱいの時だけ。飢えているわけではないけれど、十分に食べているわけでもない、そのほうがつらいのだ。毎日規則正しく食うや食わずの生活を繰り返すなんて、どんなにつらいことか。ああ、もしもママの知り合いのだれかがいてくれたら。ほんの少しだけ、お金の援助をお願いするのだけれど。それにしてもお金があれば、少しパンを買うことができるのに。ああ、神さま。

いつになったら親戚のみんなに会えるのだろうか？　よその人が食べているのを横から眺めるだけでなく、自分も家族の一員で、他人ではないという気持ちを胸に抱いて昼食のテーブルに着き、ついにみんなと一緒に食事をすることのできる日は、いつになったら訪れるのか⁉　神さま！　どうかその恩恵をわたしに賜りたまえ。ジェーニャの所へ行って、リダやセリョージャ、ダーニャやニューラ[1]に会わせたまえ。

主よ。どうか願いを聞き入れたまえ！　お祈りします‼

今日は四月二十二日。五月まで二十三、二十四、二十五、二十六、二十七、二十八、二十九、三十日、あと八日だ。なんてつらい日々なのか。わたしの生涯で一番つらい日々だ。

でも昨日は、言うのをすっかり忘れていたけれど、リゴフスカヤ通りでパンの行列に並んでいた時に、正真正銘の生きたコヒオドシ蝶を見た。

愛するかけがえのない友よ、わたしの日記帳。わたしにはおまえしかいない、ただ一人の相談相手だ。おまえにはわたしの身に起きた不幸も、悲しみも、心配事も、何もかも打ち明けてきた。望みはただ一つ――わたしの悲しい話をその頁に保存して、そして将来、必要な時が来たら、身内の人たちがすべてを知ることができるように、何もかも話して聞かせてね、もちろん、彼らがそれを望んだらの話だけれど。

今日は十二時過ぎに食堂へ行って、スープを二皿買った。スープはヌードル入り《ラプシャ》で、それほど濃くはなかった。ある女の人に、ティースプーンをスープを食べるために貸してあげた、忘れてきてしまったのだ、そのお礼に、わたしのスープ皿にココナッツオイルのかなり大きな塊を入れてくれた。スープからすくい出したけれど、それでもスープは油っこくなった。それから持っている利用許可証を有効活用して、穀物の配給券を一枚手に入れた。カーチャが一度も聞いてこなかったので、ずっと前から切り取られていなかったのだ。二十五日に、この食堂は完全に閉店するらしい、みんなにひどく不評だったから。みんなさんざんに罵倒している。わたしはすっかり満足していたのだけれど。それにここの給仕さんも、とてもいい人たちだと思う。食堂にずっと、二時になるまでいた。それからリゴフスカヤ通りのカフェに行って、パンを買った。日付が二日先の配給券でも、いつも売ってくれるのはそこだけなのだ。だからお茶というより、パンのために長い行列ができている。そこのパンはとてもおいしくて、買って損はしない。ネフスキー大通りを引き返して、食料品店に寄った。とても空いていた。隅の席でゆっくりくつろいで、バターとパンも一緒に、二皿のヌードルをお行儀よく食べた。ようやくラズイェズジャヤ通りのカフェまでたどり着いた。長い行列の最後尾に並んだ。三時半だったが、開店するのは四時だった。長い行列はお茶ではなくて、もちろん、粉砂糖の配給があったからだ。被扶養者には五〇グラムずつで、第五配給券しか使えなかったが、わたしは持っていなかった。とにかくかなり長いあいだ並ばなければならなかったので、ようやくお茶を二杯受け取った時には、すでにパンは小さなかけらしか残っていなくて、半分に切って、残りのバターを塗りつけて、あっという間に平らげてしまった。

胃袋を液体でいっぱいにして、自分はこの世で一番不幸で、取るに足らない存在だという思いを胸に、カフェを後にした。そんなきわめて暗い気持ちで、以前に疎開登録所のあった場所を訪れた。人気もなく静かだった。ベンチに座り、こらえきれずにむせび泣いた。泣くだけ泣いて、出口に行くと、知らない女の人に出くわしたので、いつ登録は再開されるのかと尋ねたら、その答えは――五月初めにいらっしゃい。

こうして、五月が来る前にここから抜け出せるのではないかという希望は、永遠に消え去ったのだ。ああ！　五月まで、あと八日もある。なんておそろしい飢えに苛まれる日々だろうか。

目の前には電報がある――「出発しなさい。ニューラ、ジェーニャ」。とめどなく涙が流れる。ニューラ……ジェーニャ。二人こそ、わたしのことを知っている生きた人たちなのだ。わたしを知っているだけじゃなくて、わたしの悲しみも、すべてをわかってくれている。わたしを愛してくれている、わたしのことを心配している。二人は身内なのだ、他人ばかりのなかで、二人だけがわたしに暖かい救いの手を差し伸べている。でもその手は遠い、遠い彼方にある。そして今は、そこまでたどり着けない。だからこうして涙にむせんでいるのだ。

助けてくれそうな人たちは、みんな遠い所にいる。グリーシャ〔・ボリシャコーフ、二四六頁、注（2）参照〕だって、もしもレニングラードに居たら、果たして助けてはくれないだろうか？　もちろん助けてくれるだろう。お金を渡してくれるだろう、今はお金持ちなのだから。キーラだって、助けてくれるだろう。でも二人とも、ずっと遠いところにいる。遠すぎて、今は助けることができない。でもわたしには助けが必要なのだ、まさに今こそ必要なのだ。五月一日になるまでのあいだに。この八日間を生き延びるための助けが。でも助けてくれる人は、だれもいない。

出発しなさい！　この一言から、なんという魔法のようなぬくもりを感じることか。出発しなさい！　愛する人よ、いつになったらあなたたちに会えるの？　ここ、レニングラードで暮らす最後の日々は、すでに生きるというより、ただ時間を潰しているにすぎない。まるで重荷のような毎日を送っている。一時間、一分、一秒をなんとかやり過ごしている。しかし時間は、残念ながら、遅々として進まない。泣いても無駄だ。知らぬ間に時が過ぎてくれるには、どうしたらよいというのか。そのためには一時的に、出発のことを忘れなければならないのだとわかっている。でも、そんなことできない！　できるわけがない!!

（1）リダ、ダーニャおよびセリョージャはレーナのいとこ。リダとダーニャは、レーナのおじウラジーミル・ニコラーエヴィチ・ムーヒンとアンナ（ニューラ）・ムーヒナ夫妻の娘。セリョージャはジェーニャと夫ピョートル・ニコラーエヴィチ・ジュルコーフの息子。

四月二十五日

こんにちは、わたしのかわいい日記帳。ようやく鉛筆をふたたび手に取った。この間に、たくさんのことが起きた。まず、天候が変わった。晴天が続いているが、凍えるような強い風が吹いている。ラドガ湖の氷が流れてゆく。きのうの昼に、ドイツ軍が再びその存在を思い出させた。不気味な空襲警報が響いた。二時間近く続いた。警報が出ているあいだ、おそろしい砲撃が続いた。今日の昼もまた空襲警報が出されて一時間半続き、ふたたび砲撃が繰り返された。ナヒムソン大通り〔現在のウラジーミルスキー大通り〕の食堂が閉店したが、ロザリヤ・パーヴロヴナはそのことをあらかじめ知っていたので、プラウダ通りにある別の食堂の利用許可証をわたしのために入手してくれた。今日初めてそこに行ってみた。とても長い行列ができていたが、その代わりにメニューは多彩で素晴らしかった。

例えば、今日のメニューは——

えんどう豆のスープ、こってりしている——二〇グラム・穀物〔の配給券〕

えんどう豆のお粥——四〇グラム・穀物〔の配給券〕

大豆のお粥——二〇グラム・穀物〔の配給券〕

豆乳のチーズケーキ——二〇グラム・穀物および五グラム・油脂類〔の配給券〕

メンチカツ——五〇グラム・肉類〔の配給券〕

ソーセージ——五〇グラム・肉類〔の配給券〕

大豆のお粥を一皿買って、そこで食べた。そこからイリイチ通りのパン屋に行ったが、そこも二十七日の配給券では売ってくれなかった。ゴロホヴァヤ通りとザーゴロドヌイ大通りの角にあるパン屋でも、やっぱり二十七日の券ではどうしても売ってくれなかったので、パンを受け取らないことには、一歩も店から出ないぞと覚悟を決めた。何がなんでもパンを三〇〇グラム買わなければいけないのだ。そして本当に、六時頃にはパンを二五〇グラム、一〇〇グラムにつき四五ルーブルで買った。

なんてうれしいんだろう。今はもう七時半だけれど、お腹はいっぱい。それでも二十七日付のパンの配給券は、手つかずのまま残っている。夢が叶った、乗り越えたのだ。あしたはどこでも好きなパン屋に行って、好きなパンを三〇〇グラム買うことができる。これがうれしくないわけがない。うれしい、これ以上うれしいことがあるだろうか！

疎開に関しては、今のところ何も聞いていない。五月の前半に再開されるのか、わからない。疎開が告示されるまで、学校に行くことにした。重要なのは、五月三日からどの学年も授業を再開し(1)、ようやく生徒に大きな関心が寄せられることになったことだ。これは親愛なるわれらがスターリンみずからが下した指令だ。レニングラードにとどまった生徒の命を救うのだ。生徒にはすばらしい給食が配給される。学校当局からどんな指示が出されたのか、ロザリヤ・パーヴロヴナが見せてくれた。彼女が自分でタイプしたものだ。

学校教育を受ける子供たちの給食

子供たちは食料配給券を引き渡すが、すべての券が切り取られるのではなく、以下の食料品〔の券〕は子供たちの手元に残される——

油脂類——二〇〇グラム

砂糖——三〇〇グラム

学校の朝食

1. 粥　2. 茶

学校の昼食

二—三品

パンの配給

十二歳未満の子供――　三〇〇グラム（学校）
　一〇〇グラム（家庭）
十二歳以上の子供――　四〇〇グラム（学校）
　一〇〇グラム（家庭）

子供一人当たりの一日の食料品の基準量

1. パン　四〇〇―五〇〇グラム
2. 肉類　五〇グラム
3. 脂　五〇グラム
4. 穀物　一〇〇グラム
5. 砂糖　三〇グラム
6. 野菜　一〇〇グラム
7. 小麦粉　二〇グラム
8. 澱粉《でんぷん》　二〇グラム
9. 豆乳　五〇グラム
10. 茶（一か月当たり）　一〇グラム
11. コーヒー（一か月当たり）　二〇グラム

健康診断で特に虚弱とみなされた子供には、追加分の給食が与えられる。

学校当局

あれは何だ…… また高射砲が鳴り響いている。そう、まただ、悪魔どもめ、敵機だ。なんてこと、屍肉を喰らう鳥どもがエンジン音を響かせている。

でも授業内容は復習に限られるだろう。たとえば八年生は七年生の復習を行う。わたしたち九年生は、八年生の復習をする。春の試験はまったく行われないだろう。学校というより、レニングラードの学校生徒のための、ある種の常設施設[2]と言えるだろう。今学年は、なかったものと見なされる。本物の授業は、夏休みの後に再開されるだろう。そうだ、言うのを忘れていた。今日食堂に行く途中で、ヴォーフカに会ったのだ。わたしのヴォーフカに。なんて変わってしまったんだろう。すっかり痩せこけて、ひどくやつれていた。いま彼は常設施設にいる。授業には出る予定だ。

愛しいヴォーフカ。たとえ片輪になっても、彼のことが好き。

（1）五月三日より学校の授業が再開されると四月二十六日付『レニングラードの真実』紙で報じられた。授業時間は八時三十分から午後四—五時まで、一日に二回温かい給食がある。実際に授業が再開されたのは五月四日だった。

（2）一九四一年十二月二十九日付レニングラード市評議会執行委員会の決議により、各市と区域および大半の企業・官庁に治療兼給食所が常設された。一九四二年一月から四月までの間に約六万人がこの施設を利用した。

四月二十六日

あたりは真っ白、雪に覆われている。
道の上にも、屋根の上にも、雪。
庭はふたたび真っ白になった、
でもいいかい、この雪は冬のものではないんだよ。

いまは午後一時すぎだけれど、屋根はもうすっかり乾いた。わざわざゴロホヴァヤ通りにパンを買いに行ったら、ほんとうに運がよかった。柔らかくて、綿毛みたいにふわふわしたパンだったので、一切れが大きかった。家に持って帰って、それから食堂に行った。今日はお客が少なかった。大豆粥を二皿と、ソーセージを買った。いまは毛布に足を突っ込んで、ラジオを聴いている。そして、もしもいますぐにラドガ湖の氷が流れはじめたら、つまり五月の初めに水路による疎開が開始されたら、どうしたらいいのか考えている、すぐにもジェーニャの所へ行くべきか、それとも五月は学校に通って、少し栄養をつけてから、出発するべきか。どうしたらいいのか、見当もつかない。また学校に戻りたい気もする、他の子たちと一緒に机の前に座って、本やノートを引き出しから取り出すのだ、なんて魅力的なんだろう。それに、なんと給食まであるのだ。朝に登校したら――熱々の甘いお茶とバター付きのパン。そうだ、すっかり忘れていた、朝食にはお粥が出るのだ、バターをのせた熱々のお粥、それからお茶。お腹いっぱいになってから勉強するなんて、喜び以外の何ものでもない。いくつかの教科を勉強したら、昼食だ。昼食は、一部を家に持ち帰り、一部をそこで食べてもいい。パンも同じ。

そう、すべてよいことづくし。でも、悪いこともある。家に帰っても、だれもいなくて、まわりにいるのはなんの関係もない他人ばかり。それに空襲や砲撃。また自分の命を危険にさらすのか？　今すぐ殺されるかもしれないのだ。おそろしい。生きたい。いったいどうすればいい？　愛しい日記帳、くやしいけれど、おまえはなんのアドバイスもしてくれない。

その反対に、すべてに唾を吐いて出発したら、道中お腹が減ることはないだろう。とうとうゴーリキー市に到着する。モギーレヴィチャ通りを探しに行く。そしてもうその通りを歩いている。片手にトランク、もう片方には包みを抱えて、心臓は興奮で胸から飛び出しそうだ。ついに五番の建物の一号室にたどり着く。わたしは身内に囲まれている。まわりにいるのは他人じゃない、みんな身内。ジェーニャ、ニューラ、リダ、セリョージャ、ダーニャ。みんな一緒にテーブルを囲んで、わたしも彼らと同等の一員なのだ。わたしの身内よ、こんにちは！

ああ、なんて幸せだろう！

いったいどうしたらいい？

そしてそれからだ、それから。リダと一緒に働くつもり。彼女が町を案内してくれるだろう。一緒に町中を歩きまわるのだ。夏が来る、素晴らしい夏が。あたり一面が緑に染まり、そしてヴォルガ河、美しいヴォルガ河が目の前にある。そして、戦争が終わる。わたしはジェーニャとモスクワへ行く。こんにちは、モスクワ、こんにちは、美しい街。これからわたしはレニングラード市民ではなくて、モスクワっ子になるのだ。レニングラードとは縁を切るのだ。

だめだ、だめだ、もちろん出発するのだ。孤独と比べたら、甘いお茶と半キロのパンがなんだというのだ。

去れ、孤独よ、去れ。あなたたちの所へ行きたい、遠くにいる親類たちよ。ジェーニャ、わたしの胸の鼓動が聞こえるだろうか、胸から飛び出したがっている、あなたのもとへ飛んでいこうとしているのよ、ジェーニャ。

わたしの魂も心も、全身全霊がすでにむこうに、ゴーリキーにある。わたしの願い、わたしの望みはただ一つ、早く、早く、あなたたちみんなを抱きしめて、キスしたい!! 強く抱きしめたいのよ、ジェーニャ! だってあなたはわたしの三番目のママなんだもの。ああ、主よ! わたしの願いを聞き入れたまえ。ゴーリキーまで無事に行かせたまえ。わたしの願いはこれだけです。

ゴーリキー、ゴーリキー、ゴーリキー…… ゴーリキー、おまえのもとへ、早く行きたい!!!!

あしたはお茶とバターと砂糖を受け取る日。かならずカフェに行って、バター付きパンと一緒に、甘いお茶を二杯飲もう。

四月二十七日

また空襲警報と砲撃だ。今日、二度目の空襲警報。雲一つない青空、太陽は輝いている。五月一日までに何が起きるか、想像してみる。そう、あの時にわたしは出発できなかった。出発できた幸運な人たちもいたのに。あの人たちは生きてゆくだろう。でもわたしは……まだわからない。

疎開の再開まで、あとわずか。ほんとうにわたしは死ぬ運命にあるのだろうか。おそろしいことだ。砲弾や爆弾による死が絶えず待ち受けている。この五月直前も、やはりおそろしい日々となるだろう。

この冬のあらゆる惨状を、飢えも酷寒《マロース》も無事に乗り越えたのに、出発の直前に死んだら、なんて愚かで恨めしいことだろうか。もしもすでに春まで生き延びて、すでに緑の若葉を目にしたわたしが、もしもすでに荷物もまとめてあるわたしが、命に別れを告げなければならないとしたら。運命だとしても、なんて不公平なのか。

いやだ、絶対に死にたくない！

もしかしたら、これが最後の言葉になるかもしれない。どうかお願いします。この日記を見つけた方は、次の宛先まで送ってください――ゴーリキー市モギーレヴィチャ通り、五番一号、E・N・ジュルコーヴァ。

四月二十八日

期待を胸に生きるのは楽しい。この数日間は期待することで生きている。そう、期待はちっとも苦にならない。わたしは焦らない。何事にもタイミングがあることを知っているから。わたしを待っているのは面白い出来事、よその都市《まち》への旅だ。まず汽車で、それから水路でラドガ湖を横断する。ところでわたしは一度もラドガ湖を見たことがないのだ。それからまた汽車に乗って、ヴォログダで乗り換える。そしてまた汽車に乗って、ゴーリキーまで行く。旅はとても魅力的だ。それに旅のあいだの食事は無料で、パンもたくさんもらえるだろう。こうしたことすべてがわたしを待ち受けているのだ、旅が始まるまで、あとわずか。

そして新しい生活が始まる。胸は好奇心でいっぱいだ。知らないことが星の数ほど待ち受けている。むこうで何があるのか、早く知りたい。でも我慢よ、レーナ、我慢するのよ、何事にもタイミングというものがあるのだから。今日はもう二十八日。明日は二十九日、その次は三十日。この数日間の食事をどうするか――もちろんあまり十分とは言えないだろう。

今日の食料はと言えば、パン三〇〇グラムに、残っていたバター五〇グラムと、干しブドウ一五〇グラムだった。あしたはパン三〇〇グラムとソーセージ一〇〇グラム、チーズ七五グラムが手に入るだろう。三十日はパン三〇〇グラムとワイン〇・五リットル、ニシン二五〇グラム。でも一日からはまた食堂に行って、お粥とスープを買うことができる、それにたぶん一日からパンが増量されるだろう。それから、きっと出発だ。いずれにせよ、出発まできちんと食事ができるだろう、出発した後はもっとたくさん食べられる。期待を胸に生きるというのは、なんて素敵で楽しいんだろう。

今日はもう二回、空襲警報が鳴った。早朝と昼に。今日はどんよりした天気で、寒い。お日様は出ていない。でも雀たちは陽気にさえずっている。窓のむかいにある小さな庭の芝生には、五月の若草が青々と萌え始めた。わたしのえんどう豆はみるみるうちに成長していく。とても美男子だ。すらりとしてまっすぐで、葉っぱは青々として、大きさも揃っている。水を入れた瓶に差したわたしの小枝たちも、もうじき若葉をつけるだろう。小さなつぼみもすでに開いた。だから、万事順調なのだ。ドイツ軍さえいなければ。あいつらのせいで、五月一日が怖くてたまらない。

もちろん、なんとか無事に終わると期待しよう。

もうすぐ、もうすぐわたしはトランクを持って、九番の路面電車の乗降口を上がって、切符一枚と手荷物の料金を払って、いつもの路線で、いつもの道を通って、いつものフィンランド駅へと向かうのだ。そして、ほら……汽笛だ、列車が動きだした。列車は橋を渡っていく、この橋の下を一人で、あるいはママと一緒に、二十番の路面電車に乗って、何度も通り過ぎたことがある。さようなら、レニングラード。ほら、路面電車の停留所の人たちがこちらを見ている。彼らはどう思っているのだろう。ある人は、たぶん妬ましく思っているだろうし、またある人はこう言っているのかもしれない――「行っちまえ、おれたちのほうがパンはもっと手に入るんだ」。ほら、左手に、クララ・ツェトキン記念母子保護研究所の建物が見えた。そう、ここで約二か月間ママと一緒に働いたのだ。ほら、小道を、白い三角巾を頭に巻いた白衣の少女が、なにか書類を手にして歩いていく。まさに彼女と同じように、わたしもまさしくあの小道を、報告書を運ぶために何度往復したことだろうか。違っていることと言えば、あの時は冬であたり一面雪だったけれど、今は春で、五月ということだけだ。あそこでは木々が花を咲かせている、ごらん、鉄道の道床の斜面には、この春最初のフキタンポポがそのかわいらしく飾った黄色の頭を並べている。さようなら、レニングラード。

空はどこまでも青く、上空には数機の飛行機が旋回して、日の光に輝いている。わが軍のパトロール隊だ。汽車はさらに速度を上げていく。なんて素敵なんだろう。トランクを開けて、パンを一切れ厚切りにして、窓の外を眺めながら食べる。お腹はいっぱいだ。出発前には、駅でみんなに素晴らしいスープ・パスタが配られた。スープは濃くてこってりとしていて、それにえんどう豆のお粥がまるまる小鍋に一つ分。お粥はまだ残っている。さらにブラッド・ソーセージ八〇〇グラムとパン一キロが配られた、これはラドガ湖に到着するまでの分だ。むこうに着いたら、また熱々の食事が配られるだろう。

なんて素晴らしい。頭の中では、わたしはもうレニングラードを出発している。でも実際には、暖かい毛布に足を入れて座っている。ラジオはカチカチと大きな音を立て、路面電車はガタゴト走り、ときおり車のエンジンの音がする。お腹はいっぱい、というほどでもない。正直なところ、なにかあれば、どんなものでもすぐに喜んで食べるだろう。でも、なにもないのだ。少しも、干しブドウの一粒だって残っていない。もう残らず食べてしまった。だめだ、いまは食べ物のことは考えないほうがいい。

レーナ、あしたはまた食べられるのよ。だって今日はもう食べたじゃないの、それで十分。呆れたものだ、まだ二時にしかならないというのに、干しブドウをあんなにたくさん――一五〇グラムも平らげてしまったのだから。かわいそうな、かわいそうな子。最後の数日間を飢えて過ごすからと言って、嘆くことはない。五月一日からは、また食堂に通えるのだから。そうとも、最初の日には、かならずスープを一皿と、えんどう豆のお粥を二皿買おう。スープはその場で食べて、お粥は家で。そして、それから夕方になったら、パンを買いに行こう。こんなにうれしいことはない。

四月二十九日

今日はあっという間に過ぎてしまった。起き出したのは十一時過ぎで、それまでベッドの上で刺繍をしていた。まず汚水を運び出して、水を汲んできて、五ルーブルでグリボエードフ(1)の本を売った。それから九番の電車に乗って、終点まで行ってからゴロホヴァヤ通りまで折り返した。ゴロホヴァヤ通りで〔一つ〕一ルーブル七〇コペイカのパンを買った。素晴らしいパンだ。いつものお店に行って、チーズを七五グラム買った。一キロ一九ルーブルの素晴らしいチーズ。新鮮でやわらかい。ワインを買う順番をとった。家にパンとチーズを持って帰って、ワインを入れる食器を持ってお店に引き返して、一リットル二八ルーブル二〇コペイカの甘い赤ワインを四分の一リットル買った。家に帰って、毛布をかぶって食べはじめた。ちょっとずつ食べて、一時間近く味わった。五時過ぎにお店に行くと、夜にニシンとソーセージが売り出されるという話だった。手元に残っていたのは、一ルーブルだけ。何冊か本を選んで、大急ぎで道端で売った。二〇ルーブル手に入った。家に帰って、刺繍をして、チーズをちょっぴり残してあとは全部食べてしまった。七時頃にまたお店に行って、一キロ一九ルーブルのソーセージの列に並んだが、ソーセージは買えなかった。でも一キロ一一ルーブルのボックヴルスト〔太くて短いソーセージ〕は買うことができた。とても美味しかった。

あしたはニシンとビールが手に入るだろう。あしたは新しい配給券で、パンの代わりに丸パン《ブルカ》が手に入るという噂だ。でも、もう寝よう、寝よう。今日はひどく疲れてしまった。今日は暖かくてよいお天気で、しかも驚いたことには、屍肉を喰らう鳥どもも、姿を見せなかった。わが軍の高射砲兵は素晴らしい戦果を挙げるようになったのだ。ラジオによれば、わが軍の高射砲兵はこの三日間だけで、この都市《まち》を攻撃しようとしていたファシストの飛行機を七十一機も撃墜したそうだ。幸先のよいスタートだ。

あしたはもう三十日。なんという幸せ。出発の日が刻一刻と近づいてくる。きのうソーセージの列に並んでいて、あるお婆さんと知り合いになった。一七番の建物の五号室に住んでいる人だ。苗字はミハイロヴァ。ひとり暮らしで、彼女はヴォログダまで行かなければならない。むこうには成人した娘さんが二人の子供と住んでいて、娘の夫は軍人さん。わたしと一緒に行きたい、と言うのだ。わたしはどちらでも構わない。かえって都合がよいくらいだ。とても物腰が柔らかくて、なんでも言うことを聞いてくれそうなお婆さんなのだ。あのお婆さんならわたしの言うとおりにしてくれる。道中何かの役に立つだろう、それにヴォログダでは、娘さんの所に寄って、お茶の一杯も飲めるだろう。お婆さんの話では、家は駅のすぐ近くらしいから、なおさらだ。疎開の登録に行くときには、家に寄ってくれとお婆さんに頼まれた。まあいいか、簡単なことだもの、しかもお茶をごちそうすると約束してくれたのだから、なおさらだ。

（1）アレクサンドル・グリボエードフ（一七九五―一八二九）はロシアの劇作家で外交官。代表作は一八二二―二四年執筆の喜劇『知恵の悲しみ』で、主人公チャーツキーの形象は、ロシア文学における「余計者」の系譜（進歩的な思想を身につけ、優れた資質をもちながら、それを社会のために生かせずに終わる人物たち）の最初に位置する。

四月三十日

十一時過ぎにレーナは配給券をもらいに住宅協同組合《ジャクト》へ向かった。しかしその日は配給券を受け取ることはできなかった。経済管理長のタチヤーナ・ビャチェスラーヴォヴナが、レーナは就職したものと考えて、被扶養者のリストに入れなかったのだ。夕方の五時から六時に来るようにと、彼女は告げられた。レーナは店に行ったが、きわめて残念なことに、ビールとニシンはたったいま売り切れたことがわかった。店長は、夕方にはビールが届くと約束してくれたが、ニシンの予定はもうないので、あるものを買うようにと言った。そこでレーナは塩漬けのブリーム（コイ科の魚）を二五〇グラム買った。ほぼまるまる一匹、尾だけ切り落としたものが手に入った。

レーナは家に帰ると、この上ない満足感に浸りながら食べはじめた。ブリームはとても脂がのっていて、驚くほど美味しかった。はじめは半分だけ食べて、残りの半分は晩に丸パンと一緒に食べるつもりだった。しかし半分食べてしまうと、さらに旺盛な食欲に駆られて、残りの半分を食べはじめた。これは並外れた仕事で、三時間近くかかった。塩辛いものを、しかもパンも無しで食べたあとに、レーナはひどく喉が渇いて、銅製のやかんにほぼまるまる一杯の生水を飲み干したことは言うまでもない。それからカフェに行って、持参した瓶にお茶を四杯分入れてもらった。家に戻り、残った魚の切れ端をパンの代わりにつまみながら、熱いお茶を飲んだ。それから彼女は横になって、しばらく眠った。目が覚めると、ビールを買いにふたたび店に行ったが、売っていなくて、塩を買って家に持って帰る途中、住宅協同組合をのぞいてみたが、錠前が掛かっていた。すでに六時近くだったが、レーナはビールの列に並び、他の客と一緒に十一時まで待ちつづけた。十一時になって告げられたのは、たとえビールが届いたとしても、売り出されるのは明日の朝だということだった。疲れ切って、よろめきながら家に戻った。星の輝く月夜だった。「いったい明日はどんな日になるのだろうか」と、毛布にくるまりながらレーナは思った。

十二時にモスクワのクレムリンの広場と放送がつながって、レニングラード市民はふたたび有名なクレムリンの大時計の鐘の音を耳にした。レニングラード市民はこの祖国の音色をいかに長いあいだ耳にしなかったことか。そしてふたたび耳にして、どんなに心地よかったことだろう。「インターナショナル」が終わると、レーナは死んだように眠りに落ちて、朝が来るまで目覚めなかった。

これからは日記を新しい形式で書くことにした。三人称で書くのだ。小説みたいに。そうしたら日記も、本のように読むことができるだろう。

一九四二年五月一日

メーデーだ。六時にレーナはビールを買いには、もちろん行かなかった。明け方になってとくにぐっすりと眠ったのだ。しかし少し遅い時間に起き出してから、それでもビールを逃す手はないと考えた。

外に出ると、雲一つない晴天だった。色鮮やかな旗が飾られているせいで、通りはとても華やかに見えた。今にもオーケストラが鳴り響いて、デモ隊の行列が現れそうな気がした。しかし違う、今日はいつもどおりの平日なのだ。いや、まさしくいつもとは異なる平日なのだ。今年は労働者が率先して祝日を返上し、メーデーの日を労働と闘争の日に変えたのだ。

店にビールははなかった。結局、配給基地から届かなかったのだ。レーナは家に帰ったが、もう眠たくなかったので、ラジオを聴きはじめた。ひどくお腹がすいていたが、それはまだ今日これから配給券を受け取ってからの話だ。もしかしたら、夕方になってしまうかもしれない。でも大丈夫、今日はパンを六〇〇グラム受け取れるのだからと、彼女は自分を慰めた。でも、もしもロザリヤ・パーヴロヴナが五時までに、彼女のために食堂の利用許可証を入手してくれたら、その時にはパンを今日の分だけ買って、そのかわりに食堂では、祝日なのだから、いつもよりたくさん頼もうと思った。レーナはお粥を三皿とスープ一皿、肉料理を一皿買うことにした。

ラジオからは軍歌やマーチ、新たなスローガンや詩が次から次へと流れてきた。

レーナは去年のメーデーを思い出した。学校からみんなでボロジンスカヤ通りまで行くと、それ以上先に進めなくなった。それから雪が降り出して、あまりに激しく降ったので、道がまたたく間にひどくぬかるんでしまった。しだいに人が少なくなっていった。多くの人はその時、家に逃げ帰ったのだ。みんな春の装いで、女性や少女は薄手のコート、男性や少年はジャケットしか着ていなかったのだから、無理もない。レーナも秋用のコートで、オーバーシューズも履いていなかったが、家に駆け戻って、毛皮とオーバーシューズを身に着けた。レーナが覚えているのは、帰宅したときにママは座って縫い物をしていて、アーカは台所で干しブドウ入りの丸パンを焼いていたことだ。レーナはとても急いでいたけれど、ママが少し待つように言ったので、彼女は焼き立てで熱々の丸パンを口にしたのだった。しかも歩きながら食べるようにと、アーカはいくらか干しブドウを渡してくれた。そう、なんて素晴らしい日々だったのだろう。なのに当時のレーナはそのありがたさがわかっていなかった。こういう生活はごくあたりまえのもので、変わりようがないと思っていたのだ。彼女にはママとアーカがいて、二人とも彼女を熱愛していることを、特別でもなんでもないように思っていたのだ。すべてアリョーヌシカのために、二人はレーナのことをそう呼んでいた。一番よいものをだれに食べさせるか、最初によそうのはだれの皿か？　アリョーヌシカだ。でもアリョーヌシカは、そのことに気づいていなかった。

そしてアーカもママも失った今、ようやく彼女は過去のすべての生活のありがたさを身にしみて知ったのだった。あの日々を取り戻すためなら、どんなことも犠牲にするだろう。しかしあの日々はもう戻らない。アーカやママに会うことは二度とないのだ、夢の中をのぞいては。

今なら、もしもジェーニャのところに行きつくことができたら、家庭生活を思い出させてくれるものすべてに、彼女は最高の価値を見出すだろう。ジェーニャやセリョージャと一緒のテーブルに着き、手元に自分の皿を引き寄せる権利を得るという事実一つ、この事実一つでさえも、彼女にとっては最高の幸せとなるだろう。

そう、運命は当然の報いとして彼女に知らしめたのだ、あまりに手ひどいやり方ではあったが。そして今、レーナはこれまでのことを思い返して、みずからにこう言い聞かせるのだった——「今後のよい教訓になった、これからはささいなことでも、そのありがたさを知り、すべてのことに価値を見出すだろう、そうすればこの世に生きていくのも楽になるだろう」。

「福を伴わない禍はない〔禍福はあざなえる縄の如し〕」、ロシアの賢明なことわざはそう教えている。もちろんこの「人生の学校」を経験したレーナは、今後は生きていくのがもっと楽になるだろう。彼女一人に限ったことではない。このおそろしい時代を生き延びた全ソビエト市民にとって、戦後の生活は生きやすく、喜びに満ちて、実り多いものとなるだろう。

十時過ぎにふたたびレーナは階下の住宅協同組合《ジャクト》に行き、ようやく配給券を受け取った。ジャクトから店に向かい、まったく並ばずにビールを半リットル買うことができた。ビールを家に持って帰る途中で、一番近くのパン屋（靴屋の中にあるパン屋だ）に寄って、丸パン《ブルカ》を一五〇グラムと、パンを一五〇グラム手に入れた。丸パンは素晴らしいもので、一キロ当たり二ルーブル九〇コペイカ、パンは一キロ当たり一ルーブル一〇コペイカで、重たくて皮が厚かった。パンを受け取ると、レーナは自分のアパートのむかいにある小さな庭へ行って、日向ぼっこをしながらパンと丸パンの両方を少しずつ食べた。丸パンは、どんなケーキよりも美味しいと感じた。十一月から丸パンを口にしていなかったのだから、無理もない。彼女が最後に丸パンを食べたのは十一月で、ママがまだ病院で働いていて、ときおり切れ端を持ってきてくれたのだ。でもその時の丸パンはまったくの別物で、灰色でべとべとしていた。こんなに美味しい丸パンを、彼女はおそらく戦争が始まるずっと前から口にしたことがなかった。お祝いの日でもない限り、こんなに値の張る丸パンはけっして買ったことがなかった。戦争が始まるまでの数か月間は、とても節約した生活を送っていた。お金が無かったし、そのうえママと一緒に六―七月はお金を貯めて、八月にはヴォルガ下りに行こうと決めていたのだ。だからごく普通のバゲット〔棒パン〕も、めったに食卓には上らなかった。もっぱら食べていたのは、黒パンだった。

当時、彼女たちが主に食べていたのはオートミールだ。この安価な食品は、当時はいくらでも手に入った。アーカはまる一か月間、毎日昼食にオートミールのスープを、しかもお粥のようにこってりとしたスープを、一人につきたっぷり二皿分を用意したので、レーナでさえしまいには食べ飽きてしまい、一皿平らげるのに苦労するほどだった。晩になると、よくアーカはこのオートミールを焼いて、黒い乾パンを作ったものだった。そして、それを「ベドノジーチ〔貧乏暮らし〕」と呼んでいた。今それを思い出して、レーナは苦笑いするしかなかった。

パンと丸パンを少し食べてから、レーナは疎開登録所に行ってみることにした。相変わらず閑散としていたが、そこに座っていた三人の女性から、疎開に関しては四—五日後に発表があるらしい、と聞いた。「それなら、しばらくは学校に行こう」とレーナは考えて、カフェへ向かった。じつは、カフェが開いているとは期待していなかったが、それでもただ行ってみようと思ったのだ。しかし開店していて、それほど待たずに熱々のお茶を二杯、最初の一杯はパンをかじりながら、二杯目は丸パンをかじりながら飲むことができた。帰宅すると、丸パンを置いて、美味しいパンを探しに行くことにした。知っているパン屋をすべて回ったが、あいにくどこもとても素晴らしい丸パンと、とてもひどいパンしか置いていなかった。しかしレーナはそれほど落ち込まなかった。うれしそうにゆっくりと日当たりのよい側の道を歩き、まぶしさに目を細めながら、暖かさと陽光と、楽しげな雀のさえずりを楽しんだ。

今日という日は、まるで祝日のために特別にあつらえたように、比類ない一日だったことを記しておかなければならない。空には雲一つなく、太陽はさんさんと輝き、とても暖かく、もしも爽やかなそよ風が吹いていなければ、日かげですら暑苦しく感じるほどだった。風にそよぐ無数の赤い旗で飾られた通りは赤一色に染まり、旗は陽光を浴びてさらに鮮やかに、目も眩むほどに赤く映える。今日はどこの小庭園も、にぎやかな子供たちであふれている。

五月だ、素晴らしい春の月がやって来たのだ。午後には砲撃が始まった。とても激しい。でもだれもが慣れてしまっていて、レーナもとくに注意を払わなかった。刺繍に取りかかって、ラジオで祝日のコンサートを聴きはじめた。

一九四二年五月二日

きのうは一日、空襲警報を聞かずにすんだ。これはもちろん、わがスターリン航空隊の功績によるものだ。今日、レーナは十一時過ぎに起き出した。着替える間もなく、住宅協同組合《ジャクト》から二人の若い娘が訪れた。二人は部屋の中を眺めまわし、あまりに散らかっているところを見られて、レーナは赤面した。「衛生委員会が来て、罰金を課せられるかもしれない」。レーナはひどくうろたえて、罰金を課せばいい、どっちみちお金などないのだからと言った。若い娘は肩をすくめて、住居の件はどうなっているのかと尋ねた。四月分は未払いであると知って、その娘は今日中に払わなければならないと告げた。レーナは約束した。

彼女は家を出て、四月分の一七ルーブル四〇コペイカを支払いに行った。手元に残ったのは五ルーブルだった。

それから食堂へ向かった。靴屋で彼女は突然ヤーニャ・ヤクプソンに会った。二人があいさつを交わす間もなく、文学の先生のヴェーラ・ウラジーミロヴナが二人に近づいてきた。三人は話に夢中になった。ヤーニャはずっと勉強していて、今も勉強しているらしかった。彼はふっくらとして顔色もよく、とても元気そうに見えた。彼のそんな様子を見て、レーナはとても驚いた。ヴェーラ・ウラジーミロヴナはげっそりと痩せてしまっていたが、持ち前の快活さは失っていなかった。

この再会はレーナにとって、とてもうれしいものだった。食堂で彼女はスープ・パスタを一皿と大豆のビトキー〔団子〕を二人前買った。スープは水っぽくて大したことなかったが、そのかわりに大豆のビトキーは素晴らしく美味しかった。たぶん一番のお買い得は大豆のビトキーだろう、レーナはそう思った。肉類二〇グラムと油脂類五グラムの券が切り取られて、渡されたのはきつね色のとびきり美味しい大きなメンチカツ二個だった。食堂からレーナは小庭園に行き、そこで少し座ってすごした。それから灯油を買いに行って、半リットルを受け取った。それから穀物の配給券の整理をして、今日はあとチーズケーキを一個買う余裕があると気づいて、さっそく買うことにした。有言実行。レーナは食堂に飛んで行ったが、チーズケーキはすでになくて、肉料理も売り切れていた。しばらく立ったまま考えていたが、大豆のお粥を一皿買った。それからゴロホヴァヤ通りにパンを買いに行った。どの店も一ルーブル一〇コペイカのパンしか売っていなかった。パンが一番湿っていない店を選んだ。家に帰ると、二度水を汲みに行ってから、オーリャの所に行った。家でベッドに横になっている彼女を見つけた。レーナが配給券受領のお祝いを言うと、オーリャが今日は誕生日だと教えてくれたので、誕生日のお祝いも言った。レーナは彼女と一緒に少し小庭園で過ごせればと思ったが、オーリャの病状が進んでいて（彼女は両足のカリエスを患っていた）外に出ることはできなかった。レーナはしばらく彼女のそばで過ごした。レーナはこの広くて薄暗くて、高価な家具がぎっしりと並べられた部屋が好きではなかった。とても暗くて寒い部屋だった。オーリャから『シホテアリニ山脈にて』(1)の本を借りると、小庭園に出た。家には帰りたくなかった。外はとても蒸し暑く、小庭園は子供たちであふれていた。子供たちの甲高い叫び声や笑い声が、通りに響きわたっていた。

レーナはベンチに腰掛けて本を読もうとしたが、なぜか読書に集中できなかったので、彼女は子供たちを、その陽気に走りまわる姿を眺めはじめた。この子たちは、今はまだ小さいけれど、彼女と同じくらいの歳になったら、彼女より幸せになるだろう、彼らの青春はおおむね明るくて幸せなものとなるだろう、レーナはそう思った。彼女が経験しなければならなかったすべてのことを、彼らは味わわずにすむだろう。彼らの両親が死ぬことはないだろう、そう、彼女よりもっと幸せになるだろう。

お日様が隠れて、涼しくなった。レーナは家に戻って、石油コンロでお茶を沸かした。この石油コンロに火を入れるのはほんとうに久しぶりだ。レーナはパンをかじりながら熱いお茶を一杯飲んでから、魚のブイヨンを作った。ブリームの食べ残し、骨や鱗《うろこ》などが残っていたので、それを全部ブリキの缶に入れて熱湯で煮出した。素晴らしいブイヨンができたので、レーナは濃くてとても美味しい魚のブイヨンをカップになみなみ一杯飲んだ。それからパンプスを修理して汚れを落とした。人前ではきちんとした身なりをするべきなのだ。この冬の凄まじい酷寒《マローース》の中では、外見を気にする者などいなかった。しかし今は違う。暖かな五月が訪れて、人々は身だしなみに気をつけて、おしゃれをするようになった。とくに若者たち。ふたたび流行のヘアスタイルや帽子、それに紳士物のスーツやおしゃれなマフラーが見られるようになって、レーナももっときれいでおしゃれな服装がしたくなった。今では彼女自身も、身なりに構わず相変わらずぼろ切れのような服にくるまっている人たちを見ると、不快でいまいましいような気持ちになるのだった。しかしこういった人たちの大半はお年寄りで、病人や衰弱した人だった。しかしレーナは、この数日間は彼女も同じように両足を動かすのもおぼつかない有様だったけれど、それでもやはり若い娘だけあって、身だしなみにはとても気をつけていた。もっとおしゃれな格好ができたらと思うと、髪がなかなか伸びないことがくやしくてたまらなかった。髪が短いと、どうもうまく決まらないのだ。髪型ひとつで、とても美しくなるのだから。レーナは家の鏡で、以前ほどひどい顔はしていないのを見てうれしく思った。体のほうは、すっかり痩せこけて骨ばかりになって、ふくよかだった胸も跡形もなくなってしまった。いつだったか、レーナはリダ・クレメンチエヴァのような痩せぎすの体になりたいと思って、自分のふくよかな胸がひどくしゃくにさわっていたが、今ではリダよりももっと痩せてしまった。

今日は穏やかな一日だった――空襲警報も、砲撃もなかった。

（1）『シホテアリニ山脈にて』はロシアの探検家ウラジーミル・アルセーニエフ（一八七二―一九三〇）が一九〇八―一〇年、シホテアリニ山脈を探検した際の記録（一九三七年刊）。シホテアリニ山脈はロシア極東のウラジオストクの北東から日本海沿いに九百キロにわたる。アルセーニエフが一九〇七―〇八年に同地を踏査した探検記『デルス・ウザーラ』（一九二三年刊）は黒澤明監督により映画化された（一九七五年）。

五月三日

今日は朝から雲に覆われていたので、敵もそれを利用する機会を逃さなかった。まだ九時前だというのに、二度も空襲警報が出された。しかし二度とも長くは続かず、おそろしくはなかった。サイレンが鳴ってすぐに死に物狂いで高射砲列を撃ち始めて、それが次第に静かになると、上空からわが軍の飛行機の力強いエンジン音が響いてきた。一度も地面が揺れなかったところを見ると、どうも爆弾は投下されなかったようだ。たぶん敵はそもそも街まで到達できなかったのだろう。

二回目の解除の合図が出たあとに、レーナはベッドを離れた。昨夜はとてもよく眠れて、見た夢も、なにか素敵な夢だった。彼女は一走りしてパンを買いに行き、冷めたお茶を一杯飲んで、サーシャおばさんを待ちはじめた。金だらいとバケツを借りるためだ。すでに十一時半だったが、まだサーシャおばさんは来なかったので、レーナは食堂へ行った。食堂は混んでいたが、重要なのは、新しい利用許可証しか使えなかったことだ。しかしレーナは最近まで一緒に勉強していた女友達が、同じ列に並んでいるのに気がついた。その友達が自分の許可証を使って、彼女のために大豆のお粥を一皿と、肉団子を二個買ってくれた。食堂では五月五日付の配給券でパンを売っていたので、レーナは我慢できずに、さらにパンを三〇〇グラム買った。家に戻ると、食事をして、お湯を沸かして体をきれいにして、清潔な服に着替えてから、学校へ健康診断を受けに行った。外は涼しくて小雨が降っていて、空は一面雲で覆われていた。健康診断を受けるために、一時間くらい列に並んでいなければならなかった。ようやく「健常」と書かれた紙を手に帰宅すると、お茶を二杯沸かして、残っていたパンを細かく切ってから、肉団子の食べ残しを塗りつけた。とても美味しいものが出来上がった。あしたから学校が始まる。しかしレーナの学校が始まるのは、五日からだ。それでもあしたの四時には、全校生徒の集会が開かれる。レーナは生徒向けのラジオ放送を聴いて、いろいろなことがわかった。今回から学校の教育活動は全面的に改編されたことを知った。生徒は一日の大半を学校で過ごすが、授業時間は以前よりも短くなる。上級生の日課は五時半に終了し、授業数は多くても五時間とする。八時半に授業を開始し、十二時に朝食をとる。生徒は熱くて甘いお茶とお粥を受け取り、その後ふたたび授業を受け、それから一時間の休憩をとる。上級生の昼食時間は、四時だ。昼食の後は、いろいろなサークル活動。下校は五時半、下校の際には家庭用としてパン一〇〇グラムと少量のバターと砂糖が配られる。全カリキュラムは、前学年の復習を行うものとする。授業は七月一日まで行われる。夏には全生徒が特別に設営したピオネールキャンプに行き、休養や遊戯、さまざまなソフホーズ〔国営農場〕での野菜の栽培に従事する。

レーナはこうしたことすべてが気に入ったので、もしもそばに家族がいたら、喜んで母校に残ったことだろう。しかし身寄りがここにはいないことをすぐに思い出して、胸が痛んだ。だめだ、ここから去らなければならない。もしかしたらレニングラードに残るよりも、ゴーリキー市のほうが食糧事情は悪いかもしれない、それでも彼女は行かなければならないのだ。たとえ教育費や食費の支払いが免除されたとしても、そしてロザリヤ・パーヴロヴナができる限りのことはしてくれると約束してくれたけれども、それでもやはり彼女はすべてを捨てて、ジェーニャの元へ行くだろう。

きっとジェーニャは今も心配して、レーンカ〔レーナの愛称〕が来るのを待ちわびているに違いない。それなのにレーンカは、相変わらずレニングラードに足止めされているのだ。しかし今日はもう三日だ。日一日と疎開が再開されるのを待つなかで、レーナは今まさに苦しい問題に直面している。疎開が再開されたら直ちに出発するべきか、あるいは一週間くらい学校に通って、少し元気をつけるべきか。レーナは、トーニャと一緒に出発することにした。まさに今日彼女のために食堂で昼食を買ってくれた、あのトーニャだ。トーニャとママもちょうど出発しようとしていたのだ。パパが二人に手紙を書いて寄こして、パパは最前線にいるのだが、一刻も早く疎開するように言ってきたのだ、なぜなら、パパが言うには、レニングラードではさらにつらい目にあわなければならないだろう、一刻も早く疎開しなさい。いずれにせよレーナにとっては、トーニャとそのママと一緒に行くのが一番なのだ、なんと言っても顔見知りなのだから、それに三人で行くほうが都合がよい。レーナが唯一不安に思っていることは、もしも仮に、五日に学校へ配給券を引き渡して、まさにその五日から穀物と砂糖および油脂類の配給が公示されたとしよう。そして思いがけず八日、九日に疎開が再開される。そうしたら、どうなるのか。この数日間にまとまった量の砂糖と油脂類、つまり、もしも学校に配給券を引き渡さなければ、店で買えたはずの分量の砂糖や油脂類を、学校から受け取ることはできないのではないか。でも、ここでもう一つわからないことがある。彼女の手元には二〇〇グラムの油脂類と、三〇〇グラムの砂糖の配給券が残されるはずだからだ。もしかしたら、ちょうど上旬配給期の配給券だけを手元に残しておけば、そうしたら、つまり、出発の直前に店で砂糖と油脂類を買うこともできるし、出発の前日までは学校の食堂で食べることもできるかもしれない。あるいは学校が証明書を出してくれて、お店で二〇〇グラムの油脂類と三〇〇グラムの砂糖をまとめて一回の配給で買えるようにしてくれるかもしれない。そうなったら素晴らしいだろう、レーナは胸の内でそう思った。たしかに出発の前まで学校で食事をして、出発の直前になったら、言わば旅のために、油脂類二〇〇グラムと砂糖三〇〇グラムを受け取る、そんなことも想像することができた。

しかし想像と現実は、別物だ。そこでレーナは、今にわかるだろう、わからないことをくよくよ考えても仕方がないと思った。

今日はどこか物悲しくてじめじめした一日だが、レーナの心はなぜか明るい。そのいっぽうで、五月一日はとても素晴らしい天気だったが、レーナの心はそれとは裏腹に憂鬱だった。

五月四日

今日は異常に寒い曇りの日。氷のように冷たい強風が吹いている。身を切るような突風で、あまりの強さに、向かい風で歩くのが難しいほどだ。こんな日は家でじっとして、いたずらに外に出ないほうがよい。レーナもやはり食堂にしか行かなかった。シチー〔キャベツをベースとしたロシアの伝統的なスープ〕とキビ粥を食べたが、パンを買うことはできなかった。六日付の配給券では売ってくれなかったからだ。そして食堂から学校へ駆けて行った。学校ではもう集会が始まっていた。レーナが聞いたのは悲しい知らせだった——まず一つ目は、学校が始まるのは十五日になってからで、食事が支給されるのは、八日からだということ。二つ目は、上級生が一日にもらうパンは四〇〇グラムだけ、バターは三〇グラムだけということ。レーナはミーシャ・イリヤシェフに会った。彼はすっかり面変わりして、見るのがおそろしいほどだった。九学年の生徒は、トーニャの他にはだれもいなかった。彼女とトーニャは、もしも十五日より前に疎開が始まったら、真っ先に出発しようと約束した。

レーナは家に帰ると、残ったお粥を材料にしてスープを少しこしらえてから、黒い絹のストッキングを繕いはじめた。彼女は急がなければならないのだ。あした疎開が再開されるかもしれず、まだやるべきことがたくさんあるのだから。繕い物をしたり、つぎを当てたり、持っていく予定の物をすべて洗濯しなければならない。この冬のあいだは、彼女もママもすっかりやる気を失って、身なりに構わなかった。しかしそれは冬だったから、酷寒《マロース》だったからで、今は春なのだ。汚い手をして、ぼろぼろの汚れた服を着て外に出るのは恥ずかしい。

重要なのは、レーナが若い娘だということだ。若い娘の一番の財産——それは心と体の清潔さだ。そうロザリヤ・パーヴロヴナは、昨夜部屋で語り合っていた時に、レーナに告げたのだった。レーナはロザリヤ・パーヴロヴナの言葉に心からうなずいた。「あなたのジェーニャ伯母さんも、あなたの持ち物がたとえ少し古ぼけていたとしても、清潔で繕ってあって、つぎが当たっていたら、そして服のボタンもきっちりと縫い付けられて、小ざっぱりとした格好であなたが訪れたら、あなたにたいする態度はまったく違うものになるでしょう。ただただ尊敬のまなざしであなたを見て、『この娘はあんなにつらい目にあったのに、それでも人間らしい姿を失っていない』と胸の内でつぶやくでしょう」と、ロザリヤ・パーヴロヴナは語ったのだった。

そしてレーナはまさにそんな姿でジェーニャの元へ行きたい、むこうへ着いた初日からすべてをきちょうめんにこなして、清潔できちんとした身なりを習慣にしたいと思った。お金はかかっていなくても、趣味のよい服装をしたいと思った。

「いい男は、だらしない娘をけっして好きにはならない。本物のいい男が何よりも高く評価するのは、まさに女性の心と体の清潔さという素質なの。若い娘の部屋は片づいていて、ちり一つないピカピカの部屋でなくちゃだめ。窓にはカーテンが掛かっていて、たとえつぎの当たった、一番安い生地のカーテンでも、まぶしいほどに真っ白で清潔なら、もっとも高価だけれど、汚れて破れた厚手のカーテンよりも、高く評価されるのよ」。この言葉にも、レーナは深くうなずいた。

夕方頃には少し空が明るくなって、日没の間際にお日様がのぞいた。今日の夕焼けはことのほか美しく、まるでめらめらと燃え上がる炎が、地平線を舐めているようだった。

五月五日

今日は一日中、レーナはパンの他には何も食べなかったが、それほど飢えを感じなかった。なぜなら一日中ベッドに座ってストッキングをかがっていたからだ。まだ朝のうちにパンを買いに行って、午後一時にはすべて平らげてしまった。それからストッキングを選り分けはじめて、なるべく破れていないものを持っていくことにして、繕いはじめた。たくさん繕った。

今日は朝から晴れてはいたが、寒かった。気温としては暖かいが、氷のような風が身にしみる。夕方にはすっかり晴れた。昼にレーナの元へ学校から、あしたの十二時に上級生の集会があるという通知が来た。レーナはサインをしてから名簿に目を走らせた。タマーラの名はなかったが、そのかわりにヴォーフカがいた。レーナは喜びに胸が震えるのを感じた、あしたは彼に再会できるのだ。

レーナはひどくラジオに腹を立てていた。十二時頃から中断し始めて、それから地域の砲撃警報が放送され、警報が解除された後にコンサートが始まったのだが、ふいに途切れて、それきり黙り込んでしまったのだ。面白いことに、砲撃が続いているあいだは砲撃の音、そして銃声ひとつレーナの耳には届かなかった。たしかに少しは高射砲が撃たれたが、あんなものがなんだというのか。ほんとうに奇妙な話だ。あしたの放課後に、レーナはトーニャと一緒に疎開登録所へ行くことにした。もしかしたら、何か分かるかもしれない。それからパンを買って、また一日中、縫い物や繕い物などに専念することにした。急がなければならない、いつ疎開が再開されないともかぎらないのだ、すぐにでも出発できるように、一刻も早くすべてを整理して、荷物をまとめなければならない。疎開が再開されたらただちに、一日たりとも遅れることなく、登録して出発できるように。彼女の唯一の目的――それは、一刻も早くゴーリキー市のジェーニャの元に行くことなのだから。授業が始まるのは、五月十五日になってからだ。きっとそれより早く出発できるだろう。給食が始まるのは、八日からだという。彼女は悲嘆に暮れた。あと二日間も、パンだけで過ごさなければならない。パン三〇〇グラム――これだけでは、もちろん食うや食わずの生活にすらも足りない。しかし、そうせざるをえないのだ。レーナは血眼になって配給券を数え直し、もしもこの二日間に食堂でまた何か頼んだら、穀物の超過消費となり、集会でもとくに注意されたように、学校で昼食抜きになる危険性があると確信した。

もしもあした疎開が再開されたらどうなるか。そうなったら七日にはもう出発するので、飢える日数が一日減る。しかしだめだ、そんなことは夢物語に過ぎない。食べ物のことは考えないほうがいい、胃の中にいまいましい空洞を感じて、吐き気が喉元にこみあげてくるのを覚えながら、レーナは自分自身にそう言い聞かせた。しかし隣人が、壁の向こうで調理用石油コンロをガタガタさせて、鍋のふたをガチャガチャさせている時に、食べ物のことを考えないというのは。レーナはナイフとスプーンの立てる音を耳にして、パンを切り分ける音さえも聞き分けた。

飢えに苛まれて、粘ついた唾をのむのはつらい。

五月六日

夜のうちに雪が降ったが、すぐに溶けた。曇り空で、相変わらず冷たい風が吹いているが、いつもよりやや暖かい。朝にレーナはパンを食べて、しばらく読書をした。オーリャは面白くない本だと言ったが、それは正しくない。レーナはとても気に入った。彼女が一番好きなのは、まさにこの本、『シホテアリニ山脈にて』のような本なのだ。十二時にレーナは学校へ行った。校長室で高学年クラス（八、九、十学年）の集会が開かれた。登校したのは、全員で十五名だった。その中でレーナが知っているのは、ニーナ（レーナは間違えて彼女のことをトーニャと呼んでいたのだ）、クズネツォヴァ・ガーリャ、ミーシャ・イリヤシェフだった。ヴォーヴァはいなかった。集会は、校長みずからが進行役をつとめた。まさに十五日から授業が始まるが、敵の急襲から学校を守るという任務は、挙げて高学年生徒の双肩にかかっている、そう校長は宣言した。要するに、学校を守る者は彼らしかいないのだ。その場で、校長は出席者全員をいくつかの班に配属した。レーナとニーナは通信班になった。さらに校長の発表によると、早くも五月八日には、この全員が自衛団の兵士として登録され、十日からは、給食の開始と同時に、当直に就くこととなる、という話だった。こうした一連の新しい情報に、レーナがどんな印象を抱いたか、想像に難くない。給食が開始されるのは、もはや八日ではなく、十日なのだ。通信兵になると言うが、レーナは立っているのもやっとなのだ。この数日間でレーナはすっかり弱ってしまった。今では階段で四階まで上がるのは、彼女にとってきわめて身にこたえる仕事で、最後のエネルギーを振り絞らなければならない。手すりにしがみついて、最後の階段をやっとの思いで這い上るのだった。もし外出するなら、なるべく外には出ないようにしていたが、それでも外出しなければならない時には、彼女はほとんど駆けるような速足で歩くようにしていた。もしもゆっくり歩いたりしたら、とたんに足がもつれて、今にも倒れそうになるからだ。

レーナは学校から、すぐその足で食堂に向かった。今日は歩くのがとくにつらかった。レーナはまるで酔っているみたいによろよろして、何度もあちこちでつまずいて、傍目《はため》にはきっとあまりよい印象は持たれなかったにちがいない。食堂に客はそれほどいなかった。レーナは、列で隣に並んだ女性が食堂の利用許可証を持っていたので、事情を話したら、彼女のためにお粥を買うと約束してくれた。数分後にニーナが現れた、じつは彼女のママはまだ食堂に来ていなかったのだ。レーナは引き渡しの列に並んだ。ニーナが、彼女のためにヌードル《ラプシャ》を二皿買ってくれた。レーナは料理を受け取る直前に、ヌードル一皿をえんどう豆のお粥に変更することができた。ニーナは自分のためにヌードルを二皿買った。二人は、食堂から疎開登録所へと走りだした。列で近くに並んだ人たちから、疎開は十日から、ひょっとしたら七日から再開されるかもしれない、すでに出発の登録は五日に始まっているかもしれない、と聞いたからだ。少女たちはたちまち活気づいて、興奮に胸を躍らせながら、疎開登録所に駆けつけた。二人の落胆はいかばかりだったろうか。登録所にはだれ一人としておらず、閑散として、なんの告示も、何もなかった。レーナは家に戻ると、冷めたヌードルとえんどう豆を少し食べてから、石油コンロを点けて、鍋一杯分のスープをこしらえた。すばらしいスープが出来上がった。レーナは半分平らげて、残りの半分は、明日のために取っておくことにした。彼女は、明日は食堂に行かないという予定で、主菜を二皿買ったのだった。

昼食を食べ終わると、レーナはなぜかうとうとして倦怠感に襲われた。動いたり、考えたり、なにもしたくなかった、指を動かすのさえおっくうだった。しかしレーナは慌ただしい日々が近づいていることを、よく理解していた。疎開が話題に上ったら、そのとたんに事態は動くのだ。荷造りを急がなければ。そのうえレーナは、昨夜ヤーコフ・グリゴーリエヴィチの所に行って、家具やその他の物を買い取ってもらう件について、六日の晩に話をする約束をしたのだった。もしも買い取ってもらうことになったら、彼の休日である七日の木曜に作業をする予定なのだ。

今晩レーナは彼の所に行って、賃貸ストーブを借りて、そしてすべてがはっきりする。

ヤーコフ・グリゴーリエヴィチは、旅に持っていく物は脇にのけておいて、残りの衣類は衣装箱に入れるか、包みにくるんでおくようにレーナに依頼していた。だからこそレーナは倦怠感を振り払って、非常につらかったにもかかわらず、体を引きずるようにして片づけを始めた。それからレーナはひどい喉の渇きを覚えた、スープがとても塩辛かったのだ。そこで力を振り絞って、階下へ水を汲みに行った。やかんに湯を沸かして、その労働のご褒美に、熱くて濃いお茶をたっぷり飲んだ。やるべきことはまだたくさんある。どっさり洗濯をしなければならない、持っていく下着の大半は汚れたままなのだから。それから縫い物や繕い物をしなければならない。

五月十日。まさにこの日付に、彼女はいま大きな希望を託していた。学校は、もちろん今後退学することを決意した。そう、もうすぐ、もうすぐ、レニングラードとはおさらばだ。レーナはバターの配給がすでに発表されたと耳にした。「あしたはきっと砂糖の発表があるだろう」、彼女はそう決めつけて、喜びのあまりに舌なめずりした。もうすぐキャンディやバターを塗ったパンと一緒に、本物のお茶が飲めるだろう。

あしたは朝から疎開登録所に一走りして、すべてがはっきりわかったら、ヤーコフ・グリゴーリエヴィチと取引をする。それが済んだら水をバケツに二杯汲んできて、薪を挽いて、洗濯することにした。八日は、一時までに学校へ行って退学の手続きをして、そこでニーナと待ち合わせて、今後のことを話し合うのだ。

五月七日

レーナは十時近くに起きた。まず行きつけの店に行って、ひまわり油を九〇グラム手に入れた。そこから疎開登録所に向かった。そこで彼女は十日に来るようにと言われた。レーナはパン屋に寄ってパンを三〇〇グラム買い、家に戻った。朝食を食べようとしていた矢先にドアがノックされ、住宅協同組合《ジャクト》から召喚状が届いた。徴兵司令部が、十一時までに委員会に来るようにとレーナを召喚していたのだ。大急ぎで朝食を食べたせいでパンくずは四方に飛び散り、バターは床やコートについてしまったが、レーナはこの召喚状を持って徴兵司令部へと向かった。何のために召喚されたのか、委員会とはいったい何なのか、理解しようとして、彼女はいたずらに頭を悩ませた。

徴兵司令部で、レーナはMPVO〔局地防空隊〕に動員されると通告され、隣室の衛生委員会に行くよう命じられた。レーナはあまりに動揺して、名前と父称を聞かれても、一言も答えられず、堪えようとしても堪えきれずに、ついには泣きくずれてしまった。医師は泣くのはまだ早い、おそらく視力のせいで不合格になるだろうと、彼女を慰めはじめた。レーナはそのせいで泣いているわけではない、どうしても我慢できないのだと答えた。間もなく眼科医が来て、レーナは最初に診察された。彼女は不合格となり、帰ってよろしいと言われた。レーナは家に戻ると、バター付きパンの残りを食べ、スープを温めて、こってりとして美味しい、そして何よりも熱々のスープを一皿と半分、味わった。

彼女はヤーコフ・グリゴーリエヴィチの所に行ってみたが、仕事に出ていると言われた。ストッキングを繕おうと腰掛けると、ふいにドアをノックされた。ドアを開けると、ほっそりとした中背の、メガネをかけて焦げ茶色の耳当て付きの毛皮帽をかぶって、ブーツを履いた、綿入りのジャケットとズボン姿の若い女の人が現れた。「私のこと、わかる?」そう言って微笑んでいる。レーナは一目見てわかった、そう、彼女はヴェーロチカ、ヴェーラ・ミリューチナ(1)、わたしのママの同僚で、友達だった人だ。

レーナは彼女を部屋に通すと、衣装箱の上に座ってもらい、自分もその横に腰掛けた。ヴェーラはレーナのところにそう長くは居なかったが、しかしその間に、とても多くのことを語り合うことができた。レーナは簡潔にすべてのことを話した。この冬、最初は三人で暮らしていて、その後アーカが亡くなったこと。それからママが死んだこと。ヴェーラは、レーナのことをよく理解してくれた。

「かわいそうな子。なんというつらい目に遭ったんでしょう。でも大丈夫、苦しいのはあとほんの少し、あんたはもうすぐここを出て、出発するんだから、どうかすべてうまく行きますように、ジェーニャの所へ行ったら、あんたの新しい人生が始まるのよ」

レーナはとてもうれしかった、このレニングラードの中で、たとえたった一人でも、親しい人、彼女のママの友達が見つかったのだから。

ヴェーラはレーナが一人で行くのか、それともだれか一緒に行くのかと心配していたが、レーナが一人ではなく、同級生の女子とその母親と一緒に行くと聞いて、安心した。彼女は尋ねた――「それでニーナのママはどんな人、がっしりした人？　どことなく弱々しい感じはないかしら？　いざという時に、頼りになる人を選ばなくてはいけないわ」。概してヴェーラはとても詳しく、注意深くあらゆることをレーナに聞きただした。荷物は多いのか。差し当たり必要なお金はあるのか。友人たちはいるのか、だれか助けてくれる人はいるのか。とくに注意されたのは、最初の二日間は食べすぎないこと、得体のしれないお粥のために、一生を棒に振らないことだった。

旅のあいだに多くの人が食料品に飛びついて、一気に大量に食べてしまい、長期にわたる欠食のせいで衰弱した体に致命的な影響を受けて、病気になったり、死亡することさえあるのだ。

「超人的な努力をして自分を抑えなさい、とくにパンは我慢するのよ。駅でパンを一キロ渡されるのだから、その日のうちに平らげてしまう人もいるの。そんなことをしてはだめ。わたしの知っている人は、旅のあいだにキビ粥を食べて、食べて、食べすぎて、大量のパンを平らげて、まさにそのせいで亡くなったの。我慢をして、他の人たちも止めてあげなさい。だって悔しいじゃないの、そんなふうに死ぬなんて、それ以上に愚かなことはない。爆弾からも、弾丸からも、幾千もの死の危険からも逃れたのに、お粥を食べすぎたせいで死ぬなんて」

ヴェーラの言葉は、レーナの胸に深く刻まれた。いやだ、彼女はそんな愚かな死に方はしたくなかった、だからヴェーラの忠告に従って、最初の二日間は、誘惑的な大量の食物をまえにしても我慢すると自分自身に約束した。いやだ、お粥のせいで死にたくはなかった。レーナは我慢するのはひどくつらいだろう、しかしなんとかこの障害を乗り越えなければならないのだと感じた。

ヴェーロチカは、今は画家兼ペンキ屋として働いているのだと話した。労働者用配給券は持っているが、彼女にはそれでは足りない。地獄のような労働の報酬として、彼女が特別な配給券で、特別な食堂で食事をする権利を有しているのはよいことだ。彼女は、ママの絵筆が残ってはいないかと尋ねた。レーナは喜んでママの絵筆や絵の具やその他のママの画材を渡して、よく知りもしないヤーコフ・グリゴーリエヴィチの手に渡るよりも、ママの残した物が単なる物ではなく、形見となるような人の手に渡るほうが、ずっとうれしいのだと言った。

さらにレーナは形見として、ママが中学生の時に撮った写真と自分の写真、それに『小さな船長さん』の本を渡した。二人は、明日また会う約束をして、とても温かくうちとけた気持ちで別れを告げた。ヴェーラは翌日の五時頃に来ると約束した。

レーナは、ヴェーラの気遣いに強く心を打たれた。お金がなかったにもかかわらず、それでも彼女に二〇ルーブルを置いて行き、ポケットの中に入っていたパンの切れ端を半分にして分けてくれた。できる限りのことをして助けると、彼女はレーナに約束した。

「明日待っていてね、手ぶらで来るかもしれないし、何か食べられる物を持ってこられるかもしれない、やむをえなければ私のパンを二人で分けましょう」。彼女はレーナに熱いキスをした。そのキスは、レーナには魔法のように感じられた。たちまち温かく、明るい気持ちになった。

あしたは、待つだけの価値がある。第一に、出発日に一日近づくし、第二に、また親しい人に会える、それから食堂だ。あしたレーナは穀物か肉類の配給券を一枚使うことにした、それにその他にも砂糖とチョコレートの配給がある。砂糖一〇〇グラムとチョコレート一〇〇グラムを受け取ることができる。しかしレーナはチョコレートの代わりにキャンディを買うことにした、砂糖五〇グラムとキャンディ五〇グラムを買って、残りは取っておく。そうすれば明日は、トーストしたパンと一緒に甘いお茶が飲めるのだ。「あしたはもう五月八日だ」レーナは物思わし気に窓の外を眺めながら、そう思った。

今日は一日中曇り空だった。外は寒い。つい今しがた砲撃が終わったところだ。非常に激しい砲撃で、砲弾が頭の真上を飛んでいく鋭い音と、爆裂する鈍い音がはっきり聞こえた。夜になるまでレーナは座って、ストッキングを繕っていた。

ヴェーラ・ミリューチナの住所——レニングラード、ニジェゴローツカヤ通り〔現在のアカデミー会員《アカデミク》レーベジェフ通り〕、二三番a、四二号。

（1）ヴェーラ・ウラジーミロヴナ・ミリューチナ（一九〇三—八七）。レニングラードの画家で素描画シリーズ『包囲戦時下のエルミタージュ』の作者。

五月八日

レーナはいつものように、十時近くになって起き出した。店に行ってチョコレート五〇グラムとキャンディ一〇〇グラムを受け取り、そのあとパンを買って家に帰ると、大宴会を開いた。お茶を沸かして、植物油で焼いたパン、チョコレートとキャンディも一緒に、お茶を二杯飲んだのだ。それからニーナ・カトーシェヴァに会えるものと期待して食堂に行ったが、彼女はいなかった。レーナは食堂の利用許可証を持っていなかったし、許可証なしでは買えなかったのだが、許可証の提示を求められることもなく、買うことができた。レーナはキビ粥を買うと、その場で少し食べて、残りは家に持ち帰り、すぐさま水を注いだ。そのまま食べずに、スープにするためだ。それから学校へ行って、退学届を出した。

（ヴァルヴァーラ・パーヴロヴナ・ジャルコーヴァは、ゴーリキー市の彼女の知り合いのところへ行くようにと彼女に頼んだ）

帰宅すると、レーナはスープを作って食べた。

一九四二年五月九日

昨夜、レーナには面白いことがいろいろとあった。ヴェーラ・ミリューチナは五時頃に来ると約束したので、彼女は待って、待って、待ち続けたが、それでもやって来なかった。また会えるという希望をレーナがすでに失いかけていた時に、ふいにヴェーラが現れて、しかも一人ではなく、ある女性を連れて来て、レーナに親友だと紹介した。二人がやって来たのは夜の七時近くだった。レーナが強く心を打たれたのは、ヴェーラが彼女のためにスープをいくらか小瓶に入れて、小さなパンの切れ端と一緒に持ってきてくれたこと、さらにキーサ(1)からの手紙と三〇ルーブル、セリョージャおじさん(2)からも一〇ルーブル、それに彼女自身も一〇ルーブル渡してくれたことだった。レーナは心から感謝の言葉を伝えた。ヴェーラは、彼女の親友という購買者をレーナは得たのだ、彼女はレーナの所にある物を買い取って、パンで支払いたいと言っていると告げた。彼女の親友は、中背の、とても感じのよい女性で、一目見て知識階級の人と知れたが、まず尋ねたのが衣装箱のことで、売ってもらえるかどうか、今日中にパン三〇〇グラムを渡すつもりだと言った。レーナは少し考えてから、どんな行動をとろうが自分は自由だ、いずれにせよ自分の利益になるように行動しても、ヤーコフ・グリゴーリエヴィチは、物の売り渡しについてはなんのクレームも出せないのだと考えて、一言でいえば、今回は彼のほうは考慮しないことに決めた。そこで申し出に同意すると、先日の晩に、大変な苦労をして衣装箱に詰め込んだ着古した衣類を残らず部屋の隅に取り出しはじめた。

するとその新しい購買者は、まさに正真正銘の廃品回収業者であることが判明した。いかにもうれしそうに、この着古しの山を漁りはじめて、レーナがなんの価値もないと思っていた物を選り分ける様子を見ただけで、それは一目瞭然だった。レーナの略奪者たちは、一晩中熱心に働き続けて、結局二人とも買う物を山ほど選び出した。だいぶ前に売れる物はすべて売りつくしたと思っていたレーナにとって、これは大きな驚きだった。レーナは、ヤーコフ・グリゴーリエヴィチの手に多くの物品が渡らなかったことを、とても喜んだと言わざるをえない。彼女はそれがいつもとてもいやだったのだ。ヴェーロチカは、アーカの帽子を三つ取って試着した。三つとも、とても似合っていた。キーサのために、彼女は種々雑多な着古しをかなりの枚数、うまいこと見つけ出した。レーナは自分のオルリック(3)〔の版画〕を記念に彼女に譲ったが、それだけでなく、残っていたママの絵の具や図案集、舞台模型まで彼女は持って行った。締めくくりに、彼女の親友が小戸棚をとても気に入って、これも買うことに決めた。このすべての「強奪」の代償として、レーナは自らパン屋に行って、パンを半キロ買う権利を得たのだった。レーナにはとてもうれしいことだったので、彼女は自分で映画館「プラウダ」の裏手にあるパン屋に買いに行った。湿っていなくて、柔らかくて、ふっくらとした素晴らしいパンが手に入った。道すがら彼女はオーリャに会った、夏服を着て、大きなパンの端っこを齧りながら歩いていた。オーリャはレーナに、どうして家に来ないのか、来ると約束したのにと尋ね、なにか読む物を探してくれるよう彼女に頼んだ。レーナは、もうじき疎開が再開されるが、行くべきか否か、彼女はどう思うのかと伝えた。しかしオーリャは、今月は出発するつもりはない、あらかじめパンを買い占めてしまったし、他にも都合があるから、そしてさらになにかを言ったが、レーナにはよくわからなかった。

夜も更けた頃にようやくレーナの客は帰って行った。ヴェーラはまた来るかもしれないけれど、もしも来なかったら、七時にレーナのほうから彼女たちの所に行く約束をした。ヴェーラはわかりやすいように詳しい地図を描いた。彼女はレーナに、ゴーリキー市に住む友人に宛てた手紙を二通渡して、必ず自分の足で彼らを訪ねて、レニングラードの現状について話してほしいと懇願した。彼女は、知り合いの何人かは有力者だから、レーナを何かと助けてくれるだろう、親切にしてくれて、彼女は彼らという保護者を得ることになるだろうと約束した。

ヴェーラの親友は、あしたの朝十時までに、夫と一緒に買い取った物を取りに来ると約束した。

こうしたすべての出来事に疲れ切って、レーナはパンに植物油と塩を塗って少し食べると、横になった。死んだように眠って、翌朝目覚めると、すぐにパンに手を伸ばして、昨日はじめて知り合った女性とその夫が到着するまでにパンをほとんど平らげて、ほんの少しだけ、スープと一緒に食べるために残しておいた。ときとして時間の感覚が狂うのには驚いてしまう。レーナは、二人とも遅れて、約束よりも遅い十一時頃に来たような気がしていたのだが、二人からまだ朝の九時だと聞かされて、どんなに驚いたことか。このことが彼女をたいそう気落ちさせた。新しく知り合った女性とその夫は衣装箱を運び出して、飾り戸棚は一時間後に取りに来ると告げた。レーナはまた眠ろうとしたが、どうにも眠れず、読書をしようとしたが、これもだめだった。頭にあるのはただひとつ、棚の上のあそこにスープがあるということだった。しぶしぶレーナは起き上がり、石油コンロを点けて、不運なスープにあらかじめ水を注ぎ足してから、温め直した。オートミールのスープで、小さな肉の切れ端も入っていて、ひどく薄めたのにもかかわらず、とてもこってりとして油っこいスープが、深皿にたっぷり二皿半出来上がった。このスープを作るのに灯油はなんとか足りたけれど、すでに灯心が燃えはじめていた。レーナにとって、もう長いこと口にしていなかった熱々の美味しい肉入りスープを食べる喜びがいかに大きなものだったたか、言うまでもない。

それから彼女は読書を始め、それからパン屋に行こうとふたたびしぶしぶ服を着替えて、ドアを閉めたところに、ちょうど新しい知人が飾り戸棚を取りにやって来た。二人は話に夢中になった。レーナは彼女がどこかの視学官、たぶんバレエ学校の視学官の妻であることを知った。(4) さらに、彼ら夫妻がヴェーラを定職に就かせて、彼らを通して、ヴェーラは配給券の要らない食堂で食事する権利を得たのだから、まさに彼らこそヴェーラの命の恩人であること、そして彼ら自身も飼い犬に命を救われたこと、飼い犬のおかげでまる一か月間飢えをしのぐことができたこと、そのほかにも、彼らがレーナやママと同じく、必死の思いで膠《にかわ》を食用にしていたこと、そしてさらに数多くのことを知った。

レーナがどこかの食堂の利用許可証を入手できないかと尋ねると、夫と相談してみると約束してくれた。さらに彼女は、彼らのバレエ学校付属の食堂に連れて行くこともできると言ってくれたが、レーナは断った。結局、彼女の話からレーナがわかったことは、彼女がこの学校の視学官の妻であること、彼ら夫妻の住居が爆撃されたため、そこに一時的に住んでいること、この学校は、疎開が再開されたらすぐに疎開する予定であること、だから彼女の夫には、再開の正確な日付がわかること、そして、まだ十日には再開されないことだった。

それから彼女は、もしかしたら夫と相談して、レーナがこの学校の生徒と一緒に疎開するように手配できるかもしれない、そのほうが彼女にはよいだろうと言った。つまりは沢山のことを約束してくれたので、レーナは彼女に多大な援助を期待することができた。

新しくわかったことや、レーナのためにできることはすべて、ヴェーラが立ち寄った時に伝えておくからと約束して彼女が帰ると、レーナは店に行き、手元にあった券を使って、砂糖を五〇グラム受け取って、パンを買った。家に戻ると、ペチカの上に板を敷いてお茶を沸かし、パンと一緒に熱々の甘いお茶を五杯飲んだ。それから彼女は読書を始めたが、今度は素晴らしく集中できて、とびきり面白い本だと感じた。レーナは読書しながら、パンを細かくちぎって砂糖をまぶして食べた。パンがなくなって、残った砂糖をきれいに平らげると、満足して「お腹いっぱいだ！」と感じた。

彼女は自分の資金の計算に取りかかった。自分が二五〇ルーブルの所有者であることがわかった。レーナは、明日は五月分の家賃を支払う必要がある、それにソフィヤの所に行って、ケフィールについて聞くこともできる、もしできれば一瓶買おう、と思った。そのあとにあれこれ仕事をしてから、何時なのか確かめに行くことにした。するとまたもや彼女は勘違いしていた。少なくとも、もう六時頃だろうと思っていたのだ。ところがまだ三時過ぎでしかなかった。

レーナは眠気に襲われて横になろうとしたが、それから考え直した。両足を毛布でくるんで、考えた。長いこと彼女は地図を見つめて、これから行くことになる旅の経路を詳しく確かめながら、いったいどんな旅になるのだろうか、そしてほんとうにバレエ学校の女の子たちと一緒に行けたなら、素敵だろうなと思った。もしかしたら、ガーリャ・チェルノヤーロヴァ[5]に会えるかもしれない。

もしもこの女性の夫がそれほどの重要人物ならば、もちろん、彼がそう望めば、レーナをこの上なくうまく世話して助けることができるわけだ。おそらく、彼らのために特別の車両が一両かそれ以上割りあてられ、さまざまなものについて心配せずにすんで、食べ物もずっと容易に手に入るだろう。だが肝心なのは、自分と同じ年頃の女の子たちとより楽しく旅ができるということなのだ。そうでないと、さまざまなものや食べ物についての問題が実際に、この尋常でない旅の印象を損ねてしまうことになるからだ。

あとはもう時間の問題だ、そのほかの障害はすべて乗り越えた、自分は鳥のように自由なのだと思うと、レーナはうれしかった。彼女を縛るものは何もない、彼女はだれの世話にもなっておらず、借りもないのだ。完全な自由を感じるのは気持ちがよい。何日間もやりたいことをやりながら、出発の日を待つのだ。そして待つのも、あとほんの少し。いずれにせよ、二十日よりも遅いことはない。たぶん十五日か、十六日だろう。そしてこの最後の日々にも、彼女は独りぼっちではない。ヴェーラ、キーサという仲間がいるし、むこうには身内もいる。くよくよする必要はない、勇気を持って前を向けば、すべてがうまく行くのだ。

(1) キーサことリュボーフィ・イヴァーノヴナは舞台装置家兼素描画家S・V・セナートルスキー（一九〇七―四二）の妻。ミリューチン家の親戚か友人と思われる。
(2) セルゲイ・ニコラーエヴィチ・グラズノーフはヴェーラ・ミリューチナの父方の祖母が再婚した夫。
(3) エミール・オルリック（一八七〇―一九三二）はプラハに生まれ、ミュンヘン美術学校で学んだ版画家。来日経験があり、日本美術の影響を受けた木版画・石版画の作品がある。帰国後はベルリン美術学校で教えた。
(4) ヴェーラの「親友」と紹介されたマリヤ・フョードロヴナ・バルタシェーヴィチはレニングラード市評議会執行委員会芸術局次長アンドレイ・アンドレーエヴィチ・バルタシェーヴィチ（一八九九―一九四九）の妻だった。
(5) ガリーナ・アレクサンドロヴナ・チェルノヤーロヴァ。ベラルーシのボリショイ・オペラ・バレエ劇場のソリストで教師。

一九四二年五月十日

昨日レーナは、きっかり夜の七時に身支度をして路面電車に乗り、ヴェーラの家に向かった。家はすぐに見つかった。彼女はとても暖かく迎え入れられ、ストーブの近くの席に通された。レーナは、ヴェーラの家がとても気に入った。今のところヴェーラは、だいぶ年をとったセリョージャおじさんやキーサと一緒に、木造二階建ての一階に住んでいて、角部屋を二つ借りている。一方の部屋には窓が一つ、もう一方には窓が二つ。窓の向こうには、木立や藪が見える。ヴェーラが住んでいる家と、さらに数軒の似たような家が小さな中庭を形作り、その真ん中には遊歩道が伸びていて、その両側には芝生が広がり、木立や藪がある。ここがあまりにも素晴らしいので、近隣の石造りの建物の瓦礫の山と、何かそぐわなかった。問題は、ヴェーラがフィンランド駅のすぐそばに住んでいるということだ。家のむかいにある建物のすぐ裏手から線路が伸びているのだ。そのせいでこの場所には、駅に投下された爆弾が周辺や近隣に落下するため、爆撃の被害が非常に大きい。一見とても静かで魅力的な場所だが、ここは本当に危険なのだ。近隣の石造りの建物で、小庭園の両側に残されているのは瓦礫の山ばかりだ。ヴェーラとセリョージャおじさんは、まさにその石造りの建物の一つで、今の住居の右手にあった家に以前は住んでいたのだ。

レーナはとても居心地がよくて帰る気がしなかったので、彼らの家に泊まることにした。お茶を飲むためにテーブルに着いた。ヴェーラは、彼女の言うところの小さな「ひとくち」パンと、一さじ分の粉砂糖をレーナに渡し、さらに彼らの所にはクエン酸があった。それから彼らはレーナのために、とてものっぽな衣装箱の上に寝床を作ってくれた。まるで長距離列車の寝台のようで、レーナはとても気に入った。喜んで服を脱いで綿入れ布団にくるまると、眠りに落ちながら、まるで列車の中にいるような、ベッドと一緒に、どこかへ移動しているような、心地よく揺すぶられているような感覚すら覚えた。それは、レーナがその日は少しめまいがしていたせいだった。頭は目の前に迫った旅のことでいっぱいで、そばには線路が伸び、汽笛が聞こえる――こうしたすべてが合わさって、どこかに進んでいるような幻覚を生み出したのだ。

レーナはあまりよく眠れなかった、ちょうど頭の上にスピーカーが掛かっていて、メトロノームの大きな音で眠れなかったのだ。朝はヴェーラに起こされて洗顔したが、顔も手も本物の石鹼を使ってしっかり洗った。それからヴェーラは家の戸口で薪を割り、レーナはパンを買いにパン屋へ一走りしてから、薪を部屋の中へ運び込むのを手伝った。いっぽうその間にキーサはお茶の用意をすませた。素晴らしい天気で、風が雲を引き裂いて、お日様がふたたび大地を照らした。雲の裂け目から青空が覗き、小鳥がさえずり、機関車の誘うような汽笛が聞こえた。それらは手招きして、呼びかけているかのようだった――旅に出よう、旅に！

……

朝にレーナはお茶を五杯飲んだ。クエン酸を入れて、パンと、キーサがごちそうしてくれた粉砂糖と一緒に。それから彼女はヴェーラが持っている子供の本を調べはじめた。いわゆる「たで食う虫もすきずき」というやつだ。たとえばキーサは刺繡の図案や糸や美しい端切れが大好きで、いろいろと集めている。レーナは絵葉書や、鳥やその他の動物に強い愛着を抱いている。しかしヴェーラの趣味はとても変わったものだ。彼女は子供の本、とくに幼児向けの本を買い集めているのだ。とても多くのそうした幼児向けの本を集めていて、彼女の母親の物である古い本から、『ばかな子ねずみ』や『大きなおやしき』といった現代の本までそろっている。

セリョージャおじさんは休むために横になり、キーサは座って手紙を書き、ヴェーラは仕事に取りかかった。彼女の仕事は、エルミタージュ美術館の館内、爆弾と砲弾の被害を受けた現在のエルミタージュの館内の様子をスケッチして、家で仕上げることなのだ。彼女は画家の絵筆によって、ファシストたちの破壊行為の罪の数々、その証跡を描くという歴史的な仕事を遂行しているのだ(1)。これは歴史に残る仕事だ。ヴェーラはそもそも素晴らしい画家なので、その出来栄《ば》えはとても見事なものだ。皆それぞれ仕事をしていたが、じきにレーナは本を見ているとひどく疲れてしまうことに気づいて、がっかりしてこの仕事を止めてしまった。倦怠感に襲われ、指一本動かしたくなくなって、瞼は閉じられ、頭はくらくらとして、なんだか体全体が重くなった。ひどい気分だった。しかし彼女は、だれにも何も気づかれないように努めた。本を元の場所に戻しはじめたが、部屋の中を歩くたびに、膝ががくがくするのを感じていた。「いったいどうしちゃったんだろう、ほんとうに病気になりかけているんだろうか」とレーナは不安に駆られた。心は鬱々として悲しかった。太陽は隠れてしまい、ふたたびどんよりとして、さらには空襲警報を告げる不吉なサイレンの音が響きはじめた。警報は一時間近く続いたが、警報が解除されると、レーナは身支度をして、みんなに別れを告げ、一夜の宿をあとにした。家に着くと、食器を持って食堂に向かった。かなり長い時間並んでいたが、結局そのまま帰った、なぜならえんどう豆の粥もヌードル《ラプシャ》もメンチカツもすでに売り切れで、残っていたのは大豆の粥だけだったが、それも売り切れてしまったからだ。どのみちレーナは手に入れられなかっただろう、というのもレジ係が新しい女性に代わって、許可証なしでは売ってくれなかったからだ。レーナは、店でえんどう豆を六〇グラム買って、家でお粥を作った。お粥でもなく、スープでもない、なにか得体のしれないものが出来上がった。しかしそれでも豆はふくれて、柔らかく食べやすくなったので、長いあいだ噛んでいた。レーナは三粒ずつ食べたが、それだけで一晩もたせるのに十分だった。すっかり疲れ果てて、レーナは早い時間に横になった。夕方にも空襲警報があったが、そう長くは続かなかった。日が沈む間際に、ふたたびお日様がのぞいて、奪いつくされた悲しい部屋の中を照らした。山と積まれたいろいろな物や本、部屋の真ん

ヴェーラ・ミリューチナによる木炭画「大天窓のあるホールの清掃」
『包囲戦時下のエルミタージュ』シリーズ　1942 年
国立エルミタージュ美術館蔵

中には一杯になったおまるがあったが、レーナには汚物の入ったバケツを階下へ運ぶだけの体力が無かった。レーナにとって悲しく淋しい今日という一日が終わった。「あしたは何かが起きるだろう」眠りに落ちながら、彼女はそう思った。

(1) 後日ヴェーラ・ミリューチナは次のように回想している。「〔芸術局次長の〕アンドレイ・アンドレーエヴィチ・バルタシェーヴィチが到着しました――痩せこけて、黄色い顔をして。彼はどれほどの距離を歩いてきたのでしょうか! どれほどの人数を救おうとしたのでしょうか! 彼は『消息を絶った』人すべてを復職させようとしたのです。『エルミタージュ〔美術館〕まで歩いていけるかい?』『歩いていくわ』『それで、帰りは?』『少し休んだら、また歩いてもどってくるわ……』『それなら、君はもう絵が描けるね』。自信たっぷりに彼はそう言いました。じつはエルミタージュが爆撃や砲撃から受けた『傷跡』の実物を見て、『記録』する必要があったのです。それが芸術委員会の任務でした」。こうして素描画シリーズ『包囲戦時下のエルミタージュ』が創作された。

五月十一日

レーナは昼の十二時近くに目が覚めたが、家を出たのは［不明］時過ぎだった。まずは疎開登録所に行ってみることにした。すでに登録が始まっているかもしれないという考えは、彼女をとても興奮させた。太陽は輝き、暖かな陽気だったが、疎開登録所には相変わらず人気がなかった。レーナは入り口にいた当番の女性に、疎開について何か聞いていないかと尋ねると、十五日より前ではないという答えだった。とたんにレーナはがっくりとして、太陽も青空も暖かな陽気も、もう彼女を喜ばせなかった。

彼女はマリヤ・フョードロヴナ・バルタシェーヴィチの所へ行った。彼女は運がよかった。階段のところで、マリヤが食堂からマカロニのいっぱい入った鍋を持って、戻って来るのに出くわしたのだ。マリヤは彼女を自分の部屋へ連れて行った。二人は長い廊下を、右に折れたり、左に折れたりしながら歩いて行った。レーナ一人では決してたどり着けなかったに違いない。ようやくマリヤの部屋に着いた。レーナはベッドの上に、自分の枕が二つ置いてあるのに気がついた。きれいに洗濯され、四隅にリボンが縫い付けられていて、目を楽しませた。同じくレーナの戸棚もあって、その棚には刺繡したクロスが敷かれ、美しい陶磁器が並んでいて、そこにはアーカの青い砂糖壺もあった。マリヤ・フョードロヴナの部屋はとても居心地がよく、暖かかった。鏡つきの戸棚、ピアノ、書き物机、たくさんの本、そして床には絨毯。マリヤ・フョードロヴナはレーナに荷締めバンドを何本か渡して、もしもレーナが望むなら、ここの食堂を利用することを夫が許可してくれたのだと告げた。レーナは熱烈な感謝の言葉を述べた。二人は一緒に食堂へ行き、マリヤ・フョードロヴナはレーナを指して従業員に、この女の子はバルタシェーヴィチの名義でしばらくここで昼食をとることになったからと言った。それから彼女に許可証なしでここに入る方法を教えてから、許可証にサインをして、ヴェーラ、キーサ、セリョージャおじさんに会ったら、よろしく伝えてくれるように、そしてヴェーラに、来てくれるのを待っていると伝えてくれるように頼んだ。そしてもしも必要があれば、また来るようにと言って、帰って行った。レーナはそこに残って、列に並んだ。列はあまり長くなくて、並んでいたのは七人ほどだった。あたりを見まわすと、そこは窓の二つある、小さくてこざっぱりとした部屋だった。部屋の一方には、窓際に清潔なビニールクロスを掛けたテーブルが四つ置かれていた。テーブルの上には鉢植えの花、窓敷居の上にも花が飾られていて、窓には清潔な白いカーテンが掛かっていた。部屋のもう一方には、白衣を着て赤いベレー帽を被った、こざっぱりとしてかわいらしい女の子が立っていた。彼女を三方からテーブルが取り囲み、背後の壁際には棚が取り付けられていた。ここの何もかもが並外れて清潔で、こざっぱりとしていた。スープもお粥もマカロニも、すべてトタンバケツのまぶしいほどの清潔さの中にあって、蓋がされていた。その女の子はとてもまじめに、てきぱきと働いていた。食堂のキビ粥は二五〇グラムで、混ぜもののないこってりとしたお粥で、マカロニは二〇〇グラム、そしてスープはかなり濃厚で、小麦とヌードル《ラプシャ》が入っていた。肉料理は、ボックヴルスト〔太くて短いソーセージ〕があった。レーナはキビ粥を買った。帰る途中でパンを買って、家に着いてから、パンと一緒にお粥を食べたら、とてもお腹がいっぱいになった。それから配給券の計算をしたら、一日に穀物の券を四〇グラム分使えて、肉料理を二回買えることがわかった。期限は五月十五日まで。それからレーナは水を汲みに行って、〔文章未完〕

一九四二年五月十六日

（五月十五日の続き）素晴らしい陽気になった。お日様は輝き、暖かくて、日かげでもプラス一六度だ。草は青々として、つぼみも膨らんだ。春真っ盛り。しかしドイツ軍はまどろんではいない。毎日砲撃があり、日に何度か空襲がある。

まさにいま、おそろしい砲撃があった。レーナはネフスキー大通りを歩いていた。九〇ルーブルで買った二〇〇グラムのパンを、穀物と交換したかったのだ。砲撃が始まると、すぐにレーナは道路を渡って、エカテリーニンスキー辻公園の塹壕に隠れた。頭上をひっきりなしに次から次へと砲弾がひゅうひゅうと音を立てて飛んで行った。ひっきりなしに爆発音が轟いた。少し恐ろしいほどだった。たえずさえずっていた小鳥までもが黙り込んだ。一瞬静かになったので、外に顔を出すと、レーナは目の前の光景に愕然とした。これほどまでに人々が、絶えず危険にさらされている生活に慣れてしまったとは、驚いてしまう。まるでだれも砲撃など気づいていないかのようだった。路面電車は運行し、自動車は走り、人々は歩き、ベンチでくつろいでいる人もいた。だれもが自分のやるべきことをしていて、レーナはなんだか恥ずかしくなったほどだ。さらには、頭のおかしな女の子が塹壕に隠れたなんて、思われてしまうだろう。それで彼女は家に向かった。ちょうど砲撃も静まってきたところで、ついには完全に止んだ。

今日は一日中お日様が見えなかったが、暖かくて、蒸し暑いほどだ。レーナはまたヴェーラの所に泊まった。ヴェーラとキーサは、今日はいつもより少し遅くまで寝ているつもりだったが、レーナは寝ていられなかった。昨日キーサが彼女にとてもうれしい知らせを伝えたのだから、当然だ。晩にレーナが到着すると、すぐにキーサが疎開の件はどうなっているのかと尋ねた。レーナは次のような悲しい報せを伝えた。疎開が始まるのは二十日以降で、登録は十八日から、しかし最初に登録されるのは一時的に居住登録した人たちと、傷痍軍人および十二歳以下の子供を連れた女性に限られるのだ、と。

しかしキーサは彼女に言った――「あのね、レーンカ、あなたはもう登録されたわ、あなたの名前で申請しておいたの」、それからくわしく説明してくれた。じつは今日、キーサは急に防御網から疎開登録所に転属になって、これからまたそこで働いて、申請書を受け付けることになったのだ。彼女はレーナ名義の申請書を書いて、レーナを六十番に登録したのだ。これからはもうレーナは駆けずりまわったり、不安に駆られたり、毎日大変な思いをして冷却技術研究所[1]まで行かなくてもいいのだ。これからは荷物をまとめて、疎開の開始を待つだけでいい。疎開は二十日頃に開始されるだろう、そうしたらレーナは一番に出発するのだ。どうしてレーナがあんなに早起きしたか、もうおわかりだろう。彼女は念入りに顔と手を洗うと、座って編み物を始めた。時間が過ぎるのも気づかなかった。ようやくみんな起き出した。レーナは一走りしてパンを買ってきた。パンはすっかり湿っていたが、レーナはそれを乾燥させて、まさに素晴らしいとしか言いようのない乾パンをこしらえた。お茶を飲むためにテーブルに着いた。セリョージャおじさんはレーナに煮こごりをごちそうし、ヴェーラはバターを一かけらくれた。それからレーナはキーサに言われたとおりに申請書を書いてから、ふたたび編み物を始めた。編み物はとても楽しかった、まさに思いどおりにとても上手く出来たからだ。レーナはちょうどよい時間に食堂に着くように、十一時半に家を出るつもりだったが、そうはいかなかった。十一時に空襲警報が出されて、十二時二十五分まで続いたのだ。レーナは警報が解除されると同時に家を飛び出して、最初に来た路面電車に乗って、かなり早く到着したにもかかわらず、やはり食堂には遅れてしまい、もちろん何も残っていなかった。

　レーナはマリヤ・フョードロヴナの所へ行き、吉報を伝えて彼女を喜ばせた。それからプラウダ通りの食堂に急いで、そこで二時間並んで、ようやくえんどう豆のお粥と脳味噌料理を受け取った。お粥はこってりとしておいしく、脳味噌料理はとても脂がのっていておいしくて食べごたえがあり、三〇グラムしか出されなかったが、五〇グラム分の肉料理の券を切り取られただけのかいはあった。食堂でレーナはニーナ・カトゥイシェヴァ「五月八日の日記に登場した時の苗字はカトーシェヴァ」に会って、彼女から学校が始まるのは二十日になってからで、いまだに給食は出ていないし、給食が始まるのは十八日以降だと聞いた。だからレーナは退学してなんの損もしなかったのだ、それどころか得をしたのだ、彼女は完全に自由の身だが、ニーナはＭＰＶＯ（局地防空隊）の隊員なのだから。レーナは食堂を出て、五月分の家賃を払いに行ってから、また編み物に取りかかった。夕方の六時に階下の賃貸住宅協同組合《ジャクト》へ行って、彼女には未払金は一切なく、組合は彼女の出発を妨げないという証明書、被扶養者が疎開登録所に提出しなければならない唯一の証明書を受け取った。

晩にレーナは、最近はいつもそうしているように、自分の新しい住居に向かった。焼いた乾パンにバターを塗って、それと一緒に、熱々のちょっと酸っぱいお茶を飲むことを楽しみにして。どんよりとした空で、ぽつぽつ雨が降っていた。路面電車は、この時間帯はいつもそうだが、長いこと待たなければならなかった。ようやく同時に二両来たが、最初の電車はぎゅうぎゅう詰めで、二両目も満員だった。レーナはなんとか二両目に乗り込んで、フィンランド駅まで無事に着いた。電車が橋を渡る時に、レーナはかつて見惚れた美しきネヴァ川にふたたび目を奪われた。なんという雄大さ、なんという広大さ、そしてなんという夕映えの色、それを背景にペトロパヴロフスク要塞のシルエットが浮かび上がり、水は鏡のようになめらかで、岸辺に停泊する軍艦も、向こう岸に見える建物も——すべてがごく細部にいたるまで水面に映し出されていた。レーナはその場を離れることができなかった、ずっと見とれていた、もうすぐここを発ってしまうのだから、美しきネヴァ川を一日に二度も見られる今だからこそ、彼女はこの川を記憶に刻みつけておきたかったのだ。次はいつ見られるかわからない、おそらく数年後になってしまうことだろう。

ヴェーラの所に客が訪れた。彼女の知り合いの画家と、その妻だ。二人とも退院したばかりで、現在は強化食を摂っている。二人とも病院に収容されたおかげで命を救われたが、そうしなければ衰弱のあまり、すでに歩くこともできなかっただろう。妻のほうは、第二段階の栄養失調症の他に壊血病も患っていた。しかし現在はすでに回復に向かっていて、やはり二十五—二十七日に出発しようとしていた。ルィビンスクに行くので、この件でキーサに援助を求めようと、ヴェーラを訪れたのだった。

レーナは、この二人がきっと旅の同行者になるに違いないと思った。キーサは、三人一緒に送り出せるように取り計らうことを約束した。

レーナが朝から取っておいたちっぽけな乾パン一つでは、まったく足りないことがわかったので、明朝六時には絶対にパン屋へパンを買いに行くのだと固く決意して、お腹を減らしたまま、みじめな気持ちで床に就いたが、翌朝は七時まで寝過ごしてしまい、我慢できないほどにはお腹もすいていなかった。八時半に彼女はパンを買いに出かけた。九時には三人そろってお茶を飲んだ。ヴェーラはレーナにそば粥を二さじ分け与え、キーサは生肉を少し渡した。ちょうど肉類の配給が発表されたので、今朝キーサは買いに行って、自分とヴェーラのために素晴らしい羊肉を手に入れたのだ。キーサはレーナと同じく、生肉を喜んで食べた。(2)レーナはバターの代わりに薄いそば粥をパンに塗ってみたが、朝食を済ませても、まったく食べた気がしなくて、夕食の分に取っておいたパンも平らげてしまった。レーナは急いで帰ろうとしたが、それはまた空襲警報が出されて、また食堂に遅れてしまうことを恐れたからだった。しかし空襲警報は出されず、食堂は休みだったので、プラウダ〔通り〕で昼食を手に入れた。彼女は小麦粥とスープを買った。家に戻ると、全部を混ぜて水を足して、鍋いっぱいにスープを作った。深皿二皿分のスープと、主菜が一人前(小麦粥とえんどう豆の入った大豆スープの沈殿物)できあがって、さらに夕食の分のスープをガラス瓶にしまった。こうしてようやく彼女は満腹を感じた。レーナはふたたび編み物を始めて、時間が過ぎるのにも気づかなかった。五時になると、ラジオがしゃべりはじめた。

それから砲撃が始まった。窓の向こうでは爆発音が轟いているのに、ラジオには小さな子供たちが出演している。子供たちは、自分たちを守ってくれる兵士のためにコンサートを開いていたのだ。その下手くそでかん高い調子はずれの歌声が、なんと心を揺さぶることか。子供たちは歌い、詩を朗読し、ピアノやヴァイオリンを演奏する。しかし窓の向こうでは大砲が轟いている、これはドイツ人がわたしたちと、マイクの前であんなにがんばっている小さな演奏者たちを滅ぼそうとしているのだ。こうしたことすべてがレーナに深い感銘を与えた。さらにもう一つの事実が、レーナに自分の祖国と国民に対して強い誇りを抱かせた。五人のバルチック艦隊乗組員(3)の話である。彼らはかなりの数に上るファシストの戦車に応戦し、鋼鉄の怪物の攻撃を食い止めるべく、最後の銃弾がなくなるまで戦ったが、両者の力の差は大きく、勇者五人は自分たちの命が長くないことを悟った。すると彼らは互いに別れの挨拶をし、最後の抱擁を行い、一人ずつ接吻を交わすと、体に手榴弾を巻きつけて、戦車の鋼鉄のキャタピラーの下に身を投げて、戦車もろとも自爆したのである。勇敢なる彼らは斃れたが、敵の戦車は食い止められた。祖国は決して彼らの名を忘れないだろう。彼らの名は歴史に刻まれ、わが祖国の全国民が彼らを讃える歌を、ブィリーナ〔英雄叙事詩〕を、伝説を創るだろう。彼らのような者たちに栄光あれ。

事の顚末はこうだ――彼ら五人の勇者は
数多の敵の戦車と戦わねばならなかった。
彼らは勇敢に、恐れを知らずに戦った、
しかし敵は強く、死は間近に迫った。
いや、死ぬまでにはまだ時間がある、
任務を最後までやり遂げなければならないのだ。
腰に手榴弾を持っているのだ、
右手に力は入らないけれども。
傷だらけで、大量の血を流し〔未完〕

（1）当時、レニングラード冷凍業生産工学研究所では、子供や負傷者のための豆乳と油かすの生産技術および包囲戦下用のパンの製法を開発していた。

（2）レーナは一九八二年四月七日、ヴェーラ・ミリューチナに宛てた手紙に次のように書いている。「五月一日（メーデー）のお祝いに、わたしは他の人と同じように白パン一切れと生肉をほんの一かけら、それに粉砂糖をもらいました。そしてはっきりと覚えているのは、店を出て道路を渡り、わたしたちのアパートの向かいにあるベンチに腰掛けると、とても奇妙なサンドイッチ（今だからこそ奇妙に感じますが、当時はそうは思いませんでした）をこしらえました。白パンの上に生肉をのせて、その上にどっさり粉砂糖を振りかけたのです。そして味わいながら食べはじめました。今ではそんな代物を口にすることはできないでしょう」

（3）クリミア半島セヴァストーポリの防衛戦で、バルチック艦隊乗組員の五人が敢行した対戦車肉弾攻撃にかんする『赤軍艦隊』紙（一九四二年五月十四日）の記事が、『レニングラードの真実』紙（一九四二年五月十七日）に転載された。

五月十八日

今日はなぜか特別に暑くて、蒸し風呂のようだ。空には鉛色の雲が重く垂れ込めて、きっと雷雨になる、ともかくも雨が降るだろう。正真正銘の夏の日だ。木立や灌木の藪にも青葉が茂りはじめた。庭や芝生には緑の若草が生い茂っている。すでにレニングラード市民は、郊外へイラクサやスイバを摘みに出かけている。こんな日々を過ごすことができて、レーナは幸せだ。朝にパンを買いに出かけると、小鳥たちは歌い、木々は青々として、列車は汽笛を鳴らし、路面電車はガタゴト走り、空では飛行機がエンジン音を響かせている。この世に生きるのは素晴らしい。こんなに素晴らしい日々が訪れるまで生きられなかったママのことを思うと悔しい、あんなに春の最初の若葉を見たがっていたのに。

ヴェーラはレーナに言う、「レーンカ、あなたはなんて幸せなんでしょう、ヴォルガを見ることもできるし、こんな素晴らしい季節に、遠く彼方まで行けるのだから。新しい生活を一から始めるのよ。考えてもみなさい、未来はすっかり自分の手の中にあるのだから。ワクワクしないではいられないでしょ」。そう、レーナは幸せだ、そのとおりだけれど、彼女がその幸せにひたるのを邪魔するものが、ただ一つ――食糧不足だ。あとほんの少し多く食べられさえすれば、世界はさらに素晴らしいものになるのに。幸せだと感じていながらも、心は鬱々として楽しまず、この憂鬱がすべての楽しみを台無しにしてしまう。

憂鬱……。レーナは、駅で二キロのパンとお粥とスープを受け取って[1]、汽車に乗り込み、レニングラードに別れを告げる日が訪れるのを、待ちきれないのだ。

今朝、レーナはキャンディを舐めながらお茶を飲んだ。キーサとヴェーラは労働者として、チョコレートを一〇〇グラム、キャンディを二〇〇グラムずつ受け取ったので、レーナにキャンディを一つとチョコレートを一かけらくれたのだ。レーナは晩にスープを一皿食べたおかげで、パンを食べるとお腹がいっぱいになって、かなりの量のパンを夕食のために残しておいたくらいだったが、家に帰る間際になって、我慢できずに、取っておいたパンを平らげてしまい、残ったのは小さなパンの切れ端と、ほんのちょっぴりのチョコレートだけだった。だめだ、いくら自分と闘ってみても、いくら自分を欺いても、事実は事実だ――レーナは四六時中なかば飢えた状態にあるのだ。

今日お腹いっぱい食べられさえすれば、明日はどうなろうと構わない、そうレーナは覚悟を決めて、食堂で小麦粥を二皿買った。配給券を四枚、切り取られた。食堂では熱々のお粥をスプーンに山盛り一杯食べただけで、残りは家に持ち帰って、めったにやらないことだが、すぐにお粥を鍋に移してから鍋いっぱいに水を注いで、スープを作った。こってりとして、素晴らしく美味しいスープが出来た。深皿に二杯食べて、それからスープの沈殿物みたいなお粥を食べたが、それでもやっぱり本当に満腹した時のような満足感はなかった。このスープの後に、さらに熱々のお粥を一人前食べたら、そうしたらきっと彼女はお腹がいっぱいになったことだろう。胃袋はいっぱいなのに、それでもやはり食べたくて、なにかあれば大喜びで平らげるような塩梅になってしまった。

あしたの十九日には疎開についてなにかわかるだろう、とキーサは言った。彼女は、レーナを真っ先に送り出すためにあらゆる手を尽くすことを約束した。

きのうの夜中に空襲警報が鳴った。狂ったように高射砲が鳴り響いたので、建物全体が揺れて、窓ガラスがガタガタと音を立てた。レーナが窓を見ると、サーチライトの無数の青い触手が空を探し回り、〔高射砲弾の〕破裂する炎がひっきりなしに窓を照らしていた。警報はいつ解除されたのか？　レーナは聞かなかった、寝返りを打って寝入ってしまったのだ――殺すなら殺せばいい、そう心に決めて。晩には雷雨になって、恐ろしいほどの土砂降りだったが、さらに夜が更けると、凄まじい砲撃が始まった。いったいだれが撃っているのか、わが軍なのかドイツ軍なのか、とにかく砲声があまりにも大きく、あまりにも近くなので、建物全体がぐらぐらと揺れ、窓ガラスがガタガタと音を立てた。レーナははじめ、これは高射砲列が撃っているのだろうと思ったが、しかしすぐにラジオで〔敵の〕砲撃であることが発表された。

（1）疎開者は食料・日用品の配給券を返却するかわりに、旅行券と食事の引換券を受け取った。

五月二十二日

きのうレーナには面白い出来事があった。ヴェーラの家を〔夜の〕九時に出て、ずいぶん長いこと路面電車を待っていたが、ようやく来た電車はぎゅうぎゅう詰めで、次の電車も同じ状態だったので、反対方向の路線に乗ることにした。「同じことだ」と彼女は思った、「どこかに急ぐわけでもないし、終点まで行ってから、ゆっくり家まで戻ればいい」。しかし途中で電車が公園へ向かっていることに気がついた。すぐさま飛び降りて、戻るために別の電車を待ちはじめたが、いくら待っても来なかった。歩かなければならなくなった。彼女は（ヴェーラの家に行くだけでも）第一ムリンスキー大通りから、四キロ半歩かなければならなかった。しかもその日は朝にパン三〇〇グラムと、晩にヴェーラがお茶と一緒に出してくれた二個の黒い乾パンの他には、何も食べていなかったのだ。しかし、どうしようもなかった。レーナは歩きはじめた。彼女は歩くのではなく、飛ぶようにして速く、速く走った。はじめのうちは泣きながら、とにかくレスノイ大通りを早く抜けることしか考えなかった。あとどれほどの距離を歩かなければならないのか、見ないですむように、目を閉じていたほどだ。しかし次第にまわりの環境が彼女の悲しみを忘れさせた。素晴らしい春の夜だった。芽吹いたばかりの新緑の香りがした。なんとも言えずよい香りだった。暖かなそよ風が吹いていた。脇からは、芽吹いたばかりのべたべたする葉をつけた灌木が枝を伸ばし、その灌木の向こうには、鉄道の道床に至るまで菜園の畝《うね》が続いていた。あたりはことのほか広々として静かだった。レーナは歩きながらこの春の夜を楽しんでいた。春のかぐわしい香り、うっとりするような香りを胸に吸い込んで、いつの間にか鉄橋に来ていたことにも気づかなかった。そしてそこで彼女は、歩道の脇にトラックが停まったままエンジンをふかし、その横で運転手が整備しているのに気がついた。長いこと頼み込んで、ようやく運転手は、マッチ一箱とヴェーラがくれた五ルーブルと引き換えに、レーナをフィンランド駅まで送り届けることを承知してくれた。

そのあとさらに女の人がやって来て、運転手は彼女がたまたま持っていたパン一切れと引き換えに、乗せて行くことにした。彼女はピャチ・ウグロフまで行かなければならなかったので、運転手と相談して、リテイヌイ大通りとネクラーソフ大通りの角まで乗せて行ってもらうことにしたのだ。女の人が荷台に乗って、レーナは運転席の隣に座ったが、車内は暖かくて快適だった。彼らは狂ったように疾走した。道は閑散としていた。ときどきとぼとぼと歩いていく歩行者を追い越した。レーナが途中で、自分もピャチ・ウグロフまで行かなければならないので、できるだけ近くまで行ってほしいと頼むと、運転手は承諾した。ネヴァ川に架かる橋を渡ったところで運転手は考えなおして、リテイヌイ大通りには行かずに、それと交差する二つ目の通りに折れた。ガレージはコニューシェンナヤ広場にあるので、フォンタンカ川沿いに夏の庭園とマルスの広場のそばを通っていくから、二人にそこで降りてほしいと言った。レーナは同意し、もう一人もやはりそこで降りて、リテイヌイ大通りを歩き出した。もちろんレーナは得をしたのだ、マルスの広場とミハイロフスキー庭園の角まで連れて来てくれたのだから。レーナは救いの神に礼を言うと、サドーヴァヤ通りを家に向かって全速力で駆けだした。アレクサンドリンスキー劇場の脇を過ぎて、ロッシ通り、そしてチェルヌィショフ通りをひた走った。どこもひっそりとして、独りで歩く人たちの足音だけが歩道に響いていた。レーナが家にたどり着いたとき、ラジオではだいぶ前から「インターナショナル」が流れていた。彼女はやっとの思いで階段を四階まで上がりドアを開けて、コートを脱いでベッドに倒れ込むと、そのまま死んだように眠りに落ちた。ぐっすり眠って、十一時半まで眠りとおした。起き出すと、バレエ学校の食堂へ昼食を買いに走った。途中で自分のパンを買った。ちょうどその時に、恐ろしい砲撃が始まった。砲弾が次から次へと頭上をひゅうひゅうと飛んでいき、ネヴァ川の対岸のどこかで炸裂した。食堂でレーナはマリヤ・フォードロヴナに会ったので、ヴェーラの健康状態のこと、きのうバクテリオファージ療法[1]を始めたこと、ひどく衰弱してがっくりしていること、仕事にも行けずにいること等を話すと、マリヤはレーナにキーサとセリョージャおじさんにくれぐれもよろしくと伝えた。レーナは彼女に一ルーブル貸してくれるように頼んだ。お金が足りなかったのだ。そしてヌードル《ラプシャ》を一人前と肉を五〇グラム買った。

この時にはもう砲撃は止んでいたので、レーナはヴェーラの所へ出かけた。

ちょうどセリョージャおじさんが自分の昼食を温めるためにペチカを焚こうとしていたので、レーナもヴェーラにもらった油でヌードルを炒めてうれしそうに食べると、それからパンをかじりながら熱々のお茶を二杯飲んだ。二時半だった。それからセリョージャおじさんは医者へ行き、ヴェーロチカは眠ったので、レーナは本を調べはじめて、読む本を選ぶと、それから少し洗濯をした。セリョージャおじさんが戻ると、レーナは水を汲んできて、納屋から薪を運ぶ手伝いをした。彼女は納屋に向かいながら、なぜか急に一刻も早く出発したいという思いに駆られた。暖かかったが、雨がちの天気だった。こぬか雨が降っていた。春の香りがした。暖かく、小鳥たちはさえずっていた。あたりは新緑に包まれていた——木々も、灌木も、地面も。この時のレーナはとてもよい気分だったが、蒸気機関車の汽笛が響き渡ると、さらに気分は高まった。まさにこんな雨がちの日にこそ、汽車に乗ってどこか遠く彼方へ行きたいという思いに駆られたのだ。

レーナは薪を片づけてしまうと、ヴェーラの足元のソファにゆったりと座って、本を見ながらラジオを聴いたり、ヴェーラとおしゃべりを始めた。それからキーサが帰ってきた。レーナは彼女から、所長が二十五日に最初の輸送隊が出発すると話したこと、今日彼らは提出された申請書を四つの方面に仕分けしたことを聞いた。第一南方隊、第二南方隊、第一東方隊、第二東方隊。レーナ、ボリス・ベロゼロフとその妻ニーナは、三人一緒に第二東方輸送隊に登録された。このニュースはレーナを大喜びさせた、つまり疎開は予想されていたように六月に入ってからではなくて、五月二十五日に再開されるのだ。レーナは黒い乾パンをつまみながらお茶を飲み、別れを告げて帰宅した。彼女は陽気で楽しい気分だった。明日はもう二十三日なのだから。明日には、キーサが言ったように、疎開についてもっと詳しいことがわかるだろう、今日キーサの所長は、この件に関して問い合わせに行ったのだから。

（1）バクテリオファージ（細菌に感染して増殖するウイルス）を用いた細菌感染症の治療法。ソ連邦では一般的に行われていた。

五月二十五日

今日はもう五月二十五日。数日中にわたしは出発する。今日出発するのは第一輸送隊だ。キーサは、わたしがあしたかあさってに出発する可能性もあるかもしれない、と言った。しかしわたしはもうひどく弱ってしまって、どうでもいい気分だ。もうわたしの脳は何にたいしても反応しない、まるで半分眠りながら生きているみたいだ。日を追うごとにどんどん弱っていって、時を追うごとに残っている体力は干上がっていく。

完全なるエネルギーの欠如。出発が近いという知らせすら、なんの感情も呼び起こさない。まったくもっておかしな話だ、何か障害があるわけでもないし、おじいさんでもお婆さんでもないのに、まだまだ未来のある若い娘だっていうのに。わたしは幸せ者なのに、もうすぐ出発するっていうのに。でもその実どんな顔をしているのか、見てみよう。うつろで悲しげなまなざし、まるで身体の不自由な人のような足どり、よろよろして階段を三段上るのもやっとなのだ。これはどれも作り話でも、誇張でもない、自分で自分がわからない。まったく泣きながら笑うようなものだ。以前は、そう、ひと月前までは、昼間に痛いほど空腹を感じて、とにかく食べる物を手に入れようと、エネルギーが湧いてきたものだった。余ったパンが一切れあれば、まだそこには何か食べられる物があるかもしれないと、地の果てまでも行く勢いだったのに、今のわたしはほとんど空腹も感じないし、そもそも何も感じないのだ。もう馴れっこになってしまった、しかしどうして日を追うごとに、こう弱っていくのだろうか。ほんとうに人間は、パンだけでは生きられないのか。おかしな話だ。

今朝は早く目が覚めた。パンを買って、「家」に帰った。キーサはもうサモワールを準備していた。セリョージャおじさんはまだ眠っていた。わたしとヴェーラとキーサは、テーブルに着いてお茶を飲んだ。円テーブルを囲むのは楽しい。サモワールはふつふつと沸き、新緑の枝を束ねたとても大きなブーケと、白い花の小さなブーケが目を楽しませてくれる。わたしはお茶を飲んですぐにそこを出たので、まだ小さなパンのかけらが残っていた。パンのかけらと編み物と、A・トルストイの『技師ガーリンの双曲面』(1)を小さなカバンに入れて持って行った。レーナは、二番目に来た路面電車に乗って映画館「プラウダ」まで行った。小庭園に行って、本を読みはじめた。

あたり一面新緑に包まれ、小鳥たちはさえずりながら巣作りをし、子供たちは駆けまわって歓声を上げている。なんて素晴らしい。それからレーナは食堂へ行くと、手元に残った二枚の穀物の配給券を使って、えんどう豆のお粥を一人前買い、円いブリキの缶に入れた。外に出て、小庭園のフェンスの上に腰掛けると、熱々の美味しいお粥をゆっくりと食べはじめた。これまで一度もえんどう豆で作ったお粥は無かった、というのはおかしな話だ。えんどう豆のスープはあったけれど、えんどう豆のお粥はどの食堂も出していなかった、しかも家庭の主婦たちも、やはりえんどう豆でお粥は作らなかったのだ。どの食料品店に行ってみても、いつでもえんどう豆なら売っていたし、しかも安かった。とても栄養があるのだから、二キロ買って、食べきれないほどお粥を作ればいい。これからはわたしは必ず昼食にえんどう豆のお粥を作るつもりだ。

えんどう豆のお粥を食べ終わると、レーナは中庭をいくつも抜けて家に向かったが、ゴミ捨て場に、柔らかそうな若葉が茂っているのに気がついた。屈んでみると、まさに芽吹いたばかりのイラクサだった。背丈もまだわずかで、ちっぽけな葉が三枚ついている。レーナはこれを摘んで袋に詰め、帰宅して鍋に入れてみると、鍋一杯分あった。サーシャおばさんの所へ行って、イラクサのスープの作り方をたずねると、ちょうどそのスープを作っているところだった。作り方はとても簡単だった。まず湯通しをして、それから細かく刻んで、煮るだけだ。レーナは今晩「家で」肉の入ったイラクサのスープを作ることにした。

（1） アレクセイ・ニコラーエヴィチ・トルストイ（一八八三―一九四五）著のSF的ピカレスクロマン（悪漢小説）。一九二六年刊。日本でも一九三〇年、『技師ガーリン』の書名で廣尾猛の翻訳により刊行された。

レーナ・ムーヒナの生涯はどのようにして復元されたのか

彼女は〔封鎖下のレニングラードを〕去ったのか、それとも残ったのか？　死んだのか、それともなんとか生き延びたのか？　そしてもしそうならば、その後の彼女の運命は？　レーナ・ムーヒナの日記の最後の頁をめくるとき、これらの疑問がただちに浮かんだ。

しかしまず理解しておく必要があるのは、われわれに何が分かっているのかということだ。じつは、ほんのわずかなのだ。レニングラード第三十学校の女子生徒で、ザーゴロドヌイ大通り、ウラジーミルスカヤ広場（当時はナヒムソン広場）、ソツィアリスチーチェスカヤ通りもしくはラズイェズジャヤ通りからなる地域[1]のどこかに、母親およびアーカ（乳母、祖母？）と住んでいたこと……。ゴーリキー（現在のニジニ・ノーヴゴロド）[2]に親戚がいて、日記には住所も記されていること。そう、それと出生の正確なデータ。父称も、レニングラードの住所も不明……。

同時にいくつかの方向で探ることになった。サンクトペテルブルクの戸籍登録課に照会状が送ったが、それは、もしもレーナがレニングラードで生まれたのであれば、正確な住所がわれわれに通知されるだろう、そして、建物の居住者名簿によって、彼女が市を去ったのか、そうでないのかを知ることができるはずだと考えてのことだった。同時に照会調査をしたのが、日記の現物が存在するサンクトペテルブルク国立中央歴史政治文書館だった。どのようにして、いつそれがそこに入ったのか。回答は芳しいものではなかった。日記が文書館に入ったのは一九六二年で、他の文書類と一緒にだったが、どのようにして入ったのかは誰も知らなかった。だが文書館員たちはわれわれを少しだけ喜ばせた。最近刊行された封鎖にかんする数々の本の一冊にレーナ・ムーヒナの日記の数頁が載っていて、そこに以下の付記があったのだ。「数日後にエレーナ・ムーヒナはレニングラードから疎開。その後の運命は不明」

「どこからあなたはこのことを知ったのですか」とわれわれは、執筆者のG・I・リソフスカヤに尋ねて、以下の答えを聞いた。「昔から文書館に勤めていた研究員のうちの誰かが言ったのですよ」。けれども、誰が、いつかは、明らかにできなかった。つまり、とにかく生き延びたわけだ！　しかしこれについての別の確証を見つけたかった。

そこにサンクトペテルブルクの戸籍登録課から回答が届いた。否定的なものだった。レーナ・ムーヒナが生まれたのはレニングラードではなかった。インターネットに出ているニジニ・ノーヴゴロドの電話番号に次々にかけてみたのだが、やはりうまくいかなかった。捜索の第一段階での成果は最小限に終わった。

新たな手掛かりを見つけるべく、あらためて日記に向きあう必要があった。日記の現物を注意ぶかく調べた結果、それなりの成果が得られた。ノートの最後の、なにも記されていない頁の一枚に、明らかに別人の手による以下の鉛筆の書き込みが見つかった。「ベルナツカヤ、E・N　ザーゴロドヌイ大通り二六番、六号、電話五―六二―一五」

直ちに脳裏に浮かんだのは、日記中の次の文言だった、「わたしはママの手帳に書いている」。もしかして、E・N・ベルナツカヤというのは「レーナ・ママ」ではないのか？　この推定が裏づけられたのは、封鎖の『追悼者名鑑』に、日記で言及されている住所に住んでいて一九四二年二月に亡くなったエレーナ・ニコラーエヴナ・ベルナツカヤについての記述を見つけた時だった。

だがどうして二人は姓が別々で名前が同じなのか、どうしてレーナはしばしばママのことを、たんにママとは呼ばずに「レーナ・ママ」と呼んでいるのか？　また母親の死にかんして日記中に二つの記述があるのは、どのように説明すればよいのか――それに続く数行では母親のことを、生きている者として語っているのに？　おそらく、ベルナツカヤは生みの親ではなくて養母であり、一九四一年七月に亡くなった女性が生みの親ではないのか。理屈ではそうなるのだが、しかしそれも推測の域を出ない。

肝心かなめのレーナ自身の運命については、答えを得られないままだった。ではどうだろう、レニングラードの画家ヴェーラ・ウラジーミロヴナ・ミリューチナにかんする文書記録を調べてみたら？　彼女のことをレーナは一九四二年春にしきりに書いており、日記から分かるように、彼女はレーナを疎開させることに最も精力的に関わっていたのだ。

V・V・ミリューチナとその夫で音楽学者のアレクサンドル・セミョーノヴィチ・ローザノフの、個人の全資料《フォンド》はサンクトペテルブルク国立中央文学芸術文書館に保存されている。七百件を超える項の目録を一瞥してみる。すると突然……。三一五番の、V・V・ミリューチナ宛の画家エレーナ・ウラジーミロヴナ・ムーヒナの手紙！　全部で二四枚の、一九四二‐一九八四年の七通の手紙。彼女なのか？

一週間後、われわれの手元に手紙と葉書の入った薄い紙挟みがもって来られた時に、はっきりとした。そう、これは彼女なのだ。V・V・ミリューチナ宛の手紙の内容と日記のあいだには、十分すぎるほどの符合が認められる。われわれは肝心かなめの問題の答えを見出したのだ――レーナ・ムーヒナは、一九四二年六月にレニングラードから疎開して、そのあと四〇年間生存。モスクワで暮らしていたのだ。

ファイルの中にあったのは手紙だけでなく、それぞれに住所が記された封筒と、親戚の人々（そのうちの一部の人たちは封鎖下の日記に出ていた）についての話だった。もしかして、彼女は今日なお健在なのでは？

モスクワに電話をかける前には興奮した。あの人たちに電話をするのか、かれらはわれわれの質問をどう受け止めるのだろう？　電話の向こうでは最初のうち、いささか茫然としていた。「はい、エレーナ・ウラジーミロヴナ・ムーヒナのことはわたしたち、知っています。どういう日記です？　封鎖下でつけていた？　彼女はそんなことは一言も口にしていませんでしたよ。……」

だがそれにもかかわらず、われわれは同一人物について語っていたのだ。エレーナ・ウラジーミロヴナはもういない。しかし彼女の姪のタチヤーナ・セルゲーエヴナ・ムースィナは、夫君のラシド・マラートヴィチと共に、われわれの探索に理解を示してくれた。かれらが保存していた写真アルバム、エレーナ・ウラジーミロヴナや彼女の母親や「レーナ・ママ」の手紙、われわれが発見した文書記録資料は、われわれが気になっていた一連の問題のすべてに答えてくれただけでなく、レニングラードの学校の女生徒レーナ・ムーヒナの生涯のそれぞれの時期を想い浮かべることを可能にしてくれたのだった。

エレーナ・ウラジーミロヴナ・ムーヒナは一九二四年十一月二十一日にウファ[3]で誕生。しかしすでに一九三〇年代初めには、母のマリヤ・ニコラーエヴナ・ムーヒナとレニングラードで暮らしていた。母親の重病のために娘は間もなく、マリヤ・ニコラーエヴナの実の姉で、結婚してベルナツカヤ姓になっていたエレーナ・ニコラーエヴナ・ムーヒナの養育にゆだねられることになった。

ここで少し脇にそれて、ムーヒン家のことを手短に述べておく必要がある。マリヤとエレーナのほかに、ムーヒン家にはさらにニコライとウラジーミルという二人の兄弟と、姉のエヴゲーニヤ（夫のほうの姓ではジュルコーヴァ）がいた。かれらの母親ソフィヤ・ポリカールポヴナは、モスクワ近在のドゥルィキノ村で教師をしていた。家に伝わる話では、ソフィヤ・ポリカールポヴナはナロードニキ、つまり雑階級インテリゲンチアの活動である人民主義運動《ナロードニチェストヴォ》の参加者だった。彼女の夫ニコライはモスクワ市参事会の会計係をつとめていた。

レーナの養母エレーナ・ニコラーエヴナ・ベルナツカヤは子供の頃から乗馬に夢中で、馬術への嗜好を生涯もちつづけた。この趣味はのちに彼女の人生を急変させることになった。落馬したあと、バレリーナのベルナツカヤは舞台を去らなくてはならなかった。しかし舞台芸術の世界とのつながりをE・N・ベルナツカヤは保ちつづけ、レニングラード・マールイ・オペラ劇場の舞台美術係の地位についた。養母をとりまく人々――オペラ歌手グリゴーリー・フィリッポヴィチ・ボリシャコーフ、女流画家ヴェーラ・ウラジーミロヴナ・ミリューチナ、舞台装飾画家セルゲイ・ヴィクトロヴィチ・セナートルスキーとその細君のリュボーフィ（キーサ）、同じくレニングラード・マールイ・オペラ劇場文芸〔当時は文化〕部門勤務のキーラ・ニコラーエヴナ・リプハルトその他の人々を、レーナ・ムーヒナはたんに噂で聞いて知っているだけではなかった。日記はそのことを最もよく立証している。

劇場は物質的に平穏な暮らしをもたらさなかった。ベルナツカヤが製図を写す仕事を始めても、金銭事情がとくに改善されることはなかった。「今、つまりあなたに手紙を書いている現在、わたしにはまったく仕事がなく、お金は三週間分の生活費があるだけ。でもこのことをわたしはそんなに悲しんではいない。なにしろ一九三四年からずっとこんなふうなのだから。〔中略〕もうじき夏、でもわたしには一コペイカの貯えもない」と彼女は姉のジェーニャ〔エヴゲーニヤのこと〕宛の一九四一年春の手紙で打ち明けていた。このことはレーナも知っていた。「わたしたちは今年はダーチャ〔郊外の菜園付き別荘〕には行かない。お金がないから」と悲しげに、彼女は一九四一年五月二十八日の日記に記し、元気にこう続けている。「まあ、行く必要もない、そのほうがずっといいくらいだ、ずいぶん前から町で夏を過ごしていなかったから。ぜったいに働くつもり」。そうして、ああ、一か月もたたぬうちに戦争が始まったのだ。

レニングラード・マールイ・オペラ劇場
「ペール・ギュント」公演（イプセン作）
で踊る、かつての「レーナ・ママ」
1920年代初め

レーナの伯母（養母）
エレーナ・ニコラーエヴナ・
ムーヒナ（結婚後はベルナツカヤ）
1911年

封鎖の最初の一年がレーナ・ムーヒナにとってどのように過ぎたのかは、読者が日記で知るとおりである。その先、何が起きていたのか！

一九四二年六月初めにレーナ・ムーヒナはレニングラードを出た。疎開するレニングラード市民らを乗せた軍用列車は、キーロフ州のコテーリニチ市(4)に向かうものだったが、しかしレーナは同月にゴーリキー市に行き、工場技能者学校で製粉を学び始めた。彼女がレニングラードに戻ったのは一九四五年秋になってからで、レニングラード工芸専門学校に入学するためだった。三年後にモザイク職人の職を得てこの学校を無事に卒業。レニングラード市土木課のSU－4営団で一か月ちょっと働いたあと、レーナは専門学校に戻るが、一九四九年一月にはもうレニングラード鏡工場に入る。「わたしは下絵にもとづいて作業するだけでなく、自分の図柄を創り出してもいました、それもかなりのものを」と彼女はのちに伯母のジェーニャに宛てて書いていた。仕事は気に入っていたが、しかし住居は賃借しなければならなかった、というのも、彼女は疎開したために自分の部屋を失っていたからだ。ところが工場の大量解雇で、彼女は職も失ってしまったのだった。

人生の岐路に立たされたレーナは、最初、別の職を手につけてキャリアの向上を可能にすべく、なんらかの職業技術学校に入学したかったのだが、寮の部屋はどこも空いておらず、かといって一四〇ルーブルの奨学金で住居を借りるのは不可能だった。援助をいつも親戚に乞うことも、彼女は欲しなかった。製粉というかつての職業を思い出して、レーナはモスクワの製粉業管理局《グラヴムーク》（ソビエト連邦農産物調達省製粉業管理局の略称）におもむき、ヤロスラーヴリ(5)への派遣証を受け取り、そこからさらにルイビンスク市(6)（当時のシチェルバコフ市）に派遣されたのだった。そしてそこで彼女は再び自らの運命を大きく変えることになる。レーナ・ムーヒナは製粉所の実験室技手の地位を棄てて、一九五〇年三月にケメロヴォ州(7)の火力発電所――南ク

レニングラード工芸専門学校でモザイク職人の課程を履修
中央に座っているのがエレーナ・ムーヒナ　1947 年

ズバス国営地域発電所――の建設に応募する。初めは雑役婦として働かねばならなかったが、しかし同年末にはもう彼女は美術担当者として本部の人事課に異動する。「わたしが直接担当している仕事は、スローガン、指示表示板、表彰という、社会主義競争にかんする一切を、芸術的にデザインすることです。給料は五〇〇ルーブル余り」と、彼女は大好きな伯母ジェーニャ宛の手紙で伝えている。

一九五二年三月で契約の期限が切れるため、その先の仕事を考えなくてはならなかった。「わたしはレニングラードがとても恋しい、オペラが、美術館が恋しい。でもわたしにはあそこに住むところが無い」。この記述はE・N・ジュルコーヴァ〔ジーニャ伯母〕宛の手紙に見られるものだ。モスクワにも住まいは無かったが、親戚の者たちがいたので、エレーナ〔レーナの正式の名前〕は首都を選択する。一九五二年六月、彼女はクンツェヴオ[8]の機械工場に就職、そこで主に商標係として十五年間働いた。年金生活に入る前の最後の何年かは、健康上の理由から、エレーナ・ウラジーミロヴナ・ムーヒナはクンツェヴォの工芸品工場で装飾織物のトレース画家として、またソビエト陸軍記念工場の在宅工員として働いた。

エレーナ・ウラジーミロヴナ・ムーヒナは一九九一年八月五日、モスクワで亡くなった。

日記の本文はサンクトペテルブルク国立中央歴史政治文書館に保存されている原本（Ф.4000.Оп.11.Д.72）にもとづいて印刷されている。この日記はキャラコの黒茶のハードカバーで、寸法は二〇〇ミリ×一三五ミリ。頁は無罫で余白もなし。一部の頁が破り取られており、一部は白いまま。何頁かに黒や茶色の鉛筆で描かれた、日記の著者（?）の絵や素描（馬の姿、障害を跳ぶ騎乗者、路面電車、自動車、女性たちの顔）が見られる。いくつかの絵や下絵は、日記本文が書かれた紙葉に描かれている。

エレーナ・ムーヒナ　1955年

姪の娘と　1986年

日記本文（削除した箇所のほとんどない）はおおむね青インクで書かれており、まれに普通の鉛筆か青鉛筆を用いている。日記の頁が破り取られたために文章の単語の半分がなくなったり、文章が完結していない箇所では、続きは、前の部分が鉛筆である場合にはインクで、インクの場合には鉛筆で書かれている。おそらく、本文が破り取られたのは、インクがなくなったか、あるいは芯が折れたためであろう。

筆跡は不揃いで、あるいは大きな字で、あるいは細かい字で書かれており、字の傾きもさまざま。しかし個々の文字の特徴ある書き方からみて確実に言えるのは、この筆跡が同一人物のものだということである。

ノートの見返しはさまざまな引用文でうめられており、そこには「スポーツ行進曲」「風よ、歌え」（歌詞はいずれもV・I・レーベジェフ＝クマチ）、「スターリン飛行隊マーチ」（歌詞はP・ゲルマン）といったソビエト歌謡の一節も見られる。見返しの表側には鉛筆で「エレーナ・ムーヒナ。わが日記（八年生から――……まで）（ある八年生の生活の喜びと悲しみ、青春の恋、希望と失望の物語）」と記されている。

本文を活字化するにあたっての文献学的作業は、歴史史料を刊行するための現行の方式に則っている。

＊　＊　＊

T・S・ムースィナとR・M・ムースィンには、E・V・ムーヒナとその親族にかんする伝記資料を提供いただいたことに衷心より感謝申し上げます。われわれの同僚E・M・バラショーフ、N・V・ブイコヴァ、N・V・デメンコーヴァ、I・I・クループスカヤ、G・P・レーベジェヴァ、B・N・ミローノフ、V・I・ムサーエフ、V・I・ポポーヴァ、V・L・ピャンケーヴィチ、M・N・ルムィンスカヤ、A・N・ツァムタリ、N・Y・チェレペーニナ、おなじくサンクトペテルブルク国立中央歴史政治文書館、サンクトペテルブルク国立中央文学芸術文書館、ロシア科学アカデミー・サンクトペテルブルク歴史学研究所図書館、ロシア国立図書館、ロシア科学アカデミー図書館の多くの職員に、数々の資料提供、助言、助力、批判的意見をいただいたことに感謝を申し上げます。

刊行者一同

（1）エルミタージュ美術館から南東方向に二キロ余り、モスクワ駅とヴィテプスク駅の間にある地域で、レニングラード（現サンクトペテルブルク）旧市街の真ん中である。
（2）モスクワの東方四百キロほどの、ヴォルガ河とオカ川の合流地点にある大都市。作家ゴーリキーの出生地であることからソビエト時代にはゴーリキー市という名称だった。現在、人口一三〇万余（近郷をふくめると二〇〇万）を数えるロシア第四の都市。
（3）ウラル山脈の南部西麓、ヴォルガ河の支流ベラヤ川とウファ川の合流地点に位置する河港都市。十六世紀以来の古都で、ソビエト時代のバシキール自治共和国（現バシコルトスタン共和国）の首都。
（4）ウラル山脈の西側、ヴォルガ河に注ぐカマ川の支流ヴャトカ川右岸の都市。一九〇五年に鉄橋が完成してヴャトカ（現キーロフ）―サンクトペテルブルク線が開通。一九二七年にはコテーリニチ―ニジニ・ノーヴゴロド間の鉄道も開通して、同市は交通の要衝となった。独ソ戦時、コテーリニチ市には四つの軍病院が設けられ、三千五百名の傷病者を収容。さらにレニングラードの児童二千名が疎開していた。
（5）ヴォルガ河とコトロスリ川の合流点に位置する河港都市で、十一世紀初頭、キエフ大公国のヤロスラフ一世によって建てられた。十三世紀半ばにモンゴル帝国の支配下に置かれ、十五世紀後半からはモスクワ大公国に統治された。十六世紀には白海にある当時のロシア唯一の海港アルハンゲリスクと、モスクワとを結ぶ交易路の街として栄え、十七世紀初頭の動乱時代には、ポーランド軍に占領されたモスクワの代わりにロシアの事実上の首都として機能した。

（6） モスクワの北北東約二五〇キロメートル、ヴォルガ河とシェクスナ川の合流地点にある、ヤロスラーヴリ州の都市。州都ヤロスラーヴリから約八〇キロ北西に位置する。

（7） シベリア中央部の、クズバス炭田を擁する州。州都ケメロヴォはモスクワから東に約三五〇〇キロメートル。

（8） 一八七〇年にモスクワ―ブレスト間の鉄道が開通し、モスクワ西郊の村クンツェヴオは別荘地として急速に発展。やがて毛織物業ほかの工場が次々と立ち並び、一九二九年にはモスクワ州の中心都市のひとつとなった。

訳者あとがき

封印されてきた悲劇

本書は、ロシア人が第二次世界大戦最大の悲劇と呼ぶ「レニングラード封鎖」――ドイツ軍とフィンランド軍によってレニングラード市民二五〇万人が一九四一年九月八日から一九四四年一月二十七日まで八七二日間包囲され、餓死者八〇万人、爆撃、砲撃による死者二〇万人（いずれも正確な数字はわかっていない）を出した――、その封鎖下の市民生活の模様を詳細に伝える歴史史料としてサンクトペテルブルクのアズブカ社が二〇一一年に刊行した、レニングラードの女子生徒レーナ・ウラジーミロヴナ・ムーヒナ（当時十六歳）の一九四一年五月二十二日から翌四二年五月二十五日までの一年間にわたる日記本文の全訳である。底本にもちいたのは «...Сохрани мою печальную историю...»: Блокадный дневник Лены Мухиной. — М.: КоЛибри, Азбука-Аттикус, 2015（『わたしの悲しみを大切にしまっておいて――レーナ・ムーヒナの封鎖下の日記』、モスクワ、コリブリ社、アズブカ–アッティクス社、二〇一五年）である。

第二次大戦のヨーロッパ東部戦線、ドイツ国防軍が総兵力八〇〇万のうち五五〇万でソビエトを攻めた独ソ戦を、ロシアでは一八一二年の「祖国戦争」（モスクワを占領したナポレオン軍を冬将軍の到来を待ってロシア軍が敗走させた）になぞらえて「大祖国戦争」と呼ぶ。一九四一年六月二十二日にソビエト国境を越えて侵攻したドイツ軍は、北方軍、中央軍、南方軍の三方面でソビエトを攻め、北方軍は九月八日にレニングラードを包囲、中央軍も一時はモスクワのクレムリンに十数キロの地点まで迫るなどして、一九四三年の半ばまではドイツ軍の攻勢、ソビエト軍の防御というかたちで戦局が推移した。（しかし南部の都市スターリングラードをめぐって四二年六月末から七か月間続いた熾烈な攻防戦で、ドイツは陸軍の総兵力の四分の一にあたる一六〇万人を失っていた。）このあと四三年七月からソビエト軍が盛り返して攻守が逆転、以降はドイツ軍が攻勢に出ることはもはや不可能となり、ソビエト軍がドイツ軍を押し返すかたちで、そのまま東欧とドイツ東部を占領。一九四五年五月八日、陥落した首都ベルリンでドイツが降伏文書にサインして、三年十か月と十七日の長きにわたった戦いに幕が引かれた。

大祖国戦争でのソビエト側の死者は兵員が一一二八万人で、これに一般市民の犠牲者をあわせると、亡くなった人の数は二〇〇〇万人をはるかに超えるとされている。いっぽうのドイツは、第二次世界大戦での兵員の死者二一一〇万人、行方不明者二九〇万人、一般市民の死者五〇万人である（ソビエトを攻めた五五〇万人のうち三〇〇万人以上が捕虜になり、うち一〇〇万人が収容所《ラーゲリ》で死んでいるという説もある）。ちなみに第二次世界大戦で英国は、兵員の死者三五万人、行方不明者九万人、一般市民の死者六万人、米国は兵員の死者四〇万人、日本は兵員の死者二三〇万人、一般市民八〇万人である。なぜかわが国では、第二次世界大戦でソビエトでは二〇〇〇万人を超える人間が亡くなっている事実が語られることはないし、「レニングラード封鎖」の悲劇を知っている人もほとんどいない。「封鎖」の現実がどういうものであったのかをてっとり早く知りたい読者には、本書のまえがき「読者のみなさまへ」をまず読むことをおすすめしたい。

「封鎖」体験者の日記や手記はソビエトでいくつも刊行されていたが、しかし一九六〇年代まで、「封鎖」体験者に直接インタビューをして、そのことばを記録に残そうとする試みはなされなかった。心の奥に封じ込めてきた恐ろしい出来事の記憶に触れられることを、誰も望まなかったからだ。初めてこの作業にとり組んだのは、アレーシ・アダモーヴィチ（一九二七―一九九四）とダニイル・グラーニン（一九一九―　）という二人のソビエト作家である。封鎖体験者への数多くのインタビュー、日記、書簡等多数の資料の引用からなるかれらの本が、一九七九年にモスクワで刊行された。Алесь Адамович, Даниил Гранин, «Блокадная книга». М., Советский писатель, 1979（A・アダモーヴィチ、D・グラーニン『封鎖の書』、モスクワ、ソビエト作家社、一九七九年）で、この本には邦訳がある（『封鎖・飢餓・人間』上・下、宮下トモ子ほか訳、新時代社、一九八六年）。

少女の目がとらえた封鎖下の都市生活

一九六二年に誰かの手でレニングラードの文書館に届けられたまま眠っていたレーナ・ムーヒナの日記は、二十一世紀になってサンクトペテルブルクの歴史学の教授で科学アカデミー歴史学研究所の研究員であるセルゲイ・ヤーロフ（一九五九―二〇一五）によって発掘され、研究所同僚の協力を得て、「封鎖」から七十年目にあたる二〇一一年に刊行されることになった。

本書で注目すべき点は、一九四一年九月八日に始まった封鎖下のレニングラード市民の生活の変化の様子が、当時十六歳だった一人の少女の体験の記録というかたちで、九か月にわたって示されていることである。また、スターリン時代ということで一括りにされがちな一九四〇年代初めのソビエト都市部の十代後半の少年少女たちの生態（すこぶるアメリカナイズされていた）が、活き活きと描かれていることである。

そして肝心なのは、彼女のこの日記本文の記述の逐一が、テキストの編纂者であるロシア科学アカデミー歴史学研究所の三人の研究者による学問的な裏付けの作業を踏まえて、詳細な注釈を添えて読者に提示されていることである。そのためにレーナ・ムーヒナのこの日記は、単なる実録読み物に終わることなく、ロシア現代史を論ずるうえでの貴重な歴史史料としての価値を持ちえているのである。

レーナの筆力はどこから来たか

それにしても、十六歳の少女レーナの日記のこの筆力は、いったいどこから来ているものなのか。まず考えられるのは、彼女が幼い頃から囲まれて育った、養母のレーナ・ママとその仕事仲間たちの交友関係であろう。彼ら、彼女らはいずれも、一八九〇年代から一九〇〇年代の生まれであり、一九一七年の革命よりも前のロシア文化の「銀の時代」、ロシア・ルネサンスの時代に自己形成をとげた世代なのである。レーナ・ママ自身がバレリーナで、若い頃から乗馬が趣味だったというその育ち方は、ロシアの民衆一般のそれとは明らかにちがう。そしてレーナの実母やレーナ・ママたち兄弟姉妹の両親、つまりレーナの祖父母は、一八八〇年代ロシアのナロードニキでありインテリゲンチャなのである。

そしてさらに、レーナ母子の同居人だったアーカの存在である。十九世紀後半、ロシアの地主貴族のお屋敷に長く住み込んで家庭教師をつとめてきた彼女の薫陶を、有形無形のかたちでレーナが受けていただろうことは想像に難くないのである。ただひとつ、レーナが日記で父親のことに一言も触れていないのはなぜなのか。そのことが気にかかった。

レーナの家があったのはレニングラード旧市街の真ん中、モスクワ駅とヴィテプスク駅のあいだにある、ザーゴロドヌイ、ソツィアリスチーチェスカヤ、プラウダ、ラズイェズジャヤの四本の通りに囲まれた街区である。編者のあとがきに記された住所「ザーゴロドヌイ大通り二十六番六号」は、ロシア五人組の作曲家リムスキー゠コルサコフ（一八四四―一九〇八）が一八九三年から最晩年まで十五年間住んでいた居宅、現在の「リムスキー゠コルサコフの家博物館」が入っている二十八番の建物の、すぐ隣の建物である。おびただしい数の砲弾や爆弾が降りそそいだなかで、作曲家の居宅が無傷で残ったことは奇跡に近いと言ってよいだろう。

日記本文を訳すにあたって、扉のことば、一九四一年五月二十二日から五月三十一日までの部分、それと十月十六日から一九四二年五月二十五日までの部分は吉原深和子が、一九四一年六月二日から十月十三日までの部分は佐々木寛がそれぞれ担当して翻訳をおこなった。そのうえで吉原が訳文全体のスタイルを統一する作業をおこなった。そのあとに佐々木が、校正原稿全体をロシア語原文と突き合わせて、訳の遺漏ほかをチェックした。日記本文の訳注は吉原と佐々木が、原本編者の注釈と英訳版（*The Diary of Lena Mukhina: A Girl's Life in the Siege of Leningrad.* Translated by Amanda Love Darragh, Pan Macmillan; Main Market, 2016）の訳注を参考にしながら、日本の読者にとって必要とおもわれる注をつけた。なお本書のまえがきは、二〇一五年刊の原本に入っているものではなくて、著作権者から送られてきた編者三人連名のテキスト「読者のみなさまへ」を使用した（英訳本もこちらをとっている）。原本のあとがき「レーナ・ムーヒナの生涯はどのようにして復元されたのか」とあわせて、翻訳は佐々木がおこなった。

最後に、みすず書房の川崎万里さんには、今回の仕事を進めるにあたって示された真摯で献身的な対応ぶりに、心からの感謝のことばを述べさせてもらいたい。大学サークルの年の離れた先輩と後輩の長年にわたる交誼の結実である。

二〇一七年九月四日

佐々木　寛

著者略歴

(Елена Мухина 1924-1991)

1924年ウファに生れる. 30年代初めにはレニングラード(現在のサンクトペテルブルク)に移住し, 病弱な母に代わって, 元バレリーナで舞台美術の仕事をしていた伯母に育てられる. 独ソ戦開戦時は16歳, レニングラード第30学校の女子生徒. 包囲されたレニングラードから, 親戚の暮らすゴーリキー市(現在のニジニ・ノーヴゴロド)への脱出をめざす. 1991年モスクワにて没. 詳細は本書「レーナ・ムーヒナの生涯はどのようにして復元されたのか」を参照.

訳者略歴

佐々木寛〈ささき・ひろし〉1949年盛岡市生れ. 早稲田大学第一文学部ロシア文学科卒, 同大学院文学研究科ロシア文学専攻博士課程単位取得退学. 信州大学教養部助教授, 同人文学部教授, 同全学教育機構教授を経て, 信州大学名誉教授. 共訳書にミハイル・バフチン全著作第1巻『行為の哲学によせて/美的活動における作者と主人公 他』(水声社, 1999), 同第5巻『小説における時間と時空間の諸形式 他』(同, 2001), 同第2巻『フロイト主義/文芸学の形式的方法 他』(同, 2005) その他がある. 専門はロシア文学, 文学理論.

吉原深和子〈よしはら・みわこ〉1965年横浜市生れ. 1987年東京外国語大学外国語学部ロシヤ語学科卒業, 95年早稲田大学大学院文学研究科ロシア文学専攻博士課程単位取得退学. 芝浦工業大学非常勤講師(ロシア語, 1993-95), 信州大学非常勤講師(同, 1995-2001および2009-13). 翻訳にヴィクトル・ペレーヴィン『虫の生活』(群像社, 1997) など. 専門は20世紀ロシア文学.

エレーナ・ムーヒナ

レーナの日記

レニングラード包囲戦を生きた少女

佐々木寛・吉原深和子訳

2017年 9月15日 印刷
2017年 9月25日 発行

発行所 株式会社 みすず書房
〒113-0033 東京都文京区本郷5丁目 32-21
電話 03-3814-0131(営業) 03-3815-9181(編集)
http://www.msz.co.jp

本文組版 キャップス
本文印刷・製本所 中央精版印刷
扉・表紙・カバー印刷所 リヒトプランニング
地図製作 ジェイ・マップ

ISBN 978-4-622-08641-3
[レーナのにっき]